大秦帝國

第三部 下卷

金戈铁马

孙皓晖 著

中信出版集团 | 北京

图书在版编目（CIP）数据

大秦帝国．第三部．金戈铁马．下卷 / 孙皓晖著
．—北京：中信出版社，2016.7（2025.1 重印）
ISBN 978-7-5086-6414-9

I. ①大… II. ①孙… III. ①长篇历史小说—中国—当代 IV. ① I247.5

中国版本图书馆 CIP 数据核字（2016）第 151757 号

大秦帝国
著者： 孙皓晖
出版发行：中信出版集团股份有限公司
（北京市朝阳区东三环北路 27 号嘉铭中心 邮编 100020）
承印者： 河北鹏润印刷有限公司

开本：787mm × 1092mm 1/16 印张：19 字数：283 千字
版次：2016 年 7 月第 1 版 印次：2025 年 1 月第 23 次印刷
书号：ISBN 978-7-5086-6414-9
定价：598.00 元（全 17 册）

服务热线：400-600-8099
投稿邮箱：author@citicpub.com

献给中国原生文明的光荣与梦想

目录

第十四章　对峙上党

第十五章　长平大决

第十六章　秦风低徊

第十一章 雄杰悲歌

一 横扫千军如卷席

胡服骑射两年后大见成效，赵国练成了三十万精锐新军：十万劲装步兵，全部驻守赵国南部关隘以应对中原；二十万胡服飞骑，则全部驻守长城一线。第三年，赵雍将邯郸国务交肥义辅助太子赵章执掌，自己北上长城，准备大举廓清边患。

公元前 305 年初夏，赵军首战突袭林胡大本营，拉开了廓边拓地的序幕。

战前，赵雍与楼缓、廉颇、牛赞精心筹划，已经对林胡各部族游牧地带与黄旗海大本营之兵力分布了如指掌，突袭路径反复探察无误。更要紧的是，楼缓早早已经派出十余队“商旅”深入草原，名为与林胡通商，实为在赵军沿途筹集囤积大量马奶子与牛羊熟肉。赵军的总部署分为三路：楼缓坐镇雁门关防务，同时集结庶民马队牛车为大军输送给养；廉颇率领十万飞骑驻扎雁门长城之外，以防东胡楼烦突然劫掠以及林胡突围南逃，并随时准备出动策应；赵雍亲率十万飞骑，以牛赞为前军大将，直捣黄旗海。

四月末的一个夜晚，赵军十万轻骑从雁门关外出发，偃旗息鼓飞向了东北方辽阔的草原。恰恰是一夜一日，赵军飞骑抵达于延水上游的山地河谷。一夜休整歇息，五更时分赵军出动，恰在天色将亮未亮之时，轰鸣的雷声骤然在林胡大本营炸开。

骄横的林胡部族根本没有料到赵军竟敢深入黄旗海，仓促应战，两个时辰后不能抵敌，直向西南方的岱海草原逃去。连续西逃三日，素称剽悍灵动的林胡骑兵竟无法摆脱赵军飞骑的穷追猛打。情急之下，林胡单于召各大部族头人紧急聚商，认定这是赵雍的孤注一掷，若拼力杀回一举战胜，或可长驱南下。于是，林胡部族以岱海山塬为依托，聚集全部族人可战者三十余万，要与赵军殊死一搏。赵雍见林胡大军突然死战不退，立即明白了其中奥秘，在下令牛赞狠狠咬住林胡主力的同时，即刻飞书调来廉颇的十万飞骑参战。

三日之后，两支大军共五十余万骑兵，在岱海草原展开了旷古未闻的大拼杀。激战三日，林胡部族死伤二十余万，终于仓皇北逃。赵雍下令廉颇率大军回防，毫不犹豫地亲率六万飞骑向北穷追林胡。连续两个月追击，大小接战三十余次，林胡每战必败，只有望风而逃。在炎炎盛夏到来之时，赵军已经追到了大漠茫茫的北海[1]，南距长城已是数千里之遥，赵雍这才下令停止了追击。

一战根除林胡大患，赵军飞骑威震大草原，诸胡匈奴大为震动。

次年开春，已是强弩之末的东胡部族联兵西北匈奴诸部，东西两路大举南下，要夺回阴山以东的林胡大草原。飞骑军报传来，赵雍哈哈大笑，鸟！我正要一鼓作气，他竟打上门来，天意也。长城下一番计议，赵军兵分三路迎敌：牛赞率部三万向东迎击东胡，楼缓率军三万居中前出岱海策应，赵雍自己则亲率飞骑大军十四万，以猛将廉颇为前军大将，飞骑出云中草原截杀匈奴骑兵。

---

[1] 北海，今蒙古国以北前苏联境内之贝加尔湖。百余年后，西汉霍去病大军又一次穷追匈奴，控制北海。

西北方的戎狄诸部臣服秦国之后，从茫茫西域不断流窜迁徙到阴山北部的匈奴诸部便逐渐强大起来，已经隐隐然对秦赵两国形成了压顶之势。但其时秦国军威正盛，匈奴畏惧于秦军战力，尚不敢对九原、云中以南的秦国上郡大肆骚扰，于是对赵国北部的大草原垂涎欲滴。然则，这时林胡东胡压在赵国头顶，占据着这片水草肥美的辽阔牧场，匈奴也不敢轻易对林胡东胡公然挑衅。所以长期以来，匈奴尚没有对赵国形成直接威胁。如今，最是剽悍善战的林胡丢下如山尸骨消遁而去，东胡不足以对抗赵军，纵是联结南面的楼烦，也同样不是赵军对手。放眼草原大漠，唯有新崛起的匈奴堪与赵军一战。于是，东胡首领派出飞骑特使，约请匈奴诸部起兵，打败赵国后共分林胡草原。匈奴单于大喜过望，召来诸部小单于一说，人人欢呼雀跃异口同声，林胡猎豹无能，若遇我匈奴大熊，必将赵雍这只肥鹿撕成碎片踩成肉泥！

战国中期，匈奴的强悍凶狠尚是初显，并不为中原战国所重视。除了秦赵燕三国，其余中原战国对匈奴可说还是不甚了了。直到战国末期秦国统一华夏，匈奴之患才日渐成为最大威胁。及至两汉屡遭匈奴之大害与多次对匈奴大反击之后，匈奴两个字便成为中国整个北部边患的代名词，成为中国的朔方噩梦，以致有了“四夷为中国患者，莫如北族”之恐怖心。直到近世西方列强从海上入侵中国，林则徐仍然疾呼：“英法诸国皆不足患，终为中国患者，其北方俄罗斯乎！”这是后话。

究其源流，匈奴是一个源于中原而杂成于阴山漠北地带，且不断聚散分合的奇特的游牧族群邦国。在中国历史上，匈奴作为游牧群邦国，只存在了五六百年，东汉三国之后渐渐解体，星散复原为北方诸胡。春秋之前，匈奴的前身部族散布于中原腹地，及其四周的蛮夷山地草原之中。五帝与夏王朝时，匈奴前身部族叫做荤粥，殷商时叫做獯粥，西周时叫做猃狁，春秋时叫做玁狁。直到战国中期，才有了匈奴这个名号。后来的两汉之世，对匈奴详加揣摩考证，认定匈奴是山戎、犬戎、赤狄、白狄、昆夷、畎夷等部族被驱赶出中原后的残部聚合，匈奴这两个字音，则是中原人听胡字多有转音而最终的念法。两汉尚未顾及的一点，便是此时的匈奴，还融合了从遥远的西方向东方茫茫大草原流动迁徙而来的罗马流亡部族，以及后来被称为罗刹国、鲜卑国、五胡等的北方游牧族群。大要而言，三代之时诸胡部族尚是中原最大的威胁，所谓匈奴还正在成型，还没有成为北方大漠草原部族的总称。直到数百年后匈奴政权大体成型，诸胡残部融合成型，匈奴始告形成。此亦后话。

赵军久与胡人周旋，对北方部族的动静自是着意汇集。尤其是赵雍即位，对北方胡人久有图谋，力行胡服骑射的同时，派出了几十支商旅深入胡地，对北方所有大部族都做了一番实地探察。商旅斥候们的种种描绘，终使赵雍心头烙下了一个深重的印记：匈奴凶悍无文，必是赵国劲敌。

这时的匈奴，总人口不过两百余万，只大体相当于赵国一两个郡的人口而已。匈奴有三十余个大小不等的部族，其自治情势犹如中原夏商周三代的诸侯。匈奴总首领，呼为撑犁孤涂单于。撑犁孤涂者，天之骄子也；单于者，广大无边也。此等意思，中原人直到数百年后的西汉才弄得清楚。战国之世，只是依音直呼其为“单于”罢了。为了与其部族首领的小单于区分，便将匈奴总头领简单呼为“大单于”。匈奴是滚雪球般壮大成型的。无论是千百年前来自中原的游牧族，还是后来从西从北遥远迁徙来的游牧族，但凡来族，只要臣服于既定的匈奴部族势力，便可得到一大片草原湖泊定居；除了打仗时共同出兵，并对大单于有些许年贡，寻常游牧生计各部族完全自治自立。便是族群最高首领的大单于，也须得首先是某个特定大部族的首领，否则没有实力在打仗时统驭诸部。因了辖制松散，流动迁徙的诸多游牧族乐于归附匈奴，终于在战国中期成了气候。

商旅斥候们回报说：匈奴无文字，无文书，凡事但以言语约束。匈奴无成文律法，无固定牢狱，最高“刑罚”也只关押十日，寻常时日全部囚犯不过数人而已，凡事皆以约定俗成之风习处置。匈奴人风习蛮荒，自大单于之下，皆食畜肉不食五谷，以各种兽皮为衣，以旃裘[1]为铺盖而卧。举族以老弱为贱民，以壮健为尊贵，青壮食肥美之肉，老弱只能

[1] 旃裘，即毡裘，用兽毛织成的毛毡。

食弃骨野果。纵是首领单于，老去便得交权，否则要被青壮承袭者无情杀死。父亲死，儿子以母为妻；兄弟死，剩余兄弟分其妻为妻，男女杂交无所顾忌。匈奴人有名无姓，粗粝剽悍，以骑射为能，少儿便能骑羊引弓射鸟，长成则畜牧游走并射猎禽兽为生。匈奴人的兵器只有三样：控弦、弯刀、铤[1]。控弦是匈奴对弓箭的叫法，铤是一种三五尺长的铁柄短矛。远则射箭，中则掷铤，近则弯刀拼杀，是匈奴的主要战法。匈奴人战功无封，但以战俘与掠来财货归己而已；勇士但斩敌首，头领便赏赐一卮[2]酒以为激励。是故匈奴人唯利是争，争夺草原牧场及抢掠杀戮从来不顾死伤。寻常时日，也是人不弛弓，马不解勒，随时准备厮杀。辄遇夺利则死战不退，但有逃遁者则视为最大耻辱。若此战无财货土地人口之利可夺，纵单于下令，也是鸟兽星散而去。

凡此等等，都使赵雍得出评判：匈奴骑兵此举要夺取岱海草原，其利丰厚无算，必是更加凶悍。此战若是匈奴得手，赵国头顶便会压来一股比三胡更为强悍的势力，赵国将岌岌可危。此前赵军从来没有与匈奴交过手，必须自己亲率大军决战，方可万无一失。

四月初夏，赵雍大军从秦国头顶过云中，正正堵在匈奴西来的必经之地——阴山草原的东口，要在这里与匈奴大军做殊死一战。

此时大河北岸的云中、九原虽是秦国北部要塞，但除了城堡，秦军势力还远远不足控制秦长城以外辽阔的阴山草原。北起燕然山、狼居胥山[3]的匈奴大本营，南至阴山的数千里草原，都是匈奴诸部的游牧区域。秦军正在中原征战，尚无力北出长城驱逐匈奴。匈奴也畏惧秦军，只敢在阴山草原游牧，而不敢将大本营南迁阴山草原。如果匈奴此战成功，夺得阴山草原东部的岱海草原，则势必将大本营单于庭迁到水草更肥美的阴山草原或岱海草原，对秦赵两国立成压顶之势。

此等大势，赵雍看得一清二楚。大军出动之时，前军大将廉颇建言，

---

[1] 铤，音 chán（蝉），铁柄短矛，类似中原的短戟，却更为轻便。

[2] 卮，古代酒器，与爵、杯、觥等相若。

[3] 狼居胥山，今蒙古国乌兰巴托地带。

西进二百里便当扎营，无须越过云中，以免在此时与秦国冲突。赵雍大手一挥，进！越过云中才是最好的战场，秦国此时要发昏掣肘，赵雍一并拿下云中九原，给芈八子母子点颜色看！

当赵军隆隆开过云中长城外时，秦军守将嬴豹立即飞骑报入咸阳，请求出击赵军后路。旬日之后，咸阳特急羽书飞到，非但严令云中九原之秦军借道于赵军，且特附一道宣太后手令：若赵军不逮，秦军须立即开出长城助战，违令者杀无赦！嬴豹本是秦军铁骑猛将，得令立即整顿三万军马，做好了随时出击匈奴的准备。如此一来，赵军平安无事地越过了云中长城，西进一百里，在云中九原之间选择了两山遥遥对峙的一片大草原做战场。

五日之后，当以逸待劳的赵军已经隐秘部署就绪之后，斥候飞骑来报：匈奴大军二十余万已抵达阴山西麓，却突然扎营休整，不知何故？

“今日何日？”赵雍突然问。

廉颇答道：“四月二十九。”

赵雍大笑：“天意也！老将军，变个打法！”

“大兵压境，何能仓促变军？”老成持重的廉颇大是困惑。

“老将军忘记了？”赵雍笑道，“匈奴习俗：随月盛壮而攻战，月亏则休战退兵。此次千里南下，却正赶上月末抵达阴山，必在阴山后扎营休整旬日，待到月圆之时东进攻我，岂有他哉！”

廉颇又皱起了眉头：“此节原是无差。只是他住得半月，将我军部署探察明白，却难收突击功效了。”

“岂容他安然半月？”赵雍冷冷一笑，“何为天意，便是我说的变个打法。”

廉颇思忖一阵，恍然惊喜道：“君上是说，夜袭大战！”

赵雍拍案而起：“对！夜袭大战，给匈奴蛮子猛灌一坛赵酒！”

次日入夜，大草原月黑风高。赵军十万飞骑衔枚疾进，分为三路翻过阴山直扑匈奴大营。匈奴骑兵是各部族自为军营驻扎，相互间根本没有战场呼应所需要的距离，只是拣水草方便处各自扎营罢了，近者拥挤成片，远者则三五里间隔不等。说是营区，却没有壕沟鹿砦之类必备的防守屏障，更兼为了轻便，匈奴人从来都是开春行军不带帐篷，但遇夜宿，点起无数篝火堆烧烤牛羊大喝马奶子，吃饱喝足裹着毡片子呼呼大睡，每个营圈外只有星星点点的巡视哨兵，如大雁宿营一般。及至中夜时分，遍布阴山西麓大草原的篝火渐渐熄灭净尽，无边的鼾声夹杂着战马时断时续的喷鼻低鸣，浓浓的烧烤牛羊的腥膻夹着马奶子的酸甜酒气，随着浩浩春风在草原上弥散开来，确切无疑地向大草原宣告着——匈奴大军在此。

正是子时，阴山西麓突然山崩地裂，隆隆惊雷阵阵飓风从四野压来卷来，在漫无边际的匈奴野营地回旋炸开。匈奴大军骤然惊醒，人马四野窜突自相拥挤践踏，片刻间死伤无算。大约半个时辰后，匈奴各部族终于在各色尖厉的号角声中渐渐聚集起来，分头做拼死厮杀。赵军原本是三路突进，每路又都以千骑队为单元沿所有湖泊河沟间楔入分割，将二十万匈奴大军分割成了数十个碎块绞杀。方圆数十里的大草原战场上，两军三十余万骑兵整个缠夹在了一起，展开了殊死搏杀。赵军有备而来，不举火把，只每个骑士臂缠宽幅白布，战马尾巴也绑缚一片大白布以做呼应标记。匈奴军却是素有月黑不战的习俗，原本料定赵军无论如何不会翻过阴山寻战，打算在秦国长城外养精蓄锐半月避过月黑月残之期，而后一鼓东进。毕竟，阴山从来都是匈奴部族之游牧区域，匈奴不寻衅于秦赵已是饶了尔等南蛮，赵国如何敢到这里了？大熊在林，自然是怡然自得，一心只做如何抢得更多财货牛羊战俘的大梦，谁能想到刚到阴山就打仗？

猛遭赵军暴风骤雨般的夜袭，匈奴军大乱之后纵然死战，却惊讶万分地发现，赵军之凶悍凌厉丝毫不输于匈奴的白熊猛士。更令匈奴大单于大惊失色者，这赵军在黑夜拼杀，有如鬼魅附身浑身长眼，但有白熊猛士占优，立即有赵军猛击白熊猛士身后。惯于单骑劈杀的匈奴猛士，最擅长的两样兵器——弓箭短矛，在这漆黑夜晚相互缠夹拼杀之时一无用处，只剩下与赵军刀剑劈杀一条路了。偏匈奴弯刀是老铜刀与新铁刀混杂，远不能与赵军之清一色的精铁坚钢弯刀相比，但闻叮当呼喝之中，匈奴战刀时有砍断砍钝，匈奴猛士只有抡起铁片子胡乱猛砸过去。

突然，凄厉的长号划破夜空，连续三声，匈奴乱军潮水般向北卷去。

赵雍一声令下："大单于要退，鸣金收兵。"

廉颇前军刚刚收拢，北方山口喊杀声大起。廉颇高声请命："君上！我四万截杀大军已与匈奴接战。不若从后掩杀，一战击溃匈奴。"

"不！"浑身浴血的赵雍狞厉地一笑，"不要击溃，我要开膛破腹！"

"嗨！"廉颇一挥大手高声下令，"全军将士，跟我齐喊：匈奴大单于——敢与赵军明日决战——放你整军——"漫山遍野的呐喊如阵阵雷声滚过草原，随风卷去。片刻之间，两骑举着火把飞来，遥遥高喊："赵雍听了，我大单于令：明日决战，谁趁夜脱逃，谁不是大白熊！"立马高岗的赵雍不禁哈哈大笑："鸟！谁要做你那大白熊了？回你大单于：明日决战，谁趁夜脱逃，谁是大黑熊！"

"错！谁趁夜脱逃，谁不是大白熊。"

"鸟！还非得做你大白熊？"赵雍笑不可遏，"依你，谁逃谁不是大白熊！"

"明日日满，阴山向阳牧场——"随着一声高喊，匈奴飞骑消失在北方暗夜。

"撤回截杀，后退十里扎营。"赵雍发令完毕回头高声道，"老将军，匈奴还没怕我赵军。匈奴蛮子只认打，打不狠他记不住。仅是赶走不行，须得一战杀得他血流成河！"

"君上大是！"廉颇抖动着血红的大胡须，"他还怕我趁夜脱逃？大白熊咬死仗，给他个杀法看。"

夤夜收兵，赵雍甲胄未解，立即召将军们密商筹划。计议一定，赵军立刻开始了偃旗息鼓的秘密移动，两个时辰后全部准备就绪，各个营地立即弥漫出粗重的鼾声。及至太阳升起在山头，所有隐隐弥漫的鼾声一齐终止了。此时，辽阔的阴山草原阳光明媚，中原虽则已经是田野金黄的仲夏，然在这里却是春风方度草木新绿，一片清凉爽和的无边春意，丝毫没有燠热之气。将近正午，隐隐沉雷自阴山西麓渐渐逼近，山口一面红色大纛旗缓缓地左右大幅度摇摆起来。

赵军西向迎敌，大营遥遥对着西方的阴山谷口。赵雍的中军行辕扎在大营南侧靠近秦长城的一座最高的山丘上。眼见红旗大摆，赵雍立即下令：“飞骑出营！强弩营列阵！”中军司马高声传令，行辕三丈多高的云车望楼上一面黑色大纛旗向西三摆，一面白色大纛旗向东三摆，随即山下响起急促嘹亮长短不一的牛角号声。号声之后，赵军大队骑兵隆隆开出，在大营壕沟外南北两翼伸展，由无数十十小方阵列成了纵深五六里的阵形。从山头行辕遥遥鸟瞰，恍如迎着西方山口的两柄红色长剑。两翼飞骑身后，是横宽十里的六道三尺壕沟，每道壕沟间距十步，三万张强弩全部整肃排列在六道浅壕沟之中。强弩阵两侧，则各有五千飞骑散开，随时准备截杀突过强弩箭雨攻来的匈奴死士。

赵军堪堪就绪，阴山谷口骤然如大河崩决，匈奴骑兵犹如奔腾出峡的怒潮涌出山口散开在草原，翻卷呼啸着隆隆压来！片刻之间扑到两箭之地，匈奴潮水慢了下来。历来骑兵接战都是展开厮杀，这赵军却两条线一般守在两边不动，中间宽阔的草原一人一骑没有，远处大营赤裸裸露在那里却是甚个魔法了？若在昨日之前，匈奴骑兵自不理会你如何摆置，只潮水般杀去便是，然则昨夜一战匈奴全军死伤八万余，今日余悸在心，一见赵军似有诡异，不觉慢了下来。在这刹那之间，匈奴大单于带着本部族三万骑士已从中央突前，弯刀一挥嘶声大吼：“赵军大营有财货女人！谁抢得多谁是大白熊！杀——”骤然之间，匈奴潮水又呼啸翻卷着压来，遍野马蹄如雷刀光闪亮，遍野都飞舞着白色的翻毛皮袄与黄色黑色的飘飘长发，杀声震动原野，山崩地裂一般。

与此同时，山顶行辕三十面战鼓如惊雷大作。赵军两翼骑兵呐喊大起，从白色洪流两边如两道红云飞掠而过，不冲匈奴群骑，却直向两边包抄过去。匈奴骑兵也不管你如何跑马，白色洪流只呼啸漫卷着向赵军大营压来。便在两箭之地，匈奴骑士驰马前冲间人人挂刀弯弓长箭上弦，立即万箭齐发，箭雨密匝匝如漫天飞蝗倾注赵军大营。齐射方罢，战马已前冲到距敌三十步之遥，此时匈奴骑士第二波飞兵出手——万千短矛（铤）一齐掷出，间不容发之际飞马劈杀长驱直入。这是匈奴骑兵最有效的战法：一箭之地万箭齐发，三十步之外短矛齐掷，在这急如骤雨密如飞蝗般的两波飞兵猛烈击杀之下，对手惊慌溃散，匈奴骑士的闪亮弯刀已随着惊雷吼声闪电般劈杀过来。此等战法之威力，天下大军鲜有抗得三五个冲击浪潮者。匈奴崛起于强悍的胡族之林，更在五六百年间一强独大，并对中原强兵战国形成巨大威胁，所仗恃者正是这凶悍无伦的冲锋陷阵之法。此时匈奴白日作战，一则拼死复仇，二则没有了月黑缠斗，弓箭短矛大显身手，自然更是凶悍之极。

强中更有强中手，匈奴大军这次可是失算了。

在匈奴大军隆隆压到两箭之地，骑士弯弓搭箭的刹那之间，赵军大营奇特的铜鼓声轰轰轰三响，横宽十里的六道浅壕沟中骤然立起了六道红色丛林，随着一声整齐轰鸣的呐喊："放——"万千红色箭杆在一片尖厉的呼哨中密匝匝猛扑了出去，如此一波还则罢了，偏是六道红色丛林一道射罢立即蹲伏上箭绞弩，后一道接着立起射出，六道强弩此起彼伏轮换齐射，箭雨连绵呼啸，毫无间歇地一气倾泻了小半个时辰。匈奴骑士射术固精，也只是援臂弯弓靠膂力射出，百步之外便成飘飞之势，更兼人力引弓上箭，纵是连射也必有间歇，何况每个骑士箭袋最多只能带箭二十支（寻常在十支左右），却能射得几何？赵军却是中原弩机，强大座弩多人操持，可一次上箭十余支连射，三尺箭杆粗如木棍，箭镞长锐如同匕首，有效射程可达三四百步。单兵轻便机弩用脚踏上箭，虽是单发，射程也在二百步之遥。赵军原本是飞骑轻兵，只带得座弩两百架，单兵机弩却是六万有余，皆由力大善射者任之。赵雍与诸将昨夜密议，将四万骑士临时改做弓弩营，两百架座弩居中，三万单兵弩环绕，决意给匈奴野战骑兵以迎头痛击，而后再一体截杀。

匈奴骑兵十二万，此刻全部密集在这十里草原猛冲猛进，突遇这闻所未闻的锐利长箭急风暴雨般连绵扑杀，任你马头人身，尽是噗噗洞穿，连人带马钉在一起轰然倒地者尽在眼前，威力直是比匈奴骑士全力掷出的短矛还要骇人。片刻之间，人马一片片倒下，任你汹涌而来，也是无法冲过这红色帷幕般的漫天箭雨。大单于一声大吼，回马！惊慌的匈奴大军又漫山遍野卷了回去。

此时，山头行辕的"赵"字红色大纛旗急速挥动，战鼓隆隆紧响，原先两翼包抄的红色骑兵顿时在大草原展开，杀声震天地冲入匈奴骑兵群。与此同时，阴山西口也潮水般涌出大队红色飞骑，正正堵在了匈奴正面。赵军大营两侧的一万骑兵也同时发动，从匈奴身后掩杀过来。匈奴大单于嘶声吼叫，杀啊！死光就死光！匈奴骑士也是遍野怪吼，散乱拼杀，毫无退缩之象。

山头赵雍看得一阵，脸色越来越是阴沉："死战令！"话音落点，中军司马一声大吼："金鼓号角齐鸣！誓死一战！"刹那之间，山头三十面战鼓三十面大锣百余支长号隆隆噬噬呜呜地交相轰鸣在辽阔的草原战场，那面红色"赵"字大纛旗也在骤然之间竖起了两支雪亮的旗枪，平展展地悬垂在了湛蓝的天空之下。辽阔草原上的红色骑兵顿时杀声震天动地，一面"廉"字大旗于万马军中如同飞舟劈浪，直冲匈奴大单于的白熊大旗。几乎同时，赵雍亲率三千护卫飞骑狂飙般卷下，泰山压顶般杀向匈奴中央白熊大旗。两支强悍的骑兵大军便在阴山脚下展开了真正的殊死拼杀。

太阳落山之时，大草原终于沉寂了。红色的骑士，遍野的鲜血，与火红的霞光融成了无边的火焰，辽阔的草原颤抖着燃烧着，连喘息的力气都没有了，死一般的沉寂。

"万岁！赵军万岁！"陡然，长城脚下传来了遥远而清晰的欢呼。

"君上，秦军在庆贺我军！"中军司马飞骑来报。

"秦军？"立马山头的赵雍不屑地笑了，"清点战场，明日回军。"

阴山之战，赵军斩首十八万余，悉数斩杀匈奴大小单于头领百余人，匈奴仅万余人突围逃走。与此同时，东线也传来捷报：牛赞大军大破东胡，斩首八万，东胡大首领及其部族头领二十余人尽皆被生擒。东西赵军共死伤六万余。赵雍回军雁门长城，休整三月补充兵员，并立即论功行赏安置伤兵。秋风方起时，赵雍又亲率大军十万进入雁门关，直压中山国与楼烦头顶，要一鼓作气根除楼烦中山之患。

二　战国之世的最后一顶王冠

三胡之中，楼烦最弱。边患之中，中山不强，然却最令赵国头疼。

楼烦乃北胡部族，大约随春秋初期的蛮夷大举入侵，进入中原晋国的北部，立邦国建楼烦城邑[1]。在齐桓公结盟诸侯“尊王攘夷”的中原大驱胡时，楼烦部族大部北逃草原大漠，余部臣服晋国。后来晋国内争剧烈，楼烦部族又与中山部族一起返回复国。魏赵韩三家分晋之后，楼烦与中山国一起成为赵国西邻。楼烦恰恰卡在雁门关之南，犹如楔在赵国咽喉的一颗钉子。中山国恰恰钉在西腰，向南一过井陉关要塞险道是赵国腹地，犹如插在肋部的一把尖刀。论实力，这两个部族邦国加起来，也未必堪与赵国一战。威胁处在于，楼烦中山看准了赵国南有中原强敌、北有林胡东胡边患，投鼠忌器，不敢对自己做灭国大战，便依着游牧习性经年对赵国骚扰掠夺。赵若调集大兵迎战，游牧骑兵便流云般消失在崇山峻岭之间，堪堪退兵，他又如影随形般贴将上来。春耕抢牛羊，夏忙抢麦粮，秋收抢谷黍，冬藏抢民户，任你何时何地，时时处处都可能是楼烦中山的劫掠时光，当真是赵国民众的心腹大患。但提中山楼烦，赵人莫不咬牙切齿骂一声：“中山狼！楼烦狈！狼狈为奸，寝皮食肉！”

论情势，此时的楼烦尤为可恶。非但盘踞雁门关之南钉在赵国边军之后，而且经常绕过雁门关北出赵国长城游牧，直达岱海黄旗海[2]一带草原，硬是对赵国视若无物肆意挑衅。赵雍决意自北向南，剔除两块心腹大患，打通雁门关平城一线南下赵国的宽阔通道。

赵军大兵压境，楼烦部族早已惊慌失措。匈奴大军清一色二十万精骑都一举被赵军撕扯成血肉碎片，楼烦举族不过十万步骑，岂能当得杀气正盛的赵军？更要紧者，楼烦部族陷在长城之南，与草原诸胡相比，抢掠虽是便捷，却也有一致命伤——但遭赵国主力大军压顶断路，便难

---

[1]　楼烦城，今山西宁武地带。

[2]　黄旗海，今内蒙古集宁地区。

得诸胡救援，更何况诸胡匈奴已经望风而逃了。惊慌之下，楼烦部族头领竟率大部精壮族人西北出山道秘密北逃了。留下的十余万老弱病残女幼，只有举族降赵。赵雍不战而屈楼烦，立即设立雁门郡，将雁门孤关变成了辖地近千里的边郡。顺便提及的是，楼烦部族北逃后数十年，被卷土重来的匈奴吞并，被“封”于河套南部的草原，成为匈奴对抗秦帝国大军的前哨部族。匈奴解体消散之后，楼烦部族也永远地消失星散了。

赵雍大军趁势南压，直逼中山国腹地都邑。

论实力，中山国虽然已经称王，却实实在在一个滑稽可笑的穷邦弱族。举国人口不过百余万，兵员号称三十万，实际能战者不过十万，且全部是没有重型器械与精良装备的轻兵。究其实，快速深入他国抢掠民众，自是气势汹汹绰绰有余，然则与赵国此时的新军相比，几乎不堪一击。当此之时，赵国大军已经是脱胎换骨的新军了。从根本上说，赵雍发动的胡服骑射仅只是形式而已，实际上却是以轻锐快速为目标的军制大变法。两年之中，赵国上下同心，以惊人的强韧快捷，同时在旧军改制精编、新兵员征发训练、兵器甲胄全面更新、粮草给养便于携带诸方面进行了根本改革，赵军已经成了与秦军具有不同特点而又堪与秦军抗衡的最强大新军。而此时的游牧部族根基的中山国，无论在军制、兵器、国力、兵员数量、士兵战力诸方面，都已经远远不能与赵军相比了。

无奈之下，中山王派出特使郊迎赵军，向赵雍提出愿割四城以换取罢兵。

赵雍哈哈大笑：“罢兵？也行！除中山都邑之外，六城全割与赵。否则，战场见。”

其时中山国只有七城，割去六城，中山国岂不成了赵国汪洋中的一座孤岛？特使不敢应承，立即回报中山王。中山王立即召来丞相上将军一班大臣商议，可偏是谁也不做声。

数十年前，中山国跟风，在魏惠王发动的“五国相王”中称了王。王冠加顶，中山国君臣兴奋得手足无措，立即学着中原战国变法起来：后宫几个没有名称的妻子立即封了王后嫔妃，各部族头领立即做了开府丞相、上将军、太师、太傅、郡守、县令等要职；识得几个中原字的庙堂“名士”，便做了王室长史、太史令、太庙令一班文职大臣；原本只会跳神祈祷的巫师也做了占卜令、王巫师、国巫师等名色不同的人神臣子。热热闹闹的变法完毕，中山王开始了举国访贤图谋霸业。都邑十几个在中原游历过的“饱学之士”，与原本识得字的几十个没落布衣，自然成了国中大贤。中山国将这些大贤们供养起来，每逢节令当口，国王必亲到穷闾隘巷礼贤下士一番。直到目下，这些贤士已经白发苍苍，国王也已经是第二代了，礼贤下士的法度与穷闾隘巷的贤士们还是依然如故。谁料变法之后，中山国内争不断，游牧部族原本的拙朴荡然无存。后宫争立王后，王室争立太子，大臣争夺权位，数十年庙堂不亦乐乎，民众不堪忍受穷苦者便逃回了草原，军士不堪内乱兵变者也逃回了草原。倏忽数十年间，这个新王国竟成了一个人口流失疲弱不堪不伦不类的怪物，霸业大梦也泥牛入海了。

思忖一番，中山王一声长叹：“同是变法也！如何秦变强，赵变强，我独变弱乎？天意如此，夫复何言？割去六城也罢，寡人做个周天子孤守洛阳！”

“我王神明！”丞相上将军与诸班大臣齐声赞同。

就这样，中山国献出了都邑之外的六座城池，倏忽变成了一个辖地数十里的王号小邦。由于中山原本便是游牧为业的赤狄白狄部族，城池远不如土地对他们来得重要。可在东施效颦的变法之后，中山游牧人也变做了居住城池的“国人”，只在抢掠收获之时出城，寻常时日只住在城堡里消受劫掠来的财货。如今六座城池割给赵国，按照战国割地传统，城池内的中山“国人”及其所管辖的周围土地，自然也成了赵人赵地。如此一来，中山国人口土地锐减，一蹶不振地衰落了下去。虽然后来赵国内乱，中山国又反复了一次，然则终究是夕阳晚景，迅速又黯淡了下去，终为赵国所灭。

可是，中山国割地罢战，赵国将士大是不服。廉颇带一班大将昂昂晋见，请国君赵雍一战灭中山根除后患。赵雍笑道：“天下事一次做得完么？赵国猛士灭此等奄奄一息之国，无端召来秦魏韩干预，划算么？既得实地，又困中山于孤城无法兴风作浪，还无形消弭了三国干涉，一举三得，不划算么？”

“臣等只是对中山狼恨气难消！”

“末将只怕没了仗打！”

“老将军，诸位将军，少安毋躁。”赵雍从容道，“赵军新成，还能没仗打了？也许不要多久，会有一场更大的恶战。你等要厉兵秣马，精心练兵，不能有丝毫懈怠。”

“嗨！”众将顿时精神抖擞。

秋风萧瑟的十月，赵国大军北上长城驻防。赵雍却只带着三千护卫骑士回到了邯郸。听太子赵章与辅政肥义禀报完诸般国事，赵雍立即对两人说了目下自己的谋划方略：今冬明春，赵国大出。及至一宗宗说完，太子与肥义异口同声地赞同。君臣三人密议一日，立即开始了紧锣密鼓的部署。

第一件大事，赵国称王。

第二件大事，出使六国，厘定与各国邦交根基。

第三件大事，秘密扩军二十万，使赵军一举成五十万大军。

即位二十三年来，赵雍抱定“韬晦以示弱天下”的国策，非但拒绝了称王，且自降两级国格而称“君”。战国之世，邦国规格虽远不如春秋时期那般严格，且大多由自己确定，然则一个国家究竟是何等国格，毕竟还是大有讲究的。其时，天下国格大体是四等：王国、公国、侯国、君国。若以称王先后次序论，截至目下，天下王国八：楚国、魏国、齐国、宋国、韩国、中山国、秦国、燕国；公国大多是残存的老牌诸侯，鲁国、卫国等；侯国虽也是老牌诸侯，却已经极少，只有薛国与赵国了；君国，则几乎只剩下一个五十里的安陵君[1]了。只要除却那些利令智昏而抢王的邦国（宋、中山、韩）外，大国称王都是极为谨慎的。秦国称王于六国合纵抗秦之后，燕国称王于合纵灭齐之前，都是时势所催之结果。论王国业绩，此时六大称王战国中，除了韩国称王之后一事无

---

[1] 这个安陵君虽然只有五十里封地，然却因“唐雎不辱使命”的故事闻名后世，见第五部《铁血文明》。

成，都曾经先后威势赫赫过一段，秦国则是始终威势不衰。以时势论，小邦国抢戴王冠，天下皆可哈哈一笑了之，谁也不会当真与其争长短。大国则不然，一旦称王便昭示着你要加入逐鹿争霸了，各大战国便会竞相遏制，或合纵或连横，总是要这个新王国经受一阵猛烈锤打。果真抗住了，王国便立定了，诸如秦国。若抗不住诸般围攻遏制，王冠光环便消失了，诸如韩国燕国。此等情势，赵雍看得分外清楚，所以坚不称王，而宁可降得与安陵君一般。然则天下事毕竟有公，赵国称君，各大战国与小国却谁也不敢小视，至多是认可了赵国没有野心，事实上谁也不敢当真如对待小小君国一般予取予夺。赵雍自然清楚此中界格，然则他所需要教天下明白的也正在此处：我没逐鹿争霸之野心，你也不要寻衅于我。二十三年来，这一谋划确实是做到了，赵国已经平安完成了强国大变。当此之时，三胡匈奴中山之诸般边患已大体廓清，赵国军威大盛，还用得着韬晦么？再一味韬晦，天下还信么？若无韬晦之效而落得“天下大伪君”之名，韬晦岂非大大滑稽？与其如此，何如堂堂正正称王，堂堂正正逐鹿天下？

时也势也，英雄之心性也。

要大出天下，必然要与六大战国周旋。二十多年来，赵国除了参与五国灭齐之外，与六大战国间几乎没有主动的邦交往来，虽然以往的恩怨似乎淡薄了一些，但对天下实力碰撞的实在格局毕竟也是生疏了。此次借称王之机派出六路特使，一举厘定六方邦交根基，同时一举奠定赵国重返中原的强势地位，都是极为要紧的。燕国老仇家要重新廓清恩怨。对弱齐要取强势，才能保住济西二百里。对魏韩这两个同根兄弟，则要软硬兼施地拉过来，毕竟，三晋主心骨目下已经是赵国了。对萎靡不振而相距遥远的楚国，则要尽可能地结为盟邦，只要楚国能从背后掣肘秦国。只有秦国是赵国最主要的敌手，然则秦国如日中天，赵国却是刚刚浮出水面，目下还必须相安无事。

最要紧的实际国事，是扩军。在七大战国中，秦国大军已达四十万余精兵，其次齐国三十余万，楚国三十余万，魏国三十余万，燕国二十余万，韩国近二十万。虽然战力国力各有强弱，兵力数目并不能说明全部实力，然则若与真正的敌手秦国相比，目下赵国军力实在是单薄了许多，秦国四十万精兵可是没有赘肉的了。故此，一旦脱去韬晦而大出，兵力便要大大增强，且要尽快练成同样精锐的胡服新军。

冬月来临之时，邯郸的六路特使先后上路了：楼缓出使秦国，赵爵出使齐国，富丁出使魏国，仇液出使韩国，赵造出使燕国，王贲[1]出使楚国。与此同时，赵雍下书：将军赵固为代相（郡守）兼领雁门郡军政，北上驻平城，以守将牛赞为辅，征发胡人精壮二十万，两年内练成精锐新军。

开春之后的三月，赵国举行了极为隆重的称王大典。这是战国之世的最后一顶王冠，也是最为宏大的一次称王大典。列国特使云集邯郸，洛阳王室也照例“赐”赵雍一辆青铜天子轺车、一身古老的王服、一套主受命征伐的斧钺仪仗。连续一月，赵国都是朝野大黼，国人欢歌相庆。

从此，赵国成了王国，赵雍做了第一个国王，这便是大名垂后世的赵武灵王。

此时，遥远的北方大漠传来了一个令人意外振奋的消息：逃到北海的林胡部族派出王子为特使南下，向赵王献上三匹最名贵的汗血宝马，并愿臣服赵国。林胡王子特使抵达之日，邯郸万人空巷，举国争睹昔日令他们胆战心惊的夙敌朝拜赵王，欢呼雀跃无以抑止，将称王大典推到了狂欢巅峰。

三　赵雍探秦国　感喟重划策

称王大典一结束，赵雍又风尘仆仆北上了。一到雁门关，他立即召来在平城征发兵员的代相赵固、平城将军牛赞、雁门将军廉颇秘密议事。

“我欲设立云中郡，诸位以为如何？”赵雍一如既往地开门见山。

[1] 王贲，赵国大臣，非后来秦灭六国时的大将王贲。

三位边地大员顿时睁大了眼睛，一句话不说，其惊讶愣怔竟将赵雍看得忍不住哈哈大笑，“如何？胆怯了？不敢进驻云中么？”

“臣启我王，”代相赵固为在座唯一执掌一方的政务大臣，在此等国政大事上自然不能期待两位将军先说话，谨慎开口，“云中虽为各方拉锯地带，然则云中要塞与长城，历来为秦国北边重镇。我若设郡驻军，分明便与秦国交恶。依目下大势，似对赵国不利。”

“赵相差矣！”老牛赞慷慨高声，“云中长城属秦不假，然长城外阴山草原历来为匈奴盘踞。我赵军将士浴血大战匈奴，平息阴山岱海之胡患，如何设不得云中郡？”

“廉颇以为，云中郡可设，但治所须在岱海筑城。”老成持重的廉颇第一次不待国君发问便开口说话了。

“怪哉老哥哥！”牛赞惊讶笑道，“岱海筑城为治所，那还叫云中郡么？”

“莫不成你目下夺了云中过来？”老廉颇黑着脸一丝不苟，“此中尺度，我王掂量。”

“好！老将军知我心也。”赵雍双掌一拍笑道，“你等思忖：目下七大战国全部称王，燕齐两衰，魏韩两弱，楚国更是日见萎靡；放眼天下之国力军力，唯秦国将成我赵国真正对手。当此之时，试探虚实也罢，未雨绸缪也罢，设立云中郡都是一手开门棋。赵固言对赵不利，是觉我出手太早。廉颇老将军之策，两相兼顾，既占阴山压秦之顶，又退治所减秦敌意，正得初接强敌之奥妙也。”

“臣已明白！”赵固顿时恍然，“大军驻阴山，治所驻岱海，进退自如也！”

“正是这般。”赵雍笑道，“廉颇将军，兼领云中相，立即筹划岱海筑城与设置官署、迁入民户事宜，先教云中郡响动起来。赵固与牛老将军，征发胡人成军，可是史无前例。两年之中，定然要将此事办妥。”

牛赞慨然拍案：“我王莫担心，林胡东胡已经臣服，胡人精壮入军本是习俗，比我赵人入军还踊跃。二十万大军，两年后定然一支精兵也！”

赵固道：“廉颇将军兼领云中相，阴山大军却由何人统领？”

赵雍笑道："此事我已有对：楼缓出使归来立即北上，职任云中相，廉颇将军还归大军进驻阴山。"

"我王此番北上，似有他图？"赵固看赵王笑得神秘，不禁疑惑。

"只你等三人知晓便了。"赵雍一脸肃然，"我要南下咸阳，探察秦国。"

"啊！"饶是三位皆胆略过人，也是一声惊叹，比方才乍闻设立云中郡还要惊讶。赵雍心知三人必要殷殷劝阻，断然一摆手道："我已有周详谋划，三位无须担心，只做好自己事。""不！我王不能涉险。"牛赞还是不管不顾地霍然站起，"秦为虎狼之国，我王纵然雄杰轻生，也当以赵国大局为重！""老将军之言大是，我王不能涉险！"赵固廉颇也是异口同声。

赵雍哈哈大笑道："世间万事，何事无险了？秦孝公当年不孤身赴险，能有变法强秦？秦人能为，我赵人何不能为？因噎废食，只有窝在火炕头了，谈何大业？"

"既然如此，老牛请做我王护卫！"牛赞红着脸嚷叫起来。

赵雍笑道："老将军笑谈了。只怕过不了云中，秦人便早认出你这边军猛将了。"脸色倏然一沉，"诸位无须多言。但看我阴山大战匈奴，秦国非但不落井下石，且拟援手襄助，便知秦国之天下气度也。不亲自掂量一番秦国，赵雍永远不会甘心。"

三位大臣不禁相顾默然。这位赵王的英雄气度与超人胆略，二十余年来已经淋漓尽致地在赵国挥洒出来，别出心裁独辟蹊径敢为匪夷所思之举，更是常常令这些身经百战的将军们惊叹不已。十九年隐忍不发，悄然推行变法，公然自贬国格，其柔韧顽强虽越王勾践亦未必能及；但发则匪夷所思：胡服骑射、大军改制、林胡赴险、北海穷追、阴山血战，哪一次不是惊心动魄？历来君王不领军，赵雍却是每战必帅，伤痕累累犹冲锋陷阵，以至成为赵军真正的天神军魂，但有赵王领兵，赵军便是杀气弥天战无不胜。凡此种种，赵雍之大智大勇，已经令赵国朝野由衷折服，而今赵王决意要南下秦国，也许是赵国大出天下之天意使然，身为臣工，岂能执意违拗？

次日清晨，雁门关飞出一支马队，在枯黄的草原风驰电掣般驰向云中方向，进入长城，进入秦国上郡。三日后，这支马队从北地郡进入了关中，进入了咸阳。

这日，秦昭王正在与魏冄、白起商讨赵国称王后的应对之策，长史[1]王稽带着关市[2]匆匆进来禀报：尚商坊有一胡人马商气魄惊人，要以三千匹骏马交换“官市”精铁三百万斤，请命定夺。尚商坊本是秦国在咸阳专设的山东六国商区，“官市”却是秦国府库设在尚商坊的最大市易店面，专一收购秦国急需货物，同时外卖秦国府库的积压器物。精铁是兵器原料，秦国历来严格禁止流出，骏马却是骑兵急需，秦国历来大量购进。今日竟有人以骏马易精铁，且数量如此惊人，一时间秦昭王三人都愣怔了。

“怪哉！”丞相魏冄先惊讶了，“一个马商要三百万斤精铁？何方胡人？”

“其人自称：林胡马商乌斯丹。”关市小心翼翼地回答。

白起皱起了眉头：“以秦国急需购进之物，换取秦国严禁流出之物，此事颇有蹊跷。”

“长史，”秦昭王一挥手，“将这个马商请进宫来，毋得张扬。”

“臣明白。”王稽答应一声，领着关市匆匆去了。

大半个时辰后，东偏殿外廊传来坚实清晰的脚步声。白起的眼睛骤然一亮，接着王稽疾步走进低声禀报，林胡马商已在殿外廊下。秦昭王一点头，王稽转身快步绕过了高大的黑色木屏走出殿口。片刻之间，那坚实清晰的脚步声砸了进来，王稽那急促细碎的脚步丝毫不能掩盖其夯石落地般的力度。秦昭王三人的目光不由自主地齐刷刷聚向高大的木屏，骤然之间都是一惊。

大屏后砸出了一个异乎寻常的胡人——雪白的一件翻毛皮短裘，紧身皮裤半截塞在高腰战靴中，拦腰一条六寸多宽的赭色板带上，左嵌一

---

[1] 长史，秦国官职，相当于国君秘书长。

[2] 关市，秦国掌管市易与商业税收的官员。

副小型铜机弩，右插一口皮鞘镶珠的弯刀；头戴一顶火红色翻毛大皮帽，灰白的长发披在双肩，粗糙黝黑的大脸膛上一副虬枝纠结的连鬓大胡须喷射得刺猬一般，高耸笔挺的鼻头泛着油亮的红色，深陷的双目中两股幽蓝的光芒。身材虽不甚高大，当殿一立，却是山岳般岿然无以撼动。

“林胡马商乌斯丹，见过秦王。”马商一扬左手，而后双手一拱，一个地道胡礼。

秦昭王恍然笑了：“贵商远来，入座说话。”转身高声吩咐，“来人，三爵秦酒。”

乌斯丹哈哈大笑：“胡人好酒，三爵只渗得牙缝。久闻秦酒甘烈，至少一坛过劲。”

“好个胡人英雄！”秦昭王少时也曾在燕国内乱中与胡人杂处，熟知胡人酒风之烈，骤然间倍感亲切，拍案便道，“一坛百年凤酒。”

肃立一侧的王稽一挥手，两名小内侍抬来了一张酒案：中间一只泥色陶坛，两边分别摆着打酒的长柄木勺与三只酒爵。秦昭王笑着一指酒案：“老秦酒一坛六斤，英雄分爵慢饮了。”乌斯丹又是哈哈大笑，没有说话，只站起来走到酒案前提起已经开封的酒坛举到嘴边，仰头之间长鲸饮川一般，不见喉头咕咚之声，更没有滴酒洒出，只闻一阵细亮的吮吸声息，片刻之间，乌斯丹将酒坛咚的一声蹾在了案上：“果真好酒！”

这一下，非但秦昭王大为惊讶，便是粗豪过人的魏冄与天赋奇胆的白起也惊讶了。秦军中不乏豪饮猛士，可要谁一口气滴酒不洒地将一坛老秦烈酒饮干，只怕是比登天还难。当年白起做卒长，卒下孟贲乌获两名大力神一次可饮六坛老秦酒，可那是咕咚咚豪饮，酒水顺着嘴角激溅出来连衬甲都渗得湿淋淋的，如何与这乌斯丹干净利落的饮法相比？

“乌斯丹，真英雄豪士也！”秦昭王不禁拍案高声赞叹。

乌斯丹连连摆手道：“饮得几坛酒，算甚个英雄？只你中原人不知胡人罢了，皮囊装马奶子，常在战马驰驱间大喝，日子久了，皮囊一沾嘴这肚腹便是空空山谷，大嘴巴便是吸风谷口，一气吞吸，却有何难？”

“如此说来，你可一次吸干一囊马奶子？”秦昭王更是惊讶。

“骑士皮囊，一囊八斤马奶子。这是两日军食，不能一次吸干。”

魏冄脸色倏忽阴沉：“这位乌斯丹，你究竟是马商？还是林胡将军？”

乌斯丹笑道：“是马商，也是将军。我胡人没有官商区分，出来做马商，回去做打仗将军。丞相不知胡人风习么？”

“你如何知道我是丞相？”魏冄突然声色俱厉。

乌斯丹哈哈大笑：“老鹰就得在天上飞，骏马就得在草原跑，游荡的牧人谁个不认得它们？你是丞相魏冄，他是上将军白起，我胡人不当知道么？”

“林胡已经被赵国追杀到北海，日前又臣服赵国，要巨万精铁做甚？”魏冄撂过话题，一句直逼要害。

“狼群进入草原，牧人要为羊群筑起结实的围栏，为狼群打好锋利的战刀。”

秦昭王目光一闪：“如此说来，林胡还有复仇大志？”

“夺我草原，杀我族人，驱我于寒天冻土，若是中原英雄又当如何？”

秦昭王思忖间道：“林胡要单独复仇？抑或联结匈奴一并复仇？”

“战刀还没有打造，猎人还没有进入猎场，怎知道一起狩猎的朋友？”

秦昭王正色道：“将军若是林胡单于特使，便请明言：若秦国与你成交，林胡该当如何？”

乌斯丹黝黑粗糙的脸膛涨得通红，酒气喷发之下似乎分外亢奋：“大邦若卖我三百万精铁，我林胡十万勇士便要夺回两海草原，猛攻赵国背后！秦国若能从南夹击赵国，林胡与秦国，分了赵国这只肥羊。”

“之后如何？”秦昭王微微一笑。

“秦国是天上老鹰，赵国是地上狐兔。林胡臣服秦国！”

“噢，家底终究是兜出来了。”秦昭王呵呵笑了。

“大胆！”魏冄啪地拍案而起，“胡人匈奴，几百年掳掠中原侵凌华夏，如今竟要借秦国之力卷土重来，狼子野心何其猖狂也！我今明告与你：赵国驱胡，华夏壮举，秦国岂能落井下石！赵国与匈奴血战，便有我大秦十万铁骑在后。平得胡患，纵然赵国与秦国为敌，也是我华夏邦国之争，秦赵自当堂堂正正决战疆场。尔等外敌鼠辈若敢火中取栗，当心秦赵联手，剥下你二十万张狼皮！”魏冄本是粗豪凌厉秉性，这番话霹雳闪电一般，震得大殿嗡嗡作响。

“真一只老鹰！”那乌斯丹目光炯炯地跷起大拇指高声赞叹，“胡人虽与中原为敌，却是敬重英雄朋友。丞相骂得好！”哈哈一笑，却又对着秦昭王颇为神秘地压低了声音，“乌斯丹听说了，赵国要设云中郡，可是欺负到秦国头顶了，秦国当真不恨赵国？”

秦昭王脸上露着笑容，语气却是一板一眼：“林胡密使乌斯丹谨记：秦国赵国，同种同根，纵有争端，自有大争归一之道。与你林胡，却是无涉。”

乌斯丹的目光倏忽收敛，良久默然，突然起身道：“秦国不忘同种同根，大义之邦。乌斯丹敬重秦国君臣。”说罢对着秦昭王深深一躬，挺直身板又是慨然拱手，“生意没做成，乌斯丹告辞。”转身大步嗵嗵地砸了出去，骤然之间，洪钟般的哈哈大笑在宫殿峡谷中回荡开来。

“白起，你以为这个乌斯丹如何？”秦昭王看着一直没有说话的上将军。

白起悠然一笑：“以臣忖度，此人绝非林胡马商，亦非林胡密使。”

“噢？可能何人？”

“可能是新近称王的赵雍。”

“啊——”秦昭王与魏冄不禁浑身一震。

“臣之叔父白山，当年曾几次护送张仪丞相入赵，见过当年的太子赵雍，后来几次对我说起赵雍异相。今日留心，依稀符合。”

“何不当面揭破？”魏冄急追一句。

白起笑了：“丞相不觉得，今日结局最好么？”

秦昭王恍然一跺脚道：“快说！追不追这个，赵雍？”

魏冄立即道：“白起说话，你一直思虑，当有成算。”

“非但不能追，还要隐秘保护赵雍出关。”白起站了起来，“有赵雍在，秦赵至少十年无大战。臣正要回蓝田大营，此事由臣处置。”

“赵雍？匪夷所思也！”秦昭王长长地喘息了一声，倚在座案前兀自嘟哝，“不可思议！当真不可思议也！”

白起魏冄刚走，秦昭王便接到云中将军密报：赵王乔装胡地马商，率一个百人骑士队秘密进入秦国。秦昭王拿着泥封羽书，半日没有说话。

回到邯郸，已是春暖冰开，赵雍旬日闭门不出。

秦国之行，对赵雍触动太大了。他抛开邦交使节的正道，以如此奇特的方式南下，从根本上说，是要真正试探出秦国争霸天下尤其是对抗赵国的手段界限，也就是说，秦国的扩张争霸是否不择手段无所不用其极？具体而言，秦国究竟会不会借用诸胡与匈奴的力量夹击赵国？毕竟，对于扛着天下八成胡患的赵国来说，对手如何对待利用这支力量，对赵国来说几乎是头等重大的事了。往前说，当年在秦孝公变法之前的六国分秦时，赵国就曾经利用与胡人的历史渊源，将联结西部戎狄作为夹击秦国的重要手段。虽则分秦没有成功，但这个路数秦人是清楚知道的。往近处说，秦惠王初期老世族要复辟旧制，也走的联结西部戎狄而内外夹击这条路子。数百年来，戎狄诸胡匈奴等蛮夷部族祸患中原，秦赵两国受害最深，与边地游牧部族斡旋的手段也最多，利用边族之经验也最为丰富，秦国若利用三胡匈奴之力牵制赵国，赵雍一点儿也不会觉得奇怪。阴山大战匈奴，赵雍其所以要将战场拉到秦军驻守的云中长城外的阴山草原，正是要给秦国一个公然警告：你要利用匈奴胡人，赵国不怕。当时若秦军趁机夹击赵军，赵雍心里反倒会踏实起来，即或阴山不能战胜，也会重新思谋如何将匈奴祸水引向秦国，以其人之道还治其人之身。不想秦军非但没有偷袭夹击，反而准备施以援手，赵军胜利之后，秦军的欢呼雀跃曾经使赵军将士何等感慨！

便是这一次，赵雍大为奇怪了，秦国这种史无前例的做法，图谋究竟何在？是真正的视胡人边患为华夏共同大患么？秦国当真有此等胸襟气度？莫怪赵雍疑惑，在铁血大争的战国之间，螳螂捕蝉，确实是没有任何人放弃过任何一次做黄雀的机会。赵雍是果敢的，然则赵雍更是有深沉谋算的，秦国果真如此，赵国对这个对手便当另谋方略，走先辈的老路显然不行。可说到底，秦国究竟是否果真如此？

派出特使公然摆明了说事么？一是两国二十年相安无事，此等敏感话题突兀提出，岂非自认要与对方为敌？硬着头皮说开，若对方一席不痛不痒的官话，反倒是云山雾罩难以揣摩了。反复思忖，赵雍才有了这奇特的林胡马商之行。更有幸的是，秦王还将他误认林胡密使，被他实实在在地试探了一回。

然则，对赵雍触动最甚者，与其说是秦国君臣的对赵根基，毋宁说是自己三个月在秦国的所见所闻。自从进入秦国，一种无处不在的浪潮时时冲击着他拍打着他，使他一刻也不能安宁。及至出得函谷关那日，他竟在关外一家酒肆痛饮了三坛老秦酒，暮色夕阳中对着函谷关虎狼般尽情呼啸了一阵。

同为战国，何独天下竟有如此之邦?

同为君王，赵雍终知天外有天了。

三个多月中，赵雍马不停蹄地走遍了秦国。因了秦国与赵国接壤，在赵人心目中，秦国与赵国都是强悍的北方大邦，强又能强到哪里去?自上郡入北地郡，秦国边塞关隘虽则整肃森严，然毕竟与赵国相差无几，赵雍并没有多少新奇之感。然则一进关中，那无尽沃野的殷实富庶却使赵雍眼界大开心中大动。及至进入咸阳，仅是尚商坊那淌金流玉吞吐天下财富的大气象，更使他深深震撼了。平心而论，仅是咸阳一城的财富，两个赵国也难以抵敌。从咸阳出来，赵雍又生出了一个念头：走遍秦国，彻底摸清这个庞然大物。

说巧不巧，在蓝田塬下，赵雍意外地撞上了策马回营的上将军白起。两人由贩马说起，一时分外投缘。白起请乌斯丹来年秋季前为他提供五千匹胡马。乌斯丹慨然允诺，说是南下巴蜀买得一批丝绸之后，便北上为他筹划战马。白起大是高兴，邀他进入蓝田大营痛饮，还陪他里里外外看完了蓝田大营，尤其是备细观看了秦军的各种大型攻防器械，笑说秦军再有战马三万匹，便可力扫阴山诸胡，林胡可要小心了。乌斯丹哈哈大笑，说打不过便跑，林胡完不了，乌斯丹照样给你战马。那一夜，两人在白起幕府痛饮谈兵，白起竟毫不隐讳地对乌斯丹将军叙说了秦军二十多年来拔城二十座以上的六次大战，尤其是夺取魏国河内与楚国南郡的两次大战。乌斯丹听得全神贯注，末了笑问一句，上将军以为大战根基何在？白起也只笑着一句，在国力，国无实力，虽能数胜而终败也。

乌斯丹借着酒意，突兀追问一句，秦之实力，赵之几何？白起哈哈大笑，乌斯丹将军，秦赵军力可比，国力实力不可比也。乌斯丹大为不服，赵国一败林胡再败匈奴，虽秦国不能，如何赵国实力不堪比秦了？

白起掰着指头数了起来："秦之关中陇西抵赵国腹地两郡，秦之上郡北地两郡抵赵国雁门、代郡，秦之商於抵赵国新设之云中郡；除此之外，秦国还有千里巴蜀、六百里南郡、三百里河内，赵国拿甚相抵？"乌斯丹还是不服："赵国北部有万里草原，巴蜀荒山野岭穷极山乡如何能比？"白起哈哈大笑："乌斯丹将军，巴蜀虽丰饶不及关中，然绝非穷极之地，你信也不信？""不信！"乌斯丹硬邦邦一句。"好！"白起酒气醺醺地一拍案，"乌斯丹将军也不用山道跋涉，我派一只战船，你只从夷陵溯江直上巴蜀如何？"

这样，赵雍轻快简便地直接进入了巴蜀。且不说巴郡峡谷大江的战船打造、精铁冶炼、丝绸药材已令他大为震撼，当他站在岷江岸边，遥望村畴相连鸡鸣狗吠炊烟袅袅热气腾腾的蜀中沃野平川时，关中沃野的景象在他眼前蓦然闪现出来。虽说目下的岷江多水患，但安知秦人不能治了岷江？果真岷江水患消失，蜀中之富庶无异天府。那时的秦国，又是如何？几乎整整一个时辰，他只愣怔地站着望着想着，没有说一句话。

东出峡江，再踏南郡，他已经对秦国由衷地生出了敬意。同是战国争地，哪个大国都曾经有过夺地几百里的胜利，可能如此快速稳定地将夺地化入一体法度，而立即形成本国有效实力者，谁个做到了？赵国得齐国济西三百里平原，至今仍是地广人稀，既留不住原来的齐国人，赵国人也不愿迁入，只能做平原君封地而已。魏国曾经占领秦国河西之地五十余年，始终是治不化民地不养人，魏惠王时反倒成了魏国累赘。齐国灭了宋国，守了十年也没焐热，宋人离心离德，最终也成了不得不撒手的一块火炭团。燕国灭了齐国六年，除了大掠财货，最终还是两手空空。楚国更是吞国吴越数千里，可硬是将吴越之地弄得反而不如春秋之吴越那般富庶强盛了。即便韩国，也曾经灭了郑国，后来又抢占了上党要塞，可吞地之后也是一年不如一年，都城新郑远不如郑国子产时期繁华富庶，上党山地的民众更是穷得大量逃亡，连守军给养都难以为继了……

凡此种种，都教赵雍辗转反侧不能安席。

你不得不承认，秦国是一个全新的战国——法令完备，朝野如臂使指；农人入秦得耕耘之安，商家入秦得财货之利，百工入秦得器用之富，精壮入军得战功之赏，士子入秦得尽才之用；如此之邦，士农工商趋之若鹜，如何不蒸蒸日上？天地间却有何种力量能够阻挡？相比之下，赵国还远远不够强大。要在战国之世立足，赵国必得另辟蹊径。

四　雄心错断　陡陷危局

赵雍开始了果断的行动。

这是他历来的秉性，谋不定不动，一旦谋定，则是无所畏惧地去实施，纵有千难万险亦绝不回头。这日暮色降临之时，他钻入一辆四面垂帘的篷车，径直来到肥义府邸。已经是白发苍苍的肥义似乎并没有感到惊讶，只将赵王迎进府邸便肃然就座。听赵王侃侃说起了一冬一春的种种神奇游历，直说了一个多时辰，赵雍方才撂出一句："要与秦国比肩相抗，便要内修法令，外拓六千里国土！"

"老臣愿闻我王细策，法令如何修？六千里如何拓？"肥义心知赵王已有成算，先问得一句。

"内修法令，是推行第二次变法，与秦国一般，废黜封地，凝聚国力。"

长长地吸了一口气，肥义嘴角一抽搐："拓地如何？"

"北灭燕国，西灭中山，占据阴山漠北三千里！"赵雍斩钉截铁。

"先走哪一步？"

"修法稍先。"赵雍慨然拍案，"修法但入正道，由你辅佐太子推行新法。我立即北上扩军拓地。再有十年，赵国当可与秦国比肩而立，逐鹿中原，决战高下！"

肥义良久默然。赵雍大是疑惑："肥义，我之谋划有错么？"肥义长嘘一声，骤然一声哽咽扑地拜倒："老臣请罪。"赵雍大惊，连忙扶住了肥义："出事了？慢慢说，来，坐了，别急。"肥义入了坐席，感慨唏嘘地向赵雍诉说了一个颇为蹊跷的朝局变故。一时，赵雍听得目瞪口呆。

原来，自从肥义任职左司过以来，纠察百官成为职责所在。二十多年来，无论肥义兼领何职，对左司过职责都没有丝毫懈怠。尤其是赵雍经常在外巡边作战，肥义更是加倍留心国中动静。赵国素来有兵变传统，且肥义自己也曾经参与，深知其中奥秘，所以早早就向各个权臣府邸通过各种方式安插了忠实小吏，随时向他秘密禀报权臣之异常动静。明知此等做法不甚妥当，肥义给眼线小吏们订下了三条法纪：其一，除了他所指定的事项与军政来往，不许窥探大臣寝室私密；其二，眼线小吏一律为左司过府吏员，领官俸办国事，但有谋私诬陷者立斩；其三，任何密报只许以他所指定的途径交他本人，不得对任何人泄露。由于谨慎周密，多年来没有出任何纰漏，权臣间也未见异常，肥义渐渐踏实了。

可正在肥义准备撤销此等人员时，却突然从平城老将军牛赞府邸传来一份密报：牛赞书房出现秘密书简，褒奖牛赞大义有节，将为靖国功臣。三日后又来密报：前书为太子赵章秘密送来，已经做特急羽书发往平城。不久，太子傅周绍府中也传来密报：连续三月，周绍竟有十六次与太子在书房晤谈到四更，内容不详，却也绝非讲书议政。在肥义浑身绷紧时，太子府密报来了：太子赵章与至少五名边将有秘密书简往来，内文不详。偏此时肥义已经是辅助太子坐镇邯郸处置国务的首要大臣，而赵王恰恰又正在穷追林胡的万里征途，肥义决意暂时不报赵王。此中根本原因，便是所有的边军将领都在征战之中，而邯郸守军又恰恰由肥义兼领；离开边军京军，权臣封地的少量私兵要进入邯郸，没有君王特出令箭王书，则肥义可立即诛灭。当此情势，纵然密谋是真，一年半载也不可能动手。

然则赵雍连续征战两年，回到邯郸处置完急务又立马北上，又直下秦国，这件事便搁置在肥义密室三年之久。赵王此次回邯郸次日，太子府又传出密报：平城牛赞三将已经回书太子，内容不详，太子颇是振奋。肥义接报，以磋商国务为名，立即来到太子府查勘迹象。

太子赵章很是高兴，说定了几件事务，兴致勃勃道："敢问相国，父王可是又要北上？”

“老臣只是辅政，不是相国，太子慎言。”肥义的黑脸没有丝毫笑意。

太子喟然一叹：“父王糊涂也！以卿之大功，早该做相国了。偏他年年用兵，无暇理得国政，长此以往，如何是好？”

“太子若有谋国之心，当向赵王明陈。”肥义神色肃然，“赵王洞察烛照，绝非昏庸之君，定有妥善处置。目下以太子为镇国，是将国政交付太子，无异于父子同王也。”

“父子同王？”太子揶揄地一笑，“赵章无非泥俑一个，任人摆治而已，相国当真不明就里？抑或敷衍于我？”

“老臣愚钝，只知辅助太子处置国务，从未揣摩他事。”肥义眼见太子心迹已明，多说则越陷越深，便借故告辞了。

肥义本当立即晋见赵王告知此事，却明知赵王闭门不出必在谋划大事，又不便突兀托出乱赵王心神。按照惯例，赵王有大举动之前必来找肥义商讨，肥义便一直隐忍到今日。说完这一切，肥义末了道：“若非我王说还要北上拓地，老臣也许还要寻觅机会再说。事已至此，老臣斗胆一言：我王多年戎马倥偬，无暇顾及国政，若有大图，当先理国。”

赵雍脸色阴沉得令人生畏，良久默然，粗重地长吁了一声，“咚”地一拳砸在案上，霍然起身大步砸了出去。肥义分明看见了赵雍眼中的盈盈泪光，心中不禁猛然一抖。以赵雍之刚烈，若不能审慎行事，赵国立即便是乱云骤起，弄得不好毁于一旦也未可知。心念及此，肥义一骨碌爬起来赶了出去：“快！备车进宫。”

进得宫中，肥义也不求见，只钉子般肃然伫立在王宫书房廊下。他抱定一个主意：只要赵王发出兵符，他便要拼死阻挡；不管守候几多时辰，他都要牢牢钉在这里，绝不会离开半步。眼见书房窗棂的白布上映出赵雍沉重踱步的身影，时不时停下来长吁一声，肥义不禁老泪纵横了。没有赵雍，赵国能有今日？便是赵雍这身胆气，肥义也决意永远效忠赵王，绝不许任何乱臣贼子谋逆，也绝不许赵国再生兵变。

渐渐地，天终于亮了。肥义听见书房厚重的大门咣当开了，熟悉的脚步咚咚砸了出来。赵雍一句话没说，拉起肥义进了书房。一个时辰后，内侍总管匆匆走出书房秘密召来了国史令。直到中饭时辰，肥义与国史令才匆匆走出了王宫书房。

旬日之后，邯郸王宫举行隆重朝会。

朝会者，所有大臣都奉书聚集之会议也。一年之中，大朝会也就三两次，通常都是开春启耕一次，岁末总事一次，其余则视情形而定，或大战征伐或重大国政，总之是无大事不朝会。寻常时日的国务，都由丞相与几位重臣会商处置而禀报君王，或君王动议交由大臣办理。战国乃大争之世，国政讲求同心实效，否则不能凝聚国力而大争于天下。其时君王、丞相、上将军三根大柱支撑邦国，各自都有极大权力，远非后世愈演愈烈的君王集权，处置国务的方式也与后世的君王“日每临朝决事”有极大差别。总之，是以办事实效为权力目标，而不是以巩固王座及权臣各自地位为权力目标，端严正大的为政风气是实实在在的时代精神，权术之风远未成为弥漫权力场的魔障。朝会之日，不在都城的郡守县令与边军大将都须得赶回，而但凡朝会，也必有大事议决，极少礼仪庆贺之类的虚会。此次朝会正在赵王离开邯郸半年归来之时，几乎所有的大臣都想到了同一件事——赵国一定要南下中原与秦国一较高下了。

这天是戊申日，赵武灵王即位第二十七年的五月初一。

邯郸王宫不大，一百多张座案在正殿分成东西两方，每方三大排，显得满当当的。那时的君臣关系虽则也是礼仪有格，却远非后世那种越来越扭曲的主仆甚至主奴关系。大臣议事，任何时候都有坐席。所谓朝会，既不是密密麻麻站成几排，也不是动辄三拜九叩山呼万岁，而是肃然就座率直言事。

“赵王上殿——”随着内侍一声长宣，坚实的脚步声咚咚回响着砸了进来，举殿大臣眼前不禁一亮。赵雍今日全副胡服戎装，一领火红短斗篷，一身棕色皮甲，一双高腰战靴，一顶牛皮头盔上插了一支大军统帅独有的红色雉翎，右手持一口骑士战刀，当真一个行将出征的大将军。虽说赵国胡服，然则国君朝会也从来不会如此全副戎装，大臣们不禁为之一振。

“参见赵王！”举殿大臣一齐拱手，一声整齐的朝会礼呼。

“诸位大臣，”赵雍须发灰白的黑脸分外凝重，也不在六级高阶上那张宽大的王案前就座，只拄着那口骑士战刀目光雪亮地扫视着大殿，“今日朝会，既非聚议北进征伐，亦非会商南下逐鹿，是要奠定国本根基。”两句话一完，大手一挥，“御史宣书。”

王座后侧的御史大臣大步跨前几步，站在了王阶边哗啦展开一卷竹简，浑厚的声音在殿中回荡开来：“王命特书：太子赵章，才具不堪理国，着即废黜，从军建功；王子赵何，才兼文武，品行端正，着即立为太子，三月后加冠称王；本王退位，号主父，十年内执掌六军大拓疆土，并裁决军国要务；上卿肥义，才具过人，忠正谋国，着即擢升开府相国，总领国政，襄助新赵王统国。赵王雍二十七年五月戊申日。书毕——”

大殿中静得唯闻喘息之声，大臣们连礼仪所在的奉书呼应也忘记了，人人惊愕，目光齐刷刷瞪着赵王，尽皆一副不可思议的神色。说到底，废黜太子、另立储君、国王退位、新任开府相国这几件事都太大了，大到任何一件都足以震动朝野。况乎还有新太子三月后称王、老国王自称主父却又掌军决国这两件匪夷所思的大变。更要紧的是，如此根本改变朝局权力的重大谋划，朝臣们事先一无所知，此等情势只有一个可能，便是宫廷中枢必有突然变故发生。否则，以赵雍之雄豪明锐，断无此等突兀决策。然则无论做何去想，一时间谁也难想明白，懵懂之中，谁敢轻易开口？

赵雍不说话，只拄着骑士战刀肃杀凛冽地钉在王座之前。

“赵王，老臣有话要说。”一个苍老的声音突然嗡嗡作响，太子傅周绍颤巍巍站了起来，雪白的头颅抖得苍苍白发散乱在肩。

“说。”赵雍只一个字。

“赵王之书，大是昏聩也！”老周绍当先一句断语，接着感慨万端唏嘘不止，“太子当国，宽厚持重，百事勤勉。老臣日日在侧，唯见其诵书理政，无见其荒疏误国也。我王纵然明锐神勇，亦当秉公持政，罚其罪有应得。王座储君，皆邦国公器，虽一国之王不能以私情唐突也。今我王突兀下书废黜太子，不明而罪，不教而诛，何堪服朝野之心矣……”一席话愤激难当，老周绍竟突然喷出一口鲜血，软软地扑倒在了座案上。

饶是如此，大殿中也没有一丝动静，大臣们依然目瞪口呆地盯着手拄战刀凛冽肃杀的国王。赵雍只淡淡一句“太医救治”，又骤然一声大喝：“赵章出座！”太子赵章为主政储君，座案独设在王阶左下，与大臣座区相隔六步，老周绍声嘶力竭地呼号时，赵章已经是冷汗如雨牙关紧咬，骤闻父王一声大喝，情不自禁地一个激灵站了起来，木然走到了王阶下的厚厚红毡上。

“赵章，你与多名边将密书频繁，可有此事？”

“有。”倏忽之间，赵章神色坦然。

“与周绍常彻夜密谈，可是学问辩难？”

“不是。”

“可曾以相国之位利诱大臣？”

“……有。”赵章突然一颤，终究还是稳住心神答了一句。

“诸位大臣可曾听见了？”赵雍冷冷一笑，语气骤然凌厉，“身为储君，继位指日可待。当此情势，不思同心谋国，叵测之心匪夷所思。百年以来，赵国内忧外患难以喘息，但有兵变，哪一次不是国乱民乱？说到底，赵雍将这王座看得鸟淡！但能使赵国大出天下逐鹿中原，与强秦一决高下，谁入王座赵雍都服，连同诸位大臣在内，都是一样。燕王哙都能禅让子之，赵雍做不得么？然则，秉国须得正大谋划，阴谋而致乱，赵雍纵死不能同流！”话语落点之时，赵雍的骑士战刀锵然出鞘，随着一道寒光闪亮，九寸厚的王案噗地掉了一角。赵雍收回战刀，长长地喘息了一声，“三个月后，赵雍便不是赵王了。何以如此？非是赵雍执一己意气，邀天下之名，而是实实在在想将繁琐国政交与明君正臣，赵雍只做一上将军，征战天下，为赵国大业犯难赴险，虽万死不辞！赵章之行，无端生乱，非当机立断不能根除后患。赵何虽则年少，然文武皆通，行事端正，早登王座，有尔等正直老臣辅佐，可免赵国再生变乱。这便是今日决断由来。诸位也无须计议，但尽其职便了。”

大臣们虽然大大松了一口气，却还是没有从这霹雳闪电般的变故中理出头绪来，依然还是愣怔懵懂着，谁能轻易站出来计议一番？听得最后一句，纷纷左顾右盼站起来准备散朝了。正在此时，突然一声高喊：

“赵王不公——老臣有话！”众臣蓦然回首，平城老将牛赞踉踉跄跄地从后排冲了出来。

“本王不听！”赵雍大喝一声，猛然转身大步咚咚地砸了出去。

此时赵武灵王的威权正是极盛之期，举国奉若神明。更兼寻常时日，赵雍也从未有过如此武断之举。大臣们震骇之下，只从处置亲子其心必苦去体察，谁也不想在此时与赵王较真，此时见赵王愤然离去，也纷纷出殿去了。空落落的大殿中，只有牛赞几个边将木呆呆地站着。“走！回平城！总有我等说话时候！”老牛赞一挥手，与几员大将匆匆去了。

出了大殿，烦躁愤懑的赵雍觉得无处可去。寻常惯例：朝会之后便是书房，立即着手处置朝会议定的急务。今日件件大事，自然更当立即一一处置，不说别的，单废太子赵章如何安置，便是非他亲自处置的第一要务。然则，此刻他一点儿没有进书房的心情，提着骑士战刀大步匆匆地走进了王宫深处的白杨林。五月的白杨林是整肃的，笔直挺拔的白色树干托着简洁肥厚的绿色叶子，是一队队威武挺拔的士兵，哗哗迎风的树叶拍打，是军阵的猎猎战旗。每每走进这雄峻参天的白杨林，赵雍眼前便会浮现出无边大草原上的整肃军阵，狂躁的心绪便会渐渐平静下来。及至穿过大片白杨林来到波光粼粼的湖边，他的思绪已经飘飞得很远了。

赵雍实在想不到，最令人鄙夷的宫变竟能发生在自己父子身上。

说起来，赵雍只有一后一妃两个妻子。说是两个妻子，是因为前任王后一死，后任妃子便做了王后，且自此以后赵雍再没有任何嫔妃。在战国君主中，如赵雍这般不渔色于嫔妃之制者，大约也就是秦孝公堪堪与之比肩了。周礼定制：天子六女（后、夫人、世妇、嫔、妻、妾），公侯爵的诸侯四女（夫人、世妇、妻、妾），大夫一妻二妾。虽有如此定制，婚姻也被古人看做人伦之首，然则恰恰在这件最要紧的事情上，礼法却从来没有真正起过作用。上至天子，下至庶民，婚姻礼法始终是弹性最大，事实上也始终无法严格规范的一件事。说到底，最不能规范的首先是天子诸侯，战国之世，便是大大小小的国君。老墨子曾愤然指斥，当今之君，大国后宫拘女千余，小国数百，致使天下之男多无妻，天下之女多无夫，男女失时而人口稀少也。[1] 说到底，君王究竟可以占据多少女子，大多取决于君王个人的秉性节操，而极少受制于礼法。即或在礼法森严的西周，天子突破礼制而多置嫔妃之事也比比皆是。战国之世，礼崩乐坏，男女之伦常也深深卷入了大争规则，无分君王庶民，强者多妻弱者鳏寡，几乎没有礼法可以制约。当此之时，君王后宫女子之数更是无法限制。魏惠王、楚怀王、齐湣王，都曾经是后宫拘女过千的国君。

赵雍却是个例外。在即位的第五年，他与韩宣惠王会盟于河内，为了结盟三晋，给赵国以安定变法，他娶了韩国公主为后。两年后，这个韩国公主为他生下了一个儿子，这就是王子赵章。从此后，这位韩国公主就再也没有开怀了。那时候，赵雍日夜忙碌着变法理政，食宿大多都在书房，一年里与这位公主也没有几回敦伦之乐。这位公主倒也是端庄贤淑，从来不来扰他心神。偶有清冷夜晚，赵雍也枯坐书房，既没有兴致回寝宫尽人伦之道，也没有兴致鼓捣身边几个亭亭玉立的侍女。时间长了，赵雍以为自己是天生“冷器”，也不再想它，只心无旁骛地日夜忙碌国务。

即位第十六年，变法大见成效，赵雍北上长城巡边。其时正是草长莺飞的春日，赵雍纵马长城外草原半日，护卫骑队扎营野炊，他躺在厚厚的草毡上睡去了……

蒙眬之中，一个美丽的少女揽着一片白云从湛蓝的天空向他悠悠飘来，那动人的歌声是那样清晰——美人荧荧兮，颜若苕之荣，命乎命乎，曾无我嬴！赵雍霍然翻身坐起，却是动人一梦，揉揉眼睛站起身来，那女子的美丽面庞仿佛眼前，那令人心醉的歌声那般清晰地烙在了他的心头。赵雍反复吟诵着梦中少女的歌词，不禁兀自喃喃，忒煞怪了！我这冷器也有如此艳梦？莫非天意也？

“听！有人唱歌！”护卫骑士们喊起来。

远处青山隐隐，蓝天白云之下苍苍草浪随风翻滚，牛羊在草流中时隐时现，草浪牛羊间隐隐传来美丽悠扬的少女歌声：

---

[1] 见《墨子·辞过》篇。

野有蔓草兮美人茕茕
邂逅相遇兮曾无我嬴
宛如清扬兮胡非我命
春草苍苍兮与子偕成

一名红衣少女在草浪中时隐时现，手中长鞭挥动，四周牛羊点点，歌声中时而夹着几声羊叫牛应，一只高大的牧羊犬跟在少女身后显得那般柔顺逍遥，直是一幅美丽诱人的画卷。赵雍记得很清楚，那一刻他的心怦然大动了。方才梦境，眼前歌声，莫非果然天意不成？恍惚之间，赵雍不由自主地大步走了过去。一只雪白的小羊忽然从草浪中向他颠了过来，“咩咩”地叫着。红衣少女从草浪中追出，身姿轻盈，口中柔柔叫着：“白灵子，别丢了你呢。”赵雍俯身抱起了白绒绒的小羊，呵，白灵子，好美的名字！红衣少女柔美地笑着：“白灵子见了英雄才叫呢，她有灵性。”少女快乐而纯真，语音中带有浓浓的吴语的圆润甜美。“你的名字？姑娘。”赵雍问出一句，破天荒地面色涨红了。少女仰起脸天真烂漫地直面赵雍：“我叫孟姚，爹娘邻人叫我吴娃，你呢？”“我？”赵雍一怔，猛然脱口而出，“我叫大胡子！”少女咯咯咯笑得弯下了腰：“哟，大胡子？和我的白灵子一样，大胡子还脸红害羞呢。”赵雍笑了：“我真是白灵子，多好也。”少女浑不知事地嫣然一笑：“嗯，那我得天天抱你了？”猛然，赵雍心中大动，哈哈笑道：“姑娘，你是胡人赵人？父母名字？”少女顽皮地笑了：“不是胡人，也不是赵人，是赵吴人。”“啊，赵国吴人！”赵雍心中一亮，“你父叫吴广，对么？”“大胡子聪敏也，你识得老爹了？”少女惊讶地睁大了眼睛。赵雍笑了，一伸手做了个胡人手势：“姑娘，到我的帐篷做客好么？”“不，你是胡人大胡子，杀羊。”少女瞪起了眼睛。赵雍连忙摇头：“不不不，我是赵人大胡子，我不杀羊。”“那你带我回平城么？老爹在平城。”赵雍笑了：“我正要回平城，姑娘走吧。”赵雍拉起少女的小手，小白羊与那只牧羊犬乖乖地跟在少女身后，走向了帐篷。

赵雍记得清楚，那天刚进帐篷，他便下令收起了铁架上的烤整羊，只许护卫骑士埋锅起炊。吃完饭已是暮色降临，草原深处隐隐雷声奔驰，骑队将军一声："熄火！"骑士们扑灭篝火飞身上马。赵雍用皮裘将少女一裹平稳飞上马背，一声令下："十骑圈赶牛羊先向平城，其余跟我引开胡骑。"一马当先，骑队狂飙般在黑暗中向南飞驰而去。永远都不能忘记的是，怀中少女竟柔柔地在他的脸上亲了一口："大胡子真好！没有丢了我的白灵子。"

那一刻，赵雍勇气倍增，骤然间觉得自己将永远是这个少女的保护神了。

后来，自然是一切都很顺利。吴广是平城相[1]，小女儿能给国君做妻，自是十分高兴。更重要的是，赵国臣子都知道赵雍不是一心猎色的君主，能主动鼓勇向臣子提亲，本身已经是不可思议了。一时间，相熟臣子纷纷向吴广夫妇贺喜，笑问这个小吴娃有何等神奇，竟能将从来不近女色的赵雍俘获了？吴广夫妇只是笑而不答。

吴广夫妇本是吴国水乡之商人，后来北地草原与胡人做生意，不意遭逢中原大战无法南下，滞留在了赵国。吴广为人圆通，颇有才能，被平城将军牛赞举荐为平城相。做平城相的第二年，吴广生女，取名孟姚。小孟姚聪敏天真，少时有美名。时天下风习，女美不可方物者，皆呼之为"娃"，即女中"圭"（名玉）也。当年吴国建有"馆娃宫"，便是专一搜罗美女之所。风习使然，吏员同僚们都叫小孟姚做"吴娃"了。小吴娃美丽灵慧，又璞玉未雕天真纯朴，一口吴侬软语更是或娇或嗔皆是可人之极，吴广夫妇视若珍宝却不知如何教导，整日价任其逍遥散漫。偏这小吴娃不喜女工桑麻，却酷好一身胡裙整日在草原放牧，不想竟有了如此一番奇遇。消息传开，平城军民无不感慨喟叹，皆呼为天意。

倏忽十余年，吴娃第一次进宫的情形历历在目。

那一日，吴娃在赵雍前后左右轻盈地跳着笑着，惊奇而又天真地打量着高大华美的宫殿，不断发出惊喜的叫声："哇！真美！大胡子，你住这儿么？"赵雍点点头笑着："你也住这儿，高兴么？""我，我怕。"吴

[1] 相，赵国设郡前设置的城池政事长官，比后来的郡相小。

娃明朗的笑脸上蓦然有了一片阴影。“怕？怕甚？”赵雍笑了。“没有山，没有水，没有草原，没有羊群。”吴娃天真无邪的脸上有一丝忧郁。赵雍哈哈大笑：“莫怕，山会有水会有，草原羊群也会有。”吴娃高兴得吊到他脖子上，笑得眼中点点泪花。正在此时，大政事堂前的两列甲士轰然一声：参见君上。吴娃惊恐地偎在赵雍身上微微发抖：“大胡子，你叫君上么？”赵雍回身挥挥手：“日后不要在这里设置甲士。”回身轻轻抚摩着吴娃秀美的长发，“别怕。”紧紧抱着她大步进去了。一时，两列甲士看得瞠目结舌。

将吴娃妥善安排在寝室，赵雍便在外边书房里继续忙碌了。夜半时分，赵雍的双眼却突然被一双细腻的小手捂住了。好冰凉！赵雍回身抱住吴娃，如何身上也冰凉如斯？吴娃顽皮地笑了：“老爹说，吴娃在草原上冻过三天三夜。”赵雍轻轻抚摸着她的脖颈、肩头，她像树叶般微微发抖。“小吴娃，知道么？三年后你长到十六岁，大胡子便将你的凉气全赶跑。”“不，今晚便赶。”吴娃娇痴地笑着，“大胡子像个火炭团。”赵雍笑了：“好，今夜。”说罢撂下书案事务，抱着吴娃进了寝室，光着身子拥着冰凉的少女一觉睡到日上三竿。

就这样，赵雍天天夜晚如此，一直抱着吴娃赤裸裸睡了三年。

直到吴娃长成了亭亭玉立的十六岁少女，才真正做了他的新娘。

自从吴娃做了新娘，自以为“冷器”的赵雍才惊讶地发现，自己竟是如此勇猛如此饥渴无度。吴娃生子之前的一年多，即或是北上巡边，赵雍也必须带着这位灵慧可人的小妻子，根本无视随行大臣将士们如何去想。肥义曾经旁敲侧击地劝他不要带国妃出巡，以免风餐露宿染病。赵雍粗豪地哈哈大笑：“卿何多言？好容易尝着好女人滋味，是你放得下么？”肥义红着脸没了话说。

随着赵国朝野立马弯弓的胡服骑射，吴娃在第二年生下了一个儿子。赵雍高兴得不知如何是好，信口给儿子取名赵何。也就是在那一年，那位韩国公主偶受风寒死去了。赵雍立即立刚刚十八岁的吴娃为后，只要在邯郸，总是与他们母子厮守在一起。爱屋及乌，赵雍对这个小儿子疼爱得常常举止失措，抱着儿子胡乱揉搓大胡楂乱戳，小赵何便老是哇哇大哭，见了他撒腿便跑，逗得吴娃咯咯笑个不停。说也奇怪，赵雍总想多生几个儿子，可吴娃偏偏与韩女一样，生了一个儿子便永远地不再开怀了。于是，赵雍只有两个妻子，也只有两个儿子。

从有了吴娃开始，赵雍相信了世间果真有教英雄猛士足以拼命的好女人，有足以让君王荒疏误国的好女人。赵雍若非国君，也许会为美人拼命。然则，赵雍已经是国君，却相信自己永远不会因美人而荒疏误国。

如今，废黜赵章而立赵何，算不算因美人娇妻而错断？长子赵章果真不肖么？次子赵何果真干才么？立八岁的赵何为太子，且三个月后便是新赵王，平心而论，当真没有激爱吴娃的几分痴情在内裹挟么？没有！当真没有！赵章对不轨行迹已经供认不讳，岂能再做太子掌国？且慢！果真坐实赵章之罪，你却为何执意不听牛赞老将军辩驳？当殿失态发作，你赵雍果真没有害怕万一洗清赵章之罪的担心么？赵雍啊赵雍，王书已发，朝会已行，朝野尽知了你还如此缠夹不清做甚？不闻“王言如丝，其出如纶”么？君王一言，但出便是威权号令，岂能楚人喂猴子般朝三暮四了？

“父王——”

赵雍恍然猛醒，一回头间，一个胡服少年正哇哇哭叫着飞一般跑来。

“何儿，哭个甚来？没出息！”

“父王！我娘！不行了……”少年又是哇哇大哭。

“走！”赵雍二话没说，抱起小儿子大步如飞地赶向寝宫。这几年来，他几乎一直在边地征战厮杀，与吴娃在一起的日子是少而又少了。每次匆匆回到邯郸住得几日，也只顾得暴风骤雨般折腾发泄，间隙还要处置那些千头万绪的军政急务，完了又急匆匆赶回战场，实在与吴娃再也没有了优游消闲的游乐谈笑。记得有次小儿子嚷嚷说：“娘晚上总喊肚子疼。”吴娃却笑着打了儿子的头：“去，拎勿清。”回身却贴在赵雍耳边红着脸笑说，“那是大胡子蹂躏得来，就想疼。”赵雍哈哈大笑，向儿子只一挥手：“出去。”不由分说抱起吴娃进了帐幔，又是半个时辰的猛烈折腾，大汗淋漓地出得帐来，却见小儿子鼓着小嘴巴气昂昂站在门厅指着他：“坏大胡子。”便腾腾跑了。吴娃才二十八岁，赵雍从来没有想到过如此如花似玉般一个鲜活女娃，如何竟能“不行”了？儿子说不行，那一定是病得重了，可昨夜吴娃还是吴娃啊，如何骤然间便不行了？

思绪纷乱的赵雍冲进寝室撩开了帐幔，面色苍白的吴娃正痴痴盯着他，脸上依然弥漫着娇憨的笑意。赵雍猛然将吴娃大揽在怀，陡然一阵冰凉渗了过来。赵雍心下一惊，回身一声高叫："太医！快！"吴娃软软地笑了："大胡子拎勿清，太医没用的，放下我，听我说。"赵雍看她气息急促，连忙将她平展展放在卧榻，一双大手不断在她冰凉的肚腹上抚摩着。"大胡子，孟姚没事，孟姚还会等你回来的。"寻常间一双清澈明亮的大眼睛蒙眬了，一眶泪水盈盈汪汪，苍白的脸上依旧笑着，"大胡子，孟姚拎得清，你不是孟姚一个人的，你是赵国人的，是，是天下人的。你是忙不完的，你，你去忙了，孟姚等你回来……"

"不！哪里也不去！赵雍偏是你一个人的！"赵雍吼叫一声，勉力平息下来，轻轻拍了拍吴娃的脸，"听我说，我已经立何儿为太子了，三个月后，他便是赵王了。三个月，你能等到的，是么？"吴娃笑了："大胡子又拎勿清了，何儿才几岁，他能做国王了？""能！"赵雍斩钉截铁，"我让肥义全力辅佐，肥义与我盟誓了，史官已经写入了国史，不会有差池了。""孟姚拎勿清国事了。"吴娃一只手轻轻揪着赵雍的络腮大胡须，"大胡子，我等你，等你……"双眼一扑闪，骤然声息皆无了。

吴娃！赵雍一声大号，将那冰凉的身躯揽将过来紧紧抱在了怀中。

整整三日，赵雍始终抱着那冰凉的身躯，期待着上苍对他的怜悯。当他确信吴娃再也暖和不过来而走出寝宫时，内侍大臣们都惊呆了——生龙活虎般的赵王衰老了，一头白发一脸白须散乱虬结地披在肩头，征战风霜打磨出的黝黑脸膛，骤然变成了刀劈斧剁般的棱棱瘦骨，步履摇摇，双眼蒙蒙，哪里是昔日雄豪不可一世的赵雍了？

三月之后，赵国同时举行了新王即位大典与王后国葬大礼。

赵雍没有临朝为新王加冠，护送着吴娃的灵柩去了。

吴娃的陵园，选在了邯郸以北五十余里的大湖东岸。这片大湖叫做大陆泽，大湖东南有座沙山，时人唤做沙丘[1]平台。说是沙丘，实际是

[1] 沙丘，殷纣王曾在此筑台畜养禽兽，今河北广宗西北大平台；后来秦始皇巡视天下，也病逝于此。

雪白沙滩上莽苍苍无边的白杨林，白杨林边那座白玉般的沙山上，是青苍苍一片松林覆盖，当真蔚为奇观。赵雍断然拒绝了堪舆大师选择的风水宝地，亲自踏勘选定了这片墓地，是要他最心爱的吴娃头枕雪白的沙山，脚踩碧波粼粼的大湖，青松为她撑起一片蓝天，白杨军阵守护她永远平安，雪白沙滩，是她守望大胡子的思乡台。他的吴娃将安静地长眠在这里，等候他的归来。

整整一年，赵雍一直守候在沙丘陵园。直到来年夏日，在这里修好了一座他可随时前来居住守陵的沙丘行宫，他才离开沙丘，带着百人马队直接北上平城了。

邯郸朝局，赵雍还是把握得定的。只要大军在握，邯郸便不会有主少国疑之动荡。纵然有心怀叵测者兴风作浪，赵雍也笃定不怕。他之所以不回邯郸，便是要看看是否会有人趁他退位且不在都城之时生出事端，再者，也得看看肥义这个相国是否能独立撑持。长居沙丘守陵一年，又再上平城巡边，赵雍都是谋定而后动的，尽管这一切也都是情势使然。而北上平城，只因为废太子赵章临时被贬黜在这里，他必须来此做最终处置。

一到平城，赵雍立即召集边军将领，颁布了大举扩边的第一道主父令：半年调集大军并筹备粮草整顿军械，来春兵分四路扩边——西路猛攻阴山草原之匈奴余部，北路进击漠北林胡残余，东路进攻燕国渔阳[1]郡，南路一举灭中山。特地从云中郡赶来的大将廉颇与平城大将牛赞等一班将军都很是振奋，各自领命立即开始了紧锣密鼓的诸般准备。赵雍见军中没有任何异象，心中大是轻松，次日飞马南下安阳。

这个安阳，时人呼之为东安阳，以与河内安阳相区别。东安阳在平城东南大约二百多里，北临治水，东南距代郡治所代城只有五十里之遥，城池不大，却占据水草丰茂的河谷之地，算得平城防区内一片富庶之地了。废太子赵章被临时安置在这里。

---

[1] 渔阳，燕将秦开破东胡后设郡，因在渔水之阳得名，辖境为今内蒙古赤峰以南、北京通县、怀柔以东及天津以北地区。

抵达安阳城外，正是日暮之时。赵雍也不进城，只将行营扎在城北一座小山下，下令护卫将军进城密召安阳相来营。片刻之后，安阳相忐忑不安地跟着护卫将军来了。赵雍屏退左右卫士，开始细致盘问赵章在平城情形。安阳相说，王子很是守法，在平城一年有余，只是深居简出读书；官仆禀报，王子除了在每月末的互市大集上转悠一次，从不与任何官身人士来往；连他这个地方官，也只在王子到达的第一天见过一面，此后再也没有见过王子。赵雍默然良久，吩咐安阳相立即回城护送赵章前来行营。

刁斗打响三更，行营大帐外传来了赵雍熟悉的脚步声。

明亮的巨烛下，一个黝黑的胡服短衣汉子默默站在帐厅里，瘦得连紧身胡服都显得那般宽大，那与赵雍如出一辙的连鬓络腮大胡须，夹杂着清晰可见的缕缕白色，沉郁的目光显得有些呆滞，往昔的虎虎生气已是荡然无存了。这是那个正当三十岁如日中天之期的大儿子赵章么？父子两人静静地打量着对方，都愣怔着没有话说，儿子苍老了，父王更是苍老了，刹那之间，大帐中只有两个人粗重的喘息声。

“入座吧。”赵雍终于挥手淡淡地说了一句。

“戴罪之身，主父前不敢有座。”赵章低声答了一句，依旧肃然站立。

“早知今日，何须当初。”赵雍长叹一声，“咎由自取，虽上天不能救也。”

“不，儿臣当初并无罪责。”

“如何？当初你并无过错？再说一遍！”倏忽之间，赵雍一脸肃杀之气。

“主父明察，这是儿臣当年与几位大臣边将的来回书简，儿臣须臾不敢离身。”赵章从身边提起一个木匣，恭敬地捧到了帐厅中央的大案上，又恭敬地打开了匣盖。

赵雍目光一闪，大步走到案前，呼啦倒出匣中竹简，拿起一卷一扫而过，片刻之间，浏览完了十多卷竹简，一时愣怔得没有话说了。这些竹简全是来回书信，与周绍几名文臣者，去书都是求教《尚书》之精义，回书都是简言作答；与牛赞几名边将者，去书都是求教练兵之法以正

《吴子兵法》，回书都是如实照答，全无丝毫涉及国事朝政之语。

“如何可证不是你后来伪造？”赵雍语气冰冷淡漠。

“太子府有史官属员日日当值。周绍老师一丝不苟，执意依照法度将储君全部书简刻本交于史官，存于国府典籍库。主父但查便知，儿臣何能伪造？”

“既然如此，当初为何不做申辩？”

“父王正在盛怒之时，儿臣若强行辩解，大臣边将便会立分两边，父王则必得立下决断，严厉处置一班大臣边将。人头落地，大错难以挽回。儿臣唯恐有乱国之危，不敢以清白全身之私念搅乱朝局，无得有他。”

“今日再说，不觉太迟么？”

“于儿臣虽迟，于邦国却利。”

赵雍目光炯炯地盯住儿子：“然则，你终究不能复位，服气么？”

“但使主父对大臣边将释疑，上下同心扩边，儿臣足矣，夫复何求？”

“天意也！夫复何言？”赵雍怦然心动，一声喟叹，转身良久默然。

“主父，儿臣告辞。”

“且慢！”赵雍骤然回身，“身为王子，你从未入军历练。明日随我入军，征战扩边，为国建功。”

“儿臣谢过主父！”

赵章走了。赵雍久久不能安枕，辗转反侧直到五更鸡鸣。

第一次，赵雍觉得自己老了。分明是须得查勘清楚才能定策的大事，如何自己当初一意孤行？那时，肥义也很惊讶，再三劝阻自己查勘一番再做定论。可自己却狠狠骂了肥义一通，说他是谋而无断不堪大任，还逼着他立誓辅佐赵何，而且莫名其妙地坚持将肥义誓言录入国史。如今看来，这一切都太草率了。赵何尚不到十岁，显然是太嫩了。赵章显然要成熟得多，且有如此难能可贵的忍辱负重与全局胸怀，有此气度再加军旅磨炼，眼看便是一个出类拔萃的君王了。然则，覆地之水难收，已成定局的国事如何再能无端折腾？赵雍啊赵雍，你当初忍耐十九年而不发的韧劲儿却到哪里去了？就不能等到赵何长大看看比比再说？这种种变化，究竟甚个根由？是吴娃么？不是？那却是甚个缘由？赵雍实在不忍心将自己的错谋推到一个清纯娇憨得甚至不知国王与头人哪个更大的美丽女子身上，可是，这一切又分明都是在有了吴娃之后才有的啊。不！自己错就自己错，赖一个女子何来？吴娃入宫十年，前些年如何你赵雍不发癫狂？偏偏在后来发癫狂了？吴娃，大胡子对不住你也！赵雍第一次羞愧了。

五　一错再错　雄杰悲歌

两年征战，赵雍大军又一次令天下震惊了。

西路大军由大将廉颇统帅，再次激战匈奴，将匈奴部族一举驱赶出阴山以北千余里，云中郡彻底稳固，秦国也默认了压在云中秦长城外的赵国云中郡。这便是令天下震惊的最大原因——强悍的秦国第一次在赵国的胡服大军面前保持了守势，赵军之强何人堪敌？北路大军由老将牛赞统帅，半年之中，一举将林胡东胡以及楼烦北逃之残余势力，驱赶到北海外的茫茫丛林。赵国代郡骤然扩地三千里，将阴山草原与东部岱海草原连成了一体。赵国的胡族人口大增，兵员充足，人强马壮。东路大军则是赵雍亲自统帅，三个月攻下了燕国渔阳郡的二十三座城堡，沽水[1]之北悉数成为赵地。南路大军六万，由王子赵章为将，国尉楼缓副之，一举攻灭残存之中山国，赵国西部廓清，直接与秦国晋阳[2]接界。班师之日，赵国已有大军六十三万，疆土六千余里，人口千万之众，成为仅仅稍次于秦国的超强战国。

班师邯郸论功行赏，主父下了一道特书：王子赵章，爵封安阳君；擢升右司过田不礼为安阳君封地相，领封地民政。

---

[1] 沽水，战国水名，后世亦称沽河，上游为今河北省白河，故道流经今北京顺义、通县，下游为今北运河。

[2] 晋阳，今山西省太原市。

主父书一下，举朝大臣骚动起来。

肥义此时已经是开府丞相，见主父突然加显赫爵位于赵章，心下忧虑重重。这日正在书房思忖，要否正式上书剖陈利害以防老主父再有心血来潮之举，相府主书李兑轻步走了进来。主书者，统领丞相府文书典籍事务，由国君任命之首席文官也。李兑正在中年，颇是精明强干，进得书房一躬道："相国忧思，莫非为安阳君乎？"

"子有建言，入座明说。"

"相国明察，"李兑轻步掩上书房厚重的木门，才回身席地坐于案前低声道，"李兑以为，王子章复出，将有大祸于相国，相国宜早做计议。"

"大祸？老夫如何没有觉察？"肥义悠然一笑。

"我近闻之：王子章密结边军将士，羽翼将成，祸在不测之时也。"李兑先说了一个秘密消息，接着正色说开去，"王子章外谦和而实则强壮志骄，若无私欲，联结党羽何来？主父又封田不礼相安阳，安知不是王子章所请？田不礼之为人，机心深沉，且残忍好杀。此两人结谋，不久必生大乱。相国若不早设避祸之策，诚恐晚矣！"

"以子之谋，计将安出？"肥义依旧是悠然一笑。

"称病辞朝，举荐他人为相。"

"举荐何人？"

"公子成素有根基，可保相国无事。"

肥义黑脸一沉，双目骤然射出凌厉的光芒，却又倏忽收敛，正色长叹一声："李兑啊李兑，老夫虽不知你在为何人游说，却要请你传回话去：肥义已经对天盟誓，且已载入皇皇国史，岂能贪图自保而贻误国家？谚云：死者复生，生者不愧。[1] 危难见忠节，国乱明赤心。彼虽有谋，肥义却不敢舍大义苟且偷生也！"

李兑惊讶地看看肥义，骤然哽咽起来："诺[2]！相国好自为之。我

[1] 《史记·赵世家》原典，意谓不能害人以沽名，做事之人当心底正大，即或死人活过来对证也毫无愧色。

[2] 诺，古人答应语气词，有认可之意。

见相国，也只此一年也！”说罢扶案站了起来，拭着眼泪出去了。肥义听着这莫名其妙的谶语，看着这作势涕泣的滑稽模样，不禁哈哈大笑：“怪亦哉！老夫万莫想到，主书竟有巫师大才也！”

没过得几日，府吏密报：主书李兑频繁出入公子成府邸，公子成封地已经开始隐秘招募私兵了。一闻李兑与公子成联结，肥义便大体清楚了其中奥秘。公子成是王族最有根基的老派大将赵成，便是赵雍胡服骑射时的那个第一道门槛。也不知是当日太子赵章防范赵成，还是赵成蔑视太子赵章，反正这赵成与赵章间素来是冷淡之极。当初罢黜太子，赵氏王族大臣没有一个人出来说话，十有八九是赵成的根由。如今李兑为赵成做说客，要肥义让出相国于赵成而遭拒绝，赵成李兑还欲做何图谋？肥义素来机警缜密，立即觉察到了某种隐隐约约的危险在迫近。凡出此等谋划之人，必是私欲极盛，绝非为人谋划，只能为己图权图利，纵然他等公然打出护卫新赵王的旗号，也不能与他等联手，须得立即有自己的筹划。

说动便动，肥义立即进宫找到执掌王室事务与国王行止的御史信期，将近日诸般异常以及自己的思虑备细说了一遍，末了吩咐道：“目下要务，在于保王。自今日起，无论何人要召新王出宫晤面，须得老夫先知而后可行。”

这个信期，原本与肥义同根，都是已经消散解体了的草原“肥”族人。肥义家族赤裸裸以族为姓，信期祖上却改了中原姓氏，从军立功得爵入朝。十年前，信期做了肥义府邸职掌机密的司过主书。肥义做了摄政相国后，将信期举荐给新王赵何做掌宫大臣。信期机警干练，极是聪敏能事，一听便知就里，由衷赞叹一句，相国大义高风也！信期敢不从命？

肥义谋划应变之时，赵国朝局出乎意料地平静。赵成一方再没有任何动静，安阳君赵章也回了封地，主父赵雍依旧带着那支精悍的马队巡边去了。如此一年有余，肥义也渐渐淡漠了紧张的心绪。

次年春四月，又是赵国盛会。臣服赵国的草原部族，被迁到雁门郡大山的中山、楼烦的王族后裔，都一齐来到邯郸朝贡。在赵国近两百年的历史上，这是第一次以战胜大国的地位，接受臣服部族邦国的礼仪朝拜，自然是朝野欢腾。还在三月，主父便发来羽书令：届时他将赶回邯郸，赵王当举行大朝礼接受朝贡。大朝礼，本来是夏商周三代天子接受诸侯岁贡的最盛大典礼。其时诸侯自治，天子王室与京畿之地也主要依靠王畿之地的赋税供养，诸侯的朝贡不做定数，但以本邦特产献来便算。虽则朝贡不是赋税，没有定数，但朝贡大礼却是每年必须进行的。因为这是臣服天子的最主要形式。只有诸侯国与所有臣服邦国岁岁来朝，这才意味着天子威权的稳固存在。若不行朝贡，便被天下视为“不臣”之邦，天子便可行征伐之权，直到你重新恢复称臣朝贡。这种古老的朝贡制是诸侯制的最主要纽带，它隐藏了华夏族群的一个古老传统：轻财货经济之利，重权力从属名分；富则多贡，穷则少贡，但不能不贡。到了战国之世，各大国均是举国一体治理的郡县制，集权程度虽有差别，封地制也还没有彻底消失，但无论如何，这种朝贡制早已经是荡然无存了。但是，在中原大国与周边游牧部族的关系上，朝贡制还是依稀存在着远古的影子。秦国与楚国，都曾经用朝贡制维系着因战败而臣服但又不能彻底化入本土的游牧部族、山地部族。

赵国扩边，除去夺取燕国渔阳郡的一部分，征服的全数都是胡邦——中山、楼烦、匈奴、林胡、东胡等。赵武灵王对所有这些征服领土，分做三种处置：燕国土地化入本土；留在已征服草原上的游牧部族，则行朝贡制而不纳赋税；对中山楼烦这两个半农半牧之国，则灭其国而全其王室，将两国王室部族迁入赵军可牢牢控制的山地，同时行朝贡制。赵雍打完仗的两三年来，便是在孜孜不倦地周旋这件“化邦”大计。唯其如此，才有了这战后第一次朝贡大典。

这时，是赵雍做主父的第四年初夏。

那日大朝，破例地在王宫广场举行。暖风吹拂，晴空艳阳，少年赵王高高坐在十六级白玉阶之上的王座上，接受着鱼贯而过的臣服首领、各国特使、赵国封君大臣的朝拜。司礼大臣高声念诵着贡品礼册，乐师吹奏着宏大悠扬的颂曲，两厢朝臣四面甲士以及广场外人头攒动的万千国人不断呼喊着“赵王万岁”，使这个少年国王当真如天子一般无上尊荣。

赵雍没有露面，隐身在距王台外围三丈高的一架云车上，兴奋得比自己坐在王座上还要沉醉。是他开创了如此宏大的基业，又是他眼看着儿子登上了王位，赵国后继有人，赵国将更加强大。人生若此，夫复何求？沉醉之时，他的心却猛然颤抖了。

最后是赵国封君的朝贡礼。安阳君赵章是王族嫡出封君，自然要走在第一位。曾经是何等风采烁烁的太子赵章，今日一身布衣一顶竹冠，索索颤抖着躬身匍匐在地，对着王座上的少年弟弟叩头礼拜，寒瘦委靡，那般可怜……顷刻之间，一盆冷水泼上火红的炭团，赵雍的牙关咝咝作响，颓然一靠，云车围栏喀啦一声大响。

当晚，主父的篷车在马队护卫下辚辚驶入相国府邸。

“肥卿，我有最后大计，需你全力襄助！”进得书房，赵雍当头一句。

“老臣愿闻其详。”

“赵章初罪，原是错断。赵章领军，又建灭国大功。老夫之意，立赵章为北赵王，专心拓边，使赵国更为强大！”但见肥义，赵雍粗豪不羁全然没有丝毫矜持作势。

“……”肥义惊讶地瞪大了一双老眼，仿佛不认识面前这个须发同样花白的壮猛老国王了，“主父之意，是要毁灭赵国？”

“哪里话来？”也许是心下不踏实，赵雍呵呵笑了，“虽是两王，并不分治，如何危言耸听也？”

“老臣纵死，不敢从命！”肥义面色铁青，“自古以来，天无二日，国无二君。既是两王，如何能不分国分治？赵国两分，必起战端，两百年赵国毁于一旦也！主父血火历练之主，何得出此荒诞不经之策？老臣委实无以揣摩。”

赵雍顿时默然，良久喟然一叹：“呜呼哀哉！赵雍之心，何人可解矣！”

“主父之苦心，老臣心知肚明。”肥义毫无遮掩，“当日之错，在于肥义未能坚持查勘而后定，却受我王威逼，立下盟誓死保新王稳定赵国，且已载入国史。若说当日有错，老臣为司过大臣，难辞其咎也！我王纵然错断，与老臣也是二分而已。”肥义慷慨激昂，老眼中泪光盈盈，长叹一声又道，“主父明察：人非圣贤，孰能无过？国事纷纭，朝局晦暝，内忧外患交相聚，纵然明君贤臣济济一堂，何能保无一人做牺牲？若主父为一己抱愧之心而推倒前断，国家法度如同儿戏，国势稳定从何谈起？我王英明一世，纵不能如秦孝公之远虑定国，亦不当有齐桓公晚年之昏聩无断。何独功业巅峰之期，我王却独断独行，连出大错？”

“一派胡言！老夫如何连出大错？”

面对骤然一脸肃杀的主父，肥义毫无惧色，昂昂数落道：“错断赵章，此其一。盛年退位，无端引发王位之争，此其二。少年太子方立三月，便扶其称王，此其三。蓄意教白身赵章为将，建灭国之功而封安阳君，此其四。目下两王分赵国，此其五也。既生一错，又出再错，名为纠错，实则大错连铸！老臣所言，可曾有虚？”

“肥义！”赵雍愤然一声，张口结舌。

肥义粗重地喘息着，抹了抹眼角老泪：“私情害国，千古无出其外。我王为一女子搅乱心神，处置国事首鼠两端，委实令老臣汗颜也！”

“肥义！老夫杀了你！”哗啷一声，赵雍的骑士战刀闪电般架到肥义脖颈。

肥义淡淡一笑：“死，何其轻松也？老臣给你那赵王殉葬了。”

“……”赵雍拿开战刀，“你老东西莫打谜。说！赵何有险？”

“主父英明神武，老臣如何能知？”

“说，如何处置赵章？”倏忽之间，赵雍平静得判若两人。

肥义一拱手：“老臣之见：赵章果贤，便当为国屈己，安做封君，为将为相，何职不能报效邦国？若赵章不肖，主父纵然不动，赵章一党必不能久忍也。若赵章兵变夺位，便明证其阴鸷品性，主父何愧之有？”

“你是说，赵章仍有觊觎图谋？”赵雍倒吸了一口凉气。

肥义淡淡一笑，“主父何不稍待一两年，权且当做试贤如何？”

“……”赵雍的心猛然一沉，“肥义，是否国中还有他情？”

“老臣无可奉告。”

赵雍脸色阴沉地走了。不管肥义如何对他怒目严词相向，他都不会放在心上。即或肥义讥刺了他不愿被任何人非议只言片语的吴娃，他也不会当真计较。如此骨鲠强臣，危难时便是广厦栋梁，赵雍一生风浪，如何不明此种轻重。他的不快，在于肥义的言辞语态使他生出了一种隐隐警觉——赵国必然还隐藏着某种隐秘势力。否则，以肥义之强悍凌厉，早就先发制人了。肥义既不能动手，又不能明说，所疑者必非寻常之权臣？何方神圣如此猖獗，竟敢在他赵雍在世之时生出事端？鸟！老夫倒要睁大眼睛看看。

整整一个夏天，赵国没有任何异象，主父赵雍又长长地松了一口气。他相信，只要他赵雍在，赵国无人敢于作乱。秋风方起时，他带着六千精锐骑士南下了。寻常间他无论出行何地，都只带百人马队而已。可这次赵雍却提前下书，命安阳君赵章率领六千铁骑护送他南下沙丘宫。依赵雍之判断，赵国若有内乱之险，赵章必是根源之一。虽然始终没有发现赵章有何异动，然则为防万一，赵雍还是将他安排在了自己眼前。

主父万万没有料到，赵章恰恰要利用这个机会兵变。

说起来，赵章并非野心勃勃的强势人物。有赵雍这般强势君父，国势连续二十多年安定无内乱，赵章自幼在相对平静的宫廷长大，既无军旅历练，又无权力风浪的摔打，胆识才具很是平庸。更有一个原因，赵武灵王当时只有这一个儿子，朝野皆视做国脉所系，武灵王便从来没有教儿子像自己当年那般少年入军南征北战，而只让这个儿子在强臣辅佐下镇国理政。赵章十八岁加冠立为太子，在胡服骑射前后的几年里，始终都是兢兢业业地襄助国务，倒也是沉稳有致。及至武灵王纳吴娃入宫，生母抑郁死去，赵章便对这个父王生出了些许怨气。后来又有王子赵何生出，武灵王宠爱之情毫不掩饰，国中便有了种种颇为神秘的议论。赵章不期然有了心事，利用理国之便，刻意交结能臣干员为自己谋划。首先进入赵章视野的，是右司过田不礼。其时田不礼三十六岁，机警干练，正是肥义监察国事权臣的得力臂膀。但凡究劾官员不轨行迹，寻常都是田不礼与各方周旋。武灵王长期征战在外，处置官员必须报太子定夺，田不礼自然便成了太子府常客。几经来往，赵章对田不礼信任日重，田不礼对太子也厚望日深，两人便渐渐成了君臣莫逆之交，而肥义却毫无觉察。以田不礼为纽带，赵章后来又与边将们有了公事国务之外的私人酬答，尽管都是谈兵论战而不涉他事，情谊却是渐渐厚了起来。

这一切，赵章都瞒着自己的老师——太子傅周绍。只因田不礼说过，迂腐老儒最是误国害人，太子欲得有成，第一个便要善处这个老倔头。何谓善处？赵章颇是困惑。善处者有二。田不礼清醒地说了两个主意，赵章不禁愕然，却又不得不佩服田不礼智计过人。如法行事，赵章找出了一些难解经典，孜孜不倦地求教老周绍，老周绍大是感喟太子好学，连续通宵达旦地侃侃开讲，乐此不疲。赵章又将所有与边将来往谈论兵法的书简，交老周绍记入国史，存入典籍库。老周绍感奋有加，非但悉心整理编撰，还亲自逐条做了注释。后来，这两件事果然被司过府密员密报，而老周绍自然是大大不服，赵章也才有了后来的东山再起之机。若无田不礼这"三窟存身"之策，赵章如何经得起那雷霆一般的废黜变故？

待到赵章入军为将之时，田不礼已经断定事必大成。果然，主父命楼缓襄助，赵章便有了灭国之功，非但重封安阳君，而且名正言顺地使田不礼成了安阳相。如此一番惊心动魄的死而复生，赵章对田不礼自然是奉若神明言听计从了。四月大朝，赵章依田不礼谋划，布衣竹冠做酸楚状，果然引得主父大动肝肠，当夜便将他召入寝宫唏嘘密谈，说要将他封为北赵王领军拓边，问他能否与赵何同心兴赵？赵章痛哭流涕，只慷慨一句，儿臣但扩边兴赵，不做赵王。主父大为振奋，少见地大大奖掖了他一番。

这一次，田不礼早早开始了谋划。探听得主父北上之后心绪不宁，断定两分赵国在肥义处被强力阻击，主父郁闷，必然要在秋季南下沙丘宫消遣，且必然要赵章同行，此时便是最好时机。赵章心乱如麻："主父威权之下，我能如何？"田不礼断然道："杀赵何，逼主父退政，这是唯一机会！"赵章大惊失色："赵何有肥义在侧，如何杀得？主父神明武勇，如何能受胁迫？不行，此计荒诞过甚！"田不礼幽幽一笑："足下若只想做几年安阳君，主父之后惨死赵何刀下，此计自是荒诞了。"赵章急急分辩："非是我不听足下之谋，实在是此计难行也。"田不礼立即正色肃然："历来兵变，皆行奇险。君但抛却迂腐之心，我自能行。"赵章还是茫然："如何能行？"田不礼详尽说了一遍谋划。赵章细细思忖一番，险虽险，却实在是险中见巧，大有可行之道，断然拍案道：“好！这在这一锤子了！”

八月中旬，六千铁骑护卫着主父车驾浩浩荡荡地南下了。

一入沙丘山水，赵雍满目凄伤。清清湖水，雪白沙滩，苍苍白杨，幽幽陵园，山水依旧如诗如画，美人却永远地长眠了。想起与吴娃在一起的纯真无羁，赵雍一阵阵心疼。吴娃死了，他也骤然衰老了，天下的一切对他都失去了吸引力，只疲惫得随时都想呼呼大睡。进入沙丘宫，他发下命令：赵章率军驻守宫外及前宫，百人骑队驻守陵宫外门，他自己下榻最后靠山的吴娃寝宫，无大事无须扰他。

沙丘宫原是特异，既是惠后陵园（吴娃封号为惠后），又是主父行宫。沙丘松林山下是陵园，建有与吴娃生前寝宫一模一样的吴娃宫，出得高大石坊是主父行宫，是赵雍处置国务会见朝臣的处所。赵雍虽是退位，却没有交出兵权，一则是他要亲自统帅大军为赵国开拓，二则是赵何正在少年，他要在赵何长大后的合适时机让他亲政。然则也要锤炼赵何尽快成熟，于是赵雍当初便谋划好了：除了征战，他长驻沙丘，只掌控国中大事，放手教赵何肥义处置国务。此等谋划之下，便有了这沙丘行宫。但是，此刻的赵雍心绪颓丧，无心住在处置国务的陵外行宫，却住在了陵园吴娃宫做梦魂缠绵。

当与不当，虽上天犹难断也。

然则无论当与不当，惊人的兵变都恰恰在此时发生了。

这一日，邯郸王宫突然接到了主父的羽书令：赵王立即前往沙丘宫晋见主父。国王赵何少年心性，高兴地嚷嚷起来：信期备车，我要去见主父了。信期机警，一接君书立即派干员飞报相国府，一边打着哈哈多方忙碌起来。片刻之间，肥义已经匆匆赶到，一看令书印鉴竹简等均没有破绽，认定这是主父王书无疑。战国时文字古奥，此时刚刚进入战国后期，虽有行书端倪出现，但却只能在民间商事等需要争取时间的特殊事情上使用，但凡正式文告诏书，都须得是正经篆书。这篆书（还不是后来简化了的小篆）几类图画，正经写来，很难体现书者个人特征，加之书写工具简单粗硬（其时毛笔尚未普及），几乎不存在笔迹辨认一事；[1]不若后来的行书，各人各写，字迹大是不同。所以辨认文书，大多只是印鉴、用材以及本身传送的诸种特殊形式。

肥义思忖一番，立即部署：信期率领百名精锐黑衣[2]，左右不离赵王；赵王立即更换贴身软甲，外罩冠冕王服，暗藏王室特有的神兵短剑；肥义带王室仪仗前行，但发警号，王车立即回程。这一番部署将少年赵何惊得目瞪口呆："老相国，我是去见主父，不是上战场。"肥义肃然正色："我王目下身系邦国安危，但听老臣便是。"肥义历来强悍凌厉，此刻黑脸白须肃杀凛冽，赵何不由自主三分忌惮，兀自嘟哝几句，整好衣甲登上了王车。

太阳西斜时分，王车马队辚辚抵达沙丘行宫。

行宫外车马场外驻扎着一片军营，车马场到行宫门廊也只有两排仪仗甲士，一切都很平常松弛，全然没有异象。然则，肥义毕竟老于此道，事先已经得知主父此行是赵章领军护卫，丝毫没有松懈心神。到得车马场，肥义下马对驾驭王车的信期下令：老夫先入宫，主父若在殿中，老夫出来接王，老夫不出，王车不动。信期"嗨"的一声，肥义已经大步去了。

"肥义参见主父——"进得第二重门，苍老浑厚的嗓音在大殿回荡起来。

王座高高在上，大殿却空荡荡了无人迹。肥义心感蹊跷，正要回身，却闻身后一阵轧轧声响，大门已经轰隆关闭。此时，一声冷笑，王座木屏后转出一个全副戎装的人影："肥义，主父命你伏罪自裁，交上人头！"肥义哈哈大笑："田不礼，果然是你。老夫信你鬼话么？""信不信由得你了？"田不礼一挥手笑道，"给我割下老相国首级，看有几多重？"说话间几队甲士挺着长矛从四面包了过来。肥义大叫一声："主父！你看见了么？赵国旧病复发了！"一声怒喝，徒手与甲士搏杀起来。肥义虽老迈英雄，然毕竟是以身试险手无寸铁，几个回合浑身洞穿，轰然倒在血泊之中。

---

[1] 战国文字与书写、工具的诸般演变，详见第五部《铁血文明》。

[2] 黑衣，赵国国君卫士的专用名号。赵国有尚剑传统，黑衣多是第一流剑士。

殿外车马场，信期异常警觉，隐约听得肥义愤怒呼喝，心知大事不好，回头低喝一声：“黑衣开道！”一抖马缰，青铜王车哗啷一个回旋，飞车冲向来路。此时，两队仪仗甲士齐声发喊，齐刷刷包抄过来。少年赵何脸色苍白，却是愤激之极，拔出短剑一声尖叫：“贼臣作乱！给我杀——”正要飞身跳下王车，信期回身一把揽住：“我王但坐，有黑衣护卫！”这一百名黑衣剑士大是不同寻常，领队大将一声呼哨，撒开在王车四周布成了一个圆阵，一边奋力厮杀，一边向前滚动，两队甲士急切间无法靠近。

骤然之间，军营方向马蹄声隆隆大作，两队铁骑飞一般从雪白的沙滩包抄过来，一眼望去，便知是两个千骑队。信期大惊，原野之上，步战剑士无论如何抵不得铁骑猛冲，情急一声大喝：“杀向湖边！下水！”铁骑堪堪飞到一箭之地，四面白杨林中陡然战鼓如雷杀声大起，两支红色骑兵潮水般杀出，当先一面战旗大书一个“赵”字，旗下一员白发老将遥遥高喊：“我王莫慌，赵成来也！”

“大父——”赵何高兴地跳着叫了起来。信期一声高喊：“兵变无常，我王伏身！”扬鞭打马大喝一声，黑衣开道，冲向大湖！此时，两支铁骑在沙滩原野正轰然相撞拼杀。黑衣卫队团团护着王车，趁势一鼓作气杀开甲士包围，哗啦啦冲到了湖边白杨林中。

说起赵成人马，来得一点儿也不突然。

李兑说肥义失败，辞去了相国府主书之职，做了赵成的门客总管，专一为赵成谋划机密。之所以打动了赵成，在于李兑对赵国大局的评判：如今主父昏聩，两王争国，必有内乱在即，能挽赵国于危局者，唯有实力也；有此实力者，唯相国肥义与我公子两人耳！肥义虽则强悍凌厉且老于兵变，然则与主父渊源太深，凡事必得顾全主父尊严，举动投鼠忌器，最终难以对赵章放手行事，至多保得少年赵王无性命之忧而已；主父昏聩，肥义掣肘，吴娃已死，赵何年少，何人何力可阻赵章称王？若赵章当国，主父则必抱当初错废之愧而认可。如此大局一旦铸成，公子必是赵章之眼中钉也！当此之时，唯公子以实力做泰山之石，方可使赵国安平，使公子掌国也。

“掌国之要？”

“诛杀赵章，迫退主父，剪除肥义。”

“如何行事？”

“但有四邑之兵，时机只在一年之间。”

赵成断然拍案：“好！兵事有老夫，先生但寻觅时机可也！”

大计确定，公子成立即开始了极为隐秘的联结行动。当初，由于赵成在胡服骑射时最终支持了赵武灵王，使赵国的军制变革得以迅速稳定地推行，武灵王自然视这位叔父为有功之臣，特命增加了赵成封地六十里。如此一来，赵成虽然已经不再掌军，但在赵国大军中的根基却没有因军制改变而受到丝毫削弱。也就是说，赵成当年的部属将领并未在军制变革中被剔除。如今，他们都是掌握数万军马的实权大将了。若再加上与赵成素有渊源的同期老将廉颇、牛赞等方面统帅，赵成在赵国大军的影响力算得上举足轻重。能压倒赵成影响力者，大约也就赵武灵王一人而已。唯其如此，只要赵雍在位，赵成从来不做别想。如今赵雍连步踏错，显然已经是老来昏聩无断了。肥义虽则也是军旅根基，但多年执掌政务，加之军权又是赵雍长期独掌，肥义在大军中的影响力已经大大淡化了。

如此造成的局势是：国君掌军的权力事实上（不是法度上）已经四分，主父赵雍名义上依然全掌大军，实际上号令已经松弛；新王赵何与相国肥义掌控邯郸驻军，方面大将廉颇、牛赞、楼缓等统帅边军，王族将领则执掌邯郸周围的要塞驻军。依照法度：在无战事的情势下，边军历来不问国政；邯郸守军与四周要塞驻军，则不奉王命兵符不得擅动。在国势稳定号令统一的大局下，法度自然是有用的。然则，在赵国这个素有兵变传统历来靠实力说话的强悍国家，大权归属但有不明，握兵将领对朝局的“关注”便立即显示出来。只要权臣在军中有根，便没有不能调遣之说。

此等大势下，赵成出山已经没有了顾忌。他的力量，则是四邑之兵。所谓四邑，是邯郸周围的四座要塞：武安、少阳、列人、巨桥。武安为邯郸之西大门，历来驻军两到五万。少阳在邯郸以南临近漳水，为赵国南部门户，加之这里有大名赫赫的丛台（后人呼为赵王台）行宫，历来也是驻军三万防守。列人在邯郸东部、漳水西岸，寻常驻军一万。巨桥在邯郸以北巨鹿以南，距邯郸不到百里之遥。巨鹿也是兵家重地，但与巨桥要塞却不是一体驻军。这巨桥原是巨鹿水上的一座大石桥，其所以成为要塞，非是因桥之险要，而是因为这里有赵国最大的粮仓——巨桥仓。巨桥建大型粮仓，起于殷商时期。史载周武王伐纣，曾打开巨桥仓赈济殷商饥民。相沿下来，巨桥便成了赵国最大的粮仓，虽不如魏国敖仓那般有名，也算得天下名仓之一了。因了这座粮仓，巨桥建成了巨鹿之外的另一座城堡，自然也成了单独驻军防守的要塞。由于这四处要塞都是要紧所在，历来驻军大都以王族将领统军，而赵成恰恰是目下王族中的老军头。

没过多少时日，赵成的隐秘联结已告完成，单等李兑选定动手时机了。

李兑自然没有闲着，早已派出多路秘密斥候，并重金买通了主父身边的两个内侍，赵武灵王与赵王、肥义三方但有举动，消息便立即传到李兑设在邯郸北郊的秘密营地。主父南下沙丘并以赵章率军护卫，使李兑大喜过望，立即赶回邯郸与公子成秘密计议一宿，将一切都部署妥当了。及至肥义与少年赵王向沙丘宫进发，赵成的四邑之兵早已经在大陆泽东岸的茫茫白杨林中埋伏妥当了。一见沙丘宫外两座军营的骑兵冲杀赵王车驾，赵成立即挥军掩杀出来。

赵章原本在行宫外一座山头发号施令，接到宫内飞报说肥义已经被杀，顿时高兴得哈哈大笑，立即下令两营飞骑出动截杀赵何。不想骑兵堪堪展开，湖畔森林却潮水般杀出大队骑兵。赵章心下陡然一沉，心知大事不妙，然事已至此已经没有了回旋余地，立即飞身上马冲下山来，亲自率兵截杀赵何。然则事情远非赵章所料，迎面杀来的铁骑连绵不断，至少也是三五万，只两个回旋冲锋，边军六千骑兵便四面溃散了。赵章本非战场大将，如何敢再去奋力截杀赵何，想也没想飞马逃回了沙丘行宫，立即下令关闭行宫城门。

片刻之间，公子成与追杀将军们都愣怔了——行宫内有主父赵雍，却该如何？

正在此时，李兑飞马从后队赶来，一声高喊："赵章谋逆，弑君杀相，包围行宫，请主父明正国法！"

公子成恍然猛醒，举剑大喝："擂起战鼓，包围行宫！"

骤然之间战鼓大作，五万铁骑狂风般展开，将沙丘行宫四面围得水泄不通。

赵雍进了松柏山林下的陵园寝宫，漫步徘徊到了吴娃陵前，情不自禁间一阵茫然凄伤，兀自嘟哝一时，只觉得疲累不堪，躺卧在石亭外的草地上鼾声大作了……蒙蒙眬眬之间，战鼓喊杀声突然大作，是梦么？不是！赵雍突然翻身跃起，一个踉跄几乎跌倒在地，鸟！当真有人以为赵雍老了？骂得一句，赵雍飞步直奔前宫。正在此时，百骑将军迎面疾步而来："禀报主父：行宫外两军厮杀！情由不明！"赵雍一挥手："贼臣作乱，赵章应敌，走！"

将出陵园，一人浑身血迹飞奔而来，遥遥一声嘶喊："主父救我！"

"章？"赵雍一脸怒色，"究竟何事？！"

"公子成协同赵何作乱，起兵包围行宫！"

"老匹夫！"赵雍轻蔑地冷笑一声，"随我来！"

"主父不可涉险！他等险恶，要主父性命也！"赵章声泪俱下。

"滚！"骤然之间，赵雍须发戟张，一脚踹开赵章，雄狮般咆哮起来，"老夫横扫千军，血流成河，何惧几个蟊贼乱臣！如此萎缩，你这狗才何以定国！"战刀一抡，赵雍石夯般砸了出去。

行宫城堡的石门隆隆打开，百人铁骑队飓风般刮了出来，钉成两列。白发苍苍的赵雍一领火红的斗篷，一支六尺长的统帅五色翎，手持那口不知砍下过多少敌酋头颅的精铁骑士战刀，雕像般沓沓走马而出，万千军兵一片肃然。

"公子成何在？"赵雍威严嘶哑的声音如同在幽谷回荡。

同样是白发苍苍的赵成在大旗下淡淡一笑："老臣在此。"

"赵成，你身为王叔，借机作乱，有何面目见我赵氏列祖列宗？"赵雍战刀锵然出鞘，"我虽只有百骑，却要领教你公子成这叛军之阵……"

"主父且慢！"赵成冷冷截断，"老臣既非作乱，又何须与你厮杀？"

“大兵包围行宫，尚敢强词夺理！”

赵成一阵大笑：“赵雍啊赵雍，你当真老迈昏聩也！”骤然又是一脸寒霜，“你的好儿子赵章，才是真正的乱臣贼子。骑士闪开，教老主父看个明白！”

车马场骑士沓沓闪开一条甬道，信期驾着青铜王车隆隆冲了进来，六尺伞盖下赵何的哭喊声已经扑了过来：“父王！相国被他们杀了！儿臣也被他们追杀……”哭喊声中，王车已经辚辚冲到赵雍马前半箭之地。却见赵成一挥手带着几员大将风驰电掣般插上，长剑骤然将王车挡住：“臣启赵王：主父已无明断之能，只当在此说话，切莫近前！”赵雍打量一番，骤然出奇地冷静下来：“何儿，在那里说话无妨。你方才说甚？相国如何了？”

“父王！”赵何被公子成骤然一插一挡，吓得面色苍白，一开口哇地哭了。

“赵何！”赵雍一声怒喝，“你是赵王！何事堪哭？说话！”

“是。”赵何一抹眼泪，“主父今晨下书召我，相国前行。我到行宫之外，相国先入。片刻之后，宫门内隐隐杀声。信期护我回车，遭宫外甲士围攻，两营铁骑也随后追杀，黑衣战死战伤三十余，幸公子成大父赶到……”赵何不禁又是哽咽一声。

赵雍战刀一指：“信期，赵何所言，可是事实？”

“主父明察，句句属实。相国入宫未出，显是已遭不测！”信期愤然高声。

赵雍心中猛然一沉，正要下令搜寻行宫，却闻马队后一片骚动，行宫总管大汗淋漓地跑了过来：“禀报主父：行宫正殿，一具无头尸身……”话未说完急转身挥手，“快！抬过来！”几个内侍一溜飞跑到了马前，竹榻上却是一具血糊糊的尸体。赵雍飞身下马扑到了榻前，哗啦撕开尸体上衣，灰白的胸毛中赫然现出一片硕大的红记。

“肥义……”赵雍闷哼一声，软软地瘫倒在血糊糊的尸体上。行宫总管扑上去抱起赵雍，立即掐住了人中穴。倏忽之间赵雍睁开了眼睛，嘴角抽搐着一个挺身站了起来：“田不礼何在？”行宫总管立即答道：“安阳相在宫内护持安阳君。”赵雍对百骑将淡淡道：“去，给我拿过来。”百骑将一挥手，带着十骑飞马卷进了行宫，片刻之间便将两人带了出来。赵章面色苍白得如同远处的沙滩，脚步拖泥带水地摇晃着。田不礼却镇静自若地走在赵章身旁，不时低声对赵章说得两句，来到马队前一躬：“安阳相田不礼参见主父。”

“田，不，礼，”赵雍冷冷一笑，齿缝的嘶嘶气息竟使镇静自若的田不礼不禁猛然一个冷战，“肥义可是你杀？”

“正是。肥义加害安阳君……”

“奸贼！”赵雍霹雳一声大喝，那口四尺长的骑士战刀一道闪电般打下，只听“啪”的一声大响，田不礼的半边脸血肉飞溅！四周骑士看得明白，这是赵雍极少使用的最残酷刀法——将战刀当做铁鞭抽打，不使你一刀便死。瞬息之间，只听啪啪连响中声声惨号，田不礼成了一具踉跄旋转的血肉陀螺。赵雍狮子般狂怒地吼叫着，手中战刀闪电连抽，不消片刻，血肉陀螺成了四处飞散的骨肉鲜血碎片，那个活生生的能臣田不礼荡然无存了。

当赵雍收回那口毫无血污依然一片寒光的骑士战刀时，赵章吓得几乎瘫在了地上。车马场的万千骑士无不骇然，连赵成这百战老骑士也胸口突突乱跳，纵然血战疆场杀人如麻，谁却见过如此真正血肉横飞的杀人之法？

“肥义一死，主父方寸乱了。公子不能手软。”李兑在赵成耳边低声一句。

“莫急。”赵成一摆手，“且看他如何发落赵章。”

赵雍拄着战刀一阵大喘，方才抬起头来：“公子成，以国丧之礼厚葬肥义，你可能办到？”

“只要主父秉公执法，赵国安定无乱，老臣自当遵命。”

“你，真心扶保赵何称王？”

“若有二心，天诛地灭！”

“好！”赵雍招手大喝一声，“四邑将士！听到没有？”

“听到了——”车马场一片轰雷之声。

“老夫无忧也！”赵雍哈哈大笑回身，“赵章出来！”

瑟瑟发抖的赵章，被行宫总管扶着走出了百骑马队。赵雍大皱眉头，行宫总管放开赵章退到了一边。赵雍长叹一声：“赵章啊赵章，老夫今日才看清你也。便要争夺王位，亦当有英雄志节。少年赵何，尚知临危拼杀。何独你多读诗书，反成如此懦夫？既为阴谋，败露却不敢担待。生子若此，老夫当真汗颜也！”赵雍又是一声沉重叹息，“你母后早死，为父饶你家法了。然则，既为封君大臣，弑君杀相，邦国法度是公器，为父也是无奈了。”说罢战刀一指，“公子成，安阳君交由赵王国法处置。”回身一挥手，“押过去！”

赵成冷笑：“赵雍啊赵雍，你至今犹想袒护这个逆子，教他死灰复燃，当真好笑也。赵王年少良善，能依法处斩乱臣贼子的兄长？老夫已经教他回去了。法度处置，自有老夫担待。”

“公子成，你……”强雄一生的赵雍张口结舌了。

“来人！”赵成一声大喝，“安阳君赵章，实为乱国元凶！弑君杀相，罪不可赦，立即斩首，以戒后来！”马下甲士轰然一应，赵章一句“主父救我”尚未落音，头颅已滚出丈许之外。

赵雍眼前一黑，一口鲜血喷出，山一般轰隆倒地了。

行宫总管一声令下，几名内侍将主父抱上竹榻飞快地抬进了行宫。百骑卫队也立即飓风般卷了回去，沙丘行宫的城门隆隆关闭了。

旬日之后，赵雍渐渐醒了过来。时当暮色，秋风打窗，院中落叶的沙沙声听得一清二楚。这般幽静？不对，如何还有马嘶之声？“主父，四邑之兵还围着沙丘宫。”一个侍女轻柔的声音。如何？他们还围着沙丘？赵雍挣扎着要坐起，却被侍女摁住了：“太医说主父血脉虚弱，忌走动。”“太医何在？教他前来说话。”话音未落眼前金星乱飞，倏忽心下一凉，赵雍第一次真切感受到了虚弱两个字的味道。“主父，太医他……”侍女期期艾艾地说不下去了。“太医如何了？说！老夫不治了么？”赵雍最烦吞吞吐吐。“不。”骤然之间，侍女眼圈红了，“太医已经走了。”“走了，何处去了？”“主父。”侍女颤颤叫得一声，哇地放声大哭起来。赵雍心念电闪，猛然翻身坐起：“说！究竟何事？”

侍女断断续续的诉说如同淅沥秋雨弥漫，赵雍的心越来越冰凉了。

原来，杀了赵章之后，赵成的兵马立即四面围困了沙丘宫，断绝了进出沙丘宫的一切路口。但是，赵成的兵马却不进入宫内，只是派人不断在各个宫门路口宣谕：出宫者一律无罪，守宫者举族连坐。旬日之间，宫中官吏骑士内侍侍女纷纷走了，连那些老仆也在家人呼唤下走了。侍女看着苍老的赵雍愣怔的模样，哭得说不下去了："主父，莫伤心，也是你大病昏迷，否则不会有人走的了。""你如何没走？"仿佛想起了什么，赵雍突然问了一句。美丽丰满的侍女突然脸红了："我答应过王后，要始终追随主父的。""王后？是吴娃要你跟着我？"赵雍惊讶了。侍女点点头："王后临走前对小女说的。""你是孟姚亲戚？"赵雍问。"不是。"侍女摇摇头。"孟姚对你有恩？""没有。"侍女又摇摇头，"王后常说主父英雄，小女也跟着说，王后便问我愿不愿永远跟在主父身边？小女便说愿意，就这样。"赵雍呵呵笑了："你是胡女？叫甚名字？""是。"侍女点头，"林胡牧羊女，叫岱云子。十二岁那年，邦国许胡人入军做骑士，族人们高兴，族长便选了我等三女献给王宫。""果然，岱海胡女也。"赵雍轻声叹息，"那两个姐妹如何？""在赵王宫里。"侍女低声一句，"岱云子是赵王送到主父宫的，她们两个留在了赵王身边呢。"

"大草原多美啊！"赵雍由衷地感喟着，"天似穹庐，笼罩四野，苍苍茫茫，遍野牛羊，处处战场。就是在那里，老夫遇上了世间最美好的女人啊！"

"大草原是好，没有人说不好呵。"侍女也笑了。

"姑娘，不想回大草原么？"

"不。"侍女认真地摇摇头，"我答应过王后，不兴反悔的。"

赵雍又呵呵笑了："好憨的姑娘，那也作数了？"

"作数。"侍女认真点头，"牧人都这样，说一句算一句，刻在心里。不像王室刻在竹片上了。""好呵好呵。"赵雍喃喃着站了起来，"王室贵胄们有竹片儿。怕人说话不作数，要刻在竹片上。到头来也，该忘的照忘。牧人们没有竹片，只有刻在心里了。当忘之时，却是念念不忘。天下事，忒煞怪也！"

“主父不能乱走，快来躺卧着。”侍女过来扶住了赵雍。

赵雍猛然站住了：“姑娘，主父有令：擢升胡女岱云子为行宫密使，立即出宫，赴云中郡大将廉颇处传送密书。”

“主父，岱云子出宫，谁来侍奉你？你一个人不怕么？”侍女惊讶地瞪大了眼睛。

赵雍呵呵笑了：“老夫杀人太多，鬼神都怕我，我怕谁来？”说罢走到外间大书案前，岱云子连忙过来扶着他席地坐下。赵雍思忖着展开一张羊皮纸，却又突然转身，“岱云子，脱下你贴身衣衫。”岱云子顿时面色绯红，低头一声：“是，小女答应过王后，要给主父的。”说着脱下了那件火红的紧身胡裙，又脱下了贴身的本色苎麻小衣，雪白丰满的乳峰突然颤巍巍贴在了赵雍眼前，“主父，这是你的。”

骤然之间，赵雍老泪纵横，一把扶起了岱云子要跪下去的身躯：“姑娘，你，你是我的女儿！赵国公主！来，坐好了。”说着拿起那件尚留岱云子馨香体温的苎麻衫，突然一口咬破中指，在苎麻衫上写了起来。岱云子大惊失色，哭声道：“主父不要写，疼也！”赵雍呵呵笑着：“疼？为父一生征战，三十六处刀伤在身，从来不怕肉疼，只怕心疼。”一声哽咽，戛然打住了。

怔怔地看着鲜血淋漓的两行大字，岱云子突然放声大哭，紧紧抱住了赵雍：“主父，我不走。”

“岱云子！你识得字？”赵雍惊讶了。

“王后教的。”岱云子哭着点头，“我不走！不走！”

“识得字便好。来，坐好了，听老父说。”赵雍慈爱地拍着岱云子肩膀，扶她跪坐在身旁，“有此血书，岱云子便是赵国公主。愿做，你就回邯郸王宫。不愿做，你就回大草原。归总老廉颇会安顿好你的，谁也不敢欺侮你了。知道么？”赵雍依旧呵呵地笑着，“走是要走的了，你不走，谁来救老父了？呵，对了，这里还得盖一方大印。”

“血书还盖印？”

“憨。”赵雍笑了，“血书可假，这调兵王印可无人能假。你看——”说着在腰间大板带上一摁，一方黄澄澄的大铜印赫然在手，“打开那只铜匣。”岱云子连忙搬过书案边一只扁平的铜匣打开。赵雍大印在匣中一拍拿出，狠狠地摁在了苎麻衫血书的左下方空白处，“好了，一个时辰后穿上它。”岱云子扑闪着大眼：“血迹渗汗，麻衫要隔层衣裳才好，是么？”

“不。”赵雍轻轻摇手，“定要贴身，万无一失。血迹干过时辰，些许汗水岂能渗开？老夫浴血一生，憨姑娘知道甚来？”

“父亲。”岱云子轻轻一声，泪如泉涌。

赵雍笑了：“乖女儿，弄点吃的，饿了。”

夜半时分岱云子走了。岱云子说，旧人都是夜半出宫的。临走时，岱云子又哭了，说她查勘过府库，只有些许粮肉，吃不到两个月，她不放心。赵雍笑了：“但有两个月，廉颇边军也就到了，放心去。”岱云子趴在地上哭声喊着父亲，接连叩头，终是被赵雍呵斥走了。

夜色沉沉，天黑得伸手不见五指，萧萧马鸣与呼啸林涛裹着刁斗声传来，赵雍听得分外清晰。可惜也，这萧萧马鸣阵阵刁斗竟不是他的靖边大军，却是勒在自己脖颈上的绞索。细想起来，少年入军便为猛士，十六岁做太子，二十九岁上做了国君，为王二十七年，做主父四年，三十一年的君王生涯中，后十二年几乎全部在马背上征战厮杀，统率大军驰骋疆场。迄至今日，赵雍整整六十岁一个甲子，在大军中几乎浸泡了一生，对军营之声太是熟悉了。他将夜晚军营的茫茫混声叫做营涛，每每大军扎定，他总要在深夜登上营外山头瞭望倾听。辽阔军营的灯火与隐隐混杂的马鸣声帐鼾声巡逻声口令声旗帜声刁斗声随风弥漫四野，总是荡起他一腔豪情，令他沉醉其中。久而久之，但听营涛之声，他便能对这支大军做出诸多评判了。目下，这行宫外的营涛声虽然与弥漫天地的林涛声交会鼓荡，赵雍还是听得出这四邑之兵的大致状况：东南两面平川沙滩，是铁骑营，西北两面山地松林，是步军营。武安铁骑是赵国精锐之一，那雄骏战马的长夜一鸣穿云破雾闪电般飞来，任是天地混沌也令人为之振奋。巨桥仓步军是赵国武士的骄傲，那巡营甲士整齐有力的脚步声如同石条夯地，是夜晚军营的独特节拍，行家伏地，一听便知其军战力。可见，赵成调集的四邑之兵都是主力，而非久守一地的郡县散兵。沙丘行宫只有一个百骑队，便加上赵章的六千铁骑，也不当调集如此数万精锐大军应对啊。兵变之要，在于机密快捷。如此大张声势且久围不入，显然便是要困死他了。然则，赵成不怕夜长梦多边军南下？这赵成究竟想做甚？

一颗巨大的流星划过夜空，空旷漆黑的陵园倏忽一亮。

赵雍呵呵笑了，公子成稳操胜券，偏是要在这围困沙丘行宫中一举稳定掌握赵国。看似险棋，实则老到之极。根本之处，公子成有实力，不是寻常宫变，不怕拖。再则，公子成拥立赵王正统，赵国王族不会有反对势力出现。当然，更根本之点，是赵雍连挫赵章阴谋作乱，给了公子成一党以绝好的“定国平乱”口实。最痛心的是，力挽狂澜堪称泰山石敢当的肥义死了，肥义若在，公子成安得猖獗？如此情势，公子成自要明火执仗地昭示赵国朝野：主父昏聩，促成变乱，不堪当国，谁家不服便到沙丘宫理论。尴尬的是，连自己身边的卫士吏员仆从都逃了个精光，连肥义也惨死在自己的错失之中，雄豪一世的赵雍，成了真正的孤家寡人。此情此景，谁人能说你赵雍还有德望足以当国？

这便是战国了：君王果是英明，举国死心追随；君王若是昏聩，朝野国人但有机会便弃之如履，绝不会因你曾经有过的功勋而生怜悯宽容之心。齐湣王田地被齐人千刀万剐，燕王哙被子之逼迫“禅让”而朝野听之任之，当初都曾经教赵雍心惊肉跳，如何，自己竟要落得比那些昏聩君王更要狼狈的境地了，当真匪夷所思也！

不。赵雍英雄一世，何能轻易屈从于胁迫之力？赵雍不恋栈贪位，早早就让出了王位。赵雍所想，只是为了赵国强大，只要率领大军开疆拓土，岂有他哉！赵雍纵有错失，何当一帮机谋老朽如此作践？老夫偏要活，不能死，等廉颇边军到来，老夫廓清朝局，纵死也瞑目了。

空旷得幽谷般的陵园行宫，赵雍开始了艰难的谋生。

岱云子说有两个月的粮食干肉，赵雍一个月吃得精光，还是极为俭省的一日只一顿。岱云子没打过仗，没跟随过赵雍，原是依寻常肚腹忖度的。谁知赵雍却是不世出的猛士英雄，食量惊人，寻常间一顿便是半只烤羊一袋马奶子。若遇连日驰骋拼杀，三日不食也是使得，然则一旦扎营开吃，六成熟一只整羊大吞下肚，活生生虎豹一般。赵国大军之中，唯大将廉颇之食量堪与赵雍匹敌，军中呼为“一龙一虎”。今日赵雍虽已六旬，犹是虎虎生风之猛，一日只有两鼎舂米干饭，如何能够果腹？一个多月下来，白发苍苍的赵雍形销骨立，直是那寒瘦凛然的一杆白杨，纵是一身紧身胡服，此刻也是空荡荡架在肩头，任寒风吹打得啪啪作响。

沙丘的冬日是寒冷的，行宫里的一切有用物事都在赵雍昏迷时被搬运一空了，那些许粮米大约也是有意留下而已。没有燎炉，没有木炭，高大空旷的行宫冰窟冷窖一般。夜里，赵雍撕扯下几片能搜寻到的帐幔，用火镰击打出火苗焚烧取暖。白日，赵雍缩在山根下枯黄的茅草里晒暖和，手脚活泛了，便在行宫府库里搜索大大小小的粮囤鼎斛，但能搜得几把灰土夹杂的糙米，便是呵呵长笑，狂乱地生生塞进嘴巴大嚼，满嘴白沫犹自津津有味。正午日暖了，赵雍猴子般爬上高高的白杨，在鸟窝里掏出刚刚从蛋壳里伸出头还不会喳喳鸣叫的雏鸟，连鸟蛋一起塞进嘴里，嚼得血水从嘴角汩汩流淌，犹自哈哈大笑。日每如斯，不到一个月，陵园行宫白杨林中的鸟窝已被洗劫一空了。但见白发白须的“老猴子”出来晒太阳，成群的乌鸦鸟雀便绕着他愤怒地聒噪飞旋，老猴子猛然狂笑蹿起，鸦雀们惊恐高飞，盘旋在湛蓝的天空，犹自不依不饶地嘶声叫着。

大雪纷纷扬扬铺天盖地，沙丘成了冰雪的世界。府库被搜寻得一干二净，连能找到的鼠洞也被全部挖过了。鸟窝被掏光了，雏鸟被吃净了。连唯一可吃的几棵老榆树皮也被扒得树干白亮，在呼啸寒风中枯萎了下去。纵是草根，也被大雪掩埋了。

茫茫天地，唯有无尽飞扬的雪花在飘舞，唯有飞檐下的铁马在叮冬。

三个月过去了，沙丘行宫外依然没有熟悉的号角。

没有等来他所向披靡的精锐大军，赵雍终于在冰天雪地中颓然倒下了。

这是公元前 295 年冬天的故事。

第十二章 士相峥嵘

一　秦国第一次力不从心了

当赵国的崛起奥秘全部被揭开，秦国君臣在章台的秘密会商莫衷一是了。

以丞相魏冄的主张：赵国在武灵王之后已经休整二十余年，惠文王赵何的王权已经稳固，赵军兵力已六十万余，实力显然已经超过了武灵王后期；当此之时，秦国不宜与赵国展开大战，当先行周旋山东列国，陷赵国于孤立，而后徐徐图之。然则如此一来，立即便有一个难题摆在了面前：阏与之败如何对朝野交代？丧师八万，秦军遭受了前所未有的耻辱，朝野伐赵声浪正在汹汹之时，天下战国也在睁大眼睛看秦国如何举动，若就此隐忍不发，且不说灭杀秦人公战士气，只怕追随秦国的山东诸侯也会倒向赵国了。这种局面，任谁也不愿看到。如此一番折辩，大权在握的魏冄也不能固执己见了，只拍案一句："王前但有定策，老夫鼎力实施！"板着脸不再说话。

末了，还是一直默默思忖的白起开口了："从大势权衡，目下还得给赵国一个颜色，否则内外难安。只是此战只宜快速战胜，不宜僵持大打。战胜之后，我王可会赵王，压其处于下风，使天下皆知大秦并无示弱赵国之意，以了阏与之结。而后，当以丞相之策行事。”虽然不甚解气，然则重臣们反复掂量，目下还似乎只有如此方可暂做了局。一时无话，算是默认了白起的谋划。

“会王之事好说。”秦昭王皱着眉头，“要紧处是，这一仗必须胜得利落。”

白起慨然拱手：“此战臣当亲自统兵，定给我王打出会盟威风！”

一言落点，魏冄当先拍案喊好，几位重臣尽皆赞叹，连秦昭王也似乎绽开眉头松了一口气。白起的厚重寡言人人皆知，统兵出战的沉稳犀利更是人人放心，他说打出威风那便必然能打出威风。只要一战打胜与赵国扳个平手，秦国便能从容周旋。如此情势，君臣心下一时稍安。

会商结束，大臣们立即赶回咸阳各自忙碌去了。独自留在章台消暑的秦昭王有些坐卧不宁，总觉心下沉甸甸的。落日余晖将山谷染成了一片金色，秦昭王沿着湖畔草地一路走来，不知不觉到了竹林掩映的孝公庭院——玄思苑。漫步在这简朴幽静的小小庭院，秦国的风风雨雨油然浮现在眼前。秦孝公与商君的盛年悲剧发生在这里，秦惠王的暮年悲剧发生在这里，秦武王扑朔迷离的继位之变也发生在这里，秉政三十余年的母亲宣太后，去岁也惨死在这里。小小章台，每每在秦国大转折的时刻不期然成了风浪的源头，神秘得令人不可思议，只有叹息天意了。如今，自己即位已经三十余年，秉政母后死了，统摄国事的舅父丞相也老了，眼看自己就要稳稳当当地亲掌大权统一六国了，却突然一座赵国大山横在了面前。拨开这座大山上笼罩的云雾，又恰恰是在章台。若非天意，其中奥秘为何如此令人难测？诚然，一国内政也可以不因他国强大而改弦易辙。然则这是战国之世，大国连续碰撞激烈对抗，天下大势几乎铁定地左右着各国的权力格局，如何能以寻常时期的外事邦交论短长？若无赵国大山骤然横空出世，阏与之战秦军大败，以穰侯年近七旬之身，朝野呼吁其退位还政之声必然日见高涨，穰侯无由恋栈，自己亲政指日可待。然则赵国大山一横，秦国局势陡见险恶，强臣猛将立会成为国家重宝，稳定权力格局也会成为上下同欲，朝野便会转而拥戴穰侯此等强臣掌国，以与赵国对抗。穰侯虽已年迈，却老而弥辣，非但体魄强健，权欲更是不见稍减，若再有十年，嬴稷自己也是年近六旬之老人了，倏忽一生，难道注定要将这空头王冠戴到坟墓里去么？

这种茫然无措，与其说是因自己的权力处境而起，毋宁说是惊心动魄的赵国故事给了他前所未有的震撼。毕竟，自己是秦王，也算身强体健，终不成还能走在老舅父之前了？纵是亲政再晚，秦国最终也还是得嬴稷掌权了。说到底，秦国目下最要紧的是如何对抗这个巍巍然崛起的赵国？然则，依赵国目下之势，秦国还当真是力不从心也。就兵力说话，战国以来，初期魏国最是强盛，魏惠王中期曾达到五十万精锐大军；战国中期，楚国吞灭吴越之后，兵力一度达到六十余万，齐国在齐湣王后期也达到了六十余万大军。然则，上述三国都倏忽衰落了，目下都是拥兵三四十万而已，且还不是清一色的精锐新军。目下七大战国之中，兵力在六十万之上者，唯有目下之赵国。

若是仅仅数量占优而战力疲弱，秦国五十余万大军何惧之有？要紧之处在于，赵国这六十余万大军，偏偏是胡服骑射之后练出的精锐新军，其剽悍勇猛之战力，竟能一战吞灭秦军八万铁骑，当真令人惊心。纵是胡伤用兵不能与白起相比，然则两军死战绝地，赵军并非大军重围以数倍兵力优势取胜，而是在兵力大体相等的情势下死战取胜的。若非此等血战，岂能令善战之秦国朝野震惊？

如果说，阏与之战还仅仅是对赵军战力的惊讶，在白起揭开赵国帷幕后，秦国君臣已经被赵国的整体实力震惊了。若是赵武灵王的主父一直做下去，以赵雍晚年之错失频出，也许赵国之强大也就是昙花一现了。偏是阴差阳错，一场兵变竟成了赵国朝野的枢纽之油，使这个民风强悍的国家度过危机而继续强大起来。本来赵雍未必就死，偏偏是那个最后的侍女岱云子刚刚走出赵国，却永远地失踪了。本来少年赵何未必能稳定赵国，谁料那个公子成被封为安平君独掌国政三年之后却死了。那个谋划起事的李兑虽然做了司寇大臣，却也因实力靠山倒塌而被处斩了。于是，赵何安然亲政，赵国度过了变乱之期。更令人不安的是，赵何当政后礼贤下士，赵国倏忽涌现出一大拨名臣名将，势头似乎比当年秦国崛起还要来得迅猛。虽说在赵国内乱之时中山国又死灰复燃，可如今的赵国不是又灭了中山么？如此一来，赵何的国王越做越稳，赵国也是扶摇直上，天算也？人算也？

战国之世，但能在变法之后连续两代稳定，立即成为超强战国。若一代变法而后代止步，必会无可奈何地迅速衰落。前者如魏国，如齐国，如秦国；后者如楚国，如韩国，如燕国。目下之赵国，赵何已经稳定近二十余年，上下同心，坚持新法，朝野拥戴，国力凝聚，若再有一代如此坚持，秦国的压倒天下之势则可能要被两分了。虽然赵国没有废除封地旧制，旧根没有彻底刨除，令秦国君臣稍感心安。然则，赵国稳定之后，安知不会再行第二次变法？若当真推行第二次变法，如同秦国商君变法一般彻底，赵国岂能撼动了？果真如此，赵国岂非要与秦国平分华夏？秦国一统天下之大业岂非要付诸东流？那时，身为第四代强秦国君的嬴稷将何以面对嬴氏祖先？何以面对天下变法之士？

是了，要害在这里，秦昭王茫然无措的根子也在这里。

当年，秦孝公东出未成梦断关河，临死之际与太子嬴驷单独密谈。孝公问嬴驷："何谓国耻？"嬴驷答："六国蔑秦，不与会盟。"孝公问："何谓国誓？"嬴驷答："大出天下，一统华夏！"孝公一字一顿地做了最后叮嘱："王族易败，若无远图则速朽。凡我嬴秦子孙，必以一统天下为激励，荒疏者，死后不得入太庙也！"从此之后，"大出天下，一统华夏"便成了嬴氏王族的秘密国誓。尽管，由于分化六国的策略之需，这一秘密国誓不能公诸朝野，但嬴氏王族与股肱大臣历来都是清楚的。而且，自秦惠王之后，秦国与山东六国经过五十余年周旋，压倒优势已经是越来越明显，齐魏楚燕韩皆成疲弱之邦，统一天下眼看便可着手实施了，却偏生崛起了如此一个强猛赵国，岂非大大令人头疼？更令人担忧的是，若这种秦赵僵持的局面再延续得几年，五大战国完全有可能重新恢复过来，那时山东六国再以赵国为盟主合纵抗秦，岂非又倒退回秦惠王的艰难时期了？稍有闪失，秦国被逼回函谷关以西亦未可知也。

血红的晚霞中，秦昭王猛然一个激灵。

“备车！回咸阳！”秦昭王对遥遥跟在身后的老内侍喊了一声，大踏步走了。

当夜三更，秦昭王回到了咸阳，没有进宫，车驾直奔穰侯魏冄的丞相府邸。可匆匆迎出的相府主书吏却禀报说，丞相从章台回来只在府中停留得一个时辰，便带着一班精干吏员北上九原了。秦昭王思忖片刻，也没有多问，驱车回宫了。

刚进书房，长史王稽来禀报：武安君府行军司马报来急件，说武安君与丞相已经兼程北上九原，但有军情，随时羽书急报。秦昭王心下稍微宽松，立即吩咐长史下书各郡县并晓谕朝野：上将军白起已经起兵伐赵复仇，秦人精壮但有非征入军者，各郡县得踊跃接纳并就地驻扎，侯国尉府稍后一体接编。这是章台会商确定的谋划，此战事先书告朝野，以安国人汹汹请战之心，昭示国府雪耻之心志。王书发出，秦昭王吩咐张挂九原地图。硕大的羊皮地图在六盏与人等高的铜灯下分外清晰，秦昭王伫立在图下久久端详——白起要在这里与赵国开战么？

因此战不大，章台会议没有要求白起详陈谋划。当然，更根本的原因在于这是白起统兵出战，若是别个大将，那是无论如何也要多方谋议的。加之白起与丞相魏冄素来是军政联手的极佳将相搭档，白起慨然请战，魏冄一力赞同，秦国君臣还有个不放心了？秦昭王从章台回来的路上便在思忖，白起会将战场选在哪里？秦昭王原本多谋深思，即位以来虽说不握掌国实权，但却从来都在细心体察白起的用兵之道，尤其是那些兵略谋划。虽说君王不必领兵，然战国之世大战连绵，君王不知战场兵术尚可，若对兵家战略也是一窍不通，是迟早要出事的。以秦昭王的推测，白起打仗刁猛狠稳，看似堂堂之阵正正之旗，实则机变难测；论秉性，更是刚勇深沉，战胜欲望格外强烈。以此看去，白起这一仗定然是选在河内安阳之外。

安阳是白起夺得河内郡后设置的新要塞，恰在与赵国接壤处。兵出安阳，百里之遥便是丛台行宫（后世赵王台），再北上百里便直接威胁邯郸了。当然，更重要的是，安阳要塞四周驻有秦国的精锐铁骑十万，攻城大型器械也多在此囤积，实则是蓝田之外的秦军第二大本营。攻敌距离短，秦军优势大，但出可直捣赵国都城要害，对天下震动大，对赵国震慑更大。秦昭王以为，对赵复仇，此地为上，白起也必选此地无疑。

然则，白起选了九原，实在不可思议。

九原与云中，是秦国北长城段防备匈奴的两大要塞，驻军统共八万铁骑。自从武灵王设置云中郡后，赵国一直在阴山大草原驻有廉颇统帅的十万胡服精骑，东南二百余里是雁门关大军营地，原野开阔，骑兵相互驰援极是便利。依据各方军报，此番白起北上没有调遣大军，看来是要以八万铁骑对赵军十万开战了。虽说秦军战力出类拔萃，然目下这是打过阏与血战的赵军，如何能保得稳操胜券了？白起啊白起，你素来沉稳，如何却在这只能赢不能输的关节点上冒险了？

然则，秦昭王不想干预，也不能干预。

白起背后还有魏冄，且不说魏冄目下大权在握，便是论兵论战，魏冄也是几近一流的统兵之才。无论如何，魏冄的谋国忠心秦昭王是毫不怀疑的，他能全力支持白起，一如既往地亲自为白起坐镇粮草辎重，其中必有道理。大战在即，若自己表示异议，虽说并不一定会动摇这一对将相合璧，但毕竟会使他们分心辩解，传扬开去，对军心无疑是一种无端干扰。可是，如若不说，当此要紧关头，万一失利该如何处置？秦昭王心中蓦然一亮——此战若败，不说白起，先便是废黜魏冄丞相的绝好时机，大权可一举回归。然则片刻之间，心中那一丝亮光黯淡了下去。果真败北，秦国立时便是内外交困，纵能废黜魏冄，却用何人替代？大国丞相统摄国政，其人若无非凡才具，君王会立即陷入繁剧的国务旋涡而处处尴尬狼狈。一将一相，历来是国家栋梁。无大才出世，无端换相便是徒然乱国，如何能在战败危机之时动手？

“长史拟书。”良久伫立，秦昭王突然回过身来。

长史王稽将王书迅速拟就，半个时辰内誊抄刻简用印泥封一应完备。天亮时分，三骑快马飞出咸阳直上北阪，向遥远的北方风驰电掣般去了。

两个月后，九原战报传来：秦军大捷，斩首赵军六万，一举将廉颇大军赶出云中以北的阴山草原，赵国云中郡不复存在。

秦昭王精神大振，备细询问了军使大战谋划经过，情不自禁地拍案赞叹："天赐白起与秦，当真大秦长城也！"

原来，白起与魏丹的谋划是：此战决意要给天下一个明告——秦国大军强于赵军，阏与之战不过是偶尔不慎战败而已，列国莫要错判情势附赵抗秦。为此，便要寻求与赵国主力大军决战。丞相魏丹曾经提出，从河内郡安阳北上，攻下丛台行宫。武安君不赞同，说从河内方向攻赵腹地是名大实小，既不能化丛台入秦，又不能攻下邯郸，且邯郸以南山地河湖交错，加之赵军后援便利，不宜铁骑驰骋速战速决；但凡用兵，当以夺地灭敌二者兼得为上，以此为谋，九原云中当是此战战场；阴山大草原的边军骑兵历来是赵军最精锐主力，也是赵国傲视天下的根本，若战而胜之，非但可硬铮铮证实秦军威力，而且可大大削弱赵国云中郡，甚或可将阴山草原化入秦国势力。武安君说罢，丞相大是赞同，立即放弃了河内攻赵的主张，二人只带了三千铁骑兼程北上了。

九原在西，东南距云中尚有一百余里。战场之地在云中，白起却先期驻扎在九原，为的是不使赵军觉察。经过半个多月的秘密踏勘与斥候侦探，武安君对赵国边军情势已经了如指掌。此时赵国的长城边军分做三大营驻扎：最东是平城大营，中段是雁门关大营，最西是云中郡治所周围的廉颇大军。因了刚刚吞灭中山国，赵国主力大军尚"镇抚"在雁门关与中山国故地之间的楼烦、广武地带，廉颇的云中大军堪堪只有八万，且是两大营区背靠背两面防守：北防匈奴南下，南防秦军北上，营寨坚固深沟高垒，显是将中原战法搬到了大草原之上。

敌情探明，武安君立即赶赴云中调遣大军：中路轻装铁骑一万，武安君亲自统率，从赵军两大营区的河谷地带杀入，分割赵军；北路军一万铁骑，绕道北营以北的草原，攻赵北营；南路军一万五千，直出云中要塞攻赵南营；铁甲重装骑兵两万，在山谷军营外的大草原截杀出营赵军；其余两万五千骑士与五千步卒，全部改为强弩营并携带猛火油柜，攻营前秘密潜行到大营两边山头密林，先行对赵营猛烈火攻。武安君特意申明将令：此战不堵截赵军援兵来路，集秦长城全部大军猛攻赵军，务求果敢猛勇速战速决，务必于天亮前击溃赵军。

天色一黑，秦军偃旗息鼓从大草原分四路秘密进发，夜半时分抵达赵国云中大营的外围山地。一个时辰后寅时卯刻，三声苍狼的吼叫呜呜呜顺着风声蔓延过来。这是武安君与众将约定的夜袭号令。狼吼方才落点，埋伏在两面山腰的强弩营立即万箭齐发，长大的箭镞带着浸透猛火油猛烈燃烧的厚布头，火龙般扑向赵军营寨。赵军壕沟内外均是粗大的圆木鹿砦，军营内也多有木栅障碍、瞭望云车等诸般木制物事，火箭但钉上鹿砦帐篷，顿时烈火熊熊。不消片刻，火势在赵军的呐喊中无边蔓延开来。此时四面战鼓大作，三路大军潮水般杀入了赵国大营。

赵军虽然勇猛，然在强兵突袭之下也是大乱。饶是廉颇奋勇冲杀，无奈赵军已经被武安君的三万铁骑拦腰分割，无法成阵而战，只有拼命冲出已成火海的山谷军营，在大草原与秦军奋力死战。刚冲到地势开阔的草原，秦军的两万铁甲重装骑兵展开成足足三五里宽的巨大扇形阵包抄了过来。铁甲重装骑兵是秦军铁骑精华，马罩铁皮甲（内皮衬外包铁），骑士则一身六十余斤的精铁甲胄，全身只露出两只眼睛；与轻装骑兵不同的是，重装骑士每人一口重型长剑之外，还有一支一丈余长的铁杆长矛与二十支远射长箭。此等骑兵只宜在地形平坦的原野做强力冲锋，不宜在山地作战。故此，武安君专门部署在九原云中做对抗草原匈奴的利器，不想今日派上了用场。重装铁骑展开，一具具铁塔相连，恍如漫无边际黑色铁流压过草原，恰与红色胡服的赵国轻装骑兵形成鲜明对照。

两军一经碰撞，赵军的轻装骑士立见不支。这道铁流挺着长矛抡着长剑压来，任你轻灵剽悍，只是近不得一丈之内，纵有几箭射出，也是叮当落地伤不得他皮肉。赵军骑士是清一色的胡人战刀，大体三尺余长七八斤重，近战劈杀没有秦军十余斤重型长剑那般威猛，远战又无秦军长大的精铁长矛。如此一来，人马皆不能近身搏杀，只有在不断闪避中寻机而战，然则躲闪稍微有误，便被一矛洞穿。前有重装铁流堵截，后有轻装铁骑追尾，四面又有专门对付散兵的两万多强弩，前后一个多时辰，赵军骑兵全线崩溃了。廉颇久经战阵，情知僵持下去只能是全军覆灭，连声大吼，一阵撤兵牛角号吹起，率领着溃散骑兵向北方草原撤退了。

天亮清点战场，秦军只有六千余伤亡，斩首赵军六万余。

如此战绩，秦昭王如何不感慨备至？十分地庆幸自己没有对此战表示异议，而是以那道王书支持了这场战事。兴奋之余，秦昭王立即派遣特使北上犒军，并同时书告朝野：秦军大胜赵国主力边军！两书发出，秦昭王想到了该自己出面的第二步棋，思忖良久，秦昭王吩咐内侍立即召长史王稽进宫。

二　完璧归赵　布衣特使初现锋芒

赵惠文王看罢秦国特使的国书，一时云山雾罩了。

“素闻秦王持身端正，厌恶奢靡，何以如此喜好一方美玉？”

“人各有癖，何能以情理论之也。”特使王稽拱手笑道，“然则，宣太后喜好美玉，又是楚人，赵王当知也。太后安葬之时，秦王四处搜求楚玉瑰宝陪葬母后而不能得，今闻赵王得楚玉至宝，秦王欲以其恪尽孝道，亦未可知也。”

“一己之孝，以十五城交换，秦王当真阔绰也。”赵何揶揄地笑了。

王稽也是不无讥讽：“赵王若能将和氏璧无偿赠与秦王，自然是一等一的美事了。”

赵惠文王有些不悦：“和氏璧乃赵之国宝，特使且驿馆等候，待本王与大臣议决而后定。”王稽说声那是自然，告辞去了。

回到书房，赵惠文王仍是百思不得其解，秦王嬴稷究竟有何图谋，要在这和氏璧上大做文章？孝母陪葬，屁话！普天之下谁不知道，秦国法度森严，向有“非举国公议，君不得割一城一地”之大法？以十五城交换和氏璧，纵然不是割地，也是荒诞之尤，如何能通过秦国那些重臣名将了？战国之世，国家财富之内涵只是实实在在的三样——土地、民众与诸般实用财货。除此之外，珠宝名器甚或钱币，都是可有可无的。进入战国两百年，只有一个魏惠王是真正的珠玉癖，酷好收藏各种明珠宝玉与罕见金器，视此类物事为“国宝”，被当时尚刚刚即位称王的齐威王大大嘲笑了一通，从此成为天下笑柄。[1] 饶是如此，当时的越国要用一颗千年大海珠换取魏国南部六城，也被魏惠王断然拒绝了。魏惠王恶狠狠地回答了越国特使，本王有六城之地，可得三万铁骑；三万铁骑纵横天下，何宝不可得也！一个说好不好说坏不坏的魏惠王尚且如此，简朴明锐的秦昭王如何能做出此等荒诞事体来？若是真正交换，赵何肯定是毫不迟疑，一方玉器再贵重，也只是一方贵胄赏玩器物而已，不能吃不能喝更不能成兵强国，如何当真价值连城当得十五座城池？

如此说来，秦国肯定是以换宝为入手而另有所图。图在何处？秦国刚刚战胜，赵国最精锐的边军铁骑遭受了前所未有的重创。两战下来，秦赵各胜一场，堪堪打了个平手。赵奢、廉颇一班大将与平原君等一班重臣，都主张不要急于寻仇，一定要稳住阵脚与秦国长期对抗，寻求最合适的时机决战。当此狼虎两家怕之时，秦国一反夺取魏国河内、楚国南郡后对山东六国的强猛高压，却突然放下身段与赵国展开了平势邦交周旋，且当先便是一出匪夷所思的以城换宝，当真令人觉得莫测高深。

“备车，马服君府。”赵惠文王决意先听赵奢如何说法。

阏与血战，赵奢负伤二十余处，虽经太医精心治疗而痊愈，毕竟是大见衰弱，寻常时日深居简出。惠文王敬重这位力挽狂澜为赵国立威的名将，怕他在家落寞，下书赵奢以封君高爵兼领了国尉府，谋划赵国军务。国尉许历，本是赵奢力拔于军士，对马服君兼领国尉府自是分外服膺，但有军政大计便来马服君府共谋，赵奢的精气神终是渐渐好了起来。

惠文王知道，赵奢特意在后园庭院水池边建了书房，寻常总是在这里养伤待客，便不走正门，径直进得偏门，未过影壁，闻得一股淡淡的草药气息飘来。绕过影壁再穿过一片竹林，便到了那座四开间书房的背后。猛然，一阵琅琅吟诵传来，透过摇曳修竹，惠文王看见一个红衣散发黝黑健壮的少年，正在水池边挺身肃立着高声念诵。听得几句，是《孙膑兵法》。噢，对了！惠文王心中一动，早听说马服君有个天赋不凡的儿子，莫非这便是了？看这模样，马服君是在书房廊下了。别急，看

[1] 魏惠王与齐威王关于“国宝”的论争，是战国人才观念的不朽故事，见第一部《黑色裂变》。

看这父子做何功课。惠文王向身后内侍挥挥手，站在竹林边不动了。

片刻之后，少年吟诵停止，昂昂高声道：“父亲，赵括背完兵书十三部，你做何说？”

“天赋强记，原是不错。”赵奢淡漠的声音突然一转，“赵括，兵书十三部你倒背如流，还在这些兵书上密密麻麻做点评批注。我问你，兵书作者，皆是身经百战之兵家名将，兵书之言，皆是实战而来。你从未上过战阵，更不说统兵作战，却以何为凭据，做如此多方评点诘难？”听羊皮纸哗啦啦翻动，显然是赵奢拿着兵书在对照，对上面的批点大皱眉头。

“父亲差矣！”少年赵括红着脸高声反驳，“兵书作者未必身经百战。最多之吴起，终生只有七十六战。最少之孙膑，终生只有两战。次之如太公，终生只有三战，灭商之前只是一悠闲老叟而已，从未有统兵上阵之阅历。由此观之，久历战阵可成名将，精研兵学亦可成名将。前者如父亲如廉颇，后者如太公如孙武如孙膑。赵括虽未入军旅战阵，然则读尽天下兵书，相互参校，自能见其谬误，如何不能评点？父亲不说评点是否得当，而只对评点本身一言抹杀，岂非大谬也！”

“嗬！小子倒振振有词了。”赵奢翻动着羊皮纸，“你对《吴子》这番评点显是无理。《吴子·论将篇》说，‘凡人论将，常观于勇。勇之于将，乃数分之一耳。夫勇者必轻合，轻合而不知利，未可也。’此断至明也。你说，你是如何批点？”

“此断大谬也，非兵家求实之论！”少年琅琅背诵，“无勇不成将，何能仅占数分之一耳？将之勇，在心不在力，在决断之胆识，而不在战阵之搏杀。吴起之误，在于错认将勇只是搏杀之勇也！”

“学宫论战之风，全然不涉实际。”赵奢显然是板着脸在说话。

“父亲差矣！”少年赵括立即一口否定，“阏与血战，若论搏杀之勇，父亲不如廉颇，亦不如乐乘。然则廉颇乐乘皆说不可战，何独父亲主战，且有狭路相逢勇者胜之名言？究其竟，父亲勇略胆气当先，自有名将之功。人云，廉颇以勇气闻于诸侯，实则大谬不然！何也？凡战必守，而无进攻胆识，谈何勇气？此等将军，纵是终生战阵，也必无一名战。赵括立论端正，言必有据，如何不涉实际了？”

“不对不对！小子总是岔道，只不过老夫一时想不来罢了。”

赵括天真地笑了：“父亲自己想不明白，还只说我岔道，真是。”

“且慢！”哗啦一翻，赵奢又道，“《孙子·作战》云：‘善用兵者，役不在籍，粮不三载；取用于国，因粮于敌，故军食可足也。国之贫于师者远输，远输则百姓贫。故智将务食于敌。’你又是如何批点？”

赵括应声即答：“此论春秋可也，战国之世拘泥此论，当败兵！”

“一派胡言！”赵奢呵斥一句，“在敌国就地解决军粮，向为大将之所求，用兵之至境，何以当世不可行？”

“父亲熟知战史。吴起之后，可有一国大军取粮于敌国者？”

一阵沉默，赵奢显然被儿子问倒了。过得片刻，又是赵奢声音：“倒是当真没有。你小子说，何以如此？”

“老父但想，”赵括脸上闪过一丝似顽皮似得意的笑，接着却是与少年笑意极不相称的老到论说，“春秋时诸侯上千数百，半日路程一个邦国，但有军旅征伐，少有不穿越几国者。邦国小，粮仓易见易夺。纵然不能夺得，也可就近向他邦借粮。最不济时，还可抢收敌国与四周小国之成熟田禾。唯其如此，春秋之世邦国相互借粮赈灾救战者屡有发生，故此有‘征伐食于敌’之说。然则方今之世，天下已被七大战国分割，二三十个小诸侯挤在夹缝里奄奄一息。但有战端，动辄数十万大军对峙，敌国粮仓要塞皆远在战场之外，而军营粮仓则是重兵布防，如何能轻易夺得？纵然奔袭敌方粮仓成功，也只能断敌之粮，而不能补充己方之粮也。是故，孙子此说不应战国，战国之世亦无此等战例！”

“似乎在理。”赵奢声音拖得很长，“然则，老父总觉何处不对，只不过一时间想不清楚……”

“想不清楚，不要想了。”惠文王大笑着走出了竹林，“后生可畏，信哉斯言也！”

赵奢连忙站起施礼参见，赵括也跟在父亲后面行了大礼。惠文王高兴地拍着少年肩膀连连赞叹将门虎子，回身笑道：“马服君，我借你这儿子一用。”

“我王笑谈了。”

“非是笑谈。”惠文王收敛笑容，“太子赵丹，才智平平。本王想教赵括进宫伴读，少年同窗切磋，以激励太子奋发，马服君意下如何？”

赵奢思忖片刻，肃然拱手道：“赵括虽有读书天赋，然则老臣总觉其未经锤炼，华而不实，若误太子，老臣心下何安？”

“马服君何其多虑也。”惠文王笑了，“初生之犊若畏虎，岂非你我老暮了？”转身一拍少年肩膀，“赵括，你可愿再读几年书？”

赵括挺胸高声：“读书历练，愿意！”

“好！”惠文王点头，“那便定好了，明日你进宫拜见太子傅。”

“遵命！”赵括将军般高声领命，“赵括告辞，代父亲下令上茶！”回身飞跑去了。

望着赵括背影，惠文王犹是一脸欣然，站在座案前兀自喃喃赞叹。赵奢也是若有所思，直到惠文王回身入座，才恍然笑了：“我王拨冗前来，必有大事。此间清静隐秘，我王但说无妨。”惠文王收拢心神，将秦国要用十五座城池交换和氏璧的事说了一遍，末了道：“此事棘手，马服君有何评判？”赵奢思忖一阵道：“秦国此等做法，意在挑起事端，原非寻常邦交之道。以老臣揣摩，秦国军力一时无奈赵国，便以此等邦交手段试探周旋。赵若不加理睬，天下会视赵国畏秦如虎，不敢与我结盟；赵若将和氏璧交出，而秦国必不会当真割让十五城。目下赵国无力与秦国决战，其时徒然受骗被欺，大大有损我邦尊严；若断然拒绝，则给秦国以寻衅口实，五大战国不想卷入战端，则会指斥赵国惜宝轻战，力劝我邦达成交换，到头来还是左右两难。权衡起来，当真难以处置。”

“刁钻秦王，此等龌龊伎俩，也亏他想得出。”惠文王愤然拍案，再没了后话。

“且慢，”赵奢眼睛一亮霍然站起，“还是老话，狭路两难勇者胜。”

“马服君，你是说要与秦国开打？”惠文王大是惊愕。

“原是老臣突兀也。”赵奢歉然一笑，“老臣之意：邦交诡计，当以邦交手段破之。两难斡旋，便需邦交猛士。若有一智勇兼备之特使，专司和氏璧周旋秦国，或可得完满结局也。”

"有理。"惠文王轻轻敲着座案，"马服君以为，何人堪当特使？"

"老臣不谙邦交，尚无人选。我王不妨召集大臣举荐，或可得人。"

惠文王一拍案，"好！便是这般。"

次日清晨卯时，凡在邯郸的大臣们都奉王命进宫了。惠文王将原委说过，命大臣们各自举荐堪当特使的大才。由于封地制仍然保留，赵国大臣大多养有多少不等的门客，寻常举荐贤能，除了官署吏员与风尘奇士，主要来源便是各府门客。当时之赵国，当数战国四大公子之一的平原君门客最多，大体有近两千人。然则平原君思忖半日，门客武士居多，除此则是略有一技之长的文士，谋勇兼备的邦交之才目下确实没有。其余大臣倒是说了几个，然则又立即被知情者非议，不了了之了。眼看没有个结果，平原君提出下书各郡县求贤，偌大赵国，宁无人乎？惠文王虽觉太慢，也只好赞同了。

正午时分大臣们散去，惠文王正要出殿，一直守候在王座旁的宦者令缪贤却走过来一躬道："敢问我王，老臣有一人才，不知可否举荐？"惠文王不禁笑道："非常之时，不拘常例，你说。"原来，这宦者令总管王宫事务并兼领所有内侍侍女，虽在大臣之列，本人也并非被阉割的内侍，但却因是侍奉国君之近臣，各国便有不许宦者令与闻政事的法度。每逢殿议，宦者令是唯一不设座案而只能遥遥站在国君侧后以备不时之需的大臣。因了如此，缪贤自然只能事后说话，且须经国君特许。

"老臣府中舍人蔺相如，堪做特使。"缪贤拘谨寡言，一句话完了。

"总得说说，此人何以堪当大任？"惠文王笑了，"来，入座说话。"

"谨遵王命。"缪贤小心翼翼地跪坐案前，"当初，老臣依附公子成获罪，想逃亡燕国。舍人蔺相如坚执劝阻，问臣何以相信燕王。臣答，当年曾随主父与燕王会盟，燕王私下曾拉着老臣之手说，愿与老臣结交，故此欲投奔燕国。蔺相如却说，赵强而燕弱，足下乃赵王信臣，故此燕王方有结交之意，如何能做真诚结交论之？今日足下做逃亡之人，失势失国，燕王畏惧赵国强兵，非但不会容留，且必然绑缚足下送回以示好赵国，足下何能自投罗网也！老臣请其为一谋。蔺相如说，赵王宽厚，足下亦非元凶，但肉袒伏斧请罪，赵王必能开赦也。老臣听从，果然我王赦了老臣，还官复原职……”

“噢——”惠文王恍然大悟，“老令当年请罪得脱，是此人谋划？”

“正是。”

“不错。”惠文王轻叩书案，“这个蔺相如何方人氏？因何做了你的舍人？”

“启禀我王：蔺相如本代郡安阳县令蔺胡之子，曾在齐国稷下学宫修业六年，方回赵国，其父却卷入赵章之乱而获罪。蔺相如奔走邯郸谋求出路，经门客举荐而入老臣门下，老臣命他做了门客舍人，总管府务。”缪贤素知用人奥秘，将关节处说得很是确切。

“卿以为此人堪用？”

“老臣以为：蔺相如乃胆识勇士，更有智谋，可做特使。”缪贤没有丝毫犹疑。

“好！”惠文王拍案，“下书蔺相如，午后在西偏殿晋见。”

“老臣遵命！”缪贤兴冲冲去了。

午后斜阳，西晒的偏殿一片明亮日光。惠文王从大木屏的望孔一瞄，便见一个红衣束发者在殿中悠然走动，身材劲健笔挺，白皙的脸膛高鼻深目棱角分明，三绺短须些许发黄，显见有胡人血统。惠文王快步走了出来：“阶下可是蔺相如乎？”“代郡布衣蔺相如参见赵王。”由于舍人只是家臣，没有官身，蔺相如以士礼晋见。

“蔺相如，秦王以十五城交换我和氏璧，可以做么？”惠文王直截了当入了话题。

“秦强赵弱，不可不许。”蔺相如简洁一句，无片言剖析。

“若秦国得璧之后不割城池，我却奈何？”

“财宝互换，天下公理也。秦以城求璧，原是常道，赵若不许，理屈在赵。赵若交璧，秦不予赵城，理屈在秦。权衡两策，宁可选择交付玉璧而让秦国理屈。”

“然则，这个特使却难也！”惠文王长叹一声。

蔺相如慨然拱手：“目下我王必是无人，蔺相如愿奉璧出使。秦若割城，则璧留秦国。秦不割城，臣保完璧归赵。”

“好！”惠文王拍案站起，“若得如此，则无论换与不换，赵国都立于不败之地也。”转身高声吩咐，“御书颁书：蔺相如职任特使，奉璧入秦。”

蔺相如慨然应命，随着御书在王宫办理了一应仪仗国书印信，五日后入宫迎出和氏璧，带着三百铁骑护卫辚辚西去了。赵王书没有封蔺相如任何官爵，而只是任为特使。特使不是官爵，而只是一事一办的国君使者，大臣可做特使，布衣之士亦可做特使。此时身为特使的蔺相如，实际身份还是门客舍人，而门客历来是家主之私臣，不是国家官员，说到底，依然还是布衣之士。蔺相如很清楚，赵王之所以如此下书，一则是法度有定：无功不得受禄；二则是他的才具究竟是否堪当大任，还有待证实，骤然因事加爵，反倒会引起朝野非议。但无论如何，蔺相如只抱定一点：名士但为国使，便当不辱使命。

旬日之间，蔺相如抵达咸阳，将三百马队驻扎城外渭水之南，只带十名赵王特派护璧的黑衣武士入城。先在驿馆驻定，蔺相如派副使奉赵王国书进入丞相府行人署，磋商一应相关事宜。次日清晨，行人署传来秦王书令：着赵国特使奉和氏璧，即刻前往章台晋见。蔺相如接书，一行车马在秦国行人陪同下出得咸阳过得沣水，奔章台而来。

进得章台，沿途警戒森严，蔺相如心知必是秦国君臣在此会议。到得章台宫正殿外，秦国行人先行进殿禀报，片刻之后出来高宣：“护卫随从殿外等候，特使副使奉璧上殿。”蔺相如略一思忖，示意护璧武士与几名吏员在殿外等候，亲自捧起那方硕大的铜匣昂昂进殿了。进得殿中一瞄，蔺相如大觉蹊跷，殿中虽多有人在，却尽是护卫内侍与侍女，两厢没有一个大臣列座。显然，秦王并非在这里朝会，也并非郑重其事地对待这场换宝邦交。虽则如此思谋，蔺相如还是依照邦交大礼参见了秦昭王，双手捧上了赵王国书。

“好！赵王献璧，秦赵亲善也。”秦昭王哈哈大笑着，将国书随意地往旁边一撂，“来，本王先看看这名动天下的和氏璧。”

见秦王如此轻慢，蔺相如心中一沉，但还是镇静自若地捧着铜匣走上了王阶，在王案上打开了铜匣，捧出沉甸甸的玉璧亲手交给了秦王。秦昭王捧着玉璧，但觉眼前白绿相间光彩晶莹，手中温润可人，当真一方举世无匹的宝玉，哈哈大笑道："赵国献得此宝，果然天下无双也！来，你等都开开眼界了。"递给身边内侍总管交卫士侍女们传看，浑没将这件举世重宝当做郑重大事。内侍侍女们惊讶传看熙熙攘攘，一片声高呼："我王得宝！国之祥瑞！万岁！"秦昭王也高兴得站起来与几个老内侍指点品评，只是津津乐道地议论此宝能派何用场。

蔺相如长长一躬道："秦王但知此宝之贵，却不知此宝之瑕疵。"

"如此玉璧，竟有瑕疵？"秦昭王不禁惊讶，"来，你说说看，瑕疵何在？"

蔺相如接过玉璧道："此玉之瑕，当照以青铜之光方可见得。"抱着玉璧从容走到殿中铜柱旁，转身看着秦昭王，倏忽正色道："秦王可知，此宝何以名为和氏璧也？"秦昭王笑道："无非和氏雕琢，岂有他哉？"蔺相如肃然道："此宝现世，有一个血泪故事。秦王可曾闻之？"秦昭王摇摇头笑道："血泪故事？未尝闻也，你但说来。"蔺相如道："五百年前，楚国玉工卞和，于荆山觅得一方合抱大石。此石生于嶙峋山腰，石下浸出淙淙泉水。卞和天赋慧眼，识得此方大石中藏有不世至宝，便将此石进献楚厉王，说此中宝玉但做王印之材，可使国运绵长。楚厉王当即传来王室尚坊之三名玉工师评判，三玉师皆说此石粗朴无形，安得有宝，分明是此人欺世盗名。楚王大怒，立即砍掉卞和双脚，赶出宫外。卞和出宫，抱着大石在荆山下风餐露宿日夜哭泣，三年间发如霜雪形容枯槁，举国视为怪异不祥。后来楚文王即位，派使者到荆山下询问。卞和哭道，吾之悲哀不在失足，而在举世宝玉隐没顽石之间也！世无慧眼，宝玉做石。分明忠贞，却认罪人。泱泱楚国，不亦悲乎！楚文王得报，立即带玉工前赴荆山，剖开顽石，果见光华宝玉。楚文王当即下书，封卞和为陵阳侯，领地六十里。卞和却只是长身一躬，国宝现世，和当去也。合身滚下山崖，死在了荆山南麓。楚文王心感卞和坚贞守宝，因命此宝为和氏璧。秦王以为，这不是血泪故事么？"

"卞和蠢工也！"秦昭王被这个故事吸引了，皱着眉头道，"何不自己剖开大石，取出玉石献国，岂非省了断足大灾？"

"秦王不知做工之难也！"蔺相如一声叹息，"剖藏玉之石，须得特铸镔铁刀具与北海细沙，此两物非楚国所产，郢都尚坊尚须从他国买得，寻常玉工却如何剖石切玉也？”

“原来如此，特使博闻。”秦昭王笑道，“说说，和氏璧瑕疵何在？”

“此璧之瑕疵，即此璧之神异也。”蔺相如将和氏璧托起对着阳光，一缕红光骤然一闪，“秦王须知，当初卞和一缕鲜血溅入玉身，使此璧于白绿亮色之中有了一缕炎炎红光。楚人说，此为血光，亦是卞和灵魂归附之所也！”

“血光何算瑕疵？有此血光，正合战国大争之道，真我大秦国宝也！”秦昭王一伸手，“来，本王再看看。”

蔺相如猛然靠近铜柱，将玉璧高高举起，怒火上冲道：“秦王若再近前一步，蔺相如与玉璧一起毁于铜柱之下。”

“好个蔺相如，突兀变脸，却是为何？”秦昭王大为惊讶。

“秦王何明知故问也！”蔺相如怒发冲冠愤然高声：“和氏璧天下重宝，赵王奉若神器，斋戒五日，方才郑重送来咸阳。秦王得宝，却传之内侍侍女，轻慢辱弄天下名器，却只字不提割城交换之事，分明蔑视赵国。身为特使，蔺相如何能忍之？”

秦昭王愣怔片刻，一阵哈哈大笑道：“好好好，来人，拿地图来。”书吏匆匆拿来一卷羊皮大图展开，秦昭王指点着地图，“特使看好了，这河内十五城与赵国接壤，割给赵国如何？”蔺相如冷笑道：“和氏璧价值连城，岂可一语了事？秦王当仿效赵王斋戒五日，举行隆重朝会，交换割城国书，蔺相如自当奉上和氏璧。”秦昭王思忖片刻笑道：“好！依你了，本王斋戒五日，你再献宝。来人，将赵国特使安置广成传舍住下，五日后朝会。”说罢拂袖去了。

传舍，客栈也。广成传舍，是章台外一座最有名的客栈兼酒肆，宽敞整洁，偶尔也兼做国府驿馆。外国使节但在章台晋见秦王，大多住在这广成传舍。因了这个原由，职掌邦交的行人署在这广成传舍住了一名吏员，称为传舍吏，专司接待照应外邦使节。蔺相如一行住定，已经是日暮时分。用过晚餐，蔺相如叫过两名黑衣武士商议一番，黑衣武士当即扮做商旅出了传舍。片刻之后，蔺相如带着两名护卫乘坐轺车公然出行，对传舍吏只说是要到赵国特使营安置事务，辚辚去了。到得沣水南岸，正遇两名黑衣商旅等候。蔺相如将和氏璧交两人收好，吩咐两人即刻飞骑北上。蔺相如为武士选定的路径是，从咸阳北阪直上河西上郡，再西出离石要塞直入赵国。这条路比东出函谷关的大道要近得大半，两名武士不出三五日已经回到了邯郸。

送回和氏璧，蔺相如在广成传舍泰然住了下来。

到得第六日清晨，传舍外车马仪仗大有声势，行人署奉王命前来迎接特使献宝。蔺相如也不说话，只从容登车进了章台宫。这次章台宫正殿当真是盛大朝会威仪赫赫，宣呼之声随着蔺相如脚步从宫门外迭次上传，直达正殿。依照礼仪参见完毕，王座上秦昭王威严矜持地开口了："赵使蔺相如，本王已经如约斋戒五日，今日当献和氏璧也。"蔺相如正色道："秦王明察，不是赵国献璧，而是秦国以城易璧。"秦昭王道："便是以城易璧，本王也已对你指看了河内十五城，还有何说？"蔺相如悠然一笑："和氏璧已经安然归赵，外臣请说其中缘故。"秦昭王骤然大怒拍案道："大胆蔺相如！竟敢戏弄大秦么？"蔺相如长身一躬道："秦王明察：秦自穆公以来二十余代国君，与山东诸侯从未有过坚明约束，口头允诺立成泡影者多矣！蔺相如诚恐见欺于秦王而有辱使命，故此完璧归赵。秦王若果真以十五座城池交换，敢请立即派出交割特使，随臣前往河内，一俟赵国接防十五城，蔺相如当即奉上和氏璧。赵国虽强，终比秦国实力有差。赵国无意开罪秦国，更不欲以一方玉璧欺骗秦国而贻笑天下。秦王若罪我，蔺相如愿就汤镬之刑，甘受烹杀而无怨也！"

大殿中一片沉寂，秦国君臣都被这个从容应对自请烹杀的赵国使臣震撼了，准确地说，还有几分敬佩。虽则如此，毕竟是邦交难堪，大臣们纷纷怒声指斥，赵国无信！亵渎秦王！该杀！蔺相如当下油镬烹杀！

突然，秦昭王哈哈大笑一阵："蔺相如，算得一个人物也！本王纵然杀你，终是不能得璧，何苦来哉？璧城交换，原是买卖一桩，愿做则做，不做也罢。谅赵王不致以一玉璧欺我大秦也！蔺相如，本王放你回赵，此事日后再说。"说罢径自拂袖去了。

蔺相如回到邯郸，在赵国朝野声名鹊起。惠文王更是感喟不已，立即下书拜蔺相如为上大夫执掌邦交。一场由秦国发动的邦交危机就此不了了之，秦国从此不再提起交换和氏璧，赵国也不再提起割让城池，两大强国在这场邦交战中又打了个平手。

三　赵瑟秦盆　蔺相如尽显胆识

战场平手，邦交平手，事情自然没有完结。

在赵惠文王正与一班重臣秘密谋划准备推行第二次变法之际，秦国特使王稽再次进入邯郸，邀赵王在河内与秦王会盟修好。这一突兀举动，顿时又在赵国引起了种种猜测议论，赴约与否，几名重臣纷争不一。

此时的赵国，文武大才兼备，朝局生气勃勃：马服君赵奢伤病虚弱，力荐老将廉颇做了大将军[1]统率军事；国尉许历襄助，名将乐乘、楼缓镇守北边长城，赵奢与隐居的乐毅父子则力所能及地不断谋划，军争大事前所未有的整齐。国政有文武兼备的平原君赵胜，邦交有后起之秀蔺相如，堪称明君强臣济济一堂。然则，如何应对秦国发动的又一次邦交之战，大臣们却是一时不能统一。大将军廉颇与国尉许历认为，秦国意在欺骗天下，坚持不赞同赵王赴约。乐乘、楼缓一班大将则主张，即或赴约，亦当在第三国选地，而不当在秦国河内。平原君赵胜、马服君赵奢，都主张不宜拒绝修好盟会，毕竟，能够当真与秦国修好而使赵国安定数年，对赵国也是求之不得的二次变法时机。然则，赵胜赵奢都有一个担心，怕秦昭王故伎重演，使赵王做了楚怀王第二。虽说目下赵国之强大远非昔日楚国可比，然则秦国对山东六国之威压欺侮也是远远甚于从前。万一赵王有失，对赵国便是无可估量的一击，届时纵是兴兵攻秦，邦交尊严国势衰颓也是无可挽回了。

---

[1] 大将军，赵国后期的最高军事统帅。此时秦国与其他战国依旧沿用上将军称号，唯赵国改做了大将军。

只有蔺相如主张赴约，理由只有一个：赵虽实力稍弱，然大体与秦国正当均势斡旋之时，军事兵争犹不退让，邦交安可畏敌退让？至于邦交尊严，蔺相如自请一力承担。赵王本来也怕秦王有背后图谋，不欲应约，然则经蔺相如一番剖析，又觉得不能示弱于秦，思忖再三，下了一道王书：会盟秦王，交上大夫蔺相如全权处置，其余大臣各听调遣。

蔺相如奉命，先与秦国特使王稽会晤磋商，提出秦赵会盟当在第三国居中地，否则有失公允。王稽丝毫没有为难，爽朗笑道："秦王但谋两国修好，意在河内尽东道之礼也。若赵王觉他国好，便是他国。上大夫确定会见地。"听得王稽如此说法，蔺相如知是秦国君臣已经商议好了应变之策，却不宜说破，便也笑道："既然如此，会见地在河外渑池[1]如何？""好！"王稽拍案，"渑池韩地，两王路途相当。便是渑池。"蔺相如笑道："既是我邦定了地点，请秦国确定时日。""好说。"王稽一挥手，"秦王之意，可在中秋，如何？""也好。"蔺相如道，"中秋月圆，会盟好兆也。"

议定了会盟地点时日，蔺相如来到大将军府拜会廉颇。按照赵国的七级爵位——君、侯、上卿、客卿、五大夫、上大夫、大夫——上大夫尚只是第六级爵位。论实际执掌，邦交虽则是重要实权，但在各国历来属于丞相府辖制，蔺相如以上大夫爵执掌邦交，虽说是直接面对赵王的列班大臣，但无论如何也还说不上高爵重臣。老廉颇不同，职任大将军是一等一的重臣，爵位虽是上卿（第三级），但在非王族大臣中几乎是最高爵位了。赵国法度：君侯两级爵位有封地，非特殊功勋与王族大臣不能授予。目下之赵国，非王族封君者只有赵奢、乐毅两人。廉颇虽然后来也被赵孝成王封为信平君，然此时爵位尚只是上卿。虽则老廉颇如此显赫，但对于蔺相如而言，与廉颇本无统属，目下又是奉命全权调遣秦赵邦交，正是炙手可热的新锐大臣，即便平礼会商也不为过。然则，蔺相如对这位大将军分外敬重。老廉颇非但是高职高爵重臣，且是蔺相如素来景仰的赵国长城，蔺相如宁愿执下属之礼拜会大将军府。

---

[1] 渑池，亦做黾池，春秋郑国城邑，战国属韩，今河南省三门峡东南地带。

门吏如飞般报进，蔺相如尚在门廊下肃立等候，影壁后有力的脚步声伴着苍老浑厚的笑声已飞了过来：“大贤士如此礼敬，老夫如何当得也！”笑语方罢，须发雪白神色健旺一身红色胡服软甲的老将军已经到了面前。蔺相如连忙深深一躬：“在下蔺相如见过大将军。”老廉颇哈哈大笑着扶住了蔺相如：“上大夫后生新锐，老夫粗莽武夫，正欲讨教了。来，进去说话。”拉着蔺相如手大步进了庭院。

来到水池边一座茅亭下，廉颇笑道：“屋间闷热，便在这里说话。来，这是凉茶。”蔺相如一看，亭下石案上除了陶壶陶碗，便是摊开的几卷竹简与一张羊皮地图，显见是廉颇正在这里谋划何事。饮得一大陶碗凉茶，蔺相如一拱手道：“大将军可是在谋划，要于河内秦赵边境部署大军？”“噫！你如何得知了？”廉颇大是惊讶。蔺相如道：“在下前来，正是要请大将军，在两王渑池会盟期间，切莫对秦国河内施压。”“为何？”廉颇目光炯炯，“我大军压迫河内，赵王方得渑池安全。”蔺相如摇摇头道：“大将军试想，赵军压迫河内，秦军岂能不同等部署？两支大军对峙在侧，两王会盟岂非天下笑柄？赵国若要争取会盟成功，不能大军压阵。”廉颇思忖一阵笑道：“说得也是。但没有军备，老夫总是担心也。”蔺相如道：“在下以为，大将军目下军备当在上党。”“为何？”廉颇又惊讶了。“秦国若要施压于我，必在此处。”蔺相如指点着石案上的羊皮地图，“赵国上党，南与韩国上党相连。秦国若夺取韩国上党，等于夺取了赵国上党之根基也。”“噢！老夫明白也。”廉颇恍然，“这叫敲山震虎，既不落进攻赵国之名，又实实在在地威慑了赵国，以白起之狡诈，有此可能！老夫便卡在这里。”廉颇粗大的指头当当点着上党中部山地的壶关，“白起再来，老夫正好报一箭之仇。”蔺相如起身一拱：“大将军谋划既定，在下告辞了。”

“且慢！”老廉颇猛然拉住了蔺相如衣袖压低了声音，“赵王此行，当真无忧？”

“大将军但出壶关，蔺相如保赵王无忧也。”

“好，赵王若有闪失，老夫拿你是问。”老廉颇的黑脸骤然沉了下来。

蔺相如目光一闪笑道：“大将军当以全局为上，无得有擅自举措才是。”

“蔺相如，你说老夫有擅自举措？”

“揣摩而已，尚请大将军见谅。”

“蔺相如啊，惜乎你不是重臣，否则，老夫也揣摩你一个了。”廉颇似乎不胜惋惜。蔺相如笑了笑没有说话，只一躬身悠然去了。

转眼八月上旬，蔺相如总领六千军马护卫赵王车驾仪仗，辚辚出了邯郸。这一日刚刚过得漳水，却见一支马队沿着漳水河谷从西边风驰电掣而来。蔺相如观望有顷，走马王车旁道：“臣请我王稍候，必是大将军赶来了。”赵惠文王笑道：“这个老廉颇，急吼吼赶到这里做甚？”说话之间，马队已到车前，廉颇飞身下马向王车赳赳走来：“老臣廉颇，敢请我王移驾百步，老臣有密事启奏。”惠文王略一思忖道：“好，到那片胡杨林去。”驭手一抖马缰，四匹骏马碎步走马去了。

到得胡杨林边，廉颇慨然一拱手道：“老臣终疑秦国不善，请以三十日为限，王若不归，老臣则联络重臣拥立太子为赵王，以绝秦国胁迫野心！”惠文王心下一沉：“大将军果真以为，本王是芈槐[1]第二？”廉颇肃然正色道：“为防万一，老臣不敢掉以轻心。”惠文王思忖笑道：“也好，本王三十日不归，你等拥立太子好了。”“老臣遵命！”廉颇一躬，飞身上车，亲自驾着王车回到了仪仗之下，下车对蔺相如慨然一拱：“上大夫重任在肩，老夫拜托了。”蔺相如悠然笑道：“各司其职，大将军放心便了。”老廉颇退后丈许，看着王车仪仗辚辚远去，方才回马去了壶关。

“上大夫，你知道方才廉颇所请何事么？”惠文王若有所思地问了一句。走马王车右侧的蔺相如从容笑道：“必是大将军请命，我王逾期不归，便要拥立太子。”惠文王有些惊讶：“廉颇也与你有约了？”蔺相如摇头：“臣非重职，大将军不会约臣。”惠文王暗自松了一口气道：“你以为此事如何？”蔺相如道：“大将军忠心耿耿，赵国之幸也，我王何其忧心忡忡？”惠文王道：“赵国痼疾，上大夫不曾闻得？”蔺相如道：“此一时也，彼一时也。赵国纵有兵变痼疾，然绝非大将军此等人所为也。”惠文王哈哈大笑：“说得好！上大夫可谓知人也。”

---

[1] 芈槐，楚怀王名字。

及至赵国车驾抵达，渑池已经是军营连绵了。此次两大强国会盟，地点在韩国，韩釐王大为兴奋，看做是韩国斡旋大国邦交的绝好时机，要大大尽一番地主之谊。七月流火的时节，韩釐王命上将军韩举带领一万人马，先期到渑池筹划行辕事务。八月上旬一过，韩釐王亲自到渑池迎接两王。秦国车驾先一日到达，韩釐王虔诚迎接之余，想与秦昭王好生盘桓一阵，诉说一番韩国的两难处境，希望秦国不要将三晋看做一家，对韩国压力太甚。谁知秦昭王只是打哈哈王顾左右而言他，说得一阵竟打起盹来。韩釐王大是尴尬，告辞走了。本想立即回新郑，无奈已经见过了秦王，此时若走，分明不给秦国脸面，且还要引得赵王猜测。韩国已经是弱势，两强间谁也不能开罪，韩釐王只有强打精神迎候赵王了。秦国不待见韩国，赵国便是韩国靠山了。毕竟，赵国要与秦国抗衡，便要结盟韩国，谅来赵王不至于如秦昭王那般傲慢。

果然，一见韩釐王出迎，赵惠文王远远下了王车迎了过来："韩王兄别来无恙？"

韩釐王顿时大为感动。论年龄，他比赵王小得两岁，说相仿也不为过。论王位资历，惠文王赵何已经是二十年老王了，他却只有十七年，还没到这个约定俗成的老王关口。即或寻常人等交往，赵何也比他资深年长，理当敬重。更要紧的是，目下之赵国已经是与秦国抗衡的超强战国，成了山东六国的主心骨，赵王之分量他这韩王如何比肩而论？如此情势之下，纵是赵王轻慢，韩釐王自觉也可忍耐，谁料赵王竟远远下车迎来，非但全然没有丝毫骄矜，反倒是超乎邦交礼仪的一片热诚。蓦然，韩釐王心中油然浮现出"三晋一家"这句已经被天下遗忘的老话，一时间情不自禁，迎上去拉住赵王双手一声哽咽："赵王兄，韩咎……"便说不下去了。

"走！行辕说话，先叨扰你一酒。"仿佛久别重逢的老友，赵何笑得真诚爽朗。

"正是正是，接风酒宴早安排好了，走！"

在韩国行辕大帐里，两王酒不断话不断分外亲密。韩釐王感慨万端，说秦王这次也只带了六千军马，与赵王人马相当，赵国能与强秦平手周旋，山东六国便有指望。如此局面，谈何容易。惜乎韩国日见萎缩，韩咎愧对祖先也！说着说着泪眼蒙蒙了。惠文王一番劝慰激励，说强弱互变，数十年前赵国还不是一样？只要韩王兄励精图治，韩国还是劲韩。韩釐王感奋不已，拍着酒案一阵慷慨，有赵王兄做靠山，韩咎便振作一番。三晋一家，此次会盟，韩咎做赵王兄臂膀了。惠文王哈哈大笑，好啊好啊，有韩王兄一句话，赵何有底气也！直到暮色降临，这场接风酒宴才告结束，韩釐王亲自将惠文王送到赵国行辕，又叮嘱絮叨一阵，方才呵呵笑着回韩国行辕去了。

酒宴期间，蔺相如已经约见了秦王特使王稽，商议好次日磋商盟约，三日后秦赵两王举行会盟大典，盟约用印。回到行辕，侍女正在为赵王煮茶消酒。蔺相如禀报了诸般会盟事务的排列，惠文王连连点头，涨红着脸兴致勃勃地说了与韩釐王会面的情形。蔺相如笑道，既然如此，臣动议会盟邀东道国列席如何？好，正当如此。惠文王拍案笑道，秦王没有拒绝韩王列席的理由，只对我有利。

经过一整日磋商，蔺相如与王稽终于将秦赵盟约议定了，等书吏们将盟约誊抄到羊皮纸上，并刻好竹简本时，已经是天交三更了。按照邦交礼仪，秦赵两王还有一日的最后定夺，若无异议，第三日便是会盟大典。蔺相如很清楚，这次的秦赵盟约，只是秦国分化山东六国的一次邦交谋划而已，更确切地说，是秦国在山东六国孤立赵国的谋划。也就是说，秦国要通过这次会盟，将赵国变成与秦国同等的超强战国，使其余战国将赵国也看成与秦国同样雄心勃勃要统一天下的强敌，进而不敢靠拢赵国，而秦国便能全力与赵国对抗。唯其如此，这种盟约既不会有重大的实际约定，最终也不能当真信实。然则，赵国却必须会盟。说到底，赵国需要时间，而时间的核心，是没有秦国这般强敌所能引发的举国大战；虽然与秦国会盟，会有在山东战国中变成孤家寡人的危险，赵国依然得跨出这一步，尤其在秦国主动示好的情势下更不能拒绝；根本原因便在于：秦国之强，发动大战可使赵国有倾覆之危，山东五国疲弱，赵国即便一时孤立，也完全挺得过去。这便是邦交，唯以利害为根本，两害相权，取其轻也。这样的会盟，盟约形式比盟约内容更重要，只要修好意愿昭示天下，盟约议定的具体条款实际是无足轻重的，根本无须两王亲自定夺。然则，这便是邦交，虚则虚之，必经的关节却是不能少的。

直到次日中饭时辰，蔺相如才走进了赵王大帐。

惠文王一气睡了五个时辰，酒意全部消散，显得精神奕奕，将蔺相如呈递的盟约瞄了一眼丢在了旁边笑道：“明日大典，上大夫有何见教？”

“既是大典，我王泰然处之可也。但有非常，我王听臣处置。”

“素闻秦王善饮，所带赵酒可够？”

“尚坊赵酒百桶，足以应对也。”

“要否给秦王送一车了？”

“此等细务，我王听臣见机行事。”

“好！上大夫虑事周详，我放心。”赵何本来还想提醒几件事，见蔺相如显然有多方谋划，也不再说起。

次日清晨，大河南岸的三片营地响起了悠扬的号角。随着阵阵号角，西边行辕的黑色仪仗，东边行辕的红蓝色仪仗，南边行辕的绿色仪仗，不疾不徐地向中央地带的大营聚拢而来。三方汇聚，绿色的韩国仪仗在大营外围的东南角扎定，单留一个百人马队簇拥着韩釐王的青铜轺车隆隆驶入大营辕门。进得大营中央的高台之下，韩釐王下了王车登上高台东侧的一辆云车，高高地长呼了一声：“大韶乐起——会盟两王入营——”

骤然之间，乐声大起，钟鼓悠扬，箫管清亮，玉磬平和，唱和肃穆。这是被称为“大德极致，尽善尽美”的《大韶》。相传这《大韶》本是舜帝时的乐曲，自西周之后成为与《大雅》、《颂》并列的天子乐舞。春秋之世，《大韶》流入诸侯殿堂，得到了礼乐名家的高度评价。吴国公子季札在鲁国听了《大韶》，激动万分，盛赞《大韶》：“乐而不淫，忧而不困，勤而不怨，曲而有直，哀而不愁，怨而不怒，大德至矣！”孔子则赞叹说，《大韶》尽善尽美矣！从此，这《大韶》以其中和肃穆之特性成为重大邦交会盟中的常用乐舞。然则，《大韶》原本有九节，太显冗长，战国之世视当时情形而缩编或只演奏片段。此时演奏的，只是《大韶》的头三节。韩釐王已经让乐师事先算计好了，三节的时间恰恰是秦赵两王从辕门外进入会盟台的时间。

随着宏大祥和的乐舞，黑红两队王车仪仗同时从两道辕门进入大营。这两道辕门也是韩釐王的精心安排。寻常邦交会盟，都是一道辕门分先后进入。然则，这次是两大强国首次会盟，秦国总想在气势上压赵国一头，赵国却是事事都要争平等邦交，不愿在任何细节上屈辱于秦国。于是，这入场礼仪成了第一道难题。在蔺相如动议之后，韩釐王实际上是这场会盟的东道司礼，自然是刻意呵护赵国尊严。与蔺相如磋商时，韩釐王突然灵光闪现，有了！来两道辕门，同步入场。蔺相如拍案大笑，连连赞叹韩王高见。秦国没有争执，事情便这样定了，韩釐王觉得分外光彩。

车驾进入大营，距会盟台百步之外两王同时下车，分别从东西两条红毡铺地的甬道走到会盟台下。此时韶乐恰好奏完，舞女恰好退出，中央场地一片宁静。待两王在中央两张王案前面南站定，韩釐王一声高宣："大河之上，两王书告天地——"

书告天地，本是诸侯会盟的传统礼仪。寻常会盟，都是盟主告天，次强告地，其余会盟者则只站在台下念诵陪祭。然则，此次会盟本非寻常，韩釐王便揣摩出了这两王同时告天的新礼仪，连两王之前的国号都不念，而只念"两王"，以免先后歧见。此等匪夷所思之礼仪，也是战国会盟中一次奇观了。

宣声方罢，秦赵两王一齐回身面北，分别在王稽、蔺相如导引下登上了两座三丈六尺高的祭天台，各执一卷对天宣告完毕，走下了高台。两王都在盛年之期，各方相若，都想在细节上尽可能地显示优势（王位资历虽然是秦昭王稍长，然赵惠文王却是亲政国王，丝毫不比秦昭王有短）。告天文书的念诵，两王都是浑厚高亢中气十足。念毕下台，两王不约而同地不要预设内侍搀扶，各自轻捷利落地走下三十六级台阶，同时在王案前站定，相视一笑，都是气定神闲。

"盟约具名用印——"韩釐王走下云车又是一声高宣。

王稽蔺相如在两张王案上摊开了羊皮纸盟约。秦昭王与赵惠文王分别提起王案上的铜管笔，在盟约左下方写上了自己的名号。之后，两国掌印官员郑重捧来了王印铜匣，秦昭王与赵惠文王分别打开了印匣，几乎同时说了一声“用印可也”。王稽蔺相如便分别对着印匣长身一躬，捧出了王印，结结实实地摁在了羊皮纸盟约上。

“互换盟约，再度用印具名——”

“各执盟约，两王礼拜——”

随着韩釐王的宣呼，用印具名又交叉进行了一次，两王各自捧起盟约，相互一个长躬，会盟大典的实际议程便宣告完结了。此时正近午时，韩釐王亢奋地呼喊出最令会盟者动心的最后一道议程：“会盟告成！大宴开始——”

在祥和悠扬的雅乐中，一场盛大的会盟宴会开始了。三张王案并没有摆成寻常会盟的形制——秦赵并列面南，韩王面北做东道主相对——而是摆成了一个硕大稀疏的圆形：秦王西北位，赵王东北位，韩王东南位。韩釐王笑呵呵入座，如同打了一场胜仗般快慰。只有在这时，他才终于获得了与秦赵两王对等欢宴的礼遇，谈何容易！更为难得的是，秦赵争持，诸多几乎只能是盟主主持宣布的关节，都自然而然地落到了他的头上，使他这个原本无足轻重的东道王竟倏忽跻身“三强”，这是何等荣耀。此刻，韩釐王要盟主般显赫一回，只见他向两王一拱手，陡然一声高宣：“鸣钟开鼎——”

随着余音袅袅的钟声，三王同时用一支精致的铜钩钩在了鼎盖孔上，当的一声，鼎盖掀起，骤然热气蒸腾肉香弥漫大帐。韩釐王满面春风地举着酒爵站了起来：“大宴伊始，韩咎身为东道，先敬两王兄一爵！”赵惠文王正要举爵，纹丝不动的秦昭王揶揄笑道：“看来呵，三晋皆有魏惠王遗风，都是盟主癖也。明是列席会盟，如何东道盟主一般作势了？”一言落点，韩釐王顿时面色涨红，举着沉甸甸的大爵局促得无所措手足。

赵惠文王明知这是秦王戏侮韩王嘲弄三晋，一时说不上话来，憋得脸色涨红。正在此时，坐席在惠文王侧后的蔺相如站起来对秦王肃然一躬道：“韩王列席会盟，并兼东道司礼，虽是赵国动议，却也得秦王首肯而成。秦王正在盛年，何其如此健忘也？且韩王一国之君，不惜降尊纡贵而执司礼之职，秦王不念其心殷殷其劳仆仆，却是反唇相讥，何以树大国风范？”

秦昭王见是这个凛凛顽石般的蔺相如出面，有些不快，怎奈此人一番话句句事实句句在理，还当真不好陡然发作，思忖间一阵哈哈大笑：“原是戏言两句也，上大夫当真了？来来来，赵王韩王，干此一爵！”韩釐王虽则大是尴尬，却呵呵笑着就此下坡：“秦王说得不差，戏言耳耳，上大夫何须当真也。来，秦王赵王，干了！”顷刻之间，韩釐王硬生生将“王兄”两字吞了回去。赵惠文王大是快慰，哈哈笑着立即干了一爵，宴席间顿时轻松起来。

三王各怀心思，正事没有多少说头，只是嘻嘻哈哈边饮酒边观赏乐舞边有一搭没一搭地说些天气酒肉之类的闲淡话。秦昭王原本善饮，虽非猛士，酒量却是极大，方才被蔺相如呛得一回，心下着意要找回这个面子，不断下令更换乐舞，每曲都三五次举爵与两王轮番豪饮。如此饮得一个时辰，一章雅乐又到终了，秦昭王笑道：“闻得赵王精通瑟乐，请奏一曲助兴，看比我秦筝如何？”赵惠文王正在酒酣亢奋之际，哈哈大笑着大袖一挥：“好！抬瑟来也！”

瑟是春秋出现的大型弹拨乐器，二十五弦，每弦一柱，形制仿佛一口大琴。在通常如《雅》、《颂》的大型乐章中，除了钟鼓，主要是琴、瑟、笙合奏而成主调。当时天下的弦乐器还有八弦筝，然则由于筝是秦人的独有乐器，音色宏大粗犷，入不得中原大雅之堂，便只被称为“秦筝”。直到数十年后的蒙恬将秦筝增至十弦，秦筝才随着强大的国势进入了古典乐器的主流。而赵国属于三晋之一，历来是中原文明的中心之一，自然对秦筝不屑一顾。秦昭王一句“看比我秦筝如何”，竟使赵惠文王豪情勃发，立意要让秦王领略一番中原大雅之乐，便欣然允诺。

两名韩国乐工将一张大瑟抬到中央空地，摆好了瑟案，肃然侍立两侧。赵惠文王出得坐席，对着瑟案一个长躬，随即肃然就座，抬手一个长拨定音，轰然之音骤然弥漫大帐，如萧萧马鸣掠过广阔的草原。随即便是浑厚悠扬的《大雅·文王之声》，随着宏大的瑟声，韩国歌女们肃穆地伴唱：“文王有声，遹观厥成，文王受命，有此武功。考卜维王，宅是镐京。维禹之绩，四方攸同。”

“大雅气象，彩！”韩釐王率先喝彩一声，却立即觉得不妥，笑吟吟看着秦王，“赵王应秦王之请而奏乐，秦王评点了。”

“古董老乐，无甚稀奇。”秦昭王悠然矜持地一笑，“然赵王为本王奏乐，倒是值得国史一笔也。”转头看着王稽，“可曾记下了？”

王稽对着秦昭王座案后的随行史官一挥手，史官捧着一卷竹简站起来高声念诵道：“秦王二十八年八月十五，王与赵王会饮，令赵王鼓瑟。”

秦昭王哈哈大笑：“名垂青史，千古传之，赵王大幸也！”

骤然之间，赵韩两国君臣大是难堪。赵惠文王原本兴致勃勃的大红脸顿时抽搐变青——可恶秦王，竟将堂堂赵王变成了他的乐工。但赵何素来缺乏急智，嘴唇瑟瑟发颤，偏是一句话说不出来。此时，蔺相如一挥手，两名内侍将赵王搀扶回了王座。蔺相如回身抱起一个陶盆大步走到秦王座案前一躬：“赵王素闻秦王善为秦器击打，请秦王奏盆瓯，以相娱乐也。”

“岂有此理！”秦昭王勃然大怒，“本王何善击打？一派胡言，退下！”

蔺相如没有退下，双膝一跪高举陶盆：“请秦王击奏盆瓯。”战国之世，跪拜原不是常礼，即或君臣之间也不是动辄跪拜。今蔺相如并非秦国臣子，行此大礼更非寻常，显然便是告诉秦王：赵国可礼让一筹，然则邦交尊严一定是要找回来的。

秦昭王心下一沉：“蔺相如，你意欲何为？本王不遂你心。”

蔺相如将陶盆往左肋下一夹，右手一伸，霍然从皮靴里拔出一把寒光闪烁的短剑搭在了自己脖颈之上：“五步之内，蔺相如颈血必溅秦王之身！”

王稽大惊，向后一挥手，八名秦国武士大步上前要拿蔺相如。蔺相如怒发冲冠，冲身抵近秦王一声大喝：“谁敢近前！我便血溅秦王！”王稽心念电闪，这行辕之内秦赵卫士相当，绝不能逼得蔺相如铤而走险。于是又一挥手教武士退后，自己上前肃然一拱：“上大夫此举大是失礼，当自重退回才是。”蔺相如冷冷一笑：“秦王若知失礼为何物，便当击打盆瓯了事。”说罢举起左手，将陶盆递到了秦昭王胸前。

秦昭王大是懊恼，一时哭笑不得，如此一个拼命之徒挺着一口短剑戳在鼻子底下，你能如何？回身走开么？他岂能不如影随形？杀了他么？秦赵武士相当，顷刻便是血战。果真如此，这次会盟岂非贻笑天下？百般无奈，伸出手指轻轻弹了一下那只抵到胸口的陶盆。谁知陶盆是韩国尚坊精制，体薄如皮，一弹之下当的一声大响，在肃静无声的大帐竟是余音袅袅。

蔺相如举着陶盆高声道：“赵御史记载：赵王二十年八月十五，秦王为赵王击甄！”

秦昭王哈哈大笑：“好！此事了过，再来痛饮！”

赵王韩王大是高兴，想着也须得给秦王台阶，一口声道：“好！再干！”

又饮得一阵，秦王侧案的王稽老大憋气，同为随行特使，蔺相如今日两次使秦王难堪，自己颜面何存？思忖一阵对着赵王遥遥拱手道：“赵王明察：秦赵修好，当有实际举动昭告天下；今我王寿诞之期临近，臣请赵王以十五城为秦王祝寿如何？”

赵惠文王一愣神，如何？祝寿要十五城？依他所想，不管以何种名目，本来便是要准备向秦国有所让步的，祝寿也未尝不可，割出两三城换得个秦赵息兵还是对赵国有利，毕竟赵国需要时日推行第二次变法；这次会盟，原本便是为了这个目标来的，蔺相如两次伤及秦王，适当时机还是需要弥补一番的，邦交之道原本便是实力利害，场面上过得去便可，弱国强横只能招来大祸也；可这十五城也未免太出格，简直就是一两成赵国疆土，如何应得？思忖片刻，赵王正想开口许诺三五城看看，却见蔺相如向他目光示意，便笑着不说话了。

“臣启秦王，”蔺相如从容一拱，“来而不往，非礼也。赵王寿诞之期在十月，臣请以咸阳一城为赵王祝寿如何？”

顷刻之间，秦昭王如同吃了苍蝇一般，大是懊恼王稽多事，有这个蔺相如在场，你能讨得便宜了？然则若再次僵局，便显得秦国促狭过甚了，毕竟秦国要与赵国争盟邦，落得个恃强凌弱总归不利。思忖间秦昭王笑道：“秦国律法：严禁为国君祝寿。长史原是笑谈，上大夫却如此当真，未免锋芒太过。来，最后再干一爵！”

一场虽无实际内容，然却又百般周旋的会盟便这样结束了。

秦昭王大是憋气，本想立即下书白起还赵国一个颜色。恰在此时，却接到白起魏冄的联名羽书急报：赵国大将军廉颇亲率大军十万驻屯壶关虎视河内，我王会盟后当立即回驾咸阳。这两次对赵国邦交，都是秦昭王亲自谋划亲自出面，只带自己最信得过的长史王稽随行左右，一应细节都没有告知丞相上将军两人。其所以如此，秦昭王要给秦国朝野一个风信：秦王才具足以亲政理国了！处处想在渑池会盟中压赵国一头，根本因由亦在于此也。不想两次都未能如愿，秦国强势非但没能彰显，反倒是碰得灰头土脸，如何不教秦昭王憋气？然则仔细思量，丞相上将军都主张会盟后收敛，自己何能一意孤行？邦交周旋不如意，还只是自己丢面子而已，若再得一次实际误算，只怕朝野都要对自己侧目了。

反复思忖，秦昭王叹息一声，断然下令王稽：整顿车驾，立即回咸阳。

四　将相同心　大将军负荆请罪

邯郸城热闹起来了。

渑池会盟的种种传闻迅速弥漫了巷闾市井，国人纷纷在酒肆饭铺官市民市聚集议论，一边竞相诉说自己听来的神奇秘闻，一边呼朋聚友博采赌酒。历来靠天下商旅聚酒支撑的邯郸酒肆，第一次被赵国人自己哄了起来。赵国人第一次扬眉吐气了，甚至在赵武灵王大振国威之时，在马服君第一次战胜秦军之时，赵人都没有过这种国人自发庆贺的气象。武灵王没有来得及与秦国对抗便去了，马服君则是惨胜秦军，国人在茫茫尸骨面前实在是悲喜两难。这次不然，赵国第一次在大国会盟中狠狠教训了骄横不可一世的秦王，秦国非但没有讨得便宜，更没有如同对待他国那样立即讨伐。其间意味何在？还不是赵国真正强大了，秦国再也不敢对赵国颐指气使了？还不是赵国出了个蔺相如，敢与秦王直面抗争？有实力，有强臣，还怕他秦国做甚？赵国能和天下第一强国并肩而立了，赵国人脸上光彩了，长久只知孜孜骑射奋力抗争天下的紧绷绷国风，终于可以稍稍松弛了，兴奋之情如何不从巷闾街市漫无边际地流淌出来？

赵王车驾回到邯郸的第三日，王宫传出了消息：赵王封蔺相如上卿爵位，与平原君同领相权治国，位列大将军廉颇之右。消息传出，邯郸国人又一次沸腾起来了，称颂赵王英明，庆幸强臣掌国，一时间纷纷拥到新上卿府邸前坐地饮酒唱和，兴致勃勃地品评着络绎不绝前来祝贺的高车驷马，还要一睹新上卿首次出府的风采。

蔺相如爵封上卿职掌相权，大将军廉颇最是愤愤不平。

要说爵位同是上卿还则罢了，偏偏是“位列廉颇之右”，这教他如何受得？之右，便是之上，是指官员名册书写时的次序，右在左前，故右为上。按照战国传统，将相若是同爵，则相位在前，因为丞相是总摄国政首席大臣，大将军或上将军虽则也是要害大臣，然则毕竟只是军事统帅；若将相爵位不同，则按照爵位高低排列。对于高爵重臣，这种排列的实际意义更多在于朝会时的座次排列，与实际职掌并无必然关联。朝会排列大臣坐席次序，是按照国君封爵王书确定的名录排列的。也就是说，按照“之右”这个排列，蔺相如在所有的礼仪场合都比他这个上卿大将军高一等，若是车驾相遇，他也得先在路边回避，等对方过去后方可行车。老廉颇无法忍受者，恰恰在于此也。

这一日，雁门关大将楼缓前来拜访，说起朝野传为佳话的渑池会盟，老廉颇愤愤然作色：“老夫三朝老将，出生入死百战沙场，有攻城野战之大功。蔺相如者，本是一布衣之士卑贱门客，徒以口舌之劳竟位居老夫之上，当真令人汗颜也！”楼缓本是文武兼备的通才名将，当年比廉颇官爵还高，只因当初被赵武灵王指派为废太子赵章领军建功，被公子成莫名其妙地当做了“党附叛逆”而遭贬黜。此时楼缓已年逾五旬，平日也是郁闷在心，见老廉颇愤然感喟，也是一声叹息：“朝局官爵，原是变幻莫测，老将军何须伤怀，但一个忍字便了。”“岂有此理！”廉颇愤然拍案，“老夫偏是不忍为竖子之下！”楼缓惊讶道：“渑池会盟前，老将军亲来雁门关调兵，还盛赞蔺相如才具练达，何今日竟如此不堪？”廉颇大手一挥激昂道：“蔺相如只做个上大夫，自然无事。口舌之徒而居大位，岂能服人！”楼缓点头道：“纵然如此，老将军还是忍字为上，毕竟是赵王宠幸也。”一听此话，老廉颇更是面色涨红：“便是赵王不公，老夫何惧也！他日若见蔺相如，老夫必得羞辱这个贱人门客。”

送走楼缓，廉颇唤来府务司马吩咐道：“日后无论街行还是入宫，但见蔺相如车驾，便给老夫顶头上去！”府务司马本是边将出身，“嗨”的一声便去安顿了。

风声传扬开去，自有一班好事者立即报到上卿府。

蔺相如听到后却只是微微一笑，吩咐卫士百夫长日后避开大将军车驾。这一年的三次朝会，蔺相如都事先上书告病，避免了朝臣列座时的难堪。好在一年没有几次朝会，并不耽搁日常国务。一次，蔺相如出邯郸巡视民情，回程时已是暮色，轺车刚驶进府邸方向的一条长街，便闻前方车声辚辚，正是廉颇车马迎面而来。卫队与驭手似乎忘记了蔺相如吩咐，照常前行丝毫没有回避之意。站在六尺车盖下的蔺相如已经看见了那熟悉的雪白须发、飞扬的大红斗篷与那顶粲然生光的铜盔上的将矛，脚下用力一跺，驭手才将轺车匆忙驶进了旁边的一条小巷。听见身后传来的哈哈大笑，所有随行吏员与卫队甲士都愤然作色，唯独蔺相如浑若无事，在车盖下打盹瞌睡了。

回到府中，掌管府务的门客舍人跟进了书房，对着蔺相如一拱道：“上卿明察：今日之事，我等不服也！”蔺相如笑了：“何事不服，但说无妨。”门客舍人道：“我等所以放弃亲朋而投上卿门下，只在敬佩君之铮铮风骨。今上卿与廉颇同爵而位列其右，廉颇口宣恶言，而上卿却回避逃匿，恐惧之情，庸人布衣尚且羞之，况于将相乎？我等为君门客，实在汗颜无地自容，今日请辞君而去也！”昂昂一句，转身便走。

“且慢。”蔺相如一挥手，“士不可屈节，自是来去自由。然则，你只答我一问，而后去留两由之，如何？”

“上卿但问无妨。”

“在你等看来，廉颇之威比秦王如何？”

“自是不如秦王。”

“尚算明白也！”蔺相如拊掌大笑，“夫以秦王之威，蔺相如犹公然斥责于天下君臣之前，而秦国大臣武士无可奈何。今相如纵然驽马，何独畏惧廉颇老将军之威势哉？所念不同，所持不同。究其竟，我所念者：强秦不敢加兵于赵，是有老将军与蔺相如在也。若两虎相斗，必是两败俱伤。蔺相如回避老将军，只是先国家之急，后一己私怨，岂有他哉！”

思忖良久，舍人肃然一个长躬：“在下谨受教。”

“相如言尽于此，舍人去留自便。”

门客舍人没有说话，转身大步去了。他找到卫队，找到驭手，找到府中所有吏员仆役使女，向他们反复诉说了蔺相如的大义苦心，与卫队驭手仆役人等约定：决意遵从上卿之令，不与大将军府任何人滋生事端。上卿府邸终究是稳定了下来，吏员卫士仆役人等但在邯郸遇见大将军府中之人着意寻衅，都是远远回避开去，丝毫没有懊恼之情。在看重名节尊严的战国，尤其在国风剽悍决斗蔚然成习的赵国，上卿府上下人等的这种退让，令各大臣府邸与邯郸国人大惑不解，一时间议论纷纷了。各府邸吏员们纷纷私相盘诘嘲笑，上卿府吏员忍无可忍，终于将蔺相如的一番话和盘托出，末了一句慷慨激昂道：“上卿一心谋国，我等岂能与上卿二心！”言谈之间，非但没有丝毫的屈辱愤激，反倒是油然生出一种忍辱负重而全大义的凛然之情，听者无不悚然动容。

渐渐地，蔺相如的一番话流传了开去。

一年多来，老廉颇肝火日旺。蔺相如不列朝会，他看着上手的空坐席直蹿怒火。道上相遇，蔺相如又远远躲开，每次都避开了他。老廉颇牛劲大作，对几个司马下令，寻衅上卿府吏员，逼蔺相如出来与老夫理论。饶是如此，蔺相如也还是不露面，连上卿府吏员仆役也是匪夷所思的好脾气，只死活不与他府下人士碰面。威风是威风了，可老廉颇更是憋气得火冒三丈了。无论是依行伍军风，还是依朝野国风，受辱者都必与寻衅者有个了断。这个了断，在庶民士子是决斗，在军营是比武，在朝臣便是直面理论甚至相互仇杀。譬如当年晋国的权臣赵盾当着国君大骂臣子屠岸贾，而屠岸贾公然放出神獒捕杀了赵盾。赵国本是晋国承袭者之一，赵氏一族历来都是军旅世家，国风刚烈民风剽悍风尘朝野多慷慨悲歌之士；朝局冲突动辄兵戎相见，庶民冲突动辄大举械斗，遇挑战而退避三舍，便会被指为懦弱不肖，从此无人与之来往。按照本意，老廉颇也就是想羞辱蔺相如一番，出口恶气了事，绝不会联络群臣迫使赵王罢黜蔺相如或与其兵戎相见。毕竟，廉颇是行伍出身的忠勇大将，蔺相如也是赵王倚重的治国邦交能臣。老廉颇一心想的是个不服，一心要做的是个出气，最终要得到的是你蔺相如须得服膺老夫。然则气昂昂寻衅年余，竟夯锤砸到了云气里软绵绵无可着力，当真气死老夫也！思忖一番，老廉颇决意上书赵王：辞去这窝囊大将军，自请赴云中统兵大战秦军，离开这令人憋气的邯郸，从此不再见这个教人腻歪的蔺相如。否则，罢黜蔺相如这个门客贱人，总归是老夫与此等贱人势不同殿两立。

这日，老廉颇从武安军营赶回邯郸，一路思忖妥当，回府沐浴后换得一身干爽的苎麻布衣进了书房，尚未在案前就座，府务司马匆匆来到。老廉颇一瞄便知他有事禀报，站在了书案前道，有事便说，吞吐个甚来？府务司马脸上白一阵红一阵，期期艾艾开不得口。老廉颇大怒喝道，吭哧个鸟！教蔺相如割了舌头么？府务司马一惊，这才结结巴巴地说了听到的蔺相如的一番话，末了面色涨得通红地低下了头去。

“此话是蔺相如说的？”老廉颇板着脸。

“正是。”

“还有谁听说过？”

“邯郸城都传遍了。大将军可证之于平原君。”

“真道怪了。”老廉颇嘟哝一句，半日无话，连府务司马何时出去都毫无知觉。

这段时日以来，老廉颇也隐隐约约地觉察到同僚们的神色有些蹊跷。车马行于长街大道，国人也都远远地避开了，再也没有那种争相观瞻老元戎风采的热火气了，总归是走到哪里都是冷冷清清。在府务司马禀报之前，他都将这些事浑没放在心上，只以为人各有事，谁整日只等在那里钦敬你了？府务司马这一说，老廉颇如同吞了一剂怪药，半日回不过味来，只觉得原先那股火气莫名其妙地化作了一片冰凉，心里沉甸甸地不舒坦。细细想来，那些原本毫不在意的景象，此刻却如此清晰地纷纭浮现在眼前，连朝臣国人的眼神也是那般清晰。是了，那是奚落嘲讽又夹杂着些许怜悯，朝臣们嘲笑老夫不能容人，市井国人怜悯老夫年迈昏聩。如此说来，在朝野上下看来，老夫已经成了一个倚老卖老无可理喻的疯子么？是了是了，肯定如此了。

蓦地，老廉颇想起了半个月前赵王的一句话。那日他进宫与赵王商议如何蚕食韩国上党的大计，末了赵王一声叹息："老将军，邦国如同广厦，独木可是难支也。"他当时便赳赳挺胸回答："我王毋忧，老臣定与平原君携手同心，整军经武，与强秦一争高下！"赵王似乎还想说话，终是欲言又止。今日想来，赵王也分明知晓他寻衅于蔺相如而致将相不和，方才有此感喟了。然则，赵王为何不明说？是信不过老廉颇？不，决然不会！老廉颇身经百战出生入死历经三代国君，从来不曾见疑于国君朝野，即或战败或谋划不当，老廉颇的耿耿忠心荡荡胸襟都是无人有任何非议的。那么，最大的可能，是对老廉颇有所期望？期望何在？老廉颇心中一沉，尽管独自一人，却蓦然脸色涨红了——赵王给老臣留下回旋余地，期望两名重臣主动修好。目下想来，若是蔺相如主动登门，老夫倒是可以就势下台言归于好。念头一闪，老廉颇又脸红了。蔺相如敢来么？你老廉颇气势汹汹寻衅于人，人家回避礼让一年有余，你个老东西的弓弦都没松，人家来做甚？公然教你羞辱么？要和，只有自己亲自登门了。仔细回味，蔺相如确实是个硬骨铮铮的名士，你老廉颇虽则上得战场，可做了特使直面秦王未必有如此英雄气概，孤身挺剑血溅五步，难道不如战场搏杀？不！平心而论，比起千军万马的战场搏杀，蔺相如非但需要同等的勇气胆识，而且需要骤然应变的急智说辞。如此等等，你老廉颇行么？不行。不行还不服人，这叫甚来？军中叫"鼠肚鸡肠该吃打"！更有甚者，你老廉颇原本也是农耕子弟军旅行伍出身，做了几日大将军竟骂蔺相如是"贱人"，当真老杀才也！论起来，蔺相如还是县令之子读书士子，迫于无奈才做了门客舍人，此等情形在战国名士中比比皆是，苏秦张仪不是都做了丞相？人家是凭真本事挣得的功劳，你老东西泛得甚酸？你老东西泛酸，人家却以国家安危为重处处礼让，两厢比照，你老廉颇算个甚等物事？恶行是自己做的，还想等着人家来给自己台阶下，廉颇啊廉颇，你枉自活得年逾古稀，坦荡本色当真教狗吃了去也！

整整一宿，廉颇书房的灯烛亮着，麻布窗棂上的高大身影一直徘徊到五更鸡鸣。

清晨卯时，太阳堪堪爬上东方山巅，正是车马流水市人当道新一日劳作伊始的喧闹时刻。大将军府邸的正门隆隆打开，车马仪仗辚辚拥出，当先青铜轺车的六尺伞盖下虽然空无一人，前行开道的卫队甲士与车后随行司马却是神色肃然，比寻常时日上道更加郑重其事。

车马仪仗辚辚出街，一个未及走开的市人突然一声惊呼："快看！肉袒负荆！"

这一声喊，街边匆匆行人呼啦啦围了过来。一看之下，没有一个人说话，都跟在车马之后缓缓涌动着。

青铜轺车之后，走着一个须发雪白赤裸上身的老人，古铜色的脊梁上绑缚着一支粗大带刺的荆条，荆刺扎出的滴滴鲜血流成了一片殷殷红线。老人神色肃穆，坦然地望着围观市人，只是默默一拱，跟在轺车后一步步走去。没有一个好事者解说，任谁都明白大将军廉颇要到何处要做何事。倏忽之间，慷慨豪迈的邯郸国人一片感慨唏嘘，虽然随行者越来越多，却肃静得唯闻喘息之声。

蔺相如正在书房启开一封羽书急报，尚未浏览，总管舍人急促的脚步声伴着急促的锐声骤然扑了进来："上卿！快！老将军来了！"

"莫慌。"蔺相如转身一笑，"老将军既能登门，蔺相如还能逃到何处？"

"不！老将军肉袒负荆，请罪来了！"

蓦然之间，蔺相如一个愣怔，又立即下令："快！打开中门，我立即便到。"

待上卿府的中门隆隆打开，吏员们匆忙激动地出门排列仪仗时，府前街巷与车马场已经拥满了肃然无声的人群。就在大将军车驾从人海甬道辚辚驶入正门之际，门廊下的总管舍人一声长长的宣呼："上卿恭迎大将军——"随着宣呼之声，蔺相如大步走出，束发无冠，布衣左袒，在众目睽睽之下迎着肉袒负荆的老廉颇肃然走来。骤然之间，万千国人鸦雀无声，不约而同地屏住了呼吸。

依照古老的习俗，肉袒负荆为最真诚的请罪，袒露左臂则是对重大提议或事件的认定。两者之间原本没有必然联系，而只是不同情势下的不同标记。然则蔺相如却是急智非凡的明锐之士，顷刻之间便想到了如何应对老将军这古老隆重的请罪。老廉颇在万千国人注目下公然肉袒负荆，非但是向他蔺相如请罪，更是坦荡地向朝野上下请罪；而车驾随行，则是老将军的一种深重自辱：此肉袒负荆者是赵国大将军，其行不配职爵，当受荆鞭之笞。老将军如此赤诚肝胆，当真令人震撼。若以官身冠带出迎，虽则不算错，然在礼仪上却有居高临下之嫌，非但自己过意不去，看在国人眼里分明也不舒坦；若以布衣之身相迎，礼仪算是平了，然却总是欠缺了什么。将相不和，你蔺相如当真没有丝毫错失？仅仅是回避挑衅便是为国赤心了？一年多来，你蔺相如身为相职上卿总摄国政，对同爵重臣不理不睬，延误了多少邦国急务，当真不感到惭愧么？蓦然之间，蔺相如心头震颤不已，一种深切自责油然涌出，立即除去冠带，袒露左臂迎了出来。

走在车前的老廉颇原本也有着一丝不安，虽说自己真诚请罪坦荡之至，心下也有了预备，纵是对方也如自己原先一般见识而借机羞辱自己一番，也是自己该当。老夫有错老夫认，上卿如何对待是上卿的事，想他何来？老夫认罪，对方还是做大，那只有井水不犯河水，岂有他哉！抱定这个心思，老廉颇在两箭之外已走到了车驾前面，一路走来身躯晃动，粗长尖锐的荆刺反复割划，赤裸的脊梁上的血线已经变成了淋漓流淌的鲜血，顺着那些紫红色的累累刀疤蔓延下来，将本色紧身胡服裤腰也染得一片鲜红，万千国人无不悚然动容。老廉颇百战之身，对此等血肉疼痛浑然无觉，虽则心下忐忑不安，却也是坦然大步走来。

骤然之间，老廉颇钉在了当地，双眼顿时模糊了，那、那布衣左袒者是谁？

“上卿！”大将军老泪纵横，一声哽咽拜倒在地。

“老将军！”快步迎来的蔺相如也扑地拜倒张开双臂抱住了廉颇，“相如后生，拘泥过甚，当真不肖也！”旋即转身，“医士何在？为老将军去荆！”

“且慢！”老廉颇一拱手，“上卿如此胸襟，老廉颇更是无地自容也。上卿在上，受老廉颇三拜，后请上卿执荆鞭笞。”

“老将军！”蔺相如哽咽了，“若信得相如为人，相如请与老将军结刎颈之交！”

骤然之间，老廉颇双目生光：“此话当真？”

“老将军豪迈坦荡，蔺相如敬佩之至！”

廉颇一阵大笑，沟壑纵横的古铜色大脸热泪纵横：“蔺相如大义高风，老廉颇三生有幸，诚当刎颈之交也！”

“好！老将军在上，请受相如礼拜。”不由分说，蔺相如扶起廉颇站好，伏地一个大拜，肃然立誓，“廉颇但去，相如墓前刎颈相随！”廉颇颤抖着双手扶起蔺相如，肃然一个回拜：“相如但去，老廉颇绝不独生！”蔺相如拉起廉颇的手：“老将军，你我与国人说得一句，便算全了这份生死盟约，如何？”“好！”廉颇慨然一应，两人执手共举，对着府前山海人群异口同声喊出：“万千国人作证：廉颇蔺相如生死同心，刎颈无悔！”

“万岁——”四面国人骤然欢呼，声浪覆盖了半个邯郸。

这一日变成了大将军府与上卿府的大喜之日，两府上下人等一齐聚来上卿府欢宴庆贺。消息传开，赵惠文王大是欣慰，立即赶到上卿府亲赐一车尚坊赵酒，亲自为大宴开鼎。群臣闻讯也纷纷赶来庆贺，上卿府一直热闹到中夜方散。群臣吏员散去之际，蔺相如却将赵王、平原君与廉颇请进了书房，拿出了那封羽书急报：秦国长史王稽秘密出使魏国，魏国秘密联结齐国，三国可能结成连横之盟。

“秦国终是对着赵国了。”平原君皱着眉头，“为济西之地，齐国与我本来便有一笔老账想算。魏国衰颓多年，对我也是嫉恨多多。于是想与秦连横，抗衡赵国威势，不能不防。”

“上卿以为如何？”赵惠文王显然是忧心忡忡。

蔺相如从容一笑：“既是强国，必当面临天下算计围攻，若被天下遗忘，也无甚生趣了。秦国被山东六国算计围攻近百年，还不是因秦国强大？时移势易，赵国今成天下众矢之的，乃赵国之荣耀也，我王不当为此忧心。但能应对得当，合围便是锤炼。”

“你只说如何应对。”老廉颇插了一句，显然是心悦诚服地听从调遣。

“我王，平原君，大将军，”蔺相如侃侃道，“为今之计，赵国实力稍逊于秦，当以静制动：大军严守要地关隘，出使多行邦交斡旋，尽可能延迟秦赵正面碰撞。邦交而言，当以韩国为侧重，辅以楚燕。”

“侧重韩国？”廉颇大惑不解，“韩国之衰，举国抵不得秦国两郡，出钱出粮费力周旋，有用么？”

蔺相如悠然笑了：“韩国虽弱小，却有上党险地。上党若归我，又当如何？”

“噢——是了！”廉颇恍然大笑，“如何这茬儿也忘了？秦国正对上党垂涎三尺，若紧紧拉住韩国，将上党给撬过来，这仗便好打！”

轰然一声，君臣四人大笑起来。

五　扑朔迷离的大梁才士

已经到魏国三日了，王稽还没有见到魏王，真有些懊恼。

日薄西山的魏国竟敢如此慢待大秦特使，还当真莫名其妙。在山东六国中，魏国最有邦交斡旋传统，也最看重邦交礼仪。原因只有一个，魏国是中原文明风华的中心，也是山东六国最有实力根基的大国，但凡天下有事，都少不了魏国出来调停斡旋。魏文侯、魏武侯、魏惠王三代，魏国都是文武衡平一言堪定天下的赫赫大邦。倏忽又是三代，魏襄王、魏昭王、魏安釐王，魏国一代不如一代了。尤其是魏安釐王即位七年以来，魏国无声无息在天下消失了一般，任你列国翻天覆地，魏国只是不出声。韬晦息事还则罢了，魏国毕竟大邦，也没有哪国轻易寻衅发动大战。然则，秦国特使上门结好，还是不理不睬，就大是反常了。莫非魏国当真要像剩余的十几个小诸侯一般做缩头不盟之国？不会，决然不会！但凡明白人都看得清楚，而今之魏国已经被秦赵两大强国挤在了夹缝，再加东边一个力图再度振兴的齐国，三座大山隆隆挤压，稍有不慎，魏国便有亡国之危。如此险情，魏国当真麻木到毫无知觉？不会的。王稽很清楚，魏安釐王虽然算不得英雄君主，至少还是中才，算不得昏聩，再说还有战国四大公子之首的信陵君魏无忌这等大才，魏国如何能听任三座大山将它挤扁压碎了？大象反常，背后必有非常之因。常理揣摩，目下与秦国结好正是魏国避免三强夹击之急需，魏国不可能不重视秦国特使的到来。三日不见，必有隐秘。可是，这个隐秘在哪里？

“备车，拜会丞相府。”一阵思忖，王稽决意弄出点响动来。

轺车驶进幽静宽阔的王街，拐了一个弯，到了丞相府前的车马场。目下这魏国丞相名叫魏齐，乃是赫赫威势的王族嫡系公子。三晋素来有王族子弟当权的传统，魏国尤甚。自魏惠王起，魏国丞相大体都是王族公子，而权势最重者，第一是魏惠王时期的丞相魏卬（公子卬），第二便是目下这个魏齐。其所以如此，在于这魏齐是魏昭王的同母弟、魏安釐王的叔父，自己又做过领军大将，被魏安釐王赞为“文武兼通之栋梁”，在魏国几乎半个国王一般。只要疏通得当，王稽相信一定能从这个赫赫丞相口里探出点虚实来。

按照礼仪，大国特使的轺车可直达丞相府邸大门，而无须将轺车停放车马场再徒步到府门禀报入内。然则久在王侧走动，王稽却是心思周密，通晓此等贵胄之喜好，吩咐驭手将轺车圈赶到车马场停好等候，自己只带了一个捧礼盒的吏员从容来到府门前。

门吏一听是秦国特使，吭哧着有些不好把持，及至王稽将一个装着叮当金币的小皮袋递到手里，门吏二话不说飞步进去禀报了。片刻之后，白发苍苍的丞相府家老迎了出来，殷勤地将王稽直接领了进去。穿过一片婆娑竹林时，王稽又将一袋秦国尚坊精制的金币送给了家老。家老诺诺连声，问王稽要在正厅见丞相还是在书房见丞相？王稽说尚未递交国书，自然是书房好了。家老说，中大夫须贾出使归来，正在书房向丞相禀报，须得稍等片刻。王稽心中一动笑道：“噢，须贾大夫出使楚国回来了？”家老低声笑道：“出使楚国何来？是齐国。”“噢！”王稽恍然大悟地笑了，“我却糊涂也，中大夫才干出众，定是凯旋而归了。”家老鼻端一耸不屑地摇头一笑道：“气咻咻说个没完，能是凯旋了？可能出事了。否则，老朽保你即刻便见丞相。”王稽连连道：“不打紧不打紧，我自等等无妨。”说话间家老将王稽领进一间异常雅致的小厅，吩咐侍女煮茶，说声老朽去看看，便碎步去了。

刚刚饮得两盏青绿幽香的逢泽茶，一阵呵呵笑声传来：“如此屈尊贵客，老夫如何担待了？”接着是家老的殷殷笑声：“丞相国务繁忙，原是老朽之失，已对大人说过了。”王稽连忙站起来走到了门廊下一个遥遥拱手：“秦国王稽，拜会丞相。”迎面一个绿玉冠大红袍须发灰白满面红光大腹便便者大步摇了过来，哈哈大笑着一拱手：“老夫怠慢大国特使，当真无礼也！”走过来拉住了王稽的左手，一团春风般进了小厅。

笑语寒暄几句，王稽一拱手道：“初次拜会丞相，无以为敬，奉上蓝田玉具一副，敢请笑纳。”向后一摆手，吏员捧过来一个古铜方匣恭敬地摆在了魏齐案前。王稽上前打开笑道：“此乃精工蓝田玉。素闻丞相精于玉具鉴赏，敢请评点一二。”

“玉龙金睛佩！”只瞄得一眼，魏齐双眼陡然放光，及至用红锦托起玉佩反复端详，当真是爱不释手了。

佩玉本是华夏服饰的久远传统。三代以至春秋，将玉石雕琢打磨成各种饰物佩带，从来都是天下共有的民俗。上层贵胄的玉器饰物名目繁多，佩玉便成为身份地位的象征物之一。即或是庶民百姓，也常有玉鱼、玉虎、玉坠等简单玉器佩带于身以示吉祥。战国之世礼仪大大简化，玉器饰物的佩带也相对简单多了。春秋时期那种一组十多件挂满全身的大型长串佩玉已经不再是贵胄们的必需礼器了，单件玉佩开始成为日常饰物，各种玉具如玉璧、玉璜、玉人、玉剑等便成了寓意祥瑞的摆设器具。虽然佩玉礼仪简化了，但由于进入了铁器之世，琢玉工具大是进展，玉器制作比春秋时期更为精细了。精工制作的大型单件玉佩便成为天下难得的宝玉。当时，秦国的蓝田玉是天下名玉之一，与西域胡玉（即后世所说的新疆和阗玉）、楚国荆玉一起被天下称为“三玉”。王稽带来的这具玉佩是以蓝田玉为材，由秦国王室尚坊玉工精心琢磨的大型单件玉佩——玉龙金睛佩。这玉龙佩非同寻常，玉材洁白晶莹，一看便是极为罕见的羊脂玉；玉佩分明是一方整玉琢成，通体九寸九分，连同龙头龙尾共有十三道弯曲；最为神奇者，玉龙通背为黑色龙纹鳞甲，眼睛为火焰般红色，眼珠却是黄澄澄金色。若说这墨鳞火眼是难得的玉材天赋，这玉龙镶金睛便是战国之世天下一等一的琢玉技法——玉镶金。金中镶玉本来就已经是非常罕见了，这玉中镶金简直就是巧夺天工闻所未闻。饶是魏齐见多识广，一时间也目眩神摇了。

"好！好！好！"魏齐一连重重地说了三声好，"天赋奇材，绝世巧工，秦尚坊刻印，此三宗足使此宝万世不朽也！老夫之见，叫它玉龙金睛尚坊佩！贵使以为如何？"

"丞相法眼天下第一，品评自是无差矣！"王稽连忙跟上一句。

"特使如此待我，老夫何以为报？"魏齐在厅中转悠几步，突然转身，"特使便说无妨，何事相求于老夫？"

王稽笑道："原是秦王敬重丞相当国，欲修两国之好，岂有他哉！"

"秦国当真要与魏国修好结盟？"

"丞相明察：秦魏虽为夙敌，然则时移势易，赵国齐国雄心勃勃，已成天下大患。当此之时，秦魏已无冲突，若不携手抗御赵齐，秦国不安，魏国更是危在眉睫也。"

"说得也是。"魏齐皱着灰白的长眉转悠着，"且不说这赵国素来觊觎大魏，便是这齐国，刚刚从灭国劫难中缓过劲来，便要对我大做手脚，当真不可思议也。"

"噢——想起来了。"王稽恍然一笑，"在下也曾闻得，齐国要收回被魏国夺取的老宋国土地。若是如此，秦国可援手魏国共抗齐军。"

"不不不。"魏齐连连摇手，"与魏国开战，目下齐国尚无那份实力。老夫所说，是齐国那个安平君田单，竟敢买通我方使臣做我手脚，分明是欺我魏国无人也！"

"有此等事？"王稽惊讶得睁大了眼睛，"中大夫须贾能被齐国买通，匪夷所思！"

"须贾乃老夫臂膀，忠心事国，如何能被收买了？被买通者，须贾主书也。”魏齐回身高声问，“家老，那个书吏叫何名字来？”

守在门廊下的家老立即答道：“禀报丞相：叫范雎。”

“一个书吏，何劳丞相动气。”王稽笑了，“莫非齐国文士都教乐毅杀光了不成？”

“对呀！”魏齐哈哈大笑，“齐王少见多怪，硬是认这个书吏做大才，派田单亲赐他十金并一车齐酒，还要用五城交换这个小吏，岂非滑天下之大稽么？”

“那，丞相如何处置这个书吏了？”

“老夫方才得知，还没想好如何处置。哎，莫非特使也有意这个小吏？”突然，魏齐神秘地挤着老眼一笑。

王稽哈哈大笑：“笑谈笑谈，在下告辞。”

魏齐也是一阵大笑：“好！改日老夫教你晋见魏王，商定秦魏修好。”

一番笑语，家老又殷殷将王稽送到了府门。此时门吏已经特意将王稽轺车请进了大门庭院，王稽在影壁后登车，从车门辚辚去了。回到驿馆正当暮色，王稽草草吃得些许饭菜，来到了小小书房，徘徊思忖，一时理不出个头绪来。

临行之前，秦王特意与他有过一次密谈。虽然王稽官爵不高才具平常，却是跟随秦王三十余年的老人了。当年秦王母子在燕国做人质，王稽是随行家老。依照秦法，除非有大功勋，他这种官仆出身的事务家臣是不能做大臣的。秦王即位，他被封了一个“谒者”的官职。谒者是掌管国君文札传送的事务官员，严格说，还只是“吏”，而不是“官”。但由于此吏是职掌国君事务，自然是实权机密要职，寻常大臣也不将他做吏员看待。谒者做了二十余年，宣太后死了，秦王权力也渐渐大了，虽说没有亲政，但对身边近臣的任免总是可以按照自己心愿做了。于是，五年前，秦王以“历经磨难，忠勤任事”为由头，特赐王稽大夫爵位，职领长史。长史全面职掌国君事务，本是一等一的实权大臣。然则，秦王事实上尚未亲政，一班大臣对此时的长史不那么看重不那么认真计较，秦王既然力主，魏冄与华阳君、高陵君、泾阳君等显贵大臣也就放过了。王稽毕竟才具有限，对文事大计尤其不擅，做了长史，也依旧只是总管具体事务，王室典籍书令等一应文事，实际上都是副手大吏在做。虽则如此，秦王对他的信任还是无以复加，但有郁闷，总是时不时与他说得几句。

后来，终因王稽才具平庸朝有物议，秦昭王只有将他贬黜，做了长史府下的谒者传书，专一执司文书传递。虽是“贬黜”，秦王对王稽的信任依旧。这次出使魏国，实则是给了他一个立功机会。临行密谈，秦王异常的亲和也异常的认真，可是秦王一开口，就教王稽心中猛然一沉。秦王说：“王稽啊，还是教你做谒者出使，你当如何？”王稽一脸沮丧：“臣是无才，自当凭我王处置。”想起来，此话极是不得体，但秦王没有丝毫颜色，反倒是哈哈大笑：“王稽啊，想到哪里去了？我是想请你做一件大事，不得已如此也。”王稽连忙一躬触地：“臣唯忠勤事王，何敢当我王言请？王但有令，臣赴汤蹈火在所不辞！”“这便好。”秦王扶他起来，托付了一件令他唏嘘不已的秘密大计。

这个秘密大计，是出使魏国，秘密寻觅名士大才入秦。秦王说得很清楚，我要之人，须得堪为首相之大才，孝公有商鞅，惠王有张仪，武王有甘茂，太后有魏冄，我只要此等人才，晓得了？王稽当时倒吸了一口凉气，惶恐一躬，我王明察：臣本庸才，何能识得如此乾坤大才？误王大事，臣虽万死不足以担承也。秦王笑了，要你担承个甚？此等事原本是王运国运，尽心访求而已，谁保得定然成功？你虽不是大才，却也不会嫉妒埋没大才，只需谨细查访。人过留名，雁过留声。是名士大才，还能没个响动？秦王最后语重心长地拍着王稽肩膀说，王稽啊，没有丞相之才，嬴稷永世无法亲政，晓得？办好这件大事，便是莫大功劳，嬴稷这厢拜托了。秦王这一躬，王稽感奋唏嘘地来到了魏国。

莫非当真是大秦国运如日中天，他刚到大梁便遇到了一个人才？

那个叫做范雎的书吏，能在齐国得到赏识，可是非同寻常。且不说齐王田法章机警睿智，更有那个与当世名将乐毅抗衡了六年的田单，他等历经大战出生入死的名君强臣，能轻易以重金王酒结交一个微不足道的书吏？王稽纵不识人，田法章田单总是识人了，没准这范雎还当真可能是个隐没于家臣小吏之流的名士大才。看魏齐模样，定然是要处置这个书吏了。会如何处置？想来总不至于处死了。只要这个人在，王稽相信自己能访查出来。在大梁这个地方，只要有金钱，便没有秘密。这次出使，他非但带了几件王室重宝，还带了秦王一封密书，可随时借支大梁秦国商社的各式金钱，还愁查不出一个想见的人来？

可是，此等事也不能显山露水操之过急，否则打草惊蛇。今日有玉龙金睛佩，老魏齐话是多了，还有那神秘一笑，似乎是说，你要这个人老夫便给你以做回报。可王稽却心明如镜，若他当真要了，那个范雎便注定出不了魏国就死了。王稽没有别的才能，揣摩此等酷好钱财珠宝的显贵人物的心思，倒是很少差错，这也是秦王始终信任他的原因：办事精细缜密，从来不半道走风。看那个魏齐的做派，显是个容不得人的霸道权相，但有人才在此等人麾下，他不用你你也休想逃走，要另择明主，嘿嘿，先杀了你再说。唯其如此，王稽只有打哈哈过去，教魏齐觉得他根本没在意这么个小人物了事。当真那个书吏没人理睬了，魏齐可能也就不在乎了。

“御史[1]何在？”想得半日，王稽大体清楚了，走到廊下一声吩咐。

一名年轻精悍的黑衣文吏闻声而来，这是秦王特意给他遴选的一个臂膀，文武皆通，还做过秘密斥候，极是可靠。王稽对他一阵轻声吩咐，这个御史快步去了。

次日，王稽留下一个随员守在驿馆等候魏齐消息，自己换了一身士子常服到街市转悠去了。魏国风华中原第一，国人历来有聚酒议政之风，但凡王城宫廷权臣府邸之秘闻抑或各国最新事态，无时无刻不在各大酒肆恣意流淌。百余年相沿成习，无论是游学士子还是各国商旅斥候，但到大梁，都要先到著名的酒肆徘徊徜徉一番以探询最新消息。王稽很熟悉大梁，径直来到气派最大的“中原鹿”。这中原鹿是魏惠王时期的王族丞相公子卬秘密开办，目下已经传了三代，早已经成了魏国贵胄与列国使节、大商、士子的消息渊薮。

进得中原鹿，王稽没有进棋室赌坊，那种地方最热闹，却少有说事

[1] 御史，战国秦官职，国君文书侍从，与后来职司弹劾纠察的御史有别。

者；也没有进论战厅，那种地方只争见识高下，消息却是不多。王稽径直来到散座大厅，找得一个临窗角落入席，要得两爵楚国兰陵酒与一鼎逢泽麋鹿炖，便自消磨起来。这散座大厅是所有进中原鹿者的第一站，除了专一的约赌寻棋论战者，寻常都是先在这里浸泡得半日听听八面来风，而后再做计较。王稽素无玩乐心性，又兼正在上心探事之时，自然选定这里守株待兔。

谁知听得大半个时辰，尽是些谈论赵国秦国相争的秘闻，将渑池会盟、蔺相如勇逼秦王及赵国将相和神话说得活灵活现，四周一片喝彩叫好。王稽听得腻烦，正要付账离开，突然看见三名红衣人走了进来，也到临窗处落座，与王稽一座之隔。看衣色气度，这三人很像是魏国吏员，王稽又安然坐了下来。三人落座一阵哈哈大笑，开酒之后你一言我一语地笑谈起来。

“兄台揣摩，金酒之外，那小子究竟还受了何等好处？”

“依我之见，目下齐国潦倒穷困，十金已是重金，难有更大财货出手。”

“对！”第三个粗嗓门一拍案，“定然是许官许爵，笼络那小子投齐。”

“金玉其外，败絮其中也。”第一人冷笑着，“小子时常小瞧我等，原来自己却是个十金便买得动的贱人，当真令人齿冷。”

“你等不知道么？那小子家徒四壁孤身鳏居，十金可是买得两三个女人！”

三人一阵哈哈大笑，一人低声道：“你等只说，那小子还能活么？”

“活个鬼！在下眼见他翻眼闭气了，模样很怕人也。”

“活着又能如何？”又是那个阴冷的声音道，“肋骨折了走不得，牙齿断了说不得，还不废人一个？”

“想起来蛮可怜也！”粗嗓子接道，“依我说，我等三人收下这小子做个文奴，日每喂他三顿狗食，教他替我等草拟文告。那小子有才，我等立功，岂非好事？”

“好主意！”一人拍案，“日每还要打他二十竹鞭，那小子最小瞧我等三弟兄！”

“倒是不错也。”阴冷声音笑道，“只是不能教丞相知道，要悄悄办理。闻兄先去丞相府，探探那小子下落；胡兄找到他家，看看人是死是活；我来探丞相心思，看还追查不追查这小子？丞相非要追他个死罪，我等也只有忍痛割爱也。”

“一个堂堂丞相，能死揪住一个小吏不放？”粗嗓子不以为然。

“你如何晓得？”阴冷声音一副教诲口吻，“丞相素来狠烈，但整治部属，可有谁个活着？还有那个须贾，毒蝎子一只，叮上谁谁死。偏丞相信他，我等惹得了？”

“也是也是，还得按伊兄说的做，方算牢靠。”

“好！听伊兄。”粗嗓子大笑拍案，“我只管调教狗文奴！”

饮得一阵，三人匆匆去了。王稽心思大动，也立即回了驿馆，派出六名精干吏员到大梁官邸民居四处探听范雎消息。一连三日，石沉大海。被买通的丞相府吏员说，那个人早没有了，丞相也正在询查此人下落。民居街巷几乎全部打问一遍，没有一个人知道这个范雎下落，当真不可思议。

此时，魏齐派属吏知会王稽，次日晋见魏王洽谈修好盟约。王稽只有将这件事先搁置下来，全力应对魏王。周旋得三四日，盟约文本终于妥当，王稽派快马使者将盟约送回咸阳呈秦王定夺用印，自己在大梁等候回音。正在此时，那名精悍的御史从临淄兼程回到了大梁驿馆，向王稽备细禀报了从齐国探听到的消息。

在临淄，御史通过秦国商社，找到了经常在商社为齐国购买秦铁的一个市掾[1]，此人经常出入安平君田单府邸，对魏国使者的事很是清楚，后经御史多方印证，确实无差。

魏国派出的赴齐特使是中大夫须贾。须贾有个门客叫范雎，因了范雎颇有才具，是须贾的文案臂膀，须贾为这个范雎在丞相府请了一个书吏职分，名义上算做了国府吏员。须贾抵达临淄时很是倨傲，拜见安平君田单时，公然嘲笑田单府邸简陋如同大梁牛棚。田单只淡然一笑，固国不以山河之险，处政不以门第之威，中大夫可知这是何人所说？须贾

[1] 市掾，齐国市吏，职掌民市交易。

抓耳挠腮大是狼狈，身后书吏高声回答，此乃我魏国上将军吴起名言，安平君敬重魏国，魏国亦当敬重齐国也！田单大是欣慰，对着书吏一拱，阁下一语道破邦交真谛与田单之心，敢请阁下高名上姓？须贾气呼呼道，他只是本使一个书吏，安平君喧宾夺主，未免失礼也！安平君哈哈大笑，特使若有方才先生见识，田单自是敬佩。气得须贾狠狠瞪了那个范睢几眼，脸色都白了。

及至晋见齐王，须贾本不欲再带范睢，无奈又怕自己遇到难题，着意教范睢捧着礼盒随行，做了个侍者身份。到得王宫却恰恰又与田单相遇。田单没有理睬须贾，只对着捧礼盒的侍者一个长躬，先生原是名士范睢，田单有礼了。侍者只淡淡一笑，范睢不敢当名士之号，国务在身，恕不还礼。神态毫无受宠若惊之相。田单郑重一拱手道，久闻先生大才博学，田单当择日就教，尚请先生拨冗。范睢道，今日使节拜会齐王，非政莫谈，非政莫听，尚请见谅。田单一笑，先生果然国士之风也；须贾大夫，请。

须贾对田单这时才想起与他说话大是不满，脸色不禁涨红。范睢不过本使一随行小吏，安平君抬爱若此，究竟何意也？田单正色道，中大夫差矣，人之才具不因位卑而减，不因位高而增，田单如何敢以先生位卑而漠然置之？须贾对田单直呼他中大夫而不呼特使更是来气，一甩大袖进了王宫。

傲慢的须贾，不知自己使命，不知邦交礼仪，见了齐王当头一问，不知齐国如何与我大魏修好？齐王田法章哈哈大笑，我与魏国修好？特使当真滑稽也！魏国参与五国灭齐之战，今齐战胜复国，魏国自己要与我大齐修好，如何反成齐国修好于魏？特使饮酒多了。说着话，脸色已阴沉了下来。饶是如此，须贾傲慢依旧，趾高气扬道，国贫如洗，何谈战胜之威也。还没说完，田单厉声呵斥，须贾放肆！我大齐虽无昔日丰饶，却有今日四十万大军。须贾见田单手按剑格，脸色顿时灰白，大睁着双眼无言以对。

此时，跟在须贾身后的范睢将礼盒放置到侧案，回头一拱手道："安平君，此非邦交之道也。"田单肃然拱手："此等使节，先生有何话说？"

范雎侃侃道："国家利害，原不在使节一言。邦交之道，均以各自利害为本，以天下道义为辅。舍利害而就道义者，腐儒治国也。舍道义而逐利害者，孤立之行也。欲达邦交合宜，自以利害道义之中和为上。齐魏相邻，同为大国。齐国挟战胜之威，军容颇盛，然久战国疲，满目焦土，四野饥民，必以安息固本为上。魏国虽未遭此大劫，然北邻强赵如泰山压顶，西有强秦夺我河内，两强夹击，魏国无暇他顾也。当此之时，魏齐两大国各以相安为上。此为国使前来修好之本意。尚望齐王与安平君以两国利害为重，莫言小隙，共安大局为上。"

田单尚未开口，齐王先拍案笑了，若有此等使节，夫复何言？田单略一思忖道，须贾大夫，请回复魏王并魏齐丞相，齐国可不计前仇与魏国修好；然则，魏国须得在一年之内，归还五国攻齐时夺取的十座城池。那愚蠢的须贾，只气哼哼说声知道了，便戳在大殿不说话了。齐王狠狠瞪了须贾一眼，也甩袖去了。

那日晚上，须贾正在驿馆设宴庆贺，一辆轺车辚辚驶进院中。须贾喜不自胜地碎步跑出，以为定然是田单或齐国高官来拜会他。不想走在牛车前的官员径直便问，范雎先生在否？范雎这晚破例被须贾请来饮酒，闻声连忙出来答话，我是范雎，阁下何人？来人一个长躬，在下安平君掌书，奉安平君命请先生过府一叙。范雎拱手道，请回复安平君，范雎身为国使随员，公务之外不便私相往来，他日若有机缘，自当畅叙长饮。使者略一思忖，道声先生保重，驾着轺车走了，对须贾始终没有一句话。须贾看得憋气，带着一身酒气一声大嚷，好个范雎！没了后话，气咻咻自顾饮酒去了。

仅仅到此，事情也许就完了，毕竟范雎三番两次救须贾于邦交危境，须贾纵然泛酸，也不至于如后来那般狠毒。偏是在魏国使者离开临淄之时，齐王特派宫使驾一辆牛车前来，专赐范雎黄金十镒、齐酒二十桶，并有一句口书：先生若愿入齐，本王扫榻以待。范雎堂堂正正回答，邦交有道，使者有节，纵是齐王敬贤，范雎亦当严守国家法度，不敢受齐王赏赐。说罢转身进入随员行列，再也没有与齐国任何人说一句话。

"特使明察，此乃范雎在齐行踪，在下没有任何遗漏。"

王稽听得仔细，咀嚼之间一阵怅然。齐国探察，证实了范雎确实是个大才。可偏偏这个大才却被魏齐须贾们整治得死活不知下落不明，自己原本也许可以立一件大功，如今却化作了子虚乌有，如何不令人叹息？莫非这便是秦王说的王运国运？大才乍现，只骤然一个身影，还没来得及看清楚，他便消失了，时也运也？

六　范雎已死　张禄当生

说也奇怪，两旬过去了，咸阳还没有发回盟约。

按照路程，从大梁到咸阳的特急羽书官文，快则旬日慢则半月，足足一个来回了，如何这次如此之慢？头半个月王稽无所事事，觉得耗在大梁当真无聊，除了到各个盛情相邀的显贵府邸饮酒，便是到街市酒肆听消息传闻，唯一的收获，若也可以说是收获的话，是各方消息印证：那个范雎确实死了，被竹鞭打死后，连尸体也被魏齐身边一个武士拉去喂了狗。王稽听得惊心动魄，却还得跟着贵胄们谈笑风生。从那时起，他对大梁陡然生出一种无可名状的厌恶，恨不得立即逃离这个弥漫着奢靡腥臭的大都。可是，在三日之前，他却又陡然窥视到了这座风华大都的神秘莫测，觉得时光未免太仓促，期盼秦王回书最好再慢几日，容他再细细琢磨一番神秘的大梁。

峰回路转，眼前突然有了一丝亮光。

那日暮色，王稽正在庭院大池边百无聊赖地漫步，一个红衣小吏划着一只独木舟向岸边漂了过来。王稽常在这里徘徊，知道这是驿馆吏员在查验仆役是否将水面收拾洁净，也没有理会，径自踽踽独行。不想沿池边转悠三遭，那只小小独木舟始终在他视线里悠然漂荡。王稽笑道，后生，想讨点酒钱么？今日却是不巧，老夫两手空空也。这座驿馆是各国使节居所，吏员仆役们常常以各种名目为使节及随员们办点儿额外差使，或打探消息或采买奇货，总归是要得到一些出手大方的赏金。若在他邦，这是无法想象的，然在商市风华蔚为风习的大梁，却是极为寻常的。王稽多年管辖王宫事务，熟知吏员仆役之艰难，更知大梁之风习，是以毫不为怪。

“先生可要殷商古董？”独木舟飘来一句纯正的大梁官话。

“殷商古董？何物？”王稽漫不经心地站住了。

“伊尹。”

“如何如何？伊尹？”王稽呵呵一笑，“你说，伊尹为何物？”

“商汤大相。”

“……”王稽心下蓦然一动，打量着独木舟上那对机敏狡黠的眼睛，“你个后生失心疯了？大贤身死，千年不朽，竟敢如此侮弄？”

“大人见谅。小人是说，我之物事，堪与伊尹比价。”

“你之物事？物与人如何比价？”

“此物神奇。大人视为物则物，大人视为人则人。”

“匪夷所思也。”王稽悠然一笑，“敢请足下随老夫到居所论价如何？”

“不可。”独木舟后生目光一闪，“大人说要，小人明日此时再来。大人不要，就此别过。”

“好！”王稽一抬手，一个巴掌大的小皮袋子掷到后生怀中，“明日此时再会，这是些许茶资。只是，此地说话……”

“大人莫操心，这里最是妥当。”后生一笑，独木舟飘然去了。

次日暮色，王稽准时来到池边漫步。那名精悍的随行御史带了十名便装武士，游荡在池边树林里。夕阳隐山霞光褪去，水面果有一只独木舟悠悠漂来。王稽一拍掌笑道：“后生果然信人也。如何说法了？”幽暗之中，独木舟上后生白亮的牙齿一闪：“小人郑安平，丞相府武士。大人还愿成交否？”王稽笑道：“人各有志。便是丞相，也与老夫论买卖，况乎属员也。”“好！大人有胆色。”独木舟后生齿光粲然一闪，“小人古董便在这里，大人毋得惊慌才是。”说罢拍拍独木舟，“大哥，起来了。”

倏忽之间，独木舟上站起来一个长大的黑色身影，脸上垂着一方黑布，通体隐没在幽暗的夜色之中，声音清亮浑厚：“在下张禄，见过特使。”

“敢问先生，”王稽遥遥拱手，“张禄何许人也，竟有伊尹之比？”

黑色身影淡淡漠漠道：“伊尹，原本私奴出身之才士。方今之世，才具功业胜过伊尹者不知几多，如何张禄比他不得？”

“先生既是名士，可知大梁范雎之名？”

“张禄原是范雎师兄，如何不知？”

“如此说来，先生比范雎如何？”

“范雎所能，张禄犹过。”

“何以证之？”

“待安平小弟与特使叙谈之后，若特使依旧要见张禄，在下自会证实所言非虚也。”一语落点，独木舟上不见了长大的黑色身影。独木舟后生的齿光在幽暗中又是一闪：“大人稍待，小人三更自来。”说罢一阵水声，独木舟又飘然去了。

倏忽来去，王稽更是疑惑，只觉其中必藏着一番蹊跷。那独木舟后生昨日并未留下姓名，今日一见却先报姓名，又自认是丞相魏齐的武士，意味何在？范雎身世已经访查得清楚，都说他是散尽家财游学成才之士，如何突然有了个师兄？果然这个师兄才具在范雎之上，完全可走名士大道公然入秦游说，却为何要这般蹊跷行事？莫非……王稽心中突然一亮，立即快步回到秦使庭院，吩咐精悍御史作速清理余事，做好随时离开大梁的准备。一切安排妥当，王稽便在位置比较隐秘的书房静坐等候。

驿馆谯楼方打三更，书房廊下一阵轻微脚步。王稽拉开房门，幽暗的门廊下站着一个身披黑色斗篷的瘦高条子，只对着他一拱手，也不说话径自进了书房落座。王稽跟了进来，递过一个凉茶壶，在对面落座，只看着瘦削精悍的年轻武士，也不说话。

“大人可有听故事的兴致？”

“秋夜萧瑟，正可消磨。”

武士咕咚咚喝下几口凉茶，大手一抹嘴角余渍，两手一拱道：“小人郑安平，在丞相魏齐身边做卫士，月前亲眼见到一桩骇人听闻惨案，想说给大人参酌。”

“老夫洗耳恭听。”

郑安平粗重地叹息了一声，断断续续地说了起来，呜咽秋风裹着秋虫鸣叫谯楼梆声拍打着窗棂，王稽似浑身浸泡在了冰冷的水中。

那一日，丞相府大厅要举行一场盛大的百官宴席，庆贺中大夫须贾成就了魏齐修好盟约。凡在大梁的重臣都来了，丞相的几个心腹郡守也不辞风尘地赶来了。除了魏王，几乎满朝权贵都来了。两个百人队武士守护在大厅之外，从廊下直排到庭院大池边，郑安平恰恰在廊下，将巨烛高烧的大厅看得分外清楚。

一番钟鼓乐舞之后，丞相魏齐用面前的切肉短剑撬开了热气腾腾的铜爵，宴席在一片喜庆笑声中开始了。魏齐极是得意地宣布了魏齐两国结盟的喜讯，吩咐须贾当场宣读了盟约文本。权贵们一齐高呼丞相万岁，又向须贾大夫纷纷祝贺。魏齐当场宣读了魏王书，晋升须贾为上大夫官职，晋爵两级。举座欢呼庆贺，须贾满面红光地更换了上大夫衣冠，先谦卑地跪拜了丞相，又踌躇满志地举爵向每个权贵敬酒。不消半个时辰，满座权贵都是酒兴大涨，纷纷吵嚷要舞女陪席痛饮。

此时，魏齐用短剑敲敲酒爵："有赏功，便有罚罪，此为赏罚分明也。两清之后再尽兴痛饮。"举座又是一阵丞相万岁丞相明断的欢呼之声。声浪平息，魏齐脸色倏忽阴沉："此次出使，竟有狂妄之徒私受重贿，里通外国，出卖大魏，是可忍，孰不可忍！"

簇新冠带的须贾摇摇晃晃走到末座，在举座一片惊愕中厉声一喝："竖子范雎，敢不认罪！"

论职爵，范雎原本远远不能入权贵宴席。因了使齐随员一并受邀，范雎得以前来，坐席在接近厅门的末座。宴席一开始，范雎就如坐针毡，及至须贾晋职加爵，范雎便想悄悄退席。可旁边几名一同出使的吏员却不断向范雎敬酒，一时没有走成。待到丞相拍案问罪，郑安平看得很是清楚，那个范雎反倒坦然安坐，再也没有走的意思了。须贾张牙舞爪疾言厉色，范雎却一阵哈哈大笑，起身走到厅中高声道："敢问上大夫：私受重贿，里通外国，有何证据？"

"证据？我就是证据！"须贾脸色发青，尖声叫嚷着。

范雎坦然自若："如此说来，须贾无能，有辱国体，在下便是证据。"

"大胆小吏！"魏齐勃然拍案，"可惜老夫不信你！"

范雎毫无惧色，从容一笑道："丞相若只信无能庸才，夫复何言？然丞相总该信得齐王，信得安平君田单。事有真伪，一查便知，何能罪人于无端之辞也？范雎告辞！"大袖一甩，转身便走。

"回来！"魏齐一声暴喝，骤然呲呲冷笑，"老夫纵然信得田法章与田单，也不屑去查问。处置如此一个小吏，何劳有据之辞？来，人各竹鞭一支，乱鞭笞之！"

立即有仆役抬进大捆竹鞭，放置大厅中央。权贵大臣们酒意正浓，一时大是兴奋，纷纷抢步出来拿起竹鞭围了过来。须贾更是猖狂，呼喝之间将范雎一脚踹倒在地，尖叫一声"打！"四面竹鞭在一片"打！打死他也！"的笑叫中如疾风骤雨交相翻飞。郑安平说，范雎的凄惨号叫声当时教他一身鸡皮疙瘩。大厅中红袖翻飞口舌狰狞，与红衣鲜血搅成了一片猩红，汩汩鲜血流到他脚下的白玉砖上，浸成了一片血花……

竹鞭，原本是劈开之软竹条，执手处打磨光滑，梢头薄而柔韧。打到人身虽不如棍棒那般威猛，却是入肉三分奇疼无比。以击打器具论，棍棒（杖责）若是斩首，这鞭笞则仿佛凌迟，一时无死，却教你受千刀万剐之钻心苦痛。

打得足足半个时辰，那个范雎早已经血糊糊无声无息了。魏齐哈哈大笑道："诸位，老夫今日这操鞭宴如何啊？"权贵们气喘吁吁地一片笑叫："大是痛快！""活络筋骨！匪夷所思！"须贾一声高喝："来人！将这个血东西拖出去，丢进茅厕！"魏齐拍案大笑："死而入厕，小吏不亦乐乎！来，侍女乐女陪席，开怀痛饮也！"

在权贵们醉拥歌女的笑闹喧嚷中，丞相府家老领着三个书吏，将一团血肉草席卷起，抬到了水池边小树林的茅厕里。郑安平悄悄跟了过去，便听几个入厕权贵与家老书吏们正在厕中笑成一片。"每人向这狂生撒一泡尿！如何？""妙！尿呵！都尿啦！""尿！""对！尿啊！哪里找如此乐子去！""老夫之见，还是教几个乐女来尿，小子死了也骚一回！"哄然一阵大笑，茅厕中哗啦啦弥漫出刺人的臊臭……

郑安平走进了大厅，径直对魏齐一个跪拜："百夫长郑安平，求丞相一个小赏。"

"郑安平？"魏齐醉眼蒙眬，"你小子要本相何等赏赐？乐女么？"

"小人不敢，小人只求丞相，将那具尿尸赏给小人。"

魏齐呵呵笑了："你，你小子想饮尿？"

"小人养得一只猛犬，最好生肉鲜血，小人求用尸体喂狗。"

魏齐拍案大笑："狂生喂狗，妙！赏给你了，狗喂得肥了牵来我看。"

就这样，在权贵们的大笑中，郑安平堂而皇之地将尿尸扛走了。

王稽脸色铁青，突然问："范雎死了没有？"

"自然是死了。"郑安平一声叹息，"丞相府第二天来要尸体，在下只给了他等一堆碎肉骨头，又将那只猛犬献给了丞相方才了事。"

"天道昭昭，魏齐老匹夫不得善终也！"王稽咬牙切齿一声深重的叹息，良久方才回过神来，"敢问这位兄弟，这张禄当真是范雎师兄？你却如何结识得了？"郑安平闪烁着狡黠的目光，神色却很认真："大人，在下不想再说故事了。范雎之事，是张禄请在下来说的，大人只说还要不要见张禄。他的事当有他说。"王稽点头一笑："你等倒是谨细，随时都能扎口，只教老夫迷糊也。"郑安平一拱手道："素闻大人有识人之明，断不至迷糊成交。"王稽笑道："素昧平生，你知老夫识人？"郑安平道："张禄所说。在下自是不知。"王稽思忖道："老夫敢问，张禄不是范雎，如何不自去秦国，却要走老夫这条险道？"郑安平目光又是一闪："在下已经说过，张禄之事，有张禄自说。大人疑心，不见无妨。"王稽略一沉吟道："也好，老夫见见这个张禄。明晚来此如何？""不行。"郑安平一摆手："大人但见，仍是池畔老地方，初更时分。"王稽不禁呵呵笑了："老夫连此人面目尚不得见，这是个甚买卖？"郑安平瘦削的刀条脸一副正色："生死交关，大人见谅。"王稽点头一叹："是了，你是相府武士，私通外邦使节，死罪也。老夫依你，明晚初更。""谢过大人。告辞。"郑安平起身一躬，向王稽一摆手，示意他不要出门，径自拉开门走了出去，没有丝毫的脚步声。

次日清晨，快马使者抵达，带回了用过秦王大印的盟约并一封王书。秦王书简只有两行字——盟约可成，或逗留延迟，或换盟归秦，君自定夺可也。王稽一看便明白，这是秦王给他方便行事的权力：若需在大梁逗留，可将盟约迟呈几日，若秘事无望，自可立即返回咸阳。琢磨一阵，王稽终于有了主意，将王书盟约收藏妥当，在书房给魏齐草拟换盟书简，诸般文案料理妥当，天色也渐渐黑了下来。

谯楼打响初鼓，驿馆庭院安静了下来。除了住有使节的几座独立庭院闪烁着点点灯火，偌大驿馆都湮没在初月的幽暗之中。当那只独木舟荡着轻微的水声漂过来时，王稽已经站在了岸边一棵大树下。独木舟漂到岸边一块大石旁泊定，一个高大的黑色身影站了起来："特使若得狐疑，张禄愿意作答。"王稽道："先生无罪于国，无罪于人，何不公然游学秦国？"黑色身影道："以魏齐器量，张禄乃范雎师兄，如何放得我出关？自商鞅创下照身帖，魏国也是如法炮制，依照身帖查验出关人等，特使如何不明？"王稽道："如此说来，先生面目在魏国官府并非陌生？""天意也！"黑色身影只是一叹，不说话了。王稽心下顿时一个闪亮，道："后日卯时，老夫离魏，如何得见先生？"黑色身影立即答道："大梁西门外三亭岗，特使稍作歇息便了。"说罢一拱手说声告辞，独木舟倏忽荡开去了。

王稽在岸边愣怔得片刻，回到了书房，与随身跟进的精悍御史仔细计议得半个时辰，便分头料理善后事宜了。这件事从头至尾都是扑朔迷离诸多疑惑，见诸于求贤史话，更是匪夷所思——已经允诺带人出关了，却还不识此人面目，当真拍案惊奇也。然则事到如今，此险似乎值得一冒。毕竟，这个张禄是范雎连带出来的一个莫测高深的人物，轻易舍弃未免可惜。促使王稽当即决意冒险者，是黑色身影说的照身帖之事。这几日王稽已查得清楚，魏国官府吏员中没有张禄这个人，大梁士子也从未有人听说过张禄这个名字。若是刚刚出山的才士，一则不可能立即有照身帖，二则更不可能怕关隘比对范雎头像认出。一个面目为魏国官府所熟悉的张禄，当真是张禄么？再说，一路同行三五日，总能掂量得出此人分量，若是鱼目混珠之徒，半道丢开他还不容易？

次日清晨卯时，王稽带着国书盟约拜会了丞相府。魏齐立即陪他入宫，晋见了魏王。交换了用过两国王印的盟约与国书，魏王又以邦交礼仪摆了午宴以示庆贺。宴罢出得王宫，已经是秋日斜阳了。依照魏齐铺排：执掌邦交的上大夫须贾晚间拜会特使，代魏王赐送国礼；次日再礼送秦使出大梁，在郊亭为王稽饯行。王稽原本打算换定盟约便离开驿馆，住进秦国商社，以免吏员随从漏出蛛丝马迹。此刻欲当辞谢，又与邦交礼仪不合。魏国本来最讲究邦交铺排，强自辞谢岂非更见蹊跷？思忖之间，王稽只有一脸笑意地依着礼节表示了谢意。

暮色时分，须贾在全副仪仗簇拥下带着三车国礼进入驿馆拜会，招摇得无以复加。王稽没有兴致与这个志得意满的新贵周旋，没有设宴礼遇，只是扎扎实实地回敬了须贾一车蜀锦了事。须贾原本是代王赐送国礼，自以为秦使定然要设宴礼遇，想在酒宴间与强秦特使好生结交一番，来时便带了一车上好大梁酒，一则以自家名义赠送王稽，二则省却王稽备酒之劳。谁知王稽却不设酒，心下大是沮丧，及至看到一车灿烂蜀锦，顿时喜笑颜开，满面堆笑地说了一大堆景仰言辞，方才颠颠儿去了。

须贾一走，王稽立即吩咐随员将一应礼品装车运往秦国商社。三更时分，随行御史前来禀报：十二辆礼车已经全部重新装过，中间有三辆空心车。王稽心下安定，召来几名干员计议了一番明日诸般细节，方才囫囵一觉，醒来已是曙光初显了。

太阳初升，大梁西门外十里的迎送郊亭已经摆好了酒宴。须贾正在亭外官道边的上马石上瞭望，见官道上三骑飞来，当先一名黑衣文吏滚鞍下马一拱道："在下奉秦国特使之命禀报上大夫：特使向丞相辞行，车驾稍缓，烦劳上大夫稍候片刻。"须贾连连摆手笑道："不妨不妨。特使车驾礼车多，自当逍遥行进，等候何妨？"

此刻，旌旗招展的秦国特使车队堪堪出得了大梁西门。大梁为天下商旅渊薮，虽是清晨，官道上已经车马行人纷纭交错了。大梁官道天下有名，宽约十丈，两边胡杨参天，走得两三里总有一条小路下道通向树林或小河，专一供行人车马下道歇息打尖。第一个下道路口，便是三亭岗。三亭岗者，一片山林三座茅亭也。一条小河从山下流过，小小河谷清幽无比，原是大梁国人春日踏青的好去处，自然也是旅人歇脚的常点了。目下正当秋分，枯黄的草木隐没在淡淡晨雾之中，三亭岗若隐若现。到得路口，特使车马仪仗驶出中央正道，缓缓停在了道边，三辆篷车辚辚下了小路。

片刻之后，三辆篷车又辚辚驶了回来，隐没在一片旌旗遮掩的车队之中。头前一声悠扬的号角，特使车驾仪仗又迤逦进入官道中央辚辚西去了。到得十里郊亭，特使车马仪仗整肃停稳，只有特使王稽笑着走下了轺车。须贾遥遥拱手笑道："特使大人，宴席甚丰，请随员们也一并下马，痛饮盘桓了。"王稽淡淡笑道："上大夫虽则盛情，奈何秦法甚严，随员不得中道离车下马，老夫如何敢违背法度也？"须贾顿时尴尬："这这，这是甚个法度？这百十人酒席，是在下私己心意，无关礼仪……"王稽向后一挥手笑道："来人，赐上大夫黄金百镒，以为谢意。"须贾立时呵呵笑了："这却哪里话来？须贾饯行，大人出金。"王稽一拱手道："本使奉秦王急书，不能与上大夫盘桓了，告辞。"回身跨上轺车一跺脚，"兼程疾进！速回咸阳！"特使车马风驰电掣般去了，须贾兀自举着酒爵站在郊亭外喜滋滋愣怔着。

一日快马，暮色时分王稽车队已进了函谷关，宿在了关城内的官署驿馆。王稽心下松快，吩咐一个精细吏员，将藏在空心车中的张禄隐秘地带入驿馆沐浴用饭；自己去吩咐一班随员立即将车马分成两拨，十二辆礼车为一拨交仆役人等在后缓行，其余随员与使节轺车为一拨，五更鸡鸣立即出发。安置妥当，王稽来找张禄说话，照料吏员却说张禄沐浴用餐之后回篷车歇息去了，只留下了一句话："到咸阳后再与特使叙谈。"王稽思忖一番，也觉得函谷关驿馆官商拥挤，要畅快说话确实也不是地方，便吩咐精悍御史亲自带领四名武士远远守护篷车，自己匆匆去官署办理通关文书去了。

雄鸡一唱，函谷关活了。号角悠扬长鸣，关门隆隆打开，里外车马在灯烛火把中流水般出入，一片繁忙兴旺。王稽车马随从二十余人，也随着车流出了驿馆。一上官道，王稽吩咐收起旌旗仪仗快马行车。一气走得三个时辰，将近正午时分，到了平舒[1]城外。王稽正要下令停车路餐，却见西面烟尘大起旌旗招摇，前行精悍御史快马折回高声道：“禀报大人，穰侯旗号。”

“车马退让道边。”一声令下，王稽下车站在道边守候。

片刻之间，穰侯魏冄的车骑马队已经卷到面前。魏冄此次是到河内巡视，随带两千铁骑护卫，声势惊人。遥见道边车马，魏冄已经下令马队缓行，正遇王稽在道边高声大礼，也高声笑道：“王稽啊，出使辛劳了！”王稽肃然拱手道：“谢过丞相劳使。秦魏修好盟约已成，魏国君臣心无疑虑。”魏冄敲着车厢点头道：“好事也。关东还有甚变故？”王稽道：“禀报丞相：山东六国无变，大势利于我邦。”魏冄哈哈大笑：“好！老夫放心也！”倏忽脸色一沉，“谒者王稽，有否带回六国游士了？此等人徒以言辞乱国，老夫厌烦。”王稽笑道：“禀报丞相：在下使命不在选士，何敢越俎代庖？”魏冄威严地瞥了王稽一眼：“谒者尚算明白了。好，老夫去河内了。”脚下一跺，马队簇拥着轺车隆隆远去了。

突然，篷车中传出一个浑厚的声音：“特使大人，张禄请出车步行。”

“为何？”王稽大是惊讶。

篷车声音道：“穰侯才具智士，方才已有疑心，只是其人见事稍缓，忘记搜索车辆，片刻后必然回搜。在下前行，山口等候。”王稽略一思忖道：“也好，便看先生料事如何？打开车篷。”严实的行装篷布打开，一个高大的蒙面黑衣人跳下车来，对着王稽一拱手，匆匆顺着官道旁的小路去了。王稽第一次在阳光下看见这个神秘的张禄，虽则依然垂着面纱，那结实周正的步履却仍然使王稽感到了一丝宽慰。

黑色身形堪堪隐没在枯黄的山道秋草之中，王稽一行打尖完毕正要上道，东面飞来一队铁骑遥遥高喊：“谒者停车——”王稽一阵惊讶，又不禁笑了出来，从容下车站在了道边。此时马队已到眼前，为首千夫长高声道：“奉穰侯之命：搜查车辆，以防不测！”

王稽拱手笑道：“将军公务，何敢有他？”淡然坐在了道边一方大石

---

[1] 平舒，战国秦要塞，今日陕西华阴县城西北地带。

上捧着一个皮囊饮水去了。片刻之间，二十多名骑士已经将王稽座车与三辆行装车里外上下反复搜过，千夫长一拱手说声得罪，飞身上马去了。

王稽这才放心西行，车马走得一程，遥遥便见前方山口伫立着一个黑色身影。车马到得近前，王稽一拱手道："先生真智谋之士也！"黑衣人悠然笑语："此等小事，何算智谋？"径自跨上了王稽轺车后的篷车，"公自行车，我要睡了。"王稽笑道："先生自睡无妨，秦国只有一个穰侯。"

第十三章 远交近攻

一　离宫永巷深深深

十月之交，秦川原野草木苍黄。

这日午后时分，一队车马出了咸阳南门，过了渭水大石桥，辚辚开向了东南河谷的一座灰色城堡。几乎就在车马大队堪堪进入城堡之时，一骑快马从后飞来遥遥高喊："谒者羽书急报！"马队簇拥的一辆青铜篷车停了下来，车旁一人立即从骑士手中接过羽书，利落拆开递进了篷车。片刻之后，篷车里传出了一句话："着王稽明日来见。"说罢脚下轻轻一跺，马队隆隆开进了城堡。快马骑士飞去之时，寒凉的秋风鼓着暮色，徐徐湮没了河谷城堡。

秦昭王很是烦闷，来到了这座很少驻跸的行宫。这座行宫叫做离宫，是父亲惠文王建造的。至于为何叫了如此一个名字，秦昭王实在说不清楚，记得当年问过母后，母后只是一笑："毋晓得，叫甚是甚了。"母后的笑意，分明有着些许神秘，秦昭王却也不再问了。他对扑朔迷离的宫廷隐秘素来很厌烦，甚至对一切密谋事体都有一种本能的不喜欢。然则，他却偏偏生在了王宫，做了国王，且还是个权力交织最是盘根错节的非亲政国王。在孝公商鞅变法之后，秦国还没有出现过如此错综复杂的权力交织。当此之时，若脱开密谋两字，他注定要被碾得粉碎。上天何其昏聩，如何偏偏教他这个厌烦权谋之人，顶起了非常之期最需要机谋的王冠，竟注定要终生浸泡在权谋之中？摄政太后、开府权相、赫赫四贵、巍巍武安君，他身边到处耸立着权力的高山，他这个秦王始终只能在这些权力高山的峡谷中游荡，实在是惊悚莫名。摄政母后去了，大势却更为险峻。母后虽也独断，对他这个国君儿子却是处处留有尊严。母后自裁前曾经对他说过，母后老了，你也长成了，明年开春，娘扶你亲政。以母后之精明，此等大事不可能不对舅父丞相叮嘱。然则，舅父丞相非但一个字也不提起，权力反而更是膨胀了。最教秦昭王头疼的，是魏冄以赏赐军功为名，将穰侯自己、华阳君、泾阳君、高陵君、武安君的封邑一举扩大为百里，且欲变成实封。

秦法：功臣虚封，君侯地无过六十里，无治权。虚扩一百里犹可说，最要紧的是这实封。所谓实封，是封主有治民并收缴赋税权。实封但成，私家军兵会接踵而来，封地有可能重新变为规避郡县官府的自治世族。此做法若成定例，秦法的坚实根基岂非要日渐瓦解？好在白起以“封地累赘，无人照料”为由，坚辞没有受命，使秦昭王暗中松了一口气。自三君受了百里封地，丞相魏冄与这三人同气连枝，气势大盛，被咸阳国人呼为“楚四贵”。没有了母后震慑魏冄，这位大权在握的老舅究竟会走到哪一步，秦昭王当真心中无底。以武安君白起的威望权力，本可以对魏冄有所牵制，谁料白起偏偏是个兵痴，除了打仗精益求精，对国事朝局之微妙几是浑然无觉；加之魏冄素来激赏白起，每遇大战必亲自坐镇粮草辎重，白起自然也就与魏冄形同一党了。如此大势，秦昭王孤掌难鸣，随着年岁日增，自保稍有余力，要整肃朝局却是远远不足。

没有亲政，整日在咸阳宫只看一大堆已经被魏冄批阅过的文书，秦昭王自然是烦躁郁闷，索性来到这座离宫过冬，好隔三岔五地在终南山冬日猎场放马驰骋。谁料进了河谷离宫，心里还是沉甸甸的，山水还是灰蒙蒙的，非但没有丝毫的轻松舒坦，反倒平添了几分空旷落寞。秦昭王也料到必是如此，带来了全套《商君书》刻简，要在离宫下工夫揣摩一番，看看自己能否从中寻觅出几则有用谋略来。

次日午后，秦昭王正捧着一卷《商君书》在池边茅亭外徘徊，内侍禀报说王稽到了。秦昭王吩咐侍女在茅亭下煮茶，令内侍将王稽径直领到这里来。过得片刻，王稽大步匆匆走了进来，秦昭王目光一瞥笑了："脚下生风，谒者必有斩获也。"王稽长长一躬："我王所料无差，秦魏盟约结成。"将双手捧着的铜匣恭敬地放到了王前石案上。秦昭王目光一闪："没有了？"王稽看看亭外老内侍与亭下煮茶侍女，秦昭王道："本王身边还算安宁，有话便说。"王稽低声道："老臣访到一个天下奇才！""是么？"秦昭王目光骤然闪亮，却又淡淡一笑，"姓甚名谁？有何奇处？"如此最简单一问，王稽却陡然打了个磕绊，又连忙道："此人原本魏国中大夫须贾书吏，目下化名张禄，老臣疑为大梁名士范雎！"秦昭王不禁笑道："你个王稽，谁是谁都没弄得清楚，便认定奇才？"王稽一时窘迫，满面通红："老臣何敢如此轻率？只是此人此事多有周折，尚请我王容老臣仔细道来。"秦昭王一指对面石案："西晒日光正好，入座慢说。"

王稽整整说了半个时辰，秦昭王一句话也没插问。及至王稽说完已是暮色残阳，秦昭王依旧迷惘地沉默着。王稽素知秦王禀性，也不发问，只是默默对坐着。良久，秦昭王突然开口："张禄是范雎，你能确证么？"

"不能。"王稽一脸肃然，"张禄是范雎，只是老臣依情理推测。"

"此等推测，可曾说给张禄？"

"老臣说过三次，他只不置可否，末了只两句话，'秦国得我则安，谁做谁何须计较？不见秦王，在下只能是张禄。'"

"你说，此话何意？"

"老臣之见：若张禄果真范雎，便是范雎畏惧魏齐势力，认定只有秦王才能保他无性命之忧，此前不愿走漏丝毫风声。"

"能料定穰侯行止，足证此人机谋非凡。然则，才具大谋何以证之？"

"目下尽是事才佐证，要辨大才，唯我王听此人论国论天下。"转而低声，"老臣自当隐秘从事。"

秦昭王陷入了沉思，良久霍然起身道："书房说话。"径自大步走了。

三更时分，王稽方才出得离宫飞马而去，回到咸阳府中，已经是天交五鼓了。王稽顾不上沐浴用饭，先找来那名精悍御史一阵秘密吩咐。这个御史原本是王宫吏员，是秦昭王特意为王稽出使遴选的一个臂膀人物，并非王稽部属，出使归来本当归署就职。但在王稽吩咐之后，精悍御史却立即带着两名骑士出得咸阳，在淡淡晨雾中飞马东去了。王稽此时疲累已极，进得寝室囫囵睡去，一觉醒来已经是午后光景，用得两个舂米饭团喝得一鼎肉汤，匆匆来到了偏院。

张禄正在院落里小心翼翼地漫步。通向正院园林的石门口，一只大黑狗守着门槛在秋阳下结实地打着呼噜，一双眯缝的眼睛只对着转悠者扑闪。秋风吹过，满院落叶沙沙，张禄信步走到石门前笑道："看守便看守，打呼噜能骗我了？笨狗！"大黑狗沮丧地喉呜一声，骤然睁开大眼对着张禄一闪，当真闭上眼呼噜过去了。张禄不禁呵呵笑着蹲在大黑狗头前道："小子还算行，回头跟我看大院子去，这里多憋屈也。"黑狗再也没有回应，只扯着呼噜横在门槛下动也不动了。"只可惜啊，你黑豹也是生不逢主，只在这里做得个看家狗也。"张禄兀自嘟哝一句，又在院子里转悠了。

王稽府邸很小，只有三进，最后一进是一片两亩地的小园林，旁边跨着这座茅屋小院。正经用途，偏院是仆役居所，住着两男两女四个仆役与四个卫士，占去了八间最好的茅屋。张禄前日匆匆而来，被临时安置在这不会遇见任何访客的偏院。好在秦国官员的仆役都是官署依法度派定的官仆，卫士更不消说得，在咸阳城都有自己的家宅，官员府中的卫士仆役偏院只是供轮值交错时歇息而已。无人居家常住，自然是整顺清幽。张禄在西厢末间住了两日，除了送饭的使女，连一个人也没有见着。中间一棵老桑，两边三五株白杨，三面十几间茅屋，四周一圈没有门的青石高墙，是这个院落的全部景致。无论出进，都得经过大黑狗把守的这道门槛，再从府邸门户进出。这大黑狗生相憨猛，整日瞌睡不断，实则精明得紧，谁该进谁该出，全一清二楚，卧在门槛前绝不会认错了人。两日之间，只要张禄转悠到距它三尺处，它便会从喉咙里发出明显的呜呜警告。后来见张禄白日转悠夜里也转悠，并无逃跑的模样，大黑狗也睁一眼闭一眼了。

张禄再次漫步门前，猛然却见大黑狗一长身站了起来，前爪撑地肃然蹲在了石门内侧。张禄正自觉得好笑，一阵轻微的脚步声渐渐地清晰起来。“小子好本事！”张禄对着大黑狗一笑，转身走了。

“黑豹。”王稽进得石门伸手摩挲着大黑狗头顶，“这段时日无暇盘桓，赏你一根带肉大骨头！”说罢将手中荷叶包一伸，黑豹喉头发出一声兴奋的呼噜，一张嘴叼住了荷叶包。王稽拍拍黑豹头低声说了句“去吧，目下不会有事。”黑豹忽地蹿到茅屋后去了。王稽笑吟吟来到西厢最后一间茅屋前，一拱手道：“先生高卧，打扰了。”

“谒者拜会么？”茅屋内鼾声突然终止，木门吱呀开了，散发宽衣者当头是一拱，“张禄怠慢，大人见谅也。”

“先生无须客礼，从容收拾，老夫在这厢等先生说话。”说着回身走到了庭院向阳处的一棵白杨树下。此时已有两个使女从后园石门来到小院，清扫落叶，铺设坐席置案煮茶，片刻间茅屋小院一片和煦秋日。待张禄收拾利落出来时，小庭院已经是茶香弥漫了。自与张禄同路归来，王稽也是第一次在光天化日下端详这位神秘人物，对面一望，心中一个激灵。此人身材高大瘦削，那身苎麻布衣像挑在一副竹架上晃悠一般；颧骨锋棱如同悬崖凌空，脸膛却像宽阔的原野，虽一片贫瘠的菜色，却丝毫不给人以寒酸之相；胡须显然是剃了，一双细长的眼睛常常眯缝着，然只要目光一闪，你的心头便会掠过一道闪电。但是，最令王稽惊悚者，还是此人额头耳根脖颈处的三道长长的伤疤，纵是光天化日之下，那艳红欲滴的棱棱疤痕也令人触目惊心。

“谒者受惊了。”张禄淡淡一笑，不待王稽做请径自入席坐了。

“上天磨才，老夫徒生感喟也！”王稽叹息一声又笑了，“先生但看老夫堪交，便互称兄长如何？强如官称生分也。”“好！”张禄一拍案道，“叨扰王兄，日后自有报答。”王稽便道：“张兄但是真才，便是最好报答了。”张禄笑道：“大梁有言：王兄只视张禄为伊尹，张禄断不使王兄失望。王兄还有疑惑？”王稽摇头一笑：“老夫些许疑惑不打紧，只秦王目下不在咸阳，要劳张兄稍待时日。”张禄目光骤然一闪：“秦王多有疑虑，在下只听王兄安置可也。”王稽连忙道：“张兄差矣，秦王北上巡视去了。”张禄摇头一笑：“秦国正在微妙倾轧之时，秦王焉能脱离中枢？王兄小瞧张禄也。”王稽略一思忖道：“老夫智拙，只问张兄一句：可耐得些许寂寞？”张禄笑道：“王兄割舍得这座小偏院，那只大黑狗，在下便做太公望了。”“太公望？张兄好耐心。”王稽叩着石案，“布衣粗食，老夫原是不缺，只是有失敬贤之道。”张禄大笑道：“世间万物，唯独这贤字难测。譬如我张禄，在位可成无价，不在位则是狗彘不食！何敢当王兄敬贤？”王稽慨然一叹：“大难不死，张兄必有后运也。”

如此说得一时，天色黑了下来。王稽叫来家老部署了一番，将几个仆役卫士的歇息处全部安置到后园三间茶室，府邸书房之书简典籍悉数搬运到小偏院，权且做成一个临时书房；一老仆一使女专门留在偏院照料，单独在偏院起炊。末了，王稽将那只大黑狗招手叫了过来指点道：“黑豹，张兄住这里，你守护。他两人进出自便，其余任何人不许出入，明白？”黑豹耸耸鼻头汪地叫了一声，蹲在了门槛前发出一阵威严的呼噜声。张禄不禁笑了：“这小子堪称狗才，王兄放心。”

一番折腾，直到三更天方才妥当。王稽走了，小偏院书房的灯烛一直亮到东方发白。

从此，张禄在这一方幽静的小偏院过起了极其洒脱而又形同囚徒的日子。午后猫进书房，长夜秉烛，谯楼五鼓方才囫囵睡去；一觉醒来，往往红日中天；沐浴用饭之后在小院中做徘徊游，唯一的消遣；是与黑豹叙谈，直到黑豹在他的絮叨中呼噜呼噜地闭上了眼睛，又猫进了书房。间或王稽来访，将天下纷纭咸阳国事说得一时，张禄也只是漫不经心地听着，从来不予置评。时日一长，王稽仿佛一个信使，消息一说完便告辞去了。倏忽之间冬去春来，张禄将王稽那两车书简反复读过了三五遍，一个夏日还将一部错讹百出的《商君书》抄本重新校订誊刻了一遍。

这日王稽又来拜望，进得书房看到整齐码在书案上的刻工精湛缝缀讲究的二十六卷《商君书》时，惊讶得眼睛都直了：“张兄，你这是凭何校订来着？”张禄笑道：“胸中书库耳，岂有他哉！”王稽连连惊叹：

“呀呀呀，单是这份刻工，便进得咸阳校书坊也！”张禄不禁一阵大笑：“在下原本书吏，校书坊倒是本业。”王稽又连连摇手：“哪里话来，我是觉这校订本当真天下难得，怕你带走也！”反复指读评点精华处，直是不忍释卷。张禄道：“消磨时光耳耳，原本是为你校订，我带走何用？”王稽大喜，立即吩咐家老从正院拿来一坛老秦酒，又吩咐偏院使女做来两盆青葵，与张禄对饮起来。

王稽说了一个国事消息：穰侯魏冄要亲自统率十五万大军，越过韩魏两国，进攻齐国纲寿[1]；华阳君坐镇督运粮草，泾阳君、高陵君随军谋划，不日出兵。

“上将军白起何以不统兵？”张禄第一次对王稽的消息来了兴致。

“白起患病在榻。”

“穰侯此举，国人有何议论？”

“纲寿紧接穰侯封地，国人皆说，四贵意在拓展封地。”

“秦王可曾敦请白起出战？”

“秦王深居简出，尚无任何动静。”

张禄默然思忖良久，突然拍案道：“敢请王兄明日晋见秦王，呈上这封书简。”说罢从身后书架上拿下一个大拇指般粗细的铜管，双手递给了王稽，“去也留也，在此一书了。”

王稽大是惊讶，接过铜管一看，管头泥封天衣无缝，直与王宫书房的高明书吏之技巧不相上下，两个极为古奥的文字清晰地压在封泥之上，王稽却是不识。王稽曾做过几年王宫长史，日每都要处置许多文书。在他的记忆里，举荐者替被荐者呈递书简，从来都是开口无封的。其中缘由，是秦国法度：举荐者是被荐者之担保，被荐者获罪，举荐者连坐追究。唯其如此，举荐者与被荐者是利害相连形同一体，被荐者要上书秦王，举荐者肯定要过目书简，从来不会有举荐者为被荐者呈送一件密封文书，且还要专门密送。

“上书何事，张兄可否见告？”王稽掌中掂着泥封铜管，颇有些难堪。

---

[1] 纲寿，战国中期齐国西部靠近宋国之地域，具体位置无考。

“唯其密封，王兄可得周全。”张禄只是淡淡一笑。

王稽心中一动：“张兄有说辞？”

张禄一字一顿道：“此人身无定名，行迹不测，臣唯谒者耳。”

“妙！”王稽拍掌大笑，“谒者原本便是信使，妙！老夫便如此说。”

次日清晨，王稽带着一个百人骑士队押送着一车文书出了咸阳，正午时分到了离宫。属下文吏去向长史交割文书，王稽来离宫书房晋见秦昭王。将张禄情形说完，王稽将那个泥封铜管双手呈上。秦昭王接过铜管打量着泥封道：“这是你的封印？”王稽连忙道：“此书为张禄原封，印鉴老臣不识，唯托老臣转呈也。”秦昭王道：“张禄乃你举荐，你竟做此等盲呈？”王稽肃然道：“此人身无定名，行迹不测，老臣唯做一谒者耳。”秦昭王不禁笑了：“你原本便是谒者，难为你竟有说辞。启封。”王稽接过铜管利落启开封泥，抽出管中一卷羊皮纸呈过，秦昭王展开浏览一遍，丢给王稽道：“你自看了。”王稽从书案上拿起羊皮纸，只觉有些不妙，飞快浏览，竟是触目惊心：

> 布衣张禄顿首：权臣擅行征发，秦危如累卵！五步之内，便有太阿，王何其盲乎？秦得张禄则安，然臣之长策不可以书传也。但得面陈，一语无效，请伏斧锧！良医知人生死，圣主明于成败。若张禄之言可为，秦可行而利国。张禄之言不可行，久留秦地无为也。士行有节，不遇而去。张禄闲居年余待王，无愧秦国也。王若无睹危局，张禄自去也。

王稽也曾读过无数名士书简，如此上书闻所未闻。当头危言耸听，接着夸大其词，再后更以才具要挟，赤裸裸要逼秦王用他，不用则去。如此路数，当真匪夷所思。难怪秦王面色阴沉，给他丢了过来。王稽愈想愈怕，额头汗水涔涔而下，一句话也说不出来。

“谒者以为如何？”

“荒，荒诞绝伦！此人，当治罪！”

“当治何罪？”

王稽一时语塞，陡然憋出一句：“容老臣详查律法，后告我王。”

突然之间，秦昭王哈哈大笑：“王稽啊王稽，你也当真只是个谒者。”笑声尚在回荡，又突然压低了声音，“明日午后，传车载张禄入离宫。”王稽心思回转不过，愣怔得一阵方才木然点头：“老臣，遵命！”抬起头来还想再问两句，秦昭王已经不在书房了。

王稽出得书房，正逢文吏在廊下等候，禀报说已经将回运文书装载妥当。王稽一挥手说声走，径自匆匆出宫登上轺车去了。回到咸阳府邸，王稽饭也没吃急匆匆来到小偏院，对着正在院中徘徊游的张禄当头一句：“张兄做得好事！”犀利的目光一闪，张禄一阵大笑：“好！秦王果然明锐！”“明锐？”王稽惊讶道，“你却如何知道？”张禄笑不可遏：“王兄脸色便是王书，岂有他哉！”王稽不禁沮丧地摇摇头：“看来，老夫当真只能做个谒者了。”张禄肃然一个长躬道：“笑谈耳，王兄何当如此？张禄也是正自忐忑也。王兄但看，我已准备离秦了。”说罢拉着王稽进了茅屋书房。三开间书房内已经收拾整齐，书案正中孤零零摆着一片竹简，只有四个大字——张禄去也。

王稽不禁惊愕道：“我既回来，张兄可当面告辞。我若不回，你不知消息不会走。留这竹简何用？”张禄笑道：“秦王若弃我，王兄今日必不来见我，张禄何须守株待兔？”“且慢！”王稽更是疑惑，“你如何料定老夫今晚不来，便是秦王见弃？”张禄道：“王兄长于事而短于理。秦王见弃，兄便难堪，须谋划得一个由头来与我周旋了。”王稽不禁笑道：“纵然如此，你夜晚如何出得这座院落？黑豹可是神异也。”张禄哈哈大笑：“神异者通灵，黑豹与我已经是神交知己了。”说罢一声轻柔的呼哨，黑豹忽地蹿了进来蹲在张禄脚下。张禄将书房门边一个包袱挎在黑豹脖子上又一声呼哨，黑豹又忽地蹿了出去，对王稽看也没看一眼。王稽不禁大是惊叹，啧啧连声满面通红，没有一句说辞。

次日拂晓，一辆密封的篷车辚辚出了谒者府邸。

车前插着一面六尺高的黑色三角大旗，旗面上两个显眼的大白字——传车。车出中门，一队在府门前整肃列队的铁甲骑士立即分成三列，左右后三面护卫着传车隆隆去了。传车者，运送王宫机密文书之专用车辆也，归属谒者管辖。秦法有定：传车上道，凡官民车马均须回避于十丈之外，但有冲撞当场格杀。以实情而论，谒者护送寻常文书并不打出“传车”旗号，只在护送特急羽书王书或兵符印鉴等公器时才出动传车。今日传车一驶上大街，直向咸阳南门而去。

秋霜晨雾弥漫了关中原野，传车马队一过渭水白石桥飞车奔马，半个时辰已到了离宫地界。驻守外围的军营验过王稽的谒者金令箭，传车马队直入园囿禁地。抵达城堡大门，金令箭再度勘验，城堡石门隆隆洞开，传车马队进了离宫中央庭院。依照王宫法度，谒者传车径直驶到了一座防守森严的偏殿廊下。这座偏殿背后是一片独立庭院，庭院中央是离宫中枢——国君书房。偏殿与国君书房之间，有一条大约两箭之地的秘密通道。谒者传车一到偏殿廊下，传车从专门车道驶入殿门，谒者随车向职掌机密的长史或内侍总管清点交接密件，之后谒者传车立即退出偏殿，装载回程文书后出宫。

传车驶进偏殿，内侍总管迎了过来。王稽亲自打开了密封车厢的木门，伸手做一请礼，一个通体黑衣头戴面罩高大瘦削的人下了车。白发苍苍的内侍总管也不说话，只是伸手一请，转身走了。黑衣人向王稽一拱手，也跟着去了。

偏殿走得三十余步，黑衣人随老内侍身影拐进了西侧一道石门，眼前顿时一片幽暗。借着远远间隔的铜人风灯，可以看出这是一条用黑色粗织布帷幔密封起来的长长隧道。一入幽暗隧道，老内侍一声恰恰能使身后之人听清的低语：“进入永巷，噤声快步！”疾步匆匆地头前行走了。黑衣人不紧不慢地走着，打量着与铜人风灯交错间隔的隐在幽暗处的矛戈甲士，不时粗重地叹息一声。

走得两百余步，前面一片灯光，两扇高大的石门恰恰吞住了悠长的永巷。石门前灯光下伫立着一个玉冠长须的中年人，两侧肃立着四名带剑卫士与四名少年内侍。老内侍侧身布壁站立，一声高呼：“秦王在前，大礼参拜！”

突然，遥遥跟随的黑衣人一阵大笑：“秦国只有太后穰侯，何有秦王乎？”声音轰嗡回响，鼓人耳膜。老内侍愕然变色，回身一声怒喝：“卑贱布衣！安得如此狂狷！”黑衣人悠然一笑：“天下皆知，何独秦人掩耳盗铃哉？”老内侍正要发作，却见玉冠长须中年人从石门前快步走来，当头深深一躬：“嬴稷恭迎先生。”黑衣人也是从容一躬：“布衣之身，何敢劳动秦王？”秦昭王道：“先生今日只做嬴稷座上嘉宾，无执臣民之礼，先生毋得拘泥。请。”黑衣人坦然笑道：“恭敬不如从命。”一拱手头前举步了。两厢内侍卫士看得目瞪口呆。秦昭王对着老内侍低声吩咐道：“关闭永巷。不许任何咸阳来人进入离宫。”说罢转身去了。身后老内侍伸手一拍石门旁机关，两扇厚重的石门隆隆关闭了。

进得石门，几抹秋阳从厚重的帷幕缝隙洒落在厚厚的红毡上，更显得一片幽暗。秦昭王前行领道，穿过一道阔大的木屏，竹简书架倚墙环立，书架前剑架上一口铜锈斑驳的青铜古剑，中央一张长大的书几上堆着小山一般的竹简，书几前一张座榻。整体看去，简约凝重中弥漫出一种肃穆幽静。

秦昭王笑道：“这是离宫书房，等闲无人进来，先生尽可洒脱了。”说罢走到座榻前大袖一扫，回身对着黑衣人肃然一躬，“嬴稷扫榻，先生入座。”黑衣人坦然入座，无片言谦让。秦昭王又是深深一躬：“敢问先生，何以称呼为当？”黑衣人道：“权作张禄也。”秦昭王道：“敢请先生摘去面纱，真面目以对可否？”张禄道：“客不惊主，无颜以狰狞示人，尚请见谅。”秦昭王拱手作礼道：“先生既知秦国无王，何以教我？”张禄漫不经心地扫视着书房，口中只是唔唔地漫应着。秦昭王深深一躬：“先生既断秦国危局，当为嬴稷指路。”张禄却依旧扫视书屋，只唔唔漫应着。秦昭王片刻沉默，一声叹息。张禄注视着壁上那幅《大秦山川图》，也是一声叹息，依然默默无言。倏忽之间，秦昭王热泪盈眶伏地叩头道：“先生果真以为嬴稷不堪指点么？”愣怔之间，张禄连忙快步走来跪倒，眼中含泪道：“秦王拜一布衣，足见挽救危局之诚也。君上请起，范雎愿披肝沥胆以倾肺腑。”说罢一把扯掉面罩，“在下本是大梁范雎，身经生死危难入秦，不敢相瞒君上。”

一瞥那三道暗红色的粗长疤痕，秦昭王一声感喟悚然动容：“辱士若此，旷世未闻也！天道昭昭，嬴稷若不能洗雪先生之奇耻大辱，枉为秦王也！”

此话出自秦昭王之口，不啻君王明誓复仇之惊雷。范雎顿时心如潮涌，扑地拜倒一声哽咽，一句话也说不出来了。秦昭王扶起范雎肃然正色道：“秦国危局，足下大仇，全在先生谋划之间也。嬴稷但得大安，先生与我荣辱与共也！”说罢转身一挥手，一名侍女捧着茶具轻盈飘进，在旁边案上煮茶了。须臾茶汁斟来，秦昭王亲手捧给范雎一盅，两人饮得片刻，都平静了下来。

秋日苦短，倏忽日暮日出。帷幕遮掩的幽暗书房里，秦昭王与范雎不知疲倦地一泻千里而去，不知几多时光。待出得书房，范雎一个踉跄跌倒在地，内侍来扶，他却已经是鼾声大起了。秦昭王正自大笑，也是呼噜一声卧在了红毡之上。

二　咸阳冬雷起宫廷

入冬第一场大雪纷纷扬扬落下时，东讨大军班师了。

与以往班师一样，主力大军一入关便回归了蓝田大营，等待王命特使专行犒赏。统军主帅则率领全部将领与六千铁骑直入咸阳，代全军将士行班师大典。按照法度，秦王将率都城群臣郊迎于十里长亭，民众也会自发地携带各种食物拥出城来欢庆劳军。这是历久相传的“箪食壶浆，以迎王师”，也是任何出征将士都一心向往的班师盛况。然则，所有这一切这一次都没有发生。当旌旗招展的将士车骑披着纷纷扬扬的雪花隆隆行进到十里郊亭时，只有秦王特使一车当道，当场宣读秦王下书：大军东讨，劳师无功，各领军大将立即回归蓝田大营，待上将军白起号令，其余将士官佐一律回归本署。

“岂有此理！”统率大军的穰侯魏冄顿时勃然大怒，“王稽矫书，给老夫拿下！”

“穰侯明察，”王稽不卑不亢，“都城咫尺，王印凿凿，一个谒者何能矫书？”

魏冄略一思忖，断然下令：“拿下王稽！华阳君率诸位将军先归蓝田大营，老夫择日便来行赏！”华阳君芈戎与领军大将们一阵愣怔顾盼，终于回身策马去了。魏冄的脸色阴沉得可怕：“高陵君泾阳君各率三千铁骑，随老夫入咸阳。但有拦阻，听老夫号令行事！”原本驾着战车准备堂皇接受盛大仪典的高陵君与泾阳君，此时游移不定，吭哧着不敢奉命。魏冄顿时暴怒大喝：“如此懦弱成何体统！老夫唯清君侧，尔等不从便去！”高陵君泾阳君相互看得一眼，答应一声“遵命！”各自一挥令旗驾着战车隆隆分开。魏冄脚下狠狠一跺：“号角齐鸣！飞车入城！”中军司马令旗一劈，牛角号骤然大起，魏冄的六马大型战车隆隆惊雷般当先冲出，左右各三千铁骑展开，巨大的烟尘激荡着飞扬的雪花，风驰电掣般卷向咸阳。

巍峨的咸阳，在初冬的风雪中一片朦胧。

当烟尘风暴卷过宽阔的渭水白石桥扑到咸阳南门时，魏冄不禁惊愕了——咸阳城头旌旗密布，各式弩弓在女墙垛口连绵闪烁，中央箭楼赫然排列着二十多架大型连发机弩；城下一字排开二百多辆战车，洞开的三座城门中赫然闪现着狰狞的塞门刀车；战车之后是两个列于城门两侧的步战方阵，一看气势便是最精锐的秦军主力；战车之后的两个方阵之间，两个铁骑百人队簇拥着一员大将与一位生疏文臣。

魏冄久做丞相，深知咸阳城防天下第一。但有准备，休说自己这六千铁骑，便是十万大军也奈何不得这座金城汤池。骤然之间魏冄大急，不及细想从兵车上站起来一声大喝：“蒙骜！你要反叛么？”蒙骜未及说话，一阵大笑，那位生疏文臣扬鞭直指：“穰侯何其滑稽也！此话本当我等问你，你倒反客为主也！”

“你是何人？敢对老夫无礼！”顷刻之间，魏冄冷静了下来。

“禀报穰侯，”大将蒙骜马上一拱手，“此乃新任国正监、劳军特使张禄大人。”

魏冄心头蓦然一闪，国正监乃重臣要职，没有他的“举荐”秦王竟能突然任命，分明是朝局有了意想不到的变化，当此之际，进入咸阳才是第一要务。心念及此，魏冄一声冷笑："好个国正监，如此劳军么？"

"敢问穰侯，私捕特使、铁骑压城、视君命如同儿戏，天下可有如此班师？"对面张禄也是一声冷笑。

"太后有法：国政但奉本相之令！"魏冄声色俱厉，"王稽王书未辨真假，分明有人要挟秦王乱国，老夫自要紧急还都。"

"穰侯大谬也！"张禄扬鞭又一指，"秦法刻于太庙，悬于国门，几曾有太后私法？穰侯若不立即开释秦王特使，谋逆大罪。"

魏冄面色铁青，向后一挥手："放了王稽。"转身厉声一喝，"张禄！老夫要还都面君，你敢阻拦，乱国大罪。"

"穰侯差矣！"张禄高声道，"未奉君命，岂能私带铁骑入都？六千铁骑渭桥南扎营，穰侯自可还都面君！"

魏冄气得嘴唇瑟瑟发抖，一时无可奈何，片刻思忖间冷笑道："好！老夫回头再与你理论。"转身高声下令，"高陵君率铁骑桥南扎营，泾阳君并幕府人马随老夫入城。"高陵君愣怔片刻，终于劈下令旗，率领六千铁骑向身后渭桥退去。魏冄身边只留下了中军幕府护卫并一班司马，加泾阳君护卫随从等，总共大约千余人。

及至高陵君铁骑退过渭水大桥，蒙骜一劈令旗高声一喝："南门通道开启！"顷刻间车声隆隆马蹄沓沓，兵车刀车骑士俱各两列，一条直通城门的大道豁然眼前。魏冄二话不说，脚下一跺，六马兵车轰隆隆飞驰进城了。

丞相府在王宫正南最宽阔的长阳街东侧，距王宫南门不过两箭之地，原是少有的显赫地段。兵车一路驶来，魏冄却觉今日长阳街大是异常。这长阳街虽无国人商市，高车骏马却是最多，寻常时日无论严冬酷暑夜半更深，都有朝臣车马与诸般吏员从这里穿梭般进出王宫，一日十二个时辰，绝无车马销声匿迹之时。然则今日，除了漫天飞扬的雪花冰凉扑面，长阳街空旷得深山幽谷一般。透过朦胧雪雾，依稀可见王城南大门也关闭了，灰色的宫城箭楼下两片黑蒙蒙长矛丛林触目惊心。显然，丞相府通向王城的宽阔大道已经被封闭了。刚回到府中，家老便来禀报，说护卫军兵已经换了另外一个千人队，府中几位主要属官也好几日不来理事了，府中楚人子弟也逃亡了一百多人。魏冄听得怒火中烧，已经明白了事态的峻迫，急切间一时无对，只在厅中焦躁转悠。

“穰侯当立即面君，扭转危局！”泾阳君终于第一次开口了。

“不行。”魏冄已经冷静了下来，挥手教一班吏员仆役退下，“嬴稷已经与老夫摆开了架势，胜负不见分晓，他不会出面。这小子有耐性，老夫太晓得了。”

泾阳君低声道：“我一路想来，那个张禄机断利口，定然是突变主谋。”

“有何手段，说。”魏冄知道泾阳君曾执掌黑冰台，心下顿时一亮。

“除却张禄，釜底抽薪。”

“若行暗杀，须一击成功。否则，连回旋余地也没有。”

“除非张禄当真有上天庇护，否则断无不成。”

“有此手段，老夫奇正相辅。你出奇，老夫出正。”

“穰侯是说，联手武安君？”

“然也。”魏冄步履从容地转悠着，“数十年来，老夫鼎力扶持白起，与之情谊笃厚。白起出面，秦国大军坚如磐石。只要嬴稷不能动用大军压我，老夫纵让出些许权力，我等也还是大局底定。你以为如何？”

“大是！”泾阳君欣然拍掌，“武安君素有担待，举国大军奉若战神。他要面君论理，秦王不见也得见。只是，武安君此次不随穰侯东讨，有些蹊跷。”

“你不知白起也。”魏冄笃定地笑了，“白起不征纲寿，原是政见不同也。当年胡伤攻赵，白起与老夫亦有歧见，然则并未损及老夫与白起之情谊，至今一样。从秦国大局说，白起历来明白说话，认为老夫与其联手征战最为得力！可是了？”

“有理。”泾阳君急迫道，“事不宜迟，今夜立即两面动手，我这便回府。”

“好！你先走，片刻后老夫出车。”

泾阳君匆匆去了。等得大半个时辰，天色已经完全黑了下来，庭院中已经是白茫茫一片，魏冄才吩咐备车出门。驶过空旷的车马场进入长阳街南拐，再过得两条小巷，便是武安君府邸了。石板路面已经有了两三寸厚的积雪，辚辚轺车变得悄无声息，片刻驶到了长阳街南口，却有一队长矛甲士赫然横在当街，喝令轺车退回。魏冄顿时大怒，老夫穰侯开府丞相也，何等鼠辈敢拦截老夫！对面一员带剑将军高声回道，奉命定街，王城外长阳街非国君王书夜不放行。魏冄大急，霍然从轺车站起锵锵抽出腰间古剑："这是宣太后亲赐王剑，有生杀予夺之权！谁敢拦阻？冲将过去。"

话音未落，对面将军一声大喝，结阵抗车！一排粗大的鹿砦在飞雪中轰隆隆拉开，一片黑色盾牌矗在鹿砦之后，长矛森森然伸出堪堪封住了街口。魏冄不乏战阵阅历，一看速度阵势，心知这是秦军步战主力锐士，而不是咸阳城防军，此等结阵休说一辆轺车，一辆兵车也是徒然碰壁。魏冄顿时心下冰凉，秦军主力入都，非上将军持秦王兵符不能调遣，莫非白起已经被嬴稷拉了过去？抑或连白起兵权也被剥夺了？当此非常之期，只有忍耐一时了。心念及此，魏冄一跺脚："回车！"轺车原地一个转弯折回了丞相府。

此时的武安君府邸一片静谧，唯独书房窗棂的灯光映出白起与范雎的身影。

离宫三日，范雎为秦昭王推出的第一谋是"固干削枝，巩固王权"。范雎详尽剖析了秦国变法历史，陈述了"法度以王权最高，王权不行，法度必乱。法度乱，则新法必亡"的法家学说，一针见血地下了断语：以目下四贵分权、政出多门、多头治国的乱象，秦国非但根本无法凝聚国力与赵国抗衡，且有迫在眉睫的内乱危机。秦昭王固忧国事，但要说内乱危机迫在眉睫，也觉得范雎未免危言耸听，虽则没有明说，但嘴角的那一丝笑容范雎却看得清楚。范雎见事明快透彻，语气顿时激烈："纲寿之战若大胜而归，穰侯威势更增，加之其封地由虚变实，顿成尾大不掉，秦王亲政便遥遥无期。纲寿之战若一无所获，穰侯四贵则必然联结武安君固势，而致秦王不能依法追究其战败罪责。战败不能处罪，实封不能逆转，秦法必然打滑，秦政必然迅速向旧制复辟。如此蜕变，不过十余年，秦国新法则荡然无存。其时，失地民众追念新法，新军将士多为平民子弟，焉能不对贵胄扩地视若仇雠？但有一军不平，上下必然分崩离析。若山东六国趁势而来，秦国岂能不一朝覆亡。如此危局，秦王若以为尚不迫在眉睫，无可救药也，范雎自当告辞。”

这番话透彻犀利，秦昭王顿时悚然一身冷汗，一拱手道：“先生之意嬴稷尽知，只是在等待一个良才辅弼，等待一个妥当时机。如今有先生，只是选择时机了。”

“目下正是最好时机。范雎唯恐错过，方敢冒昧上书。”

“先生是说，四贵班师之时？”

“正是。”范雎一点头，“纲寿之战，穰侯已败于齐国田单，丧师三万，未得寸土。当此之际，正是罢黜权臣之良机。一旦错过，悔之晚矣！”

“只是，”秦昭王犹豫沉吟着，“武安君与穰侯笃厚，穰侯尚有常执兵符，咸阳内史又是高陵君部属，王城只有三千禁军，急切间从何着手？”

“秦王见事差矣！”范雎痛下针砭，“在下闲居咸阳年余，对秦国朝局处处留心，可明白断定：武安君朋而不党，绝以大局为重。穰侯虽握重权，然见事迟滞。其余三君虽各有实职，然则才具平庸。只要秦王痛下决断，一切有范雎谋划。冬雷之后，秦王但行朝会亲政。”接着，范雎将自己的谋划和盘托出，一口气说了半个时辰。

“好！”秦昭王慨然拍案，“先生放手去做，纵然功败垂成，嬴稷无怨无悔。”

范雎肃然一个长躬：“秦王明断如斯，大事若败，天道安在哉！”

依照范雎谋划，秦昭王立即颁布了一道王书：拜张禄为客卿，受中大夫爵禄，暂署国正监，查究权臣不法情事。这一番安排大有讲究：秦法要害之一，是无功不得受爵任官。客卿为外来名士虚职，能否留秦任官，全在领事之后的功过而论，所以客卿之职不会引起任何波澜。中大夫爵禄，只是一个临时待遇，更不会引人注目。暂署国正监，却是给了范雎一个大大的实权。国正监在秦国乃是职掌监察的大臣，几可无事不涉。恰恰在宣太后死后，国正监一直空缺，对大臣的查究弹劾，由该署属官禀报丞相府直接指派属员处置，实际便是穰侯魏冄兼领监察大权。范雎领国正监，可以查究不法之名进出各方官署。而追加一句“查究权臣不法情事”，则是向朝野宣示一种态势：秦王要依法整肃国政了，重在整治权臣不法，而不是举朝动荡。

如此一个绝非显赫的职位，范雎立即开始了环环紧扣的铺排。

第一步，范雎径直拜会武安君白起。

武安君府邸坐落在王城东南一条最是寻常不过的街巷。不算宽阔也不算窄小，不当通衢也不算僻背，恰在国人坊区与王宫官署街区之间，门前长街常有市人车马络绎不绝，谁也不因为这里有赫赫武安君府邸而不敢涉足。府邸门前的车马场很小，车马也很少，六开间门厅虽然宽阔雄峻，却只站了四名甲士，显得空旷冷清。依白起之官爵威名，寻常人等很难相信这是威震天下的武安君府。当单马轺车孤零零停在小小车马场时，范雎不禁笑了，眼前的一切都确凿无误地证实了，他对白起的揣摩没有错。

走进这座外表极其寻常的府邸，范雎又被一种奇特的风貌深深震撼了。

跨过门厅，迎面一座高大的蓝田白玉影壁，中间交叉镶进了一张秦军铁盾与一口重型长剑，白石黑铁，简洁威猛得令人心头一震。绕过影壁是宽敞简朴的庭院，一色青石条铺地，无石无水无竹无草，只有北面六级台阶上的八开间正厅威严如同庙宇般矗立着，门额正中镶嵌着四个斗大的铜字——秦军幕府，门廊下两排长矛甲士挺身肃立如同石俑，比府邸大门的卫士多了几倍。绕过幕府正厅是第二进，空荡荡一片沙土庭院，也是石水竹草树全无，俨然一个小小校军场。庭院东侧是六排兵器架，分别挂着赵、齐、魏、楚、燕、韩六方大字木牌，各色兵器插得满当当一无空隙。兵器架后是两排长长的石条凳。西侧是一长排无字兵器架。这座兵器架旁立了一根粗大的木桩，桩上挂着一副黑色精铁甲胄。

“足下何人？”一个浑厚低沉的声音在身后响起。

范雎蓦然回身，见一人从“校军场”北面石墙中间的一道石门中走出，一身本色苎麻布衣，腰勒大鞶牛皮带，无发光头锐利得像一支长矛。此人只往庭院一站，一片肃杀便在冰冷生硬的庭院中弥漫开来。

“客卿国正监张禄，参见武安君。”范雎立即深深一躬。

“国正监何事？”白起没有还礼，只冷冰冰一句问话。

“奉秦王之命，受弹劾之书，查阏与战败之情。”

“既是国事，请入正厅说话。”白起一摆手，径自穿过“校军场”向幕府大厅去了。范雎也不说话，跟着进了厅堂。

这幕府正厅却也奇特，一色的青石板地面青石长案，仿佛进了一个冰冷的石窟。青石长案后的大墙上，一面可墙大的“秦”字中军大旗，硕大的青铜旗枪熠熠生光。对面大墙上则是一幅极大的羊皮大图——天下军争图。旗下一座剑架，横置着一口秦王金鞘镇秦剑。右侧墙下一方石案，台面铜架上插着一面黑色金丝边令旗，旁置大铜匣上有两个红色大字——兵符。左侧墙下是一排书架，摆满了各式成卷的黄旧竹简。

“武安君大有武道气象，在下钦佩之至也！”范雎不禁一声由衷赞叹。

“请入座。”白起一指帅案西侧的石案，自己也席地坐在了对面偏案，一脸冷漠地看着范雎，静候他发问。

范雎微笑中突兀一问：“武安君可是墨家院外弟子？”

“入得厅堂，但言国事，余事恕白起无可奉告。”

虽依旧冷漠，范雎却分明看见了白起目光中火焰闪烁，从容笑道：“有朝臣上书弹劾：武安君轻发阏与之战，而致秦军大败，武安君作何说？”

白起骤然一阵愣怔，冷冰冰道：“如此责难，夫复何言？”

范雎正色凛然：“同有朝臣上书：穰侯两次轻启战端，阏与之战丧师八万，纲寿之战丧师三万而寸土未得，实为大秦百年未见之国耻，当依法治罪。武安君职掌兵权武事，纵未统兵出战，亦当有所与闻，却作何等解说？”

白起默然良久，一声叹息：“天意也！白起何说？若秦王认同此说，白起领罪。”

“武安君差矣！”范雎肃然道，“秦为法治之邦。法不阿贵，乃商君新法之精要。武安君虽与穰侯笃厚，然岂能以私情乱法，致使新法毁于一旦乎？君乃大秦柱石，禀性刚正而洁身自好，此朝野皆知也。然则，君私情太重，私义过甚，明知两战不可而不据理力争，只保得一己‘不为错战'之名也！事后依法查究，君又宁替他人背负罪责，不思律法公正，藏匿罪臣而徒乱法度。大臣若皆武安君者，秦国岂有护法之忠烈？秦法岂能绵延相续？在下虽职微言轻，然职责所在，为武安君汗颜也！”

这番话正气凛然一击而中要害，白起顿时面色涨红。自入军旅直到一路做到上将军武安君高位，白起从来没有被任何人如此正面指斥过。白起坦荡刚直，虽在战场机谋百出无可匹敌，然在朝局官场却拙于应对。兵家之事，白起历来傲视当世，不屑与任何人比肩，也从来以为，兵家耻辱永远都不会落到自己头上。然则，目下这位张禄说的恰恰却是兵家之事上自己的错失，且牵涉出如此深刻的一番道理，实在无法辩驳。细细想来，这个国正监说得确实在理。护法护国，便得如商君一般“极心无二虑，尽公不顾私”。若自己一般，对穰侯轻启战端有异议，只是称病不帅，对穰侯更改封地之法有异议，只是婉言辞谢实封，仅此而已，委实令人汗颜。

心念及此，白起肃然拱手道：“先生之意，该当如何？”

“力挽狂澜，铁心护法！”

“护法护国，白起义不容辞。”白起目光一闪，大手轻叩着青石大案，“然则整肃朝局回归法治，须得秦王定夺，而后统为谋划方可为之。”

“秦王书命在此。武安君奉书。”范雎利落脱去外面黑色棉袍，再剥下苎麻夹袍，显出贴身本色短布衣，一把掳下短布衣翻过，便见赫然三排暗红色大字——国正监奉本王书令行事，武安君中流砥柱，一力助之！衣襟处一方鲜红的朱文秦篆大印。

白起久为大将，日每处置机密，又曾亲历秦武王猝死之动荡危局，对非常之期的非常做法与王室种种密书方式自是了如指掌，一见密书便知是秦昭王手书，立即明白了面前这个破相客卿必是一个神奇人物，事先与秦王必定已经谋划妥当了。骤然之间，白起几个月以来的郁闷一扫而去，肃然一拜道：“白起谨受命！”双手接过血书霍然起身，“先生但谋，白起但做。”

就这样，范雎与白起派出的中军司马一道，当天夜里对咸阳城防做了一番大调换：原驻咸阳城内的两万步军连夜开出，移驻章台外围营地；天亮之前，蒙骜率领的蓝田大营三万主力步骑已经开到，南门渭桥外驻扎一万铁骑，两万精锐步军入城；城内要津、权臣府邸以及官署护卫，全数由蒙骜统辖。与此同时，白起密令大将王陵统率蓝田大营驻军，非国君王书兵符俱来，任何人不得调动一兵一卒；班师大军但入大营，立即回归原定部属，不得擅出。范雎则进出各元老府邸，一一宣示穰侯兵败与秦王重整法治的书令，稳定了一班被“四贵”长期冷落的元老大臣。与此同时，范雎又以咸阳内史[1]名义在城中张挂告示，晓谕国人并山东商旅毋以咸阳换防而生恐慌，秦国大势稳定法制肖然，国人各安生计。如此这般，及至魏冄班师之日，咸阳城已经是今非昔比了。

范雎见事极快，一俟魏冄进入咸阳府邸，立即再度拜会武安君白起，请白起闭门称病谢绝一切拜访。白起原本已经做好了挺身而出支撑秦王整肃朝局法治的准备，范雎一说，大觉突兀，不禁脸色一沉：“国正监此话何意？信不得白起？”

“武安君言重了。”范雎笑道，“此事乃秦王之意，在下亦表赞同。然却并非奉命强求，提醒耳耳，武安君自己掂量。”

“先生言犹未尽，明说。”

“其一，秦王知武安君与太后、穰侯情非寻常。”范雎真诚坦然，“太后呵护武安君如血肉同胞，穰侯支撑武安君堪称不遗余力。唯其如此，武安君对穰侯退让，秦王不以为非，反赞武安君有名士之风。今武安君以大义为重，底定秦国大局，秦王已是深为欣然也。以武安君之笃厚重交，若穰侯亲来或密使前来，非但左右为难，且徒引日后事端。与其如此，何如继续称病？此秦王苦心也，武安君或可体谅。”

白起默然，良久一声喟叹：“知我者，秦王也。”

“再则，在下以为：武安君不善人际纵横捭阖，但有一举错失，穰侯四贵可能死拖武安君下水；届时非但武安君大节有损，更有甚者，大秦失却战神长城，岂不令老秦人痛哉！”

“好！”白起拍案，“但依先生。”

---

[1] 内史，秦国掌管京师咸阳并监察地方官的大臣。

“谢过武安君。”范雎一个长躬，“但有上将军坐镇，破面之事，我这客卿来做。”

范雎轺车尚未驶出车马场，便听隆隆声响，身后武安君府邸的大门已经关闭了。范雎心下一阵轻松，对驭手一声吩咐：“去蒙骜幕府。”驭手马缰一抖，轺车在积雪中无声地驶上了长街。

轺车堪堪拐过一个街角时，一团白影在漫天飞舞的大雪中骤然凌空飞来。一声短促的闷号，武士驭手已经横身倒卧在了车辕上。范雎尚正沉浸在紧张思绪之中，闻声一个激灵，不及思索缩身一滚，尚未滚出车厢，肩上已被快如闪电的长剑刺中。重重跌落雪地，那口长剑已带着劲急的风声凌空压来。间不容发之际，却闻一声大吼，一个黑影骤然从街角滚了过来，抱住了白影在雪地上翻滚起来。范雎挣扎站起，扶着轺车嘶声大喊：“有刺客！有刺客——”两声方落，定街甲士的沉重脚步如隆隆沉雷般碾来。此时，又闻一声闷号，那道白影鬼魅般倏忽消失了。

“壮士！”范雎扑上去抱住了倒在雪地上的黑影。

“嘿嘿，大哥……”黑影笑着哭了。

“郑安平？”范雎不及细想一声大叫，“快！抬进幕府疗伤。”

蒙骜已经闻警而来，立即吩咐军士将范雎二人抬进幕府救治。军中医官一番忙碌，两人的伤口终是包扎停当了。范雎的肩头剑伤距离脖颈要害仅仅三四寸，蒙骜看得惊悚不已，立即飞书急报秦昭王。未及半个时辰，秦昭王颁下紧急书令：着蒙骜立即调拨两个百人铁骑队护卫国正监府邸，并遴选四名铁鹰剑士做国正监随身护卫。此等书令在秦国当真是史无前例，蒙骜骤然明白了这个国正监目下之重要及在秦王心中的分量，立即遴选军士组成卫队，亲自护送范雎回到了府邸。

虽则带伤，范雎毫无疲惰之相，先将突兀到来的郑安平安置到一间隐秘居室疗伤，而后立即进了书房，灯光一直亮到次日拂晓。午后大雪稍停，范雎轺车在两百铁骑簇拥下隆隆开到了穰侯府邸。

夜来被甲士逼回，魏冄立即派出一名心腹干员乔装成山东士子密访白起。谁知武安君府邸所有门户紧闭，护卫千长只说武安君患有恶疾，太医奉秦王书令刻刻侍奉，谢绝见客。干员回报，魏冄顿时颓然软在了座榻上。目下之势，唯白起有实力扭转危局，以白起之绝世威望，纵是不出来为他强硬说话，只要不偏不倚，魏冄也不会有灭顶之灾。然则看咸阳主力大军密布要津的阵势，若无白起号令，数十年不握兵符的秦王，焉能如此雷厉风行地成功换防？骤然之间，魏冄感到了深深的懊悔。他对白起显然看走眼了。阏与之战分明是自己主谋施行，八万秦军主力无一生还，爱兵如子的白起一腔愤懑，宣太后为此羞愧自裁，自己却连自请贬黜的姿态也没有，更没对白起与将士们坦诚请罪；偶然说起，反是哈哈大笑，战阵搏杀，何无生死也！霸道若此，白起岂不寒心？封地制欲由虚改实，原本是国之大计，他却只与"三君"商议而置白起于不顾；白起不领实封，他也没有在意，只将这番举动看做白起无功不受赏的一贯秉性。纲寿之战白起拒绝统兵出征，他非但没有力邀，反倒窃喜自己有了亲自统兵大战的机会。不想却恰恰遇到六年抗燕的田单，又是三万主力战死。当此之时，以白起之厚重刚烈，何能对自己还存着往昔那份敬重？说到底，自己是将白起看做了一个只知道打仗的"兵痴"，以为官场朝局之事，白起想当然以自己马首是瞻了。毕竟白起是老秦人，自己内心深处也还与白起有着隐隐一丝隔膜，而将出自楚国的"三君"自然视为血肉铁心。魏冄啊魏冄，你这老楚子何其蠢也！

正在唏嘘感喟之时，泾阳君差人急报：刺杀张禄未遂，请穰侯急谋新策。

"天意也！"魏冄长叹一声，再也不说话了。

范雎马队隆隆抵达府前车马场时，宏阔雄峻如城堡的穰侯府邸，在漫天皆白的天地间分外的萧瑟落寞。广场没有车马如流，门厅没有甲士斧钺，只两侧偏门站着两个霜打了一般的老仆，当真是门可罗雀。当先吏员一声高喝："秦王书到——"足足过了半顿饭辰光，两丈余高的铜钉大门才轰隆隆打开。

与所有权臣府邸不同的是，穰侯魏冄是开府丞相，府邸是丞相总理国政的官署，气势大是不同。在两个铁甲百人队左右护持下，范雎带着一队吏员昂昂开进了府邸。按照法度，臣子接国君王书应力所能及地出迎，纵是权臣，也至少当在第二进庭院接书。但范雎一行走过了头前两进属官官署，还是未见魏冄露面。右侧书吏低声道：“若是自裁，如何是好？”范雎悠然一笑：“莫慌，秦国没那般鸿运。”说话间堪堪进入第三进国政堂，也就是丞相处置国务的正式官署，九级高阶之上堂前门厅之下，孤零零伫立着一个白发苍苍的黑衣老人，正是穰侯魏冄。书吏一挥手，两队甲士铿锵分做两列，四名铁鹰剑士黑铁柱般钉在了范雎身后。

“你是张禄？”居高临下地看着肩头臃肿得穿戴甲胄一般的特使，魏冄一声冷笑。

“客卿国正监、王命特使张禄。”范雎嘴角溢出一丝揶揄的笑意，“你是魏冄？”

“老夫敢问，客卿可是魏国士子？”

“然也。随谒者入秦，从穰侯眼皮下脱身。”

“当日若是落入老夫之手，今日却是如何？”

“法网恢恢，天道荡荡。纵是张禄落难，亦当有王禄李禄入秦。穰侯纵无今日，必有明日。”

“天意也！”魏冄愣怔片刻，一声粗重的叹息，“秦王如何处置三君？”

“关外虚封，余罪另查。”

“好，嬴稷尚念手足之情。宣书。”

两名书吏打开竹简王书展到范雎面前，范雎高声念道：“秦王特书：查穰侯魏冄当国专权，不依法度，多以好恶理政；阏与败于赵，纲寿败于齐，使国耻辱；擅改法度，复辟封地；结党三君，四贵专国；擅自征伐，扩己封地。凡此种种，动摇国本，祸及新法，虽有功于国而不能免其罪责。今罢黜魏冄开府丞相之职，夺穰侯封爵，保留原封地陶邑。王书颁发之日，着即迁出咸阳，回封地以为颐养。大秦王嬴稷四十一年冬月。”

“哼哼，总算还没杀了老夫！”魏冄狠声道，“好！老夫来春便走。”

“不行。”范雎冷冰冰道，“从明日起计，三日后必得离开咸阳。”

魏冄骤然暴怒：“岂有此理！老夫高年，雪拥关隘，如何走得？教嬴稷说话！”

“人言穰侯横霸，果如是也。”范雎笑了，“负罪之身尚且如此，可见寻常气焰了。在下奉劝一句，前辈却自掂量：大罪在身去职去位，若滞留咸阳，引得国人朝臣物议汹汹，秦王其时难保不顺乎民意了。”

一言落点，魏冄顿时默然，良久，一甩大袖径自匆匆去了。

三日之后，一队长长的车马在大风雪中出了咸阳东门。旬日之后从函谷关传来急报：穰侯财货辎重牛车千余辆，多载珠宝黄金丝绸并诸般珍奇，虽王室府库不能敌，请令定夺。这次，范雎没有说话。秦昭王思忖良久，一声叹息道：“穰侯喜好财货，又曾有镇国大功，教他去。”

曾是一代雄杰的魏冄便这样去了。数年之后，魏冄死于封地陶邑。秦昭王收回陶邑，立为一县。华阳君、高陵君迁出函谷关做了无职世族，泾阳君因擅动黑冰台刺杀范雎，被处以“遣散部族，关外监守孤居”之刑罚。至此，自宣太后开始的外戚当政在秦国永远地销声匿迹了。

三　大谋横空出

冰消雪开的二月初二，咸阳宫正殿举行了隆重的朝会。

老秦人谚云：“二月二，龙抬头。”说的是立春、雨水两节气一过，龙就会在即将到来的惊蛰时节腾空而起。从周人开始，关中庶民就将二月视为万物复苏振兴的祥和之期，将整个二月叫做“春社”，如同将六月最热的一段时日叫做“三伏”一般。春社虽非二十四节气，但却是周秦老民对岁月流转的一种独特概括。春社之期，雨水催生惊蛰而使苍龙振翼，农人在这段时日大起“社火”，以欢乐祭祀土地，祭祀从大地腾空的龙神，祈求五谷丰登。唯其如此，一进二月八百里秦川一片祥和喜庆，备耕的忙碌与欢腾的社火交相弥漫在春寒料峭的原野，到处都是热气腾腾。

大朝会在此时举行，有着一种深远的寓意。秦昭王即位四十二年，从来没有在二月举行过隆重的开春朝会。因由只有一个，宣太后与穰侯摄政，一切国事都在背后实际处置了，以国君为正尊的大型朝会，自然被各种各样的理由冲淡了遗忘了。去冬一举廓清朝局，四贵伏法，秦王亲政。消息传开，朝野一片欢腾。商鞅之后，老秦人虽然早已不排斥外国人身居高位治国理民，然而对于宣太后、穰侯四贵一班裙带楚人长期秉政毕竟是心有别扭。宣太后之后，穰侯四贵非但没有还政于秦王，反而对秦国新法动起了手脚，民众无言，心里却都是清清楚楚。如今“楚党”尽去，秦国上下顿时如释重负。老秦人根本不关心其中情由及刑罚是否适当等诸般细节，立即狂欢相庆，秦川社火闹腾了个天翻地覆。

在这弥漫朝野的欢庆中，秦昭王率领百官先行出郊祭天，再回归太庙祭祖，向上天先祖禀报了亲政大计。午后未时，两百余名大臣整齐地聚集在咸阳宫大殿，举行四十二年来第一次开春朝会。秦昭王第一次全副衮冕，戴上了黑丝天平冠，佩起了三尺王剑，肃穆地登上了中央王座。

“参见秦王！”举殿两百余位大臣整齐肃立，一齐长躬作礼。

“诸臣就座。”秦昭王一挥大袖在王案前坐定，不由自主地向左右瞥了一眼，心中顿时一阵轻松。从前无论何种形式议事，王案两侧都有两个并行座案夹持，使他如坐针毡，如今没有了，宽阔的王台上只有一张九尺大案威势赫赫地矗立在中央，全部大臣都在九级白玉台之下。一眼扫过连绵排座的大殿，如同扫过沉沉广袤的大秦国土，秦昭王顿时涌起了一种从来没有过的无法言传的王权豪情，刹那之间，他几乎要迷醉了。

“诸臣就座。秦王开会——”司礼大臣一声宣呼，殿中顿时肃然。

开会者，朝会开始之发动也。如同宴会要由最尊者“开鼎”启食一样，朝会也须得由国君先行宣示宗旨，而后会同议论（会议）决事。司礼大臣的宣呼使秦昭王顿时清醒，咳嗽一声道：“诸位大臣：秦国大势已定，本王亲政理国。但得如此，赖上天佑护大秦，使我得大才张禄入秦，一谋定国，廓清大局。今日开春朝会，须当议定秦国拓展之大谋长策。先生已有初谋，陈述之后合朝决之。”说罢伸手遥遥一个虚扶，“先生请。”

范睢坐席在大殿东区坐席的首位，从王座看是左手第一席，与之遥遥相对者，是右手第一位的武安君白起。虽然是一个客卿坐了首席，却没有任何人惊讶。毕竟客卿只是虚职，坐席在首也只是敬贤之道。这个被传扬得高深莫测的魏国士子究竟有无真才实学，得看他今日大谋如何。秦昭王话音落点，举殿目光齐刷刷聚到了范睢身上。

“秦王，列位大臣，”范雎从座席站起从容拱手，咬字真切的大梁口音立即在大殿中回荡开来，“惠文王之后，武王三年猝死。秦王即位而太后穰侯先后秉政，至今已是四十余年。当此四十余年，秦国开疆拓土，东夺魏国河内，南取楚国南郡，堪称声威赫赫。然则，盛名之下，其实难副。自赵国崛起，秦国相形见绌，阏与大败于赵，纲寿再败于齐。两次败战，堪堪将武安君百战功勋消于无形。目下，秦赵抗衡之势已成定局，秦国却疲惰乏力，庙堂无长策大谋，大军无战胜之功，朝臣无奋进之气，庶民无凝聚之力，强势大秦竟至日见溃散。若无孝公、惠文王两代之坚实根基，并武安君军威，安知秦国不被山东六国再度锁进关内？当此之际，秦国已成外强中干之虚势，若再不思奋力振作，十年之后便是危难之期！”

此言一出，举殿臣僚大是不悦。这张禄未免太危言耸听了，秦国如何便有了危难之期？当真匪夷所思。欲待反驳，急切之间却又无由开口，话虽刺人，哪句却不是言之凿凿？一阵粗重喘息，大殿又静了下来。

“秦国危局因由何在？”范雎丝毫没有因为朝臣变色而气势稍挫，慷慨激昂道，“其一在法治日渐松懈：庙堂开裙带之恶风，权臣开实封之恶例，朝局行无功之封赏。倏忽四十余年，秦国变法之根基，已滑入复辟之边缘。其二在军争不务实利：南郡之战固夺楚国腹地，然则却不能供我兵员粮货，欲行秦法却鞭长莫及，竟成秦之鸡肋也。阏与之战、纲寿之战，更是劳师千里损兵折将，大损强秦声威也。”

这番话更是惊心动魄。根本处是公然指斥了最不能碰的两个人——宣太后与武安君。宣太后摄政三十余年，除了阏与之战与任用四贵，倒实在是在秦国朝野留下了善政声名。更重要的是，宣太后是惠文王爱妃、秦昭王生母，公然指斥未免无视秦王之尊严。然则，更出人意料者，却是对武安君白起南郡之战的指斥。以白起之军功声望与洁身自好，几乎没有一个大臣能够挑剔，更何况挑剔白起的用兵缺失？话音未落，所有武臣倏然变色。

“人有痼疾，安得讳疾忌医也？”秦昭王悠然一笑，“先生但开药方无妨。”

有此一言，大殿顿时平静下来。秦王尚不计生母被责，臣下何得有说？

“谢过秦王。”范雎一拱手江河直下，“秦国重振雄威，要害在二：其一，明法固本。当此之时，秦国当重申以新法为治国理民之根本，将复辟旧制列为谋逆大罪。在国，严禁外戚裙带干政，非大功不得封侯封君；在官，全力整肃吏治，重刑贪赃枉法；在野，力行军功爵法，重振国人耕战之雄心。若得如此，三年之期，秦国必将朝野清明，举国同心。”

“好！”举殿大臣一声赞叹。

“先生第二策如何？”大将王龁急迫一声，他只急着要听这位张禄的军争大谋。否则，公然指斥上将军，他不服。

范雎从容一笑：“其二，远交近攻。此乃军政长策。”

“远交近攻？究竟何意？”大将王陵也跟着喊了一声。

“敢问列位：战国以来，大战数以千计，破城不计其数，然六国疆域却并无大盈大缩。武安君大战山东，破城百余，斩首数十万，六国还是六国。奄奄疲弱之国不能攻灭，皇皇战胜之国不能扩地，其间因由究竟何在？”

“问得好。”见大臣们愣怔无言，秦昭王轻叩书案，“武安君以为如何？”

白起蓦然醒悟，一拱手道：“臣尚没有想透其中奥秘，愿闻先生拆解。”

范雎侃侃而论：“自春秋以来，列国军争已成定则：城破取财，战胜还兵；远兵奔袭，坚固本土。打来打去，你还是你，我还是我。由此观之，三百年来之战争，皆未打到根本也！何谓战争之根本？土地也，民众也。田土之大小，民众之多寡，国力盈缩之根基也。浮动财货，譬如国力丰枯之血肉。国土能生财货，财货却不能生国土。国土可招徕民众，民众却不能平添国土。是以争财争货争民众，而独忽视扩展国土，是隔靴搔痒，偏离兵争之根本也！”

“是了是了。”举殿大臣不约而同地点头。

“有症结即有对策。”范雎一字一顿，“四个大字：远交近攻！可为大秦外政军争之长策大谋也。相邻之国为近，相隔之国为远。攻远而不能治，何如安抚？攻邻而争地，得寸为秦之寸，得尺为秦之尺，融入本土，一体而治，步步延伸，我盈彼缩。倏几一日，天下必将化入秦制也！此乃近攻之实利也。以大秦之国威，交远则远喜，必不敢背秦之交而援手他国。攻近则近克，必不能赖远援而保全。远交近攻，相辅相成，邻邦不能独支，远邦不敢救援。如此做去，则天下之地四海之民，数十年内必入大秦国之疆域矣！”

“好！”武安君白起第一个拍案而起，“先生鞭辟入里，一举廓清军争雾障，使人茅塞顿开。我大秦铁军可是心明眼亮，要大显神威！”

“远交近攻！彩——”大臣们个个振奋，齐齐地喝了一声彩。

秦昭王一阵大笑：“妙哉斯言！远交近攻。四十余年之后，本王终是扬眉吐气也！”说罢从王案站起走下九级玉阶，向范雎深深一躬，“先生出此气吞河山之长策，举朝认可，国之大幸也！嬴稷代列祖列宗并朝野臣民，谢过先生。”

范雎连忙深深一躬：“臣得秦王知遇，自当殚精竭虑，何敢当此褒奖？”

秦昭王扶住范雎，转身高声道：“本王亲政第一道书令：擢升客卿张禄为开府丞相，晋侯爵，遥封应地[1]，总领国政！”

“秦王万岁！应侯万岁！”大臣们异口同声地表示了对秦王的赞叹与对应侯的祝贺，大殿中一片数十年没有过的昂扬振奋。

四　远交近攻展锋芒

秦昭王一道王书，穰侯府变做了范雎的丞相府。

这是秦昭王反复思忖才下的决断。以穰侯府邸之雄阔气势，且距离王城近在咫尺，咸阳大臣都主张将穰侯府邸并入王城以做官署，若赐重

[1]　应地，春秋古诸侯国，战国中期为韩地，今河南省鲁山县东。

臣再做府邸，朝野又会徒然生出“权臣再现”之疑虑，于国不利。然则，秦昭王反复琢磨了范雎之后，却有着另一种思谋。范雎三策，一举廓清朝局稳定国势，将自己送上了真正的王座，此等功勋才具可谓独步天下。秦国要重振雄风开拓大业，便要使此等大才永远地忠心谋国。要得如此，秦国自要做到两点：其一，决然为范雎雪耻复仇；其二，厚待范雎，使其恩遇超常。此次虽然封了范雎应侯爵位，但范雎事实上却没有封地，得在其他方面弥补。

秦国自商鞅变法之后，封地只作为一种赏功象征存在，此所谓虚封。孝公后期及孝公之后，秦国收复河西进而东出争雄，国土大增，虚封有了三种形式：一是封偏远边陲之地，如商君封商於、樗里疾封汉水、公子辉封蜀；二是封关外列国拉锯争夺或新攻取之地，如穰侯魏冄封陶地、华阳君芈戎封新城、泾阳君封宛地、高陵君封邓地；三是关内关外皆有封地，如武信君张仪封五邑，关内有一邑。第三种封地极少，只有张仪与秦昭王太子安国君等有此殊荣。这种虚封之地，除非被贬黜，权臣事实上不可能常居。因与封地保持了较远距离，而只能接受郡县官署在收获季节解来的少量赋税。这便是秦国封地与山东六国“直领实封”之封地制的根本不同。范雎封侯爵，地位与白起的武安君不相上下，可谓尊贵之极。然则，白起乃秦人大将，宣太后将白起封地定在了关内一邑关外（河内）三邑。就事实说，尽管同是虚封，白起自然是更扎实。这也是秦昭王特意将范雎爵位提高的因由。范雎新入秦国，既无根基又无关内封地，秦昭王遂断然决策：穰侯府邸赐做丞相开府官署。

书令一出，咸阳大臣们一阵惊愕一阵揣摩，最终却都是欣然认可了。于是，有络绎不绝的车马流水般前来恭贺，应侯府一时成了门庭若市的新贵府邸。范雎既忙于应酬，更忙于国务，便教伤势已经痊愈的郑安平做了丞相府家老总管，打理一应仆役事务，自己整日奔忙在书房与国政堂之间。郑安平几次找这位大哥说话，都找不到一丝缝隙。

接掌国政三月，堪堪将整肃法治理出一个头绪，接到河内郡守急报：山东六国纷纷派出特使前往邯郸，要重新合纵，抗衡秦国。范雎思忖一番，没有立即禀报秦昭王，而是下令职司邦交的行人署三日之内备好出使赵国的一应事务，并立即派出快马斥候奔赴河内，查清各国赴赵特使详情。分派妥当，范雎吩咐备车到谒者府。正当车马备好，王宫长史却飞车驶到，紧急宣召范雎进宫。一问情由，是秦昭王也同时得到密报，深感不安，宣范雎谋划应对之策。范雎吩咐一名书吏到谒者府传令，请王稽做好出使准备，立即跟着长史进了王宫。

“赵国密谋合纵，委实可恨。”秦昭王黑着脸，分明是感到了沉重压力。

范雎一副轻松的笑容：“秦王毋忧，臣已有应对之策。”

“稍候。”秦昭王一摆手，“武安君片刻便到，这次要狠狠给赵何一个颜色。”

“臣之谋划，并非立动刀兵。”

“噢？不打仗破得合纵了？”秦昭王顿时惊讶，“惠王以来，哪次合纵攻秦不是一场大战，况乎今日有赵国主盟？”

“此一时也，彼一时也。”范雎笑着对大步匆匆赶来的白起一拱手，又转身对秦昭王道，“当年六国合纵，有楚威王、齐威王、赵肃侯、魏惠王一班秦国夙敌在世，更有大才苏秦斡旋主谋，四大公子推波助澜，始成势也。倏忽数十年，山东五战国大衰，五国君主皆庸碌之辈，唯余一个赵国做了泰山之石。其间，六国积怨如山远甚当年，赵国纵有合纵之心，没有一班胸襟似海可泯恩仇之君臣，必是哄哄一场儿戏而已，断难成势也！”

“也是一理。”秦昭王还是不放心，“丞相说有应对，何策？”

“挥洒金钱，分化收买，使其自行分崩离析，不战而屈人之兵。”

“金钱事小。只是，行么？”秦昭王皱着眉头看了看白起，白起面无表情地坐着，目光只盯着范雎。

“六国之弊，臣有切肤之痛，我王与武安君远观，未免朦胧也。”范雎嘴角抽搐出一丝笑容，“但看宫中群狗，寻常或起或卧或行或止，皆相安无事，但投一块骨头，则会骤然猛扑撕咬相斗。因由何在？利在眼前，起争意也。目下赵国之外，五国君臣较之群狗，有过之而无不及也。”

秦昭王听得不甚舒坦，仍然是呵呵笑了：“呵，武安君以为如何？”

“臣以为可行。”白起一拱手，“老相张仪当年屡用此法，几无不成。”

“好！”秦昭王拍案笑道，“丞相欲以何人为撒金特使？”

“谒者王稽。”

“王稽？”秦昭王一阵沉吟，“王稽老臣工了，才具当得应变大任么？”

范雎肃然一躬：“王稽虽非大才，却有大功。非王稽之忠，臣不能入秦。臣之苦心，唯使王稽再立功勋，得以脱低爵而擢升也。”

秦昭王恍然醒悟，骤然一阵哈哈大笑：“哎呀，此本王之过也，却劳丞相为难了。”转身一挥手，“长史拟诏：谒者王稽，引贤有功，爵加显大夫，领河东郡守之职，许三年不上计[1]。”转身又对范雎一笑，“丞相以为如何？”

“臣谢过我王。”范雎大是欣慰，又是一个长躬到地。

出得王宫，范雎立即驱车来到谒者府。自范雎令人目眩地擢升应侯开府丞相，王稽便等待着自己的喜讯。按照常理，魏冄四贵罢黜，秦王无须再将他作为低爵低职的隐秘臣子，至少应当恢复他曾经有过的职爵。虽则如此，按王稽本心，却对秦王晋升不抱奢望。他跟随秦王太长了，办理的密事也太多了。以他对秦王的了解，秦王似乎从来不想用他做显职大臣。就实而论，王稽只有寄厚望于范雎，只想做个丞相府掌书。几经周折，他已经觉得范雎确实是个非同寻常的神异大才，料事如神机敏快捷且恩怨分明，跟着此等人做属官心中踏实。然则倏忽半年过去，两头皆无音信，王稽大大地郁闷了。今日丞相府吏员飞马传令，教他做好出使准备，他却半点也没动。入官三十余年的老臣了，还只是个永远奔波的谒者特使，与列国使者周旋岂不汗颜，做得甚个劲来？何如辞官离秦悄悄做个富商算了？

正在此时，范雎突然亲临，身后还随行一名王城使者。王稽正在后园郁闷漫步，看见范雎五味俱生手足无措。范雎却只对身后王使一摆手：“下书了。”及至王使将王书读完，王稽愕然，一时愣怔得说不出话来。

“六百石高爵，王兄还不接书谢恩？”范雎悠然一笑。

---

[1] 上计，战国末期开始的考核官员政绩的制度：岁末由郡县守令将赋税、户口、垦田、钱谷收支等事项增减数目写于木券，呈送京城接受稽核。三年不上计，即三年不受考核。

王稽恍然，连忙一个长躬："王稽接书，王稽谢恩！"囫囵得连自己也笑了起来。使者已经走了，王稽还觉得做梦一般。六百石以上俸禄，原本便是高爵重臣了，再加一个肥美丰腴的河东重镇大员——河东郡守，非但赫然显贵，且三年不上计全权自治！这是真的么？

"王兄，是真的，不是做梦，醒醒了。"范雎呵呵笑着。

"见笑见笑。"王稽连忙拱手，"应侯请入座。"他无论如何也叫不出原本很顺口的"张兄"两个字，连忙吩咐使女煮茶，回身惶恐笑道，"丞相委我出使何方？"

"赵国。"范雎笑了，"王兄莫得拘礼，还是本色好。"略一沉吟又笑道，"此次出使是个极大美事，挥洒金钱。王兄可是做得？"

"大花钱？！"王稽惊讶得眼睛都直了，"这叫甚个使命？"

范雎悠然品着清香浓郁的新茶，侃侃将事情原委说了一遍，末了道："此番出使须得如此行事：你先带五万金并珠宝一百件入赵，驻跸武安而不入邯郸，只在武安重金结交五国特使，明告其合纵抗秦之恶果。若能同时重金结交赵国大臣，动摇赵国心志，则更佳。王兄切记：散金愈多，功劳愈大。一月之后，还有五万金随后！"

"呜呼！万金之数？匪夷所思也！"王稽双眼熠熠生光，连连咋舌。

范雎哈哈大笑："国灭人灭金不灭，何惜一撒也！六国败亡，又是原金归秦，岂有他哉！"

三日之后，王稽特使车马辚辚东去。不到一月，快马密使急报：五国使团云集武安，王稽只散得数千金并一半珠宝，燕齐魏三国特使已与赵国翻脸，要赵国先行归还三国旧地再言合纵；楚韩两使虽未公然闹翻，却一力主张赵国要先与秦国打一仗，证实有实力抗秦再说合纵；赵国君臣啼笑皆非，赵惠文王束手无策，丞相蔺相如周旋无功，大将军廉颇大为恼怒，三国特使已经准备离赵，六国合纵大体无望。

秦昭王大为振奋，顿时信实了范雎远交近攻的威力，立即连夜宣来范雎白起，秘密计议趁此时机再度大举东出之方略。以秦昭王之心，赵国合纵不成必然孤立，秦国此时出动大军攻赵，正是事半功倍之机。虽则如此想，秦昭王已长期磨成了深思慎言的习性，但定大谋，言必在谋臣之后，从来不先说武断。今日虽则兴奋，秦昭王也只是要武安君白起先说，寻思白起对六国历来主战，定然与自己不谋而合。

“臣之思虑，目下虽则合纵破裂，然则大军攻赵尚嫌仓促。”白起当先一句，令秦昭王大出意料，只听白起接道，“远交近攻既成国策，丞相必有详尽谋划，臣愿我王闻而后定。”

“大是。”秦昭王顿觉自己未免心绪浮躁，向范雎道，“愿闻丞相之谋。”

范雎笑道：“武安君沉稳明睿，臣深以为是。目下大举攻赵，确实不是时机。赵已成强，无举国充分准备，不能言战。此其一，为实力之备。其二，目下远交破合纵，孤立赵国，奠定秦赵决战之基石。其三，秦赵大决，须得先清外围而后步步进逼，一战而决大局。唯其如此，臣之谋划，目下近攻之方向在三。”

“三？做何拆解？”秦昭王颇有疑惑。

“其一，攻韩河外。其二，攻灭周室洛阳。其三，攻取韩国野王。两年之内，此三地攻下，秦国之河外河内连成一片，切断赵国与中原之通道。此后再下一地，便可对赵国成大决之势也！”范雎略一喘息，侃侃补充道，“要使赵国衰颓，目下几年是最后时机。赵国变法尚未彻底，国力比秦国毕竟稍逊一筹。若待赵国有了第二次变法，木已成舟，一切都晚了。唯其如此，从目下开始，要对赵国不断挑起事端，不断施加压力，绝不能给它第二次变法之机会。”

“好！应侯大手笔也！”秦昭王兴奋得气息都粗了。范雎这三攻着着刺激，河外、野王、洛阳，哪一处不是秦国朝思暮想之地？哪一处不使赵国如芒刺在背？尤其一个王室洛阳，虽则唾手可得，谁却曾想过目下要去吞并它了？想到可一举灭得天子王畿，秦昭王心下怦怦直跳。片刻喘息，秦昭王恍然笑了：“丞相所说再下一地，却是何地？”

“武安君必是成算在胸也。”范雎对着白起一拱手笑了。

一直沉思的白起陡然目光炯炯：“夺取上党，卡住赵国咽喉。”

秦昭王恍然点头：“然也！上党正是赵国咽喉，先拿下上党如何？”

“武安君已是全局在胸了。”范雎向秦昭王慨然拱手，“大计但定，臣请我王：特许武安君全局筹划战事。”

“自当如此。”秦昭王一拍王案，“远交由丞相全局调遣，近攻战事由上将军全局筹划调遣。筹划方略但定，本王亲自为上将军坐镇督运粮草辎重。”一言落点，白起大是感奋，心中一块大石顿时落地，慷慨应命而去。

旬日之后，白起向秦昭王呈上了一卷详尽的战事方略。依白起方略：三年夺三地，先河外（包括洛阳王畿之河外与韩国河外），再野王，稳扎稳打而不使赵国恐慌；三年之后大举进兵上党，若赵国不救，则夺上党而困赵国，再寻机决战；若赵国来救，则与赵国大决。白起对范雎方略唯一改动，是暂时不灭洛阳王室，以免天下汹汹，掣肘秦赵大决。

秦昭王立即召来范雎秘密计议，反复揣摩，觉得白起之方略切实可行。一则是秦国需要时日整肃法治整顿吏治凝聚国力，操之过急国力不济便没有胜算；二则是外围战不能打草惊蛇，若是紧锣密鼓地连续大战，非但赵国有可能警觉而发兵救援，其余五大战国也可能恐慌大起而再度合纵抗秦；若不灭周王室而只一年一战，在战国之世则实在平常，且所攻取之地几乎都是明面上的拉锯之地，不会引起列国强烈反弹；外围钳形大势一旦形成，秦国便可放开手脚大争上党，其时列国纵然醒悟，也已被秦国封堵在战场之外了。

商议完毕，秦昭王突然颇为神秘地一笑：“此谋之要，武安君尚有一处未曾言及，丞相以为可是？”范雎不假思索道：“至高机密，毋得泄露。”秦昭王道：“正是。此番谋划，唯我君臣三人知晓。”说着将长卷竹简顺手丢进了脚旁大燎炉，明亮的木炭骤然蹿起了熊熊火苗。

一月之后，河东守王稽突然快马上书，请求秦王派兵攻取韩国陉地[1]。

秦昭王命长史分送王稽上书，以供朝臣议决。王稽请求发兵的缘由是：韩陉夹于河东郡与河内郡之间，非但使秦国两郡不能通畅相连有碍商旅，且每遇春荒穷困，庶民必逃荒进入秦国河东郡与河内郡，韩国事实上已经无力治理陉地，秦国吊民伐罪，当收陉地入秦。上书分完，前军大将蒙骜立即请命攻陉。秦昭王分别征询计议，大臣们都赞同攻陉，

---

[1] 陉地，战国中期韩地，汾水支流浍水下游地带，故城在今山西省曲沃县西北。

却都纷纷主张上将军白起统兵。独范雎说上将军沉疴在身，攻陉小战蒙骜足矣。秦昭王立即下书：前将军蒙骜率兵五万，择日发兵攻陉。

出兵五万之战，在战国之世几乎是天天都有，各国隐藏在秦国的秘密斥候谁也没有在意，自然不会有回报本国的兴趣。于是，蒙骜的五万步骑大张旗鼓地开出了函谷关，半个月后便拿下了陉地三城两百里，使整个大河北岸的河东郡与河内郡连成了一片。此时韩国已是大衰。志大才疏的韩釐王已经死了，继位的韩桓惠王是个颟顸贵公子，接到陉地丢失的军报，竟如释重负地叹息了一声："不毛之地也，秦人何贪得无厌乎！"对几个大臣一说，也都是束手无策，不约而同地将虎狼秦国大骂一通了事。

谁知事情还没有完。蒙骜夺陉之后，五万步骑突然变成了十万大军，渡过大河来攻打汜水之地。这汜水源于韩国西部之巩城[1]山地，北流入河，南北全长不过一二百里，是一处关津要害之地。北边入河处，是赫赫大名的虎牢要塞（也称汜水关）；东面是郑国西北部要塞荥阳，距韩国都城新郑不到百里；西面一百余里，便是洛阳。最根本处，在于这汜水是韩国与周室王畿的分界地，对周对韩均是要害。周室奄奄衰微，韩国强弩之末，谁也无力吞噬对方，便依着这汜水相安无事，若陡然插进秦国一口利刃，韩周两方顿时大险。

韩国慌了，周王室也慌了，一边向列国告急求援，一边仓促整顿军马准备应战。偏在此时，秦国丞相张禄却派来了河东守王稽做特使，向韩周两方申明：秦国无意全部占领汜水流域，只求将与河东郡、河内郡遥遥相对的大河南岸的河段划归秦国做渡口，秦国可便立即退兵。战国之世，列国相互封堵，对关隘要津的争夺原是寻常。地势不利之强国威逼占据要津之弱国割让关津者，更是屡见不鲜。秦国特使一申明秦军意图，各国斥候立即飞马回报本国。赵齐魏楚四大国一听不是灭国之战，立即松缓下来，嘈嘈发兵救援的声浪也顿时平息了。如此一来，周王室顿时松了一口气。洛阳王畿濒临大河的土地本来就荒无人烟，没有国人

[1] 巩城，战国韩地，秦统一后设县，今河南巩县。

居住，几处要塞也无兵可守形同虚设，割给秦国何妨？与王稽会商的特使立即回报周赧王，这位老天子只是一句回话：“只要秦不灭周，特使但全权行事。”于是周室特使立即与秦军达成盟约，割让了洛阳王畿的河外渡口，不再跟着韩国四处奔波求援了。

韩国一见四大战国退缩，周王室割地脱身，顿时没了主张。与秦国开战吧，分明是实力悬殊，割让汜水北段吧，又实在心疼。大河北岸的秦国河内郡正与大河南岸的韩国遥遥相对，东西横宽三百余里，纵然只割得南岸河滩的二十余里之地，东西也是茫茫一大片。更有甚者，大河南岸渡口一旦归秦，非但韩国与赵国间的渡河大道被截断，而且还将留在大河北岸唯一的飞地要塞——野王，孤零零地留在了秦国河内郡的汪洋大海之中；虽则秦国申明野王仍然是韩国城堡土地，可一块无法控制的飞地还不等于白送了秦国？

韩国迟疑不决，秦国竟不着急，蒙骜大军只虎视眈眈地压在大河南岸也不出战。魏国如芒刺在背，派出上大夫须贾做特使前来调停。王稽立即飞报范雎，范雎秘密回书做了一番部署。次日，王稽盛宴款待须贾，申明丞相张禄之意：秦国唯求河外渡口不被韩国封堵而已，绝无灭韩之心；然则，若韩国拒绝割让，则秦军便要与韩国大臣结盟，共同拥立愿意割让渡口的新韩王。这一着使须贾大为惊讶——韩桓惠王唯魏国马首是瞻，有他在，魏国便无韩国隐患，在三晋中也才与赵国有说话分量，若秦国助力韩国贵胄元老拥立亲秦之新韩王，对魏国岂非城门之火？须贾连忙飞书回报丞相魏齐，三日之后魏齐紧急回书，命须贾力说韩王退让。

须贾领命，星夜奔赴新郑晋见韩王。将大势与来意一说，韩桓惠王顿时惊愕得说不出话来了。韩国本来有一班老贵胄盘踞封地，指斥韩桓惠王无能，不臣之心昭然若揭，若非王族掌军，只怕是韩桓惠王早已不在王位了；若得秦国助力，老韩世族势必弑君另立，甚或秦军只要驻扎不动，只是授意，韩国也要大乱了……念及危局在即，韩桓惠王不再犹豫，立即派出密使与须贾赶赴秦军大营，第二日便订立了割让河外渡口之盟。

秋天到来时，函谷关外直到白马津的六百余里河外渡口，全部成了秦国土地，所有的要津渡口都驻扎了秦军大营。说是渡口，实际上是南北宽二十余里、东西长六百余里的大河南岸原属周韩两国的所有关隘要津。以攻韩陉为由公然出兵，最终兵不血刃地占领了大河中原段的全部要隘渡口，且不为山东六国警觉，实在是远交近攻的一次大胜利。至此，范雎在秦国威望大增，在山东六国心目中成了威势赫赫的强秦权相。

五　借得恩仇大周旋

秋风寒凉的时分，魏国特使须贾到了咸阳。

一进驿馆安置妥当，须贾立即拜会丞相张禄，三日连续去了六次，都吃了闭门羹。巍峨门楼下的护卫千长每次都只冷冰冰一句，不是丞相进宫，便是丞相刚刚歇息。无论须贾如何拿出金币钱袋对千长笑脸周旋，千长都黑着脸不理不睬。过了六天还见不上丞相，须贾着急了。自从出使齐国"成功结盟"之后，须贾才具大得丞相魏齐赏识。这次成功调停秦韩战事后，须贾已经在魏国朝野享有"邦交大才"的美誉，成了执掌魏国邦交的实职上大夫，只须再有一次邦交功勋，眼见可成封君领地的重臣了。须贾春风得意，自请出使秦国，重结秦魏之盟。秦国在六百里河外驻军后，魏安釐王与丞相魏齐顿时如芒刺在背，对前年轻率参与赵国发动的合纵抗秦大是懊悔，若能与秦国再度修好，自是求之不得。须贾请命，魏齐立即大加褒奖。安釐王立即下书：须贾为王命全权特使，赐千金入秦修好。离开大梁那日，魏安釐王亲率百官到郊亭壮行，须贾风光得王侯一般，当场一番慷慨道："臣与秦相张禄有厚交，若不能立得盟约，甘愿受罚！"安釐王也是当场慨然许诺："上大夫若立得秦魏盟约归来，万户之封也！"须贾看得清楚，一班与他资望相当的大夫们看得眼睛都直了。

连日奔忙无果，须贾对当日大言深为懊悔了。

原本听得传闻，秦国特使王稽与秦相张禄交谊甚深，自己曾与王稽在河外周旋得几日，襄助秦国拿下了韩国河外渡口，到了秦国，王稽能不大行方便？有此因由，须贾才公然大言自己与秦相张禄交厚，原不过是想借重秦国威势为自己早日封君开道而已，何曾想到今日尴尬？入秦路过河东郡，须贾送了王稽三百金，力邀王稽与他同行咸阳。可王稽坚决推辞，说秦国法度严明，郡守不奉王命便是擅离职守，若获重罪岂非事与愿违？须贾无奈，只好自己硬着头皮进了咸阳。眼见旬日之期，使节回报斡旋进展的第一道关口临近，自己却连丞相府还没进，更不要说晋见秦王了。秦国邦交法度：使节入秦，先见隶属丞相府的邦交官员"行人"，行人禀报开府丞相，而后排定使节行止日期。如今须贾非但进不得丞相府，连行人也不来驿馆交接，竟成了个无人理睬的孤居客一般，须贾如何不大为烦恼？重金疏通吧，三百金丢给了王稽，剩余大宗是要献给秦相张禄的，又不能动。无奈之下，须贾鼓起勇气腆着沉甸甸的大肚皮，到咸阳的魏国商社走了一趟，压着商社捐了六百"义金"。然则，有了钱却送不出去，秦国吏员没有一个人敢收他那精美的棕色牛皮金币袋，两三日奔忙，一个金币也出不得手。

须贾当真是无计可施了，只有窝在驿馆苦思退路。一时想起当年那个范雎，几句话便能使齐国君臣肃然起敬，须贾不禁长吁一声，若是范雎不死，何有今日之难也？

"禀报上大夫：一落魄士子自称故交，在厅外求见。"

须贾骤然一怔，故交？此地何来故交？想想左右无事，一挥手道："领他进来。"

随行文吏快步走了出去。片刻之间，一个布衣单薄神色落寞的中年士子走进了宽敞的正厅，一句话不说，只默默地盯着须贾上下打量。骤然之间一个激灵，须贾不禁脸色青白连连后退："你你你？是人是鬼？范雎！你没死么？"一个踉跄跌倒在座案旁喘息不止。

士子淡然一笑："死里逃生，苟且求存，上大夫何须恐慌也？"

一阵愣怔，须贾心中突然一亮，扶着座案站了起来："范叔！来，入座了。"转身高声吩咐，"来人，上茶，一席酒饭。"

驿馆之中原是方便，两盏热茶未罢，一席酒菜抬了进来。须贾捧着茶盅呵呵笑道："范叔啊，趁热快吃，不要饿着，吃了身子热和也！"士子一笑："上大夫不弃范雎寒素落魄，也算有进，我便消受了。"说罢径自举爵一饮而尽，淡淡漠漠地吃了起来。须贾只捧着茶盅细细端详——面前这个布衣士子，除了短短上翘的胡须与略微胖起来的身板，显然便是当年的范雎。衣食有着而神色落寞，显然是范雎逃入秦国后在市井谋生，依范雎之能，落魄市井岂能不落寞如斯？

士子一时吃罢，须贾悲天悯人地一笑："范叔啊，十月之交，衣衫如此单薄，如何耐得秦国寒风？"转身一声，"来人，拿件丝棉长袍来。"须臾之间，一个随行出使的侍女捧来了一件红色丝绸面的大梁上好棉袍。须贾笑着下令："替范叔穿上。"侍女一怔，皱着眉头扇了扇鼻端，不情愿地为范雎披上了棉袍。

须贾哈哈大笑："如何啊范叔，这可是魏锦丝绵袍，当得十金也！"

"如此谢过了。"士子依旧淡淡一笑，"来时见上大夫郁郁寡欢，莫非使秦不顺么？"

"小事一桩。"须贾呵呵一笑皱起了粗大的眉头，"只是这丞相张禄难见得很，比当年田单还难侍候。范叔，你说老夫急也不急？"

士子微笑沉吟道："我倒是与丞相府护军千长有交，只是……"

"好也！"须贾立即拍案笑道，"范叔，你还是做老夫随员，月俸十金。助我修好秦国，便是大功一件，老夫保你做个少庶子[1]如何？"

"也好。"士子笑着起身，"敢请上大夫随我去丞相府。"

须贾高兴得大笑起来："范叔可人也。来人！备车！丞相府！"一声比一声高。

轺车片刻备好，士子一拱手道："在下道熟，驾车如何？"须贾正在兴致勃勃，立即吩咐驭手改做骑士随车护卫，自己笑呵呵登上了轺车。及至士子驾车出了驿馆上了长街，便见一队巡街官兵夹道拱手，并挥手喝令行人闪避。须贾大是快意，寻思这范雎是个强主命，但做随员，主官便顺当，今日一驾车，秦人便大敬魏使，当真匪夷所思也。

---

[1] 少庶子，战国时魏国重臣府邸掌管文书的吏员，商鞅曾经做过丞相公叔痤的中庶子。

轺车驶到相府门前，没有进车马场停车，而是径直驶到了城堡般的巍峨门楼前，护卫军士无一人前来呵斥阻拦。须贾正在一头冷汗，士子回头笑道：“上大夫下车稍等，我进去找人。”说罢下车飘然进了丞相府，两排长矛甲士戳得竹竿一般笔直，竟没有一个人查问。须贾不禁大是惊讶，范雎纵然识得千长，却如何竟有这般面子招摇进入丞相府而不受任何盘查？疑惑归疑惑，须贾还是按照吩咐下了轺车，在门前徘徊等待。过得一时暮色降临，车马场轺车辚辚，冠带大臣络绎不绝地进了丞相府，从随风飘来的只言片语中，听得是丞相宴请百官。须贾不禁大是振奋，今日若能得入秦相盛宴，回到大梁岂非大大一番荣耀？

谁知在风中等候了半个时辰，还是不见范雎出来，须贾有些不耐了。轻步走到门厅外一个游动的带剑头目旁，须贾谦恭拱手道：“敢请将军，能否将方才进去之人，他叫范雎，给我找出来？老夫先行谢过。”将一个金币袋子塞了过去。

“范雎？何人？”带剑头目黑着脸推开了锵锵作响的皮袋，只硬邦邦一句。

“方才为我驾车者，进去找千长了，他是老夫随员。”

“大胆！”头目一声呵斥，“那是大秦丞相张禄！知道么？”

“如何如何？你，你再说一遍！”

“那是大秦国丞相！有眼无珠！”头目鄙夷地骂了一句。

骤然之间，须贾只觉得浑身一阵冰凉，软软地倒在了大青砖地上。正在此时，门厅下走出一个文吏高声宣呼：“魏使须贾进见——”抖作一团的须贾已经是恐惧已极，情不自禁地长跪在地惶急地向着灯火通明的丞相府叩头不止。带剑头目走过来猛然一声大喝：“爬进去！快！”须贾哭号一声：“丞相，须贾请罪了！”边嚎哭边求饶，一条狗般匍匐爬行进了丞相府门厅。

在带剑甲士的呼喝中，须贾一路爬过三进院落，膝头已经渗出了丝丝鲜血，犹自惊恐地爬着叫着。爬到第四进正厅，厅中灯烛煌煌觥筹交错，居中高坐的玉冠华服者分明正是范雎。哭叫着的须贾一爬进大厅，厅中便是一阵哄然大笑。范雎叩了叩座案，厅中立即肃静下来。范雎悠然笑道："何物入厅？报上名来。"

"小臣，狗……上大夫须贾，原是丞相魏齐官狗。"须贾带着哭声吭哧着，变调的语音与怪诞的贱称，顿使全场又一次哄然大笑。

"上大夫也？狗也？究是何物也？"范雎微笑的嘴角抽搐着。

须贾狗状抬头："狗！狗臣请罪……"

"请罪？狗有何罪也？"

"须贾狗有汤镬之罪[1]，请流胡地与畜生为伍，任丞相生死！"

范雎笑道："如此刑罚，尔究竟几罪？"

"拔须贾之狗发，不足以计狗罪！"

看着想笑不敢笑的官员们，范雎骤然正色道："须贾，你有三大罪：疑忠忌才，撺掇魏齐陷害于我，罪之一也！魏齐酷刑加我，辱我于茅厕，你非但不止，且为帮凶，罪二也！你鼓人入厕，尿溺我身，令人发指，罪三也！你今何说？"

须贾瑟瑟发抖，上牙打着下牙，一句话也说不出来。

范雎沉重地叹息一声："你须贾非但忌才贪功，且毫无大臣风骨，屡辱邦国使命。今日之事，你若能硬骨铮铮，堂堂正正为魏国斡旋，范雎尚可不计前仇，国事公办。谁料你贪生怕死，自取其辱到如此卑贱地步，当真令范雎汗颜！国有如此卑鄙无耻之徒当道，安得不灭不亡也！"

不管秦国官员们如何感喟，须贾只自顾叩头，长跪伏地狗一般抬头哭喊："小臣狗唯求不死而已！而已！"

范雎鄙夷地一笑："念你一饭一袍，我今免你一死也。"

须贾顿时绽开了卑贱的笑脸："小臣狗，谢丞相再生之恩。"

范雎大皱眉头，突然厉声道："尔既自认狗臣，应有一罚。"

"认罚，小狗臣认罚。"须贾自甘赎罪般高声应答。

范雎转身对一个侍立仆人吩咐几句，转身又道："好，我回你一食。"

过得片时，一侍女手捧黑托盘走进厅中，将一只粗大陶碗置于须贾头前地面。须贾一看，竟是一大碗碎草黑豆狗食马料。正自惊怔莫名，

[1] 汤镬之罪，意即罪当水煮油煎。镬，无足之鼎，几类后世大铁锅。

两名脸上烙印的鲸刑官奴走了过来，两边夹持住须贾，猛力将他的头脸摁进了大陶碗。

众官大笑：“啞！快啞也！”

须贾连哭喊也没了声音，只呜咽哼唧着费力地吞着草料，两颊沾满了草屑豆渣，却又被强壮的官奴威逼着不得不伸出舌头舔干净了草屑豆渣。在满堂哄笑中，须贾麻木地吃着，终于舔干净了粗大的陶碗，喉头呼噜一声，趴在了地上。

“须贾狗臣听着！”范雎冷冷地盯着直翻白眼的须贾，“秦国可以与魏国结盟修好，只是魏王须得立即将魏齐狗头献来。否则，大秦便与赵国结盟，两分魏国。”

“丞相，当真？”须贾陡然沙哑地笑了起来，“交出魏齐，秦魏修好？”

范雎冷笑道：“你不信？”

“信信信！”须贾连连点头，“小狗臣也恨这只老狗，定要魏王交来老狗之头！”

范雎大袖一挥径自去了。大厅中一片哄笑，仆役卫士们一齐围住了须贾喊道：“小狗臣，爬出去！快！”须贾高兴得哈哈大笑，丝毫也不觉得难为情地飞快爬了出去。

回到驿馆，须贾立即下令随员整顿车马，连夜出咸阳东去了。

一路上，须贾高兴得飘起来一般。官场数十年，唯有两个人使他又恨又怕，一个是当年自己的门客舍人范雎，一个是丞相魏齐。范雎之才如同身边一支明亮的灯烛，处处照得他猥琐卑俗，须贾既用他又整他。原以为范雎生生教魏齐给打死了，谁想这范雎竟死里逃生成了秦国丞相。爬进相府那一刻，须贾当真以为自己死定了。不想范雎只轻轻惩罚自己吃了一碗草料便放过了自己，看来纵是结仇，也当与此等君子结仇了。你看范雎，要复仇还一条条数人罪状，眼见自己吃完了草料，脸上颜色都变了回头便走。假若是魏齐抑或老夫须贾，一定是脸不变色心不跳，如法炮制教他喝尿吃屎，玩弄够了再用细细的竹鞭文火慢炖地抽死他。看来啊，此等君子连复仇都脸红，这君子名士有个甚做头了？说是羞辱仇人，却又给仇人撂下了一个天大的恩情——迫使魏国交出魏齐。

虽说魏齐擢升了自己，但目下却已经成了自己的绊脚石拦路虎，只有拿下这个老匹夫，自己才能做封君丞相。无奈这老匹夫凌厉霸道且整人最狠，若害他不成，定是灭族之祸。不想正在自己整日算计之时，却出来范雎这一着，岂非天遂人愿也，如何不令须贾要从心底里大笑出来？世人原是一团糨糊，苛责君子而宽待小人。譬如这范雎，虽则只是对自己羞辱了一番，却必定在一班文士眼里，在史家笔下，要变成睚眦必报的刻薄人物了。又譬如老夫，纵然放过魏齐，做个君子又能如何？还不是被那些迂腐书生们横竖挑剔？何苦来哉！强如发狠整人痛快了？如今范雎放过了自己，天下便再也没有人能奈何自己了，若自己再亲自将魏齐人头送往秦国，秦王范雎对自己必是器重有加，岂非连魏王也要畏惧自己三分了？到那时，嘿嘿……须贾越想越是醉心，一路只催随员们快马兼程赶路。

回到大梁，须贾没有依照惯例先见魏齐，而是破例地立即秘密晋见魏安釐王。须贾如此这般一说，安釐王大皱眉头。魏齐是安釐王叔父，虽则霸道武断且常有僭越之举，使安釐王很是不快。然而，魏齐毕竟又是撑持魏国的一根大柱，若将魏齐杀了，谁来撑持魏国？见魏王犹豫，须贾也不敢弄险进言，思忖一番告辞出宫，接着又去了丞相府。

魏齐正在与几个心腹夜饮谈笑，听说须贾到来，散了酒宴立即在书房与须贾密谈。须贾说，自己车马刚进大梁，便被魏王密使在丞相府街口截进了王宫。魏齐惊问缘故。须贾神秘兮兮地诉说了自己在秦国如何费力周旋，方才与秦王和张禄达成盟约的经过，末了恍然醒悟般突然问，丞相可知，当今秦国丞相是何人？魏齐有些不悦，秦相张禄威压天下，何须明知故问？须贾压低声音变色道，不，是当年那个范雎！丞相可曾记得？魏齐脸色顿时发白。须贾更是绘声绘色地将自己在秦王宫如何见到范雎，范雎如何咬牙切齿提出要魏国交出魏齐的“故事”说了一遍，末了抹着眼泪长叹一声，秦王倚重范雎，便将在下做了个传信使者放了回来，要在下明告魏王：只有送上丞相人头，便可秦魏修好，否则与赵国结盟瓜分魏国。魏齐听得惊心动魄，连忙问魏王何意？可有口风？须贾沮丧摇头道，魏王只说可惜王叔也！在下不知何意？魏齐顿时脸色大变，在书房焦躁转悠半日终是笑道，老夫平安无事，你去。须贾连番哽咽，说了一阵上天庇护丞相保重的话，方才依依不舍地告辞去了。

次日清晨，大梁传出了一个惊人消息：丞相连夜逃出大梁，不知去向！

须贾实在是憋不住满心欢畅，跑进后园哈哈大笑手舞足蹈了足足半个时辰，又抹着眼泪进了王宫，痛不欲生地向魏安釐王禀报了丞相逃亡消息。魏安釐王顿时痴傻一般愣怔了好大一阵，末了问须贾，上大夫以为该当如何处置？须贾伏地大哭道，目下急务，当立即派一与秦友善之大臣入主丞相府周旋，否则魏国危矣！魏安釐王恍然大悟，当即下书命须贾暂署丞相府处置急务，应对秦国。须贾泪如泉涌，明誓一通，精神抖擞地入主了威势赫赫的丞相府。

旬日之后，秘密斥候急报大梁：丞相魏齐逃亡邯郸，住在平原君赵胜府邸。

代丞相须贾思忖一阵，立即派出快马特使飞报咸阳丞相府：魏齐得赵国平原君庇护，魏国无奈赵国，唯秦王丞相马首是瞻耳！没有几日，秦国特使随同魏使来到大梁，转达秦王口书：魏齐既已出逃，秦国不再追究魏国君臣；然则魏国须得承诺两事，方可与秦国结盟：其一，魏国不得再接纳魏齐；其二，魏国与赵国须得断绝邦交。魏安釐王召来须贾商议，须贾一力主张秦魏结盟。魏安釐王也是百思无计，不能摆脱秦国近在咫尺的军威，只好与秦国特使订立了秦魏修好盟约。

至此，赵国与一个渊源最为久远的传统盟邦分道扬镳了。

特使回到咸阳，秦昭王立即与范雎密商下一步对策。范雎说，平原君是赵国三朝支柱，根基比廉颇蔺相如一班重臣更为坚实，只要将平原君威望势力削弱，赵国大有可图。秦昭王颇有疑虑，怕反而会激起赵国上下同心仇秦。

范雎摇头一笑，向秦昭王说了一个故事：

当年的郑国人，将没有雕琢的玉叫做“璞”。周人将没有晾干的鼠肉，也叫做“朴”。有个周人揣着未干鼠肉路过郑人店铺，喊道：“谁人买朴？”郑人从店中走出道：“我想买，只看你璞如何？”周人道：“我朴上好，名副其实。”掏出了布袋里的朴。郑人一看是老鼠肉，扭头走了。秦昭王笑道，朴璞混淆，与平原君之事何干？范雎笑道，平原君自以为名动天下，妄自尊大，将赵武灵王灵位迁出太庙，贬黜到沙丘宫祭奠。武灵王赵雍乃绝世雄豪，赵人对平原君已经大有怨声了。只不过天下君王不明真相，还将平原君当做大贤栋梁敬重罢了。若君王有郑国商人之明，试“朴”便知非“璞”，何疑之有也？

秦昭王大笑，立即派出特使向赵国送去一信，邀平原君入秦做十日之饮。

这时的赵国，在位二十三年的惠文王赵何已经死了，太子赵丹即位堪堪年余，这便是赵孝成王。赵丹虽不若其父有主见，聪敏睿智却是过之，眼见自己年轻不能震慑一班元老，便将大政交付了叔父平原君。其时恰有楚国名士虞子入赵，草鞋竹笠晋见赵丹，一番说辞大是不俗，力主赵国结盟三晋修好楚齐燕，以孤立秦国。赵丹大为欣赏，当即赐虞子黄金百镒、白璧一双。次日赵丹与平原君密商，再次接见虞子，立封虞子为上卿，与蔺相如同领相权，位在蔺相如之上。从此，这虞子被赵人呼为虞卿，与平原君一起成为赵丹的两大支撑。蔺相如与老将廉颇的权力，渐渐小了。

秦昭王特使一到邯郸，赵国君臣犯难了。

平原君之妻乃魏国公主、信陵君姐姐，原是赵国维系魏国的要害人物。魏齐正是魏国王族大臣中力主与赵国共进退的强权大臣。如今魏齐为秦国所威逼，逃到唯一能抗衡秦国且与自己有深厚渊源的赵国，平原君如何能不接纳？若交出魏齐，眼见魏国漂向秦国，分明对赵国有重大危害；若保得魏齐平安，再寻机在魏国拥立新王，而后护送魏齐重回大梁执政，魏赵便还是三晋老盟。如此利害权衡，赵国自是不情愿平原君赴秦王之邀。然则如此一来，秦赵两国则会立即对峙起来，发生大战也未尝可知。赵国新君即位不到两年，朝野大局尚多有错综阻隔，骤然开战分明对赵国不利。如此权衡，则不能与秦国硬对硬僵持。更有为难处在于：秦国此举并非对赵国叫阵，而只是为丞相复仇；战国之世恩怨分明，名士复仇屡见不鲜，以魏齐当年对范雎之残忍凌辱，便是范雎亲率大军追杀魏齐，天下公议尚不足为奇，况乎与赵国商议交人？若平原君不赴约，显然拒绝秦国会商交人，赵国分明失礼，届时秦国大军压境要胁迫赵国交人，列国无由为赵国说话，赵国又能如何？

蔺相如慷慨陈词，当先一句道："邦交无定势，唯利害耳。赵国断不能将邦国命运，捆在赵魏结盟之战车上。"接着历数魏国之反复无常，末了力主将魏齐解送回魏国，将这个火炭团回给魏国，教魏国自己与秦国了账；赵国要强大，除了维持与秦国不发生大战，当不理睬列国龃龉，全力推行第二次变法。

谁知虞卿大不赞同。虞卿当年流走列国，魏安釐王嫌弃虞卿寒酸破相而不用。魏齐却赏识虞卿才具，盛宴款待，力劝虞卿留在丞相府做首席主书襄助自己执政。虞卿虽辞谢而去，却从此自认魏齐对自己有知遇之恩，不济处也常到大梁魏齐府公然讨金，每次都是养息数月携带百金而去。今日魏齐逃赵，虞卿如何能赞同蔺相如将魏齐解送魏国？虞卿虽则不说国家利害，却将恩义必报的一番操守说得惊心动魄："人言范雎一饭必偿，睚眦必报。今追魏齐，足见其恩怨分明也！秦为虎狼之国，君相犹能如此，何独我大赵无情无义也？魏齐友赵二十余年，一朝危难入赵，赵国不思保全，反屈从于虎狼之危而落井下石，有何面目以大邦立于天下！"

反复争辩，莫衷一是，赵丹要平原君决断。反复思忖，平原君终是主张保全魏齐，决意应秦王之约赴咸阳周旋。

这年三月，平原君带着一百名武士门客与一千铁骑进入咸阳，受到了秦国君臣的盛大欢迎。所有铺排礼仪过后，秦昭王在咸阳宫偏殿与平原君小宴盘桓。饮得几爵，秦昭王笑道："素闻平原君高义，本王敢有一请，不知君有否担待？"平原君心下一沉拱手笑道："秦王吩咐，赵胜自是量力而为也。"秦昭王道："齐桓公得管仲为仲父，嬴稷得范雎亦若王叔也。今范君之夙仇魏齐在君之家，请足下派使归赵，取魏齐人头交来咸阳如何？"平原君笑道："若不能为，秦王如何？"秦昭王笑道："不消说得，只有请平原君长住秦国了。"平原君正色道："贵而交友，为贱而不相忘也。富而交友，为贫而相周济也。魏齐乃赵胜之友也，危难来投，纵在我府亦不能交出，况目下已经不在我府也。”秦昭王拍案大笑：“呀！今日方晓魏齐不在平原君府也。如此自是好说，君且在咸阳盘桓几日，我自设法取魏齐人头，与君一睹也。”

当夜，秦昭王派出快马特使飞赴邯郸，呈给赵丹一封国书，声言赵国若不交出魏齐人头，非但要发兵攻赵，且要长期拘押平原君。赵丹一看秦昭王如此杀气腾腾，顿时大惊失色，平原君若不在，秦国攻赵如何支撑？一时不及细想，立即下令出动王宫禁军包围平原君府搜捕魏齐。偏是平原君走时有秘密叮嘱，总管家老闻得王宫发兵消息，立即从秘道放走了魏齐。魏齐孤身逃出平原君府，连夜来到虞卿府躲避。虞卿思忖赵国朝局，知道此时已经无法说动赵王，匆忙封了相印遣散了仆役，只带着六名心腹武士，五更时分竟与魏齐在大雾弥漫中逃出了邯郸。出得邯郸四野茫茫，哪一国都不敢去，计议半日，最终还是乔装成商旅潜进了大梁。虞卿本是楚人，提出设法拜会信陵君，以平原君名义请信陵君致书楚国春申君，但有春申君庇护，便可在楚国高山大水中逍遥隐居了。魏齐立即赞同，虞卿当即秘密来到信陵君府请见。

此时的信陵君因与魏齐政见不合，早已经成了深居简出的高爵闲臣，骤闻虞卿来见，竟一时想不起虞卿何许人也，吩咐不见。时有魏国老名士侯嬴在侧，将虞卿其人其事大大赞颂了一番，末了嘲讽一句：“人固不易知，知人亦未易也！”信陵君深为惭愧，立即追出府门，却已经不见了虞卿。次日出城寻觅，斥候报说魏齐已经羞愤自杀，虞卿逃遁不知去向了。恰在此时，赵国特使赶到了大梁，立即割下了魏齐人头，径直飞送咸阳。

秦昭王接到魏齐人头，亲自郊送平原君归赵。平原君满腹愤懑无处发作，只有怏怏去了。秦昭王亲自将魏齐人头送到范雎丞相府，大宴群臣庆贺。待群臣散去，秦昭王留下白起与范雎又秘密计议片时，白起连夜赶往蓝田大营去了。秦昭王见范雎似乎并无大快之意，笑问一句：“范叔啊，还有甚心事未了？说出来。”

“臣大仇已报，唯余一恩未了。”范雎见问，不遮不掩。

“一恩？”秦昭王恍然笑了，“可是救你之人？”

“正是。”范雎一拱手道，“此人两次救臣，臣却无以为报。”

“此乃本王之过也！”秦昭王慨然拍案，“救得丞相，自是于国有功，何能不加封赏？范叔但说，此人何名？今在何地？”

“郑安平。在臣府做舍人。”

“应侯但说，此人从文从武？”

“郑安平原是武士，自然从武。”

“好！”秦昭王拍案，“本王定爵：郑安平晋军功五大夫爵！实职，着上将军白起安置，应侯以为如何？”

“范雎谢过我王！”追杀魏齐之时，范雎已在天下恢复了真名实姓，此时大是快意。

秦昭王笑道：“范叔，今日快意之时，能否说说这郑安平当初是如何救你了？”

“当年之危，一言难尽也！”范雎一声感喟，不禁泪水盈眶，断断续续对秦昭王诉说了当年那段逃生经历——

郑安平将满身鲜血臭尿的范雎用草席一卷，扛着走了。郑安平的家在大梁国人区的一条小巷深处，是一座破旧空阔的院落，房倒屋塌荒草丛生，唯有祖上留下的一座破旧木楼尚值得几个钱，除此一无长物。郑安平一进破院子立即随手关了大门，借着月光将血尿尸身扛进小木楼底层，轻轻平放在唯一的一张木榻上，开始了紧张的忙碌：在屋角吊起陶罐，在院中拣来一堆干树枝生火煮水，又将一把锋利的短弯刀塞进沸腾的陶罐里，接着又从屋角一个砖洞中摸出一包草药，在一只小陶碗中捣成糊状，又从靠墙处搜寻出两块近二尺长的白木板拿到范雎床前。

虽则一切就绪，看着血糊糊的范雎，郑安平还是惶恐得不禁拱手向天祷告一番，才开始咬着牙脱去了范雎的血尿衣衫，用弯刀刮掉浑身三十多处伤口的淤血，一一敷上草药汁。伤口处置完毕，郑安平将两块木板夹于范雎两肋，用一幅白布从床下绕身而过，将范雎整个身子捆包固定在榻上，又抱来仅有的一床旧棉被盖住了范雎。一切做完，郑安平又赶紧用陶罐炖羊肉汤，炖得一个时辰，撬开范雎牙关，硬给他灌了一大碗肉汤……

三日之后，范雎终于醒了。一番感喟答谢，一番散漫对答，范雎才知道郑安平祖上曾是药农游医，自己在军中也偶然为弟兄们治些急伤，治他这等骇人重伤，实在是误打误撞。由于父母早亡家道穷困，郑安平至今仍是孤身一人。

后来，郑安平在丞相府听到秦国特使来了，找驿馆武士帮忙，在不当值时悄悄驾着一条独木舟等住了王稽，才有了后来诸般事情。范雎入秦后，郑安平在丞相府听说秦国有了一个新大臣叫张禄，便以寻祖陵迁葬父母为名，辗转到秦国寻觅，恰遇刺客，又救了范雎一次……

“天意也！”秦昭王不禁慨然一叹，“郑安平若再有功勋，便做大秦封君也是当得。本王何吝赏赐？”

范雎一番拜谢，次日与郑安平一起到了蓝田大营。白起正在中军幕府与几员大将密商大计，闻得应侯到来，立即亲自出迎。及至范雎将来意一说，白起将郑安平一番打量便道：“按照法度，五大夫爵可为十万军之将。然则，郑安平尚未有领军阅历，可先在前军蒙骜将军帐下做司马，而后凭才具战功授职，应侯以为如何？”范雎原是以为秦王有书，白起自当立即任命郑安平为一军之将，不想白起如此处置，却也无话可说，拱手笑道：“武安君言之有理，便先做司马了。”见郑安平大皱眉头，白起破例笑道：“五大夫毋忧。秦军历来不窝军功。大战在即，你但立功，我立即授你将军实职。”

“谢过武安君！”得素来不苟言笑的赫赫武安君安抚，郑安平顿时精神大振。

范雎的一丝不快也烟消云散，进得幕府与白起秘密计议半日，暮色时分欲回咸阳。正在白起送出营门之时，一骑斥候快马飞到，禀报了一个紧急消息：韩国上党郡守冯亭，正在密谋带上党之地归赵。

范雎、白起大为惊讶，低声商议几句，立即一同起程，连夜赶回了咸阳。

第十四章 对峙上党

一　天险上党地

秦赵对抗，上党具有非同寻常的地位。

先得说说地缘大势。若以两国腹地本土论，秦赵之间堪称天险重重距离遥远。函谷关东出，中间隔着周室洛阳王畿、韩国、魏国的数千里河山。从秦国的河西高原东出，且不说河西高原本身之险峻，从九原云中大草原汹涌南下的大河更是难以逾越的第一天险。过了大河，又一天险吕梁山。吕梁山东北至西南走向，东北接楼烦的管涔山，西南至大河禹门口接龙门山，依河逶迤近千里，连绵群峰高耸，仿佛是上天为大河刻意筑起的一道接天大堤。过了吕梁山是丰饶的汾水河谷平原。河谷平原的北部是赵国秦国拉锯的晋阳，中部南部是魏韩两国的河东、河内之地。越过河谷平原，则是又一道南北绵延千里的天险——太行山。

太行之名，古已有之。《山海经·北次三经》云：“北次三经之首，曰太行之山。其首曰归山。”后世《博物志·山》云：“按太行山而北去，不知山所限极处，亦如东海不知所穷尽也。”在古人口中，这太行山又叫五行山、王母山、女娲山，历来大大有名。这道大山与吕梁山一样，也是东北至西南走向，东北起于赵国代地的拒马河谷，西南至于魏国河内的大河北岸，也同样是绵延千里。

吕梁山与太行山夹峙的汾水河谷平原，还有太行山以东直抵大河入海处的千万里广袤土地，春秋时期都是天下第一大诸侯——晋国之领土。魏赵韩三家分晋，天下进入了战国。战国分野：太行山以东以北为赵国，吕梁山南端（河东）、太行山中段及南端（河内）并大河南岸平原，为魏韩两国。也就是说，秦国要向东进入赵国，这太行山是最后一道天险。

太行山之为天险，在于它不仅仅是一道孤零零山脉。太古混沌之时，太行山南北连绵拔地崛起，轰隆隆顺势带起了一道东西横亘百余里的广袤山塬。于是，太行山就成了南北千里、东西百余里甚至数百里的一道苍莽高地。更有甚者，这道绵延千里的险峻山塬，仅有东西出口八个，均而论之，每百余里一个通道而已。所谓出口，便是东西横贯的峡谷，古人叫做“陉”。这八道出入口，便是赫赫大名的“太行八陉”。自南向北，这八陉分别是：

轵关陉。轵者，车轴之端也。轵关者，通道仅当一轵（车）之险关也。这个陉口位于河内太行山南端（今河南省济源县西北），是河内进入上党山地的第一通道，历来为兵家必争之地。魏国早年在轵陉口修筑了一座驻军城堡，叫做轵邑，专司防守这个重要通道。

太行陉。亦名太行关，位于河内太行山南麓之丹水出口，正对韩国野王要塞，是为韩国连接上党的唯一通道。

白陉。亦名孟门，位于河内太行山北折处（今河南省辉县西）。魏国早年在这里也同样修筑了防守城堡，叫做共邑。

滏口陉。因在太行山东麓滏水河口而得名，位于赵都邯郸西南的石鼓山（古称滏山），山岭高深，形势险峻，为赵国进入太行山以西之上党的最重要通道。

井陉。亦名土门关，位于太行山东麓井陉山，为赵国西出汾水河谷的重要通道，更是秦国从晋阳一路进入赵国的重要通道。

飞狐陉。亦名蜚狐陉，位于太行山东麓恒山之峡谷口。两崖峭立，一线微通，迤逦蜿蜒百有余里，是燕赵通胡之要道。

蒲阴陉。亦名子庄关，位于太行山东麓之燕国易县西北，是燕国向西进入楼烦的唯一通道。后世称为金陂关、紫荆关。

军都陉。亦名关沟，为太行山最北之通道，位于燕国蓟城北部之军都山，是燕国北上胡地之通道。

如此天险，秦国大军要越过太行山，却是谈何容易。

这八条通道中，北边四条（井陉、飞狐陉、蒲阴陉、军都陉）秦国是无法利用的。因为秦国大军只有从河西高原渡过黄河、翻越吕梁山、穿过汾水河谷平原，才有利用北边两陉（井陉、飞狐陉）的可能。一则是这条路线在当时根本不可能行进大军，二则是纵然千方百计行军抵达，大军也没有可以展开的战场，不堪对方一军当关。这种情势，决定了秦国不可能从太行山北段进逼赵国。从秦赵抗衡的军争大势看，此时的秦国已经稳定占据了河东、河内两郡，北边的晋阳（今太原）也在与赵国拉锯之中。最可行的进逼赵国腹地的通道，是太行山南段的四条通道——轵关陉、太行陉、白陉、滏口陉。这四条通道，除了滏口陉在赵国腹地，其余三条恰恰都在目下秦国的河内郡。

然则，整个这四条通道却都要通过一片要害山地。这片山地便是上党。

上党者，以其高“上堪与天党”之赞誉得名也，可见其巍巍乎高踞中原之威势。

太行山巨浪排空般崛起时，连带掀起了一大片峥嵘高绝的山地，西面威逼汾水河谷，东面鸟瞰邯郸谷地，这便是横亘于两大谷地平原之间的上党高地。这片高地北起阏与，南至河内与太行山连为一体，南北长三百余里。西起少水，东至漳水与太行山浑然一体，东西宽二百余里。上党山地嵯峨，河流纷纭，峡谷交错，林木苍茫，除了四条陉口出入，整个上党仿佛一个浑然无孔混沌未开的太古封闭之地。在这四条陉口渐行交会的东部高地，恰有一座险峻关口当道，这是赫赫大名的壶关。此地两山夹峙，状如壶口，春秋晋国在这里设置城堡关口，得名壶关。有了壶关，你纵进入上党，也无法绕过它而进入赵国；当然，赵国从滏口陉进入上党，不越过壶关，也无法南下西出。

如此看去，上党山地便成了巍然矗立在太行山西麓的一道峻绝天险。赵国得上党，便是邯郸西部天然的战略屏障，可一举将秦国压制在河内。秦国若得上党，则可居高临下地逼近到邯郸百里之内，赵国腹地大开，无险可守。虽然秦国也可从安阳北进赵国，然却必须渡过漳水之险方可北进，其威力远远不如夺取上党。

唯其如此，上党天险陡然大放异彩，成为秦赵两强的必争之地。然则，微妙之处在于：此时的上党天险既不在秦国手里，也不在赵国手里，却在韩国手里，是韩国北边一个郡。如此一来，争夺上党顿时成了天下最为瞩目的一件大事。

二　三晋合谋易上党

白起接到密报时，上党之变正在紧锣密鼓地行进之中。

还在秦国威慑周王室与韩国割让河外渡口之地时，韩国的一位大臣警觉了。这位大臣，是上党郡守冯亭。冯亭本是东胡名士，少年游学入中原，曾在燕国上将军乐毅灭齐时做过中军司马，后来乐毅遭罢黜，冯亭也愤而离燕南下。路过新郑，恰逢韩釐王求贤守上党，冯亭慨然应之，从此做了韩国的上党郡守。冯亭才兼文武，稳健清醒，硬是在韩国日见衰弱的情势下将上党治理得井井有条，防守得水泄不通，无论秦赵魏三国如何渗透，总是不能乱其阵脚。秦国夺取韩国河东、魏国河内两郡后，上党郡事实上成了漂浮在秦赵两国间的一座孤岛，与韩国本土连接的通道只剩下了一条路：南出太行陉，经野王要塞南下渡河进入韩国。纵是如此险峻，冯亭还是镇静如常，率领五万守军稳稳地驻扎在上党。倏忽十余年过去，冯亭非但成了韩国栋梁，而且成了秦赵魏三国时刻关注的抢眼人物。

然则，秦国兵不血刃地夺取东西数百里河外渡口后，冯亭骤然紧张了。

上党高地原本属于晋国，魏赵韩三家分晋时，阏与以东的上党高地分给了赵国，其余绝大部分上党高地全部归属韩国。于是，韩国有上党郡，赵国也有上党郡。同是上党郡，在两国的重要性却有着天壤之别。赵国将上党看做抗秦战略屏障，看做邯郸西部一道不可逾越的天险长城。而上党对于韩国，却越来越成为沉重的飞地累赘。战国初期，上党尚是韩国北部抗击楼烦、东北抗击中山国与赵国的屏障。及至秦国东出，河东河内皆归秦国，上党便成了韩国在大河北岸的一块飞地。上党虽然是三晋兵家圣地，然而却是个民生穷困之地，若无源源不断的粮草辎重输送，五万大军是无论如何撑持不到半年的。秦国未夺河外渡口时，韩国尚可从大河水道北上野王输送粮草辎重。河外渡口之地归秦，水路立即断绝，再要北上野王，便要依商旅之道向秦国交付关税并经秦军查验货物方可通行。经年累月如此，日益穷困的韩国如何吃得消？若绕道赵国进入壶关，虽则不用关税，路途却是远了几倍，一路上人吃牛马吃，运到也所剩无几了。这便是军谚“千里不运粮”的道理，谁却支撑得起？如此一来，上党可能立即陷入饥荒。上党十七座关隘城邑，本来就存粮无几，若断绝输送，不出三个月便会崩溃。

春风料峭的三月，冯亭兼程南下，连夜渡河回到了新郑。

“公有谋划，本王听你便是。”韩桓惠王一见冯亭便知来意，愁苦地皱起了眉头。

“臣启我王。”冯亭毫不犹豫，“穷邦不居奇货。上党眼看不守，当适时出手。”

“出手？如何出手？”

“河外道绝，目下又正当春荒，三月之后上党军民必乱。若秦国奇兵突袭，乱军必不能应。上党若归秦，赵国岌岌可危矣！赵国若亡，韩魏必接踵而亡也。不若将上党归赵。赵思上党久矣，得之，必感韩国之情。秦亦欲得上党久矣，其时必力夺上党而攻赵国。赵与秦战，必亲韩，韩赵结盟则魏国必动心，韩赵魏三家同心，则可抗秦于不败之地也！”

“哎——”韩桓惠王长长地惊叹了一声，“好谋划！左右要丢，何如丢个响动，也教秦国难堪一番？你只说，如何铺排？”

冯亭如此这般说得一番，韩桓惠王立即拍案定夺，连夜开始了种种筹划预备。次日清晨，韩王特使立即秘密北上邯郸。与此同时，冯亭的请降密书也送到了行丞相事统领国政的平原君府邸。平原君一接到冯亭密书，顿觉此事非同小可，立即连夜进宫禀报。孝成王赵丹刚刚与韩国特使密谈完毕，要与平原君商议。两下一说，平原君觉察到了一丝异味：同是一事，韩国为何分做两路来说？莫非背后还有其他情由？思忖不透，平原君主张重臣会商，以免在此紧要关头出错。

次日清晨，赵国重臣济济一堂。孝成王赵丹开宗明义：“韩王特使昨日入赵，言韩国河外道绝，上党难守而欲交赵国；上党守冯亭亦致密书于平原君，欲带上党军民归降赵国。两路一事，我当如何处置？事关重大，诸位但尽其所言，毋得顾忌。”

话音落点，大臣们惊讶得相互观望起来，显然是在探询谁个与闻消息，却又都轻轻地相互摇头，显然是谁都觉得突兀。毕竟，上党之地是太显赫太重要了，韩国如何要拱手让给赵国？接纳不接纳？各自后果如何？因应对策又如何？如此环环相扣之连续谋划，骤然之间如何想得明白？一时之间，大臣们良久默然。

“老臣以为：韩出上党，目下是一发而动全局之大图也！”还是素富急智的蔺相如先开了口。身为先王旧时权臣，虽则相权名存实亡，蔺相如事实上只在邦交事务上保留得些许权力，但蔺相如却是一如既往地直言不讳，“上党之地已成秦赵对抗之要害，然在韩国却是死地。唯其如此，韩国要出手上党，此为大势使然也。然则出此重地，韩国必有大局图谋，绝非冯亭一人心血来潮耳。否则，不当一事两路。为韩国计，老臣以为其图谋在于：借献上党而与赵国重结抗秦盟约，进而引魏国而成三晋抗秦之盟。如此可借赵国魏国之力，保实力最弱之韩国长得平安也。”

“相如之言大是！”

虞卿立表赞同。魏齐自杀后，虞卿连夜逃楚。不想春申君黄歇对他与信陵君夙敌魏齐交厚大是反感，毫无举荐他在楚国做官之意。万般无奈，虞卿只好又回到了赵国。素来尚友尚义的赵国人，全然没将虞卿挂印出逃当做叛逆之举。更兼平原君对魏齐之死原本深为愧疚，丝毫没有追究虞卿之罪，依然将他官复原职，只是没有了相权，成了与蔺相如一般的空爵上卿。自此以后，虞卿再也没有了初时相权上卿的那般新贵气焰，与蔺相如交好起来。两人多闲暇，常聚议天下邦交，竟是十分的投机融洽。今日见蔺相如开了先河，虞卿立即跟上，“韩国之谋虽从己出，却与大局有利。秦压河外，韩国岌岌可危，魏国惶惶不安。赵国虽强，单抗秦国却也吃力。若得三晋重新结盟，天下格局必是为之一变。”

“言不及义也！”平阳君赵豹[1]冷冷一笑，“两位上卿只说，究竟接纳上党否？”

蔺相如淡淡道：“平阳君必有大义之见，愿闻其详。”

“老夫之意，上党不能要！”赵豹沉着脸，“无故之利，贪之大害也！”

“韩国信服赵国，如何无故之利了？”孝成王不禁插了一句。

“此言差矣！”赵豹以叔父之身，对孝成王毫不客气，“秦国断绝河外之道，显然是要逼韩国交出上党。韩国明知秦之图谋，却偏偏将上党献于赵国，分明为移祸之计也！秦服其劳而赵受其利，纵是赵国强大也未必稳妥，况乎赵国未必强于秦也，如何不是无故之利了？赵国若受上党，必然引秦国大举来攻，岂非引火烧身？一言以蔽之，上党是个火炭团，万不可中韩人之算计，受此招祸之地。”

“平阳君何其大谬也！”随着一声响亮的指斥，一个玉冠束发的英挺年轻人从后排霍然站起，正是马服君赵奢之子赵括。其时赵奢已死多年，赵括承袭了马服君虚爵，寻常被人称为“马服子”。由于曾在宫中与当年的太子赵丹一起读书多年，孝成王对赵括分外赞赏，一即位便授赵括以职掌邯郸防卫的柱国将军。论官职，柱国不是高位重臣，然则由于赵括承袭了马服君爵位，便成了封君大臣。更兼赵括幼时大有才名，成年加冠后更是见识不凡，在赵国朝臣中已成了最是光彩照人的后起之秀。当然，更根本处在于赵奢声望与孝成王之器重赞赏，赵括才得以位列高爵重臣之秘密朝会。此时赵括一开口便咄咄逼人地指斥这位极其傲慢的

---

[1] 赵国两赵豹，前一赵豹是武灵王时之阳文君，此赵豹为惠文王所封，孝成王叔父。

王叔，大臣们一则振奋二则紧张，殿中鸦雀无声，连平原君也不禁瞪了赵括一眼，觉得赵括未免过分。饶是如此，赵括旁若无人，侃侃高声道，“固国不以山河之险，失国不因四战之地。先君武灵王时，赵无韩国上党，却胡服骑射拓地千里震慑天下。唯其如此，赵弱赵强，赵存赵亡，固不在上党险地也，在国力也，在军力也，在朝野之气也！”只这几句，大臣们眼睛便是一亮——不愧马服君之子，有胆气！

“接纳上党与否？根本处不在韩国图谋如何，而在赵国情势如何。”赵括辞色凌厉，一泻直下，“若赵国无国力、无大军、无壮心，纵是韩国无图谋而拱手相送，赵国可能守得上党？若赵国有国力、有大军、有图霸王天下之雄心，纵是韩国不献上党，赵国亦当夺来，又何惧移祸之计哉！今平阳君先自认赵弱，徒灭志气，而后视韩国献地为移祸之算，诚可笑也！若以此说，上党归赵为韩国移祸，上党归秦莫非便是韩国依附虎狼？夫一弱韩，自忖险地难守，危难之际思大局，献地于同根之邦，图谋结盟抗秦，于情于理于道于义，何者有差？何独不见容于平阳君而中伤若此乎！”

平阳君怒不可遏，戟指大喝：“竖子无谋，大言误国！”

赵括哈哈大笑：“小言有谋，大言无谋，平阳君何其滑稽也！”

“竖子只说！赵国抗得秦国么？”

“我便为平阳君一算。”赵括掰着手指，“秦国大军五十余万，赵国大军也是五十余万；秦国人口千万左右，赵国人口也是千万左右；秦国仓廪有十年军粮可支，赵国仓廪也有十年军粮可支；秦国军资器械有多少，赵国也一般有多少，还多了林胡草原的数十万马匹牛羊，战马比秦国尚居优势；秦国有名将，赵国也有名将；秦国有能臣，赵国更有能臣；秦人尚武好战，赵人更是举国剽悍胡风。平阳君但说，赵国哪一样抗不得秦国？”

“竖子误国！”赵豹面色铁青，“邦国战阵，有如此算账么？”

赵括揶揄地笑了：“依平阳君之见，该当如何算法？抑或混沌不算，只猥琐避祸便了？”

赵豹嘴唇抽搐，一跺脚离席大步去了，走到殿口又骤然回身吼了一句："竖子误国！"

殿中一时默然。大臣们对赵括气走平阳君虽觉不妥，然而对赵括的一番道理却是不得不服。就实而论，除了还没来得及推行第二次变法，赵国比秦国确实不差，赵括所数宗宗细目也绝无夸大。如此看去，接纳上党与否似乎不言自明了。虽则如此，有平阳君坚执反对，赵王与平原君也都还没有说话，大臣们一时又都僵住了。

"老将军，"孝成王看着廉颇笑了，"你说说，依赵国军力，上党能否守得？"

老廉颇慨然拱手道："连同御胡边军，赵国大军六十余万。论战力，赵军与秦军不相上下。只要赵国没有攻秦之心，而只做抗秦防御，上党坚如磐石！"

"大将军言之有理。"职掌财政的内史大臣赵禹冷静接道，"平阳君言韩国移祸，实则是顾虑赵国不足抗秦也。我大赵今有六十万大军，若依旧畏秦如虎而不敢接纳上党，诚为天下笑耳！"

"老臣赞同。"已经是两鬓白发的国尉许历道，"当年无上党，马服君尚血战秦军而大胜。赵军战力何输秦军分毫？目下我军资粮草充盈，若再得韩上党归赵，赵国西部矗立起一道横宽三百里的天险屏障，何以平阳君此时却畏惧与秦军抗争？老臣实在不解也。除非赵国听任秦国蚕食山东，否则不能丢弃上党。"

"王叔之见？"孝成王看着一直默默思忖的平原君。

平原君一拱手道："老臣原在犹豫不决，然则诸位大臣之言使老臣茅塞顿开。马服子赵括言之有理：接纳上党与否，根本处不在韩国图谋如何，而在赵国情势如何。平阳君虽老成谋国，然却失之畏缩退守。百余年来，凡赵国畏缩避祸游离于中原之外时，无不国势大衰，凡大刀阔斧开疆拓土周旋于天下时，都是国势昌隆。就上党而论，赵国原本有东上党，今受西上党而成一体屏障，亦是题中应有之义；而秦国争上党，分明是为诛灭三晋寻求根基。当此之时，退缩则危局接踵而来：上党归秦、韩魏附秦，则赵国孤立，最终将被秦国蚕食压缩，甚或一举灭国。锐意进取则大局有大利：上党归赵，三晋结盟，甚或可能重新结成六国合纵，孤立秦国。长远看去，秦赵争天下势在必然。天予不取，反受其咎，岂有他哉！”

“彩——”一言落点，大臣们齐齐地喝了一声彩。

“好！”孝成王兴奋地拍案，“接纳上党事，由平原君领虞卿、蔺相如筹划；大军整备事，由大将军领老国尉、马服子筹划。”

三日之后，平原君的特使马队浩浩荡荡地开进了韩国上党郡的治所壶关。郡守冯亭率领将士吏员，在壶关北门外郊礼迎接。平原君当场颁布了赵王书令：上党郡守冯亭，明察时势，大功卓著，封为华阳君，食邑三万户；十七员关隘大将与十三名县令俱封侯爵，食邑三千户；所有军民皆赐爵三级，赏六金。[1]

平原君委蔺相如暂署府库郡政交接事务，委虞卿从赵国输送粮草物资救济饥民，委赵括暂署关隘要塞诸般军务交接。忙碌半月，诸般军政事务大体就绪，大将军廉颇与国尉许历率领十万大军也堪堪抵达。接收所有关隘之后，廉颇下令：原韩国上党的五万守军，全部开出上党，移防赵国腹地。这是大将军廉颇、国尉许历、马服子赵括在查核防务之后的新决断。老少三将军异口同声：“韩军涣散疲惰，留驻上党徒乱军心。”平原君也赞同了。

上党大体安定，平原君来壶关幕府拜望冯亭。平原君提出的方略是：东西两上党合并为新上党郡，仍由冯亭以封君之身做大上党郡守，不治军唯治民；若冯亭不愿留任上党，可回邯郸做国尉，换许历来做郡守。冯亭思忖良久，喟然一声长叹：“我弃上党，已成天下不义之人也！若得入赵封君，只怕对争取魏国合盟不利。冯亭唯愿回归韩国，辅佐韩王与赵国结盟。”

平原君思忖再三，终是不能勉强，请准赵王，赐冯亭黄金千镒，礼送冯亭出境了。新郡守许历不解，平原君笑答：“韩桓惠王素无主见，若有冯亭在，韩国便是赵国铁盟也。”许历仍是困惑：“冯亭献地而不做封君，虽有隐士之风，却分明是无担待之人。若回韩首鼠两端，岂非大

[1] 赵国封君最高，侯爵次之，与秦国大体相同。

害？”平原君摇头笑道：“身为大将，冯亭已负不义之名，且必令秦国恨之入骨，除非回归东胡隐居，何能再首鼠两端也？”许历恍然大笑：“平原君果能算人，许历不及也。”

平原君一班大臣在上党忙碌并郡时，蔺相如已经秘密赶到了大梁。

这时的魏国已经对情势变化渐渐清楚，随着一个个秘密斥候的消息急报，大梁君臣乱了方寸。领丞相事的须贾与一班亲秦大臣，力主维持秦魏盟约不变，魏国绝不能搅到韩赵结盟的泥潭中去。因魏齐倒台而复出佐政的信陵君与一班老臣子，却都主张魏国暂时骑墙中立，在秦赵之间待价而沽。魏安釐王莫衷一是，倒是真正做了骑墙之君。在这激烈争辩的当口，蔺相如风尘仆仆地来了。

信陵君素负盛名，又与平原君有联姻之亲，蔺相如便先行拜会了这位持重明锐的王族公子。信陵君只一句话：“三晋之势，今非昔比，赵国已成中流砥柱，魏国无足轻重也。”蔺相如也只一句话作答：“骑墙壁上观，只怕墙脚松溃也。”信陵君笑道：“秦魏有盟：绝不再蚕食河外寸土。墙脚坚实无忧也。”蔺相如哈哈大笑道：“公子当真滑稽也！虎狼发誓不再吃羊，羊却信以为真了？”信陵君素闻蔺相如胆识才具，心下不禁敬佩有加，一番思忖道：“羊虽生角，惜乎身躯无力，奈何？”蔺相如道：“赵以济西八城之地资魏，魏可做军辎重地，何能无力也？”信陵君目光顿时一亮：“但得如此，无忌有对策也！”

次日蔺相如晋见魏王，将大势说得一遍，再将赵国借八城之地与魏国的事一说，魏安釐王立即满脸笑意，慷慨允诺与赵国结盟抗秦。蔺相如尚不放心，又与信陵君密商一番，方才回赵国去了。

蔺相如一走，须贾一班亲秦大臣立即纷纷进宫，轮番劝谏魏安釐王。眼见魏安釐王又有松动，信陵君与几位王室老臣密商对策。元老大臣们原是对没有根基却又张扬跋扈的须贾恨得咬牙切齿，一口声喊杀。信陵君反复思忖，觉得群臣上书威逼魏安釐王罢黜须贾，仍然不能根除这个大奸，遂向隐居大梁的老侠士侯嬴求教。侯嬴悠然一笑：“为国除奸，原是游侠本分，有何难哉！”次日便向信陵君举荐了一个隐居风尘的游侠朱亥。这个朱亥看似木讷，大袖中却时常密藏一把十斤重的短柄大铁锥，慷慨好义，被侯嬴视为堪托生死之士。信陵君自是信得侯嬴，立即将须贾的诸般行止对朱亥细说了一遍。朱亥一句话没说转身走了。

三日之后，大梁传开了一则惊人的消息：代相须贾暴死王街，头颅被砸成了肉酱。身边一幅白布写着八个大血字——嫉贤妒能，恶贯满盈。一时间大梁国人惊乍相传：秦丞相范雎派来刺客，杀死了仇人须贾。亲秦大臣们惶恐不安，纷纷指斥范雎出尔反尔不堪邦交。魏安釐王也是心惊胆战，生怕记死仇的范雎哪一日再来寻衅自己，立即派信陵君秘密前往邯郸，与赵国韩国结盟抗秦。

骤然之间，三晋形势大变，秦国多年累积的河外优势几是荡然无存了。

三　秦国战车隆隆启动

当白起与范雎星夜赶回咸阳时，已经是三更将尽了。一直在东门外等候的王宫长史二话不说，将两人匆匆领进了王宫书房。秦昭王正在与国尉司马梗密谈，见白起范雎到来，立即吩咐上来两席酒饭，教两人边吃边听司马梗叙说各路密报。及至两人吃罢，司马梗也将三晋上党之变的大致情形堪堪说完。侍女煮茶间，秦昭王吩咐内侍总管守在书房门厅之外，任何夤夜晋见者一律挡回，回身看一眼白起又看一眼范雎：“说说，如何应对了？”

“三晋合谋，实出所料。”范雎见白起沉思，先开了口，“臣一路思忖：三晋结盟，力不足惧，唯势堪忧也。争夺上党乃我邦长远图谋，将成未成之际，却被韩国一变而骤然牵动全局。全局之变，一则在于三晋之盟有可能诱发山东六国再度合纵抗秦；二则在于赵国挟上党天险屏障，而对我河东河内成居高临下之大攻势；河东河内但丢，秦国数十年东出战果便将化为乌有！此所谓势堪忧也。唯其如此，臣以为与赵国大决之时已经到来。但有退缩，天下山河巨变！”

秦昭王粗重地喘息了一声：“武安君以为如何？”

“应侯之言，洞察至明。”白起秉性，愈是危局愈见泰然，此刻面色肃然，语气冷静舒缓，“赵国全据上党，又与韩魏结盟，分明是要压迫我从河内河东退缩，若不与之针锋相对，秦国之山东根基将丢失殆尽。时也势也，敌方有变，我亦当随之应变。固守既定方略，兵家之大忌也。为此，秦赵大决之机已经不期然到来。秦国唯以大勇应战，决而胜之，方可图得大业。”

“好！”秦昭王拍案赞叹，“武安君有此胆气，我心底定！”

白起语气一转道：“然则，以军争大势论，我军尚未筑好最扎实根基。兵力尚欠，粮草辎重尚未囤积到位，一班大将也还心中无数，军兵对赵战事尚未充分演练，等等。唯其如此，臣有一请：大战筹划，听臣全权调遣，我王不得催逼督战。”

秦昭王哈哈大笑：“不谋而合也！长史，宣读王书。”

长史捧着一卷王书匆匆走来展开，高声念道：“秦王王命：对赵战事，悉听武安君白起全权谋划调遣，国尉司马梗辅之粮草辎重；授白起举国兵符并镇秦穆公剑，得拒王命行事！秦王嬴稷四十五年四月。”

偌大书房一片肃穆。白起嘴角一阵抽搐，话也说不出来了，连范雎也惊讶得眼睛直楞楞看着秦昭王不说话了。如此王书，简直就是将秦国交给了白起。镇秦穆公剑不消说得，临战上将军受生杀大权，原是战国通例。要紧处是那“举国兵符”与“得拒王命行事”——全权调动举国兵马且可以不听王命！天下何曾有过如此君王书令？一时间白起冷静下来，对着秦昭王深深一躬：“臣，敢请秦王收回举国兵符与得拒王命。臣唯求权衡进退而已。”范雎略一思忖道：“臣亦此意。武安君陷于物议，于国不利也。”

“岂有此理！”秦昭王慨然拍案，“武安君身负邦国兴亡之责，无大权岂能成得大事？本王不谙军旅，若有心血来潮之乱命，便是邦国覆亡，拒之有何不可？武安君百战之身，当此非常之时，举国托之，唯见其忠。若得物议，嬴稷决而杀之！”转身一挥手：“长史，第二王书。”

长史又捧过一卷竹简展开念诵：“秦王书令：对山东之邦交斡旋，悉听应侯范雎全权谋划调遣，河东守王稽辅之；授范雎任意支取王室府库财货之权，可与六国全权盟约。秦王嬴稷四十五年四月。”

书房大厅又是一阵默然。素有急智的范雎只深深一躬，破例地没有了应对之辞。只秦昭王沉重地转悠着，君臣几人都感到了一种沉重的压力。良久，秦昭王悠然一笑：“应侯已将大势说得明白，目下之要在二：一则使合纵不能成势，二则使上党不能积威。重担两分，应侯执邦交破合纵，武安君率大军压上党，本王坐镇安国两相策应。但得我君臣同心，朝野同心，胜之大决何难？”

“赳赳老秦，共赴国难！”白起霍然起身，突兀冒出一句秦人老誓。

君臣几人一时肃然，异口同声一句：“赳赳老秦，共赴国难！”

旬日之间，秦国朝野紧张忙碌起来了。郡县忙着征发新军，各地府库忙着向关外调运粮草辎重，咸阳王宫与所有官署都是日夜灯火通明吏员如梭。连六国商区尚商坊也出现了异常，六国商人的盐、铁、皮革三宗货物大是热卖，三五日之间便没了存货。商旅们大是惊喜，连忙昼夜兼程地从关外向咸阳输送货物。一时间，咸阳东方大道上车马络绎不绝，东去的秦国车队与西来的山东车队辚辚交错，昼夜川流不息。及至货物运到咸阳，又是顷刻告罄。一夜之间，咸阳商市仿佛成了吞噬盐铁皮革的无底黑洞，任是你隆隆如山而来，都消解得无影无踪。有机警商人终于疑惑了，扮做咸阳国人转悠到秦国官市打量，一看之下大是蹊跷——秦国官店中这三宗货物排列如山，却无人来买。疑惑询问，秦国官商只一笑：“山东货品精细，秦人喜好，岂有他哉！”回去一说，山东商人顿时议论纷纷。秦人素来喜好本邦物事，国人买家常物事极少光顾山东商旅店铺，六国商旅得利之主顾，全在秦国官府与入秦之中原人，如何陡然之间秦人偏偏就热衷了山东盐铁皮革？既非荒年，又无大战，秦人如何疯了般囤积盐铁皮革？一个月下来，山东商人们终于渐渐看出了名堂，秦国要打大仗了。可是，当年秦国打魏国河内、打楚国南郡都没有如此铺排，如今打哪一家竟能比打魏楚还紧张？战国之世，商旅本有“义报”传统。咸阳如此声势，商旅们心下惴惴不安，其中三晋商旅尤为恐慌，立即将消息秘密送回了本国。然则两三个月过去，报回去的消息泥牛入海，商旅们渐渐又觉得气馁了，徒然忧国多此一举也。

疑云密布之中，秦国战车已经隆隆碾向了关外。

方略一定，白起带着上将军府三十余名司马驻进了蓝田大营。统帅幕府一立，白起立即开始了秘密调遣。第一路，王龁率步骑大军十万，先行开赴毗邻上党的河内郡驻扎。此时的王龁已经是左庶长高爵的大将，寻常战事几乎都是王龁带兵出战。白起向王龁反复申明四点：其一，驻军河内北段，确保轵关陉、太行陉、白陉三条进入上党的通道不被赵国封堵；其二，大张声势开进，教山东六国明白看到秦国争夺上党之决心；其三，除非赵军已经占领三陉封死上党通道，否则不许开战，唯保对峙之势可也；其四，进入上党只以确保三陉为要，绝不能擅自深入，即或偶有无军防守之关隘，也不许擅自占领。末了，白起沉着脸叮嘱："大军前出之要害，唯在先期形成对峙之势，为应侯斡旋山东造势，为大军跟进确保通道。贪功冒进散开兵力，便是先败。"王龁"嗨"的一声领命，又慷慨一句："但有失误，王龁提头来见。"赳赳去了。

第二路，步军主将桓龁率精锐步卒三万，轻装密出河西离石要塞，东经晋阳补充给养，再秘密南下，由几条河谷分别进入上党以西沁水河谷秘密驻扎。白起对桓龁的叮嘱是："此路为奇兵，行军之要不在快捷，而在隐秘，唯求不为赵军觉察。一月之内抵达，便是大功。进入沁水河谷，军食由王龁从轵关陉输送，不许起炊。"

第三路，骑兵主将王陵率铁骑五万出河内，攻克韩国通向上党的唯一要塞野王。由于野王事实上已经没有韩国重兵防守，所以白起对此路要点的申明是：野王之要不在战而在守。大军驻定，立即修筑长期囤粮之大型仓廪，并同时拓宽野王北进上党、南下大河之官道，以备粮草辎重源源输送。王陵此时已经是五大夫爵位的大将，与蒙骜同爵，仅仅次于王龁。由于王陵机敏干练，白起便选定王陵来担当这兼具军民事务的重任。

第四路，大将蒙骜秘密统筹后续兵马源源开进。蒙骜此时已是军中老将，非但资望深重，更是难得的稳健缜密，只要没有大仗恶仗，白起不在军中时，历来都委任蒙骜主持中军，反倒是猛将王龁从来没有主持过中军幕府。这统筹后续兵马之事可谓千头万绪，最大难点在两处：一是隐秘有序地输送蓝田大营全部的大型攻坚与防守器械，二是不断将各郡县输送来的初训新兵员编排成军，且要再度严酷训练三月，而后随时听命开进河内。全军大将，舍蒙骜无人担得此等烦琐重任。

第五路，国尉司马梗坐镇函谷关督运粮草辎重。这个司马梗，是秦惠王时名将司马错的长子，稳健清醒有如乃父，疆场征战之胆识却稍逊了一筹。多年前司马梗奉乃父遗命入秦，秦昭王征询白起考语之后，命司马梗做了国尉，处置军政而不职司战场。白起对司马梗的军令是："一年之内，车不绝道，河不断舟，国中仓廪之军粮悉数输送野王。"司马梗大是惊讶道："《孙子》云：智将务食于敌，食敌一钟，当吾二十钟；秸秆一石，当吾二十石。武安君纵不能全然食敌，亦当视战场情势而囤粮。举国军粮巨额无计，如山堆于险地，若战事早完，岂非暴殄天物？"白起罕见地哈哈大笑起来："两百余年过去，孙子此话尚被你这名将之后奉为圭臬，诚可笑也！春秋小邦林立，百里之内必有仓廪，破军杀将而夺敌军粮，自可快如飓风。今日天下七大战国，河内唯有一座魏国敖仓，毁敌粮仓可也，断敌粮道可也，你却如何夺敌之粮？纵能夺得些许，数十万大军如何足食？"白起骤然敛去笑容道，"秦赵大战，乃是举国大决。战场一旦拉开，必将是旷古未见之惨烈，不做举国死战之备，安有胜道？现存举国军粮犹恐不足，谈何暴殄天物也！"司马梗悚然警悟，一个长躬道："武安君之势气吞山河！谨受教。"

诸路大军启动，白起立即返回咸阳，向秦昭王与范雎备细禀报了诸般调遣与总体谋划。秦昭王大是振作，拍案笑道："应侯伐交，似可成行了。"范雎笑道："武安君之谋划，臣已尽窥壮心。山东伐交，臣自当与武安君之雄阔战场匹配也！"君臣三人一时大笑，初时之沉重一扫而去。

次日，范雎带着精心遴选的一班吏员并两个铁骑百人队，高车快马直出函谷关奔赴河东郡治所安邑。其所以将伐交大本营扎在安邑，范雎是经过深思熟虑的。上党一旦形成大军对峙阵势，天下便会立即骚动起来，未入三晋之盟的齐楚燕三国必然要重新谋取向中原进展的机会，三晋之间也会随之出现种种微妙局面。所有这些都需要临机处置，直接与战场相关的事态更是要当机立断先发制人，若坐镇咸阳，一切部署的推行都要慢得十多天。对于如此一场有可能旷日持久的大决战，事事慢得旬日，则可能导致无法想象的结局。范雎驻扎安邑，便在实际上与白起形成了一个可随时决断一切的大战统帅部，更可连带督察兵员粮草之输送，舟车牛马劳役之征发，称得上事半功倍。

白起部署大军之时，范雎也在遴选自己的伐交班底。范雎的第一道书令，是从蓝田大营调来了郑安平。范雎思谋：郑安平虽然做了高爵司马，但看白起之意，无实际军功显然不可能做领军大将，而不做大将又如何建功，长期教郑安平如同颟顸无能的贵胄子弟一般高爵低职，何报两次救命之恩？范雎毕竟了解郑安平，知道此人之才在市井巷间之间堪称俊杰，只要使用得当，未必不能建功。反复思虑，范雎与郑安平做了一番长夜密谈，给郑安平专门设置了一个名号——山东斥候总领，将原本隶属丞相府行人署[1]的国事斥候全数划拨郑安平执掌。同时划给郑安平的，还有一支秘密力量，这便是原本由泾阳君执掌的黑冰台。泾阳君被贬黜出关后，黑冰台一直由行人署兼领，实际上听命于丞相范雎。对于这支令人生畏的力量的使用，范雎是极为谨慎的，王宫也是极为关注的。然则用于邦交大战，却是一等一的名正言顺，所以范雎没有丝毫的顾忌。除了这两拨精悍人马，范雎还从王室府库一次调出三万金给郑安平。当郑安平在黑冰台秘密金库看到成百箱耀眼生光的金币时，眼睛都瞪直了。

“安平兄弟，钱可生人，亦可死人。”范雎冰冷的目光锐利地在郑安平脸上扫过，“若只想做个富家翁，范雎立请秦王赐你万金，你安享富贵如何？”

“不不不！”郑安平连连摇手，红着脸笑道，“小弟老穷根了，何曾见过如此金山？大哥见笑了。”

“那便好。”范雎依然板着脸，“你要切记两点：其一，办国事当挥金如土，然若有寸金入得私囊，便是邦交大忌。其二，黑冰台武士与行人署斥候，尽皆老秦子弟，你乃魏人，但有荒疏浮滑而错失误事，秦王会

[1] 行人署，秦国执掌邦交具体事务的官署，隶属开府丞相。

立即知晓。你若得惕厉奋发重筑根基，这次便是建功立业之良机。否则，虽上天不能救你。”

“小弟明白！断不使大哥失望！”郑安平回答得斩钉截铁。

邦交斡旋，范雎选定了王稽做主使。王稽久在王城做官，如今虽然做了高爵河东郡守，实际上却是施政无才，若没有秦昭王那个“三年免上计”的赏功特书，只怕第一年已被国正监弹劾了。范雎清楚，王稽唯一的长处是奉命办事不走样，最是适合不需要大才急变的邦交出使，若非王稽期期渴慕一个高爵重臣之位，他倒宁可主张王稽做个高爵虚职的清要大臣；调出王稽做此次伐交主使，也是想教王稽在这扭转乾坤的秦赵大决中立下一个大功，而后回咸阳做个太庙令一类的高官。

王稽听范雎一说，自是慨然领命：“邦交周旋，原是轻车熟路，应侯尽管交我！”

“王兄莫得轻视。”范雎肃然叮嘱，“此次大决，关乎秦国存亡大计，但有闪失灭族大罪也。你之使命，全权周旋齐楚燕三国，使其不与三晋同心结盟。还如上次一般，金钱财货任挥洒，吏员武士任调遣，唯求不能出错！如何？”

“谨遵应侯命！”王稽深深一躬，“老夫身晋高爵重臣，原是应侯一力推举。若有闪失，累及应侯，老朽何颜立于世间？”

“王兄明白若此，范雎无忧也！”

范雎进驻河东郡旬日之后，高车骏马络绎不绝地出了安邑，向山东六国星散而去。

四　长平布防　廉颇赵括大起争端

秦国兵马东进，赵国立即紧张起来了。

一得斥候急报，赵孝成王急召平原君与一班重臣商议对策。君臣一致判定：秦国只开出大军十万，且以左庶长王龁为统帅，说明秦国并未将争夺上党看做大战；最大的可能，是秦国图谋先行做出争夺态势，而后视六国能否结盟抗秦再做战和抉择。基于这一判定，平原君提出了十二字对策：增兵上党，连结合纵，逼秦媾和。君臣几人一无异议，当即做了两路部署：虞卿、蔺相如全力连结六国合纵，使齐楚燕尽快与赵国结盟，一举对秦国形成天下共讨之的威慑；增兵十万大军，由赵括统领兼程赶赴上党，使赵军对秦军保持优势一倍的兵力，使秦军知难而退。

赵括果然干练，三日之内调齐了十万大军西进滏口陉，旬日之间便抵达了壶关城外的大军营地。大将军廉颇大是振作，立即在行辕会聚诸将下达布防军令。廉颇沉稳持重，进驻上党两月，已经带着军中将领跑完了全部十七座关隘要塞，踏勘了所有山川重地，已对韩国留下的上党了如指掌。与大将们反复计议筹划，廉颇宣示的方略是：三道布防，深沟高垒，不求速战，全力坚守。大军进驻的三道防线分别是：

西部老马岭[1]营垒。上党西南部的沁水至中部的高平要塞，有南北长八十余里的一道山岭，是上党西部的天然屏障。上党东部南部均有太行山天险阻隔，西部的沁水河谷便可能成为秦军进攻的主要方向。这道山地有三处要害：北段老马岭，中段发鸠山，南段武神山。其中以老马岭为最要害处。廉颇以这三座山岭为依托，派出五万精锐步军防守。

中部丹水营垒。上党中部有一条贯穿南北的河流，名曰丹水。丹水发源于高平要塞的丹朱岭，东南出太行山处，正当太行山南三陉（轵关陉、太行陉、白陉）之中央地带，是秦军从河内北进上党的必经之路。由于丹水沿岸地形较为开阔，廉颇在这一线非但派出六万步兵深沟高垒防守，而且同时配置一万精锐骑兵做飞兵策应。因了丹水防线是正面迎击秦国河内大军的轴心大阵，所以老廉颇同时下令：中军幕府立即从壶关南迁，在丹水防线北端的长平要塞重筑行辕。

东部石长城营垒。冯亭当年率领韩军驻守上党，因兵力单薄，在东部垒起了一道东西百里的山石长城，以备敌军万一攻破陉口而深入，便在石长城内做纵深防御。这道长城西起长平关外的丹朱岭，沿着连绵山

[1] 老马岭后名空仓岭。长平大战后，因秦军曾在此处筑空仓引诱赵军，留有遗址得名。此取原名。

巅向东经南公山、羊头山、金泉山，直抵壶关城西的谷口马鞍壑。这道长城背后（北面）是漳水流域，前出（南面）是丹水流域。山石长城所在的山坡由北向南倾斜，山南坡陡谷深，山北却高而平缓，一军居于长城之上，对南便是高屋建瓴之势。廉颇军令：这道石长城防线驻军八万，同时做全部上党防线的总策应。

军令下达之后，廉颇森然道："百里石长城营垒，既是上党总根基，亦是邯郸西大门。万一西南两线失守，这石长城便是封堵太行山，不使秦军东出威逼邯郸的血战之地！为此，本大将军亲自兼领石长城营垒。"

军令发布完毕，廉颇正要请国尉许历增拨各营大型防守器械与各种弓弩，陡然一声响亮话音："且慢，我有话说。"众将注目，正是增兵主将赵括。

赵括率军西来，原为增兵。赵王书命并未明确他是否留在上党辅助廉颇，亦未明确他在到达上党之后是否立即返回。赵括聪颖过人，揣摩赵王之意是想看看他能否与廉颇合得来，合则留，不合则回，于是也不请命明确，便自率兵疾进上党。因了自幼好兵，赵括自然希望亲上战场，一路行军十分地留心山川地形。毕竟，上党对于他是太生疏了。一到壶关交接完毕，赵括立即带着两名司马在韩上党马不停蹄地踏勘了三日，回来又连夜在一方大木板上画了一幅"上党山川图"，对上党情势有了自己独有的见识。此刻听完廉颇部署，赵括大不以为然。虽说廉颇是大将军百战之身，论王命论情理论资望，廉颇都是当然统帅，自己理当敬重。然则赵括禀性，从来都是激情勃发，有见识便说，连在赵王面前都是不遮不掩，况乎行辕之兵家大计？更有要紧处，若是赵括不说，赵军部署便成定局，战事成败自是比敬重之情更根本，何能忍之？

"抬上图来！"赵括转身吩咐一声，立即有两名司马将军榻大小的一张木板图立在了廉颇的大案前。廉颇尚在疑惑，把不定究竟要不要制止这个二路主将，便见赵括指点着木板大图当先一句断语，"老将军之部署大谬也！"只此一句，满帐愕然。

"马服子但有高见，说便是。"老廉颇平平淡淡。

赵括目光闪闪，激昂地说了开来："审时度势，秦攻上党必将引来天下公愤，六国合纵只在朝夕之间。秦国有军十万，我有大军二十万，倍敌而出此畏缩守势，令人汗颜也！《孙子》云：十则围之，五则攻之，倍则分之。今我大军云集，兵精粮足，老将军不思猛攻之分割之，而一味退守，以三道防线龟缩我二十万精兵；战不言攻而只言守，最终必将师老兵疲而致败局也！”

“马服子之见，该当如何部署？”老廉颇沟壑纵横的黑脸已经沉了下来。

“丹水河谷地形宽阔，我当以至少十万大军在此与秦军正面决战。再分两路铁骑各五万，西路出沁水，东路出白陉，两侧夹攻河内秦军。如此三面夹击，一战必胜，焉有秦军猖獗之势！”赵括说得斩钉截铁。

“老夫敢问：赵军与何军为敌？”

“便是秦军，何能畏敌如虎也？”赵括揶揄地笑了。

一大将愤然高声道：“大将军以勇气闻于诸侯，何能畏敌如虎？马服子有失刻薄！”

“就事论事，目下部署已是畏敌如虎。”赵括又是揶揄地一笑，“如此战法，只怕老将军要以退守闻于诸侯了。”

廉颇向侧目怒视的大将们摆了摆手，冷冷地看着赵括道：“攻守皆为战，最终唯求一胜。马服子以为然否？”

“要害处在于：如此退守只能求败，何言求胜？”赵括立即顶上。

“马服子听老夫一言。”廉颇沉重缓慢地走出了帅案，“就实而论，秦军之精锐善战强于赵军，秦之国力亦强于赵国。唯其如此，秦军挟百战百胜之军威远途来攻，无疑力求速战速胜。但得旷日持久，秦军粮草辎重便要大费周折，自然对我有利。此其一也。其二，更有武安君白起统帅秦军。白起何许人也，无须老夫细说。若开出河内以攻对攻，老夫自忖不是白起对手。便是放眼天下，只怕老乐毅也未必是对手。对阵不料将，唯以兵法评判高下，老夫不敢苟同。”

“老将军大谬也！”赵括又是一句指斥，“白起根本没有统兵，老将军便被吓倒，何其滑稽也。天下可有如此以勇气闻于诸侯者？”

“白起虽未统兵，然只要是秦军，老夫便当是白起统兵！非如此，不能战胜也！”老廉颇忍无可忍，声色俱厉。

赵括毫无惧色道：“老将军只说，进攻之法何以无胜？退守之法何以有胜？否则混沌打仗，赵括不服！”

老廉颇脸色铁青：“老夫为将，只知目下猛攻恰是投敌所好，唯深沟高垒而敌无可奈何。”说罢拿起帅案令旗一劈，“诸将各归本营，明日依将令开赴防区！”令旗当地插进铜壶，径自大步去了。赵括大是尴尬，狠狠瞪了廉颇一眼，也径自去了。

见两员主将起了争端，国尉许历大是忧心。当晚正要去劝说赵括顾全大局，毋得与大将军公然争执，却不料赵括派来的司马已经飞马到了帐外，请许历前去商谈军机。许历笑问都有何人？司马说出了七八个当年赵奢的老部将名字。许历顿时警觉，脸色一沉道：“老夫不能前去。你只对少将军说，此举大是不妥。”司马一去，许历立即修书密封，派一名干员昼夜兼程送往邯郸。

平原君接到许历急报，大皱眉头，念及赵括与赵王有总角之交并深得赵王器重，立即进宫禀报。孝成王看罢许历密书，不禁笑道：“这个马服子，说不下老将军便挖墙脚，成何体统也。”平原君道：“老臣之见：赵秦首次大战，当谨慎为上。老将军三线布防深沟高垒，原是稳妥之举。”孝成王思忖一阵道：“王叔通得战阵，所谋自是不差。那便教马服子回邯郸。只是……”平原君立即接道：“老臣亲赴上党！”孝成王高兴地笑了，立即命御书草拟王书。片刻之后一切妥当，平原君立即飞骑西去了。

两日后抵达上党，老廉颇已经率领中军幕府南下长平，赵括的幕府人马连同三千护卫甲士却直下丹水出口了，壶关只有许历的粮草辎重大营与城外马鞍壑的驻防大军了。听许历一说情势，平原君顿时大急，当即带领卫队越过长平直接南下，终是在丹水出口的峡谷中看到了赵括大营。

“平原君前来督战，战胜有望也！”赵括兴奋异常地将平原君迎进了大帐。

“君为大将，可知军令如山？”平原君面沉似水，当头冷冰冰一句。

赵括默然有顷，突然抬头高声道：“邦国兴亡，大于军令，何况赵括并未扰军！”

“赵括大胆！”平原君陡然怒喝，“乱命便是亡国，擅动便是扰军，尔何得强辩！”

赵括面色骤然涨红，大喘着粗气，终是咬着牙关忍住了。在赵国，平原君赵胜是从少年时期便极富才名的王族英杰，被天下呼为“战国四大公子”时，平原君还不到二十岁。无论是马上征战，还是邦交斡旋，抑或侠义结交，平原君都是声威赫赫，更兼资望深重，在赵国是无可动摇的栋梁权臣。赵括纵是心高气傲，素常也很是钦敬名士大才，尝对人笑谈：“人以才学见识胜，赵括便服。惜乎天下无才，教赵括如何服人？”有人说给孝成王，孝成王哈哈大笑：“坦诚若此，马服子可人也！”在赵国，赵括也就是对平原君尚存些许钦敬，只因了平原君是他眼中赵国唯一的“通才名臣”，其余如蔺相如、廉颇、乐毅父子等，在赵括眼中都是“执一之才，不足论也”。今日平原君虽则以威势压人，两句指斥却也是无可辩驳。寻常之时，人得平原君这两句指斥，立即便是杀身之祸，而对自己，平原君也仅是指斥而已，并无刑罚加身之意，你赵括还当如何？

一阵喘息，赵括平静了下来，请平原君入座，将廉颇部署与自己的战法谋划仔细禀报了一遍，末了道：“平原君公允论之，赵括错在何处？”

“马服子勇气可嘉也！”平原君淡淡一笑，“然则老夫以为：数十年来，秦赵无十万以上之大战，今番双方云集大军于上党，将成天下瞩目之大决。老将军初取守势，纵不能使秦军知难而退，至少可在不败之势下探究敌情之虚实，查明秦军之长短优劣。相持有许，若情势确有可攻之战机，老廉颇也是虎虎猛将，自当大攻秦军也。君之战法虽亦无错，然却有一大隐患：一旦猛攻决战有失，上党立即便是危局，赵国想增兵都来不及。马服子熟读兵书，如何不知此理？”

“未战先惧败，夫复何言？”赵括终于是有些沮丧了。

“不说也罢。”平原君笑了，“自古兵无二将，马服子还要留在上党么？”

赵括猛然抬头：“未奉君命，将不离军。”

“老夫以为，你当回邯郸，使大将军事权归一。”平原君的笑意倏忽消失。

“赵括只想出丹水与秦军一战，试探秦军战力。”

平原君向后一摆手：“宣书。”随行书吏立即打开一卷王书高声念诵起来。孝成王书很是明确：赵括交接大军已罢，立即随同平原君回邯郸另事。赵括听罢王书，嘴角一阵抽搐道：“君命如此，赵括自当遵从。”平原君很是不悦，沉着脸下令赵括立即拔营起程，先回壶关等候。赵括无奈，只好拔营怏怏去了。

平原君风尘仆仆地另路北上了。到得长平关下，已经是暮霭沉沉。但见关西丹朱岭上火把连绵东去，宛如无边无际的一条火龙，满山号子声声，鼎沸一般。前行司马来报，说廉颇不在行辕，一直在丹朱岭督修长城。平原君一阵感慨，命随行护卫在长平关下扎营，自己只带了两名司马举着火把上山去了。

从陡峭的南坡爬上丹朱岭，那道遍体鳞伤的残破巨龙赫然展现在万千火把之下：松动坍塌的石条横七竖八地散落在山坡，即或较完整的墙段，垛口也十有八九都颓衰松动了，丈余宽的城墙地面到处都是山洪冲刷的坑洞，储存滚木礌石与兵器的石板仓几乎无一例外地或坍塌或破损，总之是不能用了。平原君从来没到过这道赫赫大名的韩国石长城，今日一看，心头大是沉重。如此百里长城，纵能在开战之前仓促修葺完毕，却有效用么？

蓦然之间，平原君耳边响起了赵武灵王浑厚的声音：“赵军以轻锐剽悍为长，遇战宜攻不宜守。但守坚壁，事倍功半也。”平原君虽然没有做过统兵大将，但自少年便在军中磨炼，军旅大要却是清楚的。大凡坚守，必须以重甲步兵与大型器械见长，且须保证源源不断的辎重粮草输送。论战力，赵国精兵十有八九都是骑兵，若是在大草原般的平原开阔地决战，赵军堪称无可匹敌。然则要说到重甲步兵，赵国实在是一短。百年以来，战国先后涌现过四支精锐步军：最早是吴起严酷训练出来的“魏武卒”，其次是田忌孙膑时期的齐国“技击之士”，再次是商鞅时期练成的秦国新军“锐士”，最后是乐毅练成的燕军“辽东坚兵”。如今魏齐燕三大精锐步军全部衰落，唯余秦军“锐士”之旅称雄天下。赵国胡服骑射的军法大变革，先后练成的三十余万飞骑自然可傲视天下。步军虽然也是二十余万之众，但与秦军“锐士”相比，显然有两大缺陷：一是单兵战力与整体结阵战力不如秦军，二是重型防守器械不如秦军完备。说起来，赵国也是多山多险之邦，理当有一支长于守御山地隘口的精锐之师，如何当年武灵王便忽视了？如今看来，天下整体精锐者唯有秦军了——秦军铁骑与赵军不相上下，步军强于赵军，舟师水军已经超过了楚军，各种攻守大型器械更是完备丰富，粮草后继更是……

“平原君身临战阵，老卒不胜欣慰。”

“啊，老将军。”平原君恍然醒悟，情不自禁地猛然拉住了那双粗糙的大手。

回到长平幕府，廉颇立即吩咐整治了两案军食酒肉为平原君洗尘。廉颇已经得到了赵括被召回邯郸的消息，心下轻松，对平原君细细说起了自己的种种谋划，侃侃半个时辰兀自意犹未尽。平原君笑道：“老将军将一个‘守’字说得淋漓尽致，赵胜实在是钦佩了。”话音一转，忧心忡忡，“然则，老将军长远之策如何？毕竟，一个‘守’字胜不得秦军也。”廉颇不禁哈哈大笑：“天下何曾有唯守将军了？赵国精兵之长在攻，老卒数十年疆场，岂能如此昏聩也！”

“好！”平原君拍案大笑，“老将军一言中的，你只说，何时方可攻秦？”

“攻秦之要在二。”廉颇压低声音道，“其一，六国合纵成，至少三晋同心出兵，便是战机。其时魏国出河内，韩国出河外，秦军背后动摇，我便两路大军攻秦：骑兵出安阳南下，步军出太行三陉直逼河内。其二，或切断大河舟船粮道，秦军必乱，我则一鼓而出。”

“老将军……”平原君长吁一声如释重负，“如此赵国无忧也。”

廉颇一阵思忖，踌躇着道：“老卒尚有一请，平原君忖度。”

“老将军但说无妨。”

“老卒以为：此战当以老乐毅为帅，老卒副之，可得万全。”

平原君心下骤然一沉：“老将军，莫非有甚心思？”

廉颇面色涨红，吭哧片刻一声喘息：“老卒所虑，酣战换将之时，再说便迟了。”

平原君倏忽变色：“老将军何有此虑？何人何时有换将之说？”

廉颇摇摇头：“老卒虽则善战，却不善说，只恐到时说服不得……”分明是言犹未尽，却生生打住了话头。

平原君顿时明白，慨然拍案道：“邦国兴亡，赵王便要换将，我等岂能坐视无说？老乐毅隐退多年，更不熟悉赵军，纵是满腹智计，何如老将军对赵军如臂使指？老将军若得顾虑，赵胜今日便明说：马服子若得发难，有赵胜说话！”

骤然之间，廉颇老泪纵横，对着平原君深深一躬。

五　相持三年　雪球越滚越大　胜负却越来越渺茫

最炎热的两个多月里，秦赵两军分外的紧张忙碌。

自二十多年前白起冬战河内，酷暑严冬无战事的古老传统早已经被打破了丢弃了。冯亭春二月献了上党，赵国三月进驻大军，秦军四月紧跟而来，环环相扣步步紧逼，谁顾得去讲究个春夏秋冬了。在上党这样的广阔高地对峙，双方大军各以两郡为根基：秦国的河东河内两郡，赵国的邯郸上党两郡，若再连同牵动的魏韩两国并洛阳王畿，整个大河上下的中原地带都覆盖了前所未有的大战阴云。唯其战场广阔，唯其关涉兴亡根本，两军各自抵达战地后都没有立即开战。赵国以逸待劳取守势，忙着修筑深沟高垒。秦军远道进军取攻势，忙着肃清函谷关以东的关隘河道，忙着输送、囤积粮草，忙着清理外围战场，忙着设伏、探察、部署等诸般大战前的准备。整个酷暑炎夏，两军一直没有接战，仿佛各自演练攻防一般。

一进七月，借着上党山地第一缕清凉的秋风，秦军的外围进攻战拉开了帷幕。

第一战，抢夺太行南三陉。王龁早已经将赵军主力的三道防线探听得清楚，知道最靠近太行山南端的丹水防线距离三个陉口尚有数十里山路，三个陉口各由三名都尉[1]率领两千步兵镇守。对于赵军，这三个陉口是前沿要塞关隘，却不是核心防线，纵大军驻防也无法展开，两千精兵是最能施展战力的防守。两个多月来，王龁已经对三陉地形兵力了如指掌，派出三路精锐步军，每路三千，夜攻三陉。为了扰乱赵军判断，王龁同时派出八百斥候营飞骑，秘密插入赵军丹水防线与三陉之间的山谷地带，伺机骚扰并截击赵军联络通道。

月黑风高的三更一点（军营刁斗第一报），预先已经在三陉口外埋伏好的秦军锐士同时出动，悄无声息地扑向了三处要隘。所谓陉口要隘，是狭窄的峡谷山道之上凌空架一座山石城墙、城楼或城堡，两边各有一座千人军营；但有敌军来犯，城楼士兵立即凌空放下千斤石门堵塞峡谷，同时以滚木礌石箭雨正面居高攻敌，两侧山腰也同时夹击，事实上极难攻陷。此所谓一夫当关万夫莫开也。秦军事先反复谋划演练好的战法是：不走关下陉道，每五百人一路，分做六路，不打火把，摸黑潜行进入陉口两侧山岭；在突然袭击两侧军营的同时，两路（一千人）立即夹击中央城楼，同时分割猛攻，使三处不能相互为援。

如此战法果然大见成效。半夜激战，西段轵关陉与中段太行陉终被攻克，赵军四千人全部战死，还斩首了四名都尉。这便是“二鄣四尉”之首战。东段白陉虽未攻克，却也杀敌一千，并斩首赵军裨将[2]弧茄。原来，在突袭猛攻白陉刚开始半个时辰，突有一支数百人骑兵从北向南进入陉道。领军大将立即下令一部骑兵弃马步战杀上山腰。赵军骑兵个个精于骑射，未及接战便是长弓夜射，箭箭皆中火把下的黑甲秦军。在这千钧一发之际，秦军斥候飞骑突然杀到，一面与谷中赵军骑兵猛烈搏杀，一面分兵杀上山腰增援。杀到天色已亮，关隘犹是难下，秦军步卒余部突围杀出了战场。

此战秦军战死三千，其中东路战死一千六百，其余六千人个个带伤，

[1] 都尉，赵国军职，秦国为“军尉”，千夫长之上，当为数千人之将。

[2] 裨将，战国通行军职，军中副将。

可谓惨胜。

王龁大怒，顿时将白起叮嘱抛在了九霄云外，休战三日，立即发兵八万猛攻赵军西部老马岭防线。王龁之所以将大举猛攻之地选在老马岭，一则因上党西部在太行山屏障之外，攻陷老马岭防线便可直接进入上党腹地；二则因沁水河谷已经先有桓龁的三万步军隐秘埋伏，可攻赵军出其不意。王龁是秦军著名的猛将，每战必冲锋陷阵而后快，这次亲自率领五万步骑同时猛攻老马岭南段。

老马岭是一道南北走向的石山，岭高陡绝，跋涉维艰，百姓也叫做乏马岭。这道山岭从北向南逶迤八十余里，中段有一道横贯东西的峡谷陉口，便是上党西部险关高平关。这高平关险峻异常，南峭壁，北陡涧，唯中间峡谷通得东西。这道峡谷东西长约一里，南北宽约两里，是河东进出上党的咽喉要道，也是整个老马岭防线的要害枢纽。赵军驻守老马岭一线，除了无法攀缘陡峭高山，凡可进兵的山坡地段都挖掘壕沟，储备滚木礌石以防守。五万守军分做前后呼应：山腰壁垒有三万守军，高平关背后（东）的河谷地带驻扎两万守军，以策应各方险情。如此部署，可见廉颇之苦心谋划。

大雾弥漫的清晨，秦军突然发起了猛攻。北段桓龁的三万步军早已经分散成二十个千人队，潜入赵军壁垒附近一切可以藏身的山腰树林沟坎埋伏。桓龁则亲率一万步军锐士，蛰伏山下做后援攻击。号角一起，立即漫山遍野向山塄壁垒扑来。赵军根本没有料到秦军会在此时开战，士兵们都窝在壁垒中鼾声连天，陡闻杀声大起，惊慌失措跳起应战，已经是一片乱象了。秦军有备而来，铁甲锐士在强弩箭雨掩护下借着山石塄坎纵蹿跳跃，纷纷扑入壁垒与赵军缠作一团搏杀。赵军防守优势的要害原在于居高临下之时的滚木礌石强弓硬弩，如今被秦军突袭直接扑入壁垒搏杀，最大优势顿时丧失，成了赤裸裸比拼战力。赵军步兵原比秦军步兵稍逊一筹，此刻近战，面对山坡的防守优势全部丧失。借着壁垒纠缠的大好时机，蛰伏山下的桓龁一万锐士大起冲杀，片刻间冲上壁垒加入了搏杀战团。如此不到一个时辰，老马岭北段沟垒防线全部被秦军攻陷。

与此同时，王龁也在中段发动了猛攻。王龁将五万军马分做两部：攻高平两万，另三万堵在高平以北山林埋伏。南北两边战端一起，高平关后的两万赵军立即分兵两路策应。北上增援老马岭的一万赵军，堪堪进入山道便被秦军伏兵猛烈突袭，死伤大半后匆忙回兵。高平关攻防却是异常惨烈，直到正午尚不见分晓。王龁原已派出两千山民子弟组成的奇兵，攀缘跋涉秘密潜入高平关南北两山，对高平关做居高临下之猛攻。然则赵军在两里宽的谷底仍然驻扎了一军，南北山腰的关城守军虽被山顶秦军的箭雨巨石压得无法攻出，谷底赵军却岿然不动。便在此时，高平关后的一万赵军也从谷底陉道杀入，两军合一，与秦军顿时僵持住了。

西谷口王龁大急，陡然心中一亮，以旗号遥遥下令南北两山顶秦军重新猛攻山腰关城，自己亲自率领一万铁骑飓风般冲进谷底陉道。谷底赵军受山顶秦军牵制，得不断躲闪凌空砸下的山石箭雨，面对西面谷口修筑的壁垒便有所疏忽。山地大战极少出现骑兵，王龁铁骑突击大出赵军意料，冒着不甚密集的箭雨，一个冲锋便杀入了赵军壁垒。步卒抗骑兵，不借壁垒结阵便大见劣势。壁垒一破，赵军步卒大乱，几个回环冲杀，残余赵军逃进了两边山林。王龁立即下令骑士下马步战，分两路从山道攻关，上下夹击搏杀一个时辰，高平关终于陷落。

待廉颇亲率三万铁骑从长平西来驰援时，已经是暮色苍茫了。看着高平关两面山岭火把连绵黑色旌旗猎猎飞舞秦军漫山呐喊鼓噪，老廉颇面如寒霜，令旗一劈掉转马头去了。

回到长平大营，廉颇连夜上书赵孝成王，同时飞报平原君详细战况，请求立即增兵十万。孝成王原本对赵括的正面大攻说心下尚是认可，接到廉颇紧急上书不由自主地心跳了；与平原君、蔺相如等一班重臣彻夜密商，立即向上党增兵十万，同时下令廉颇：务必坚守丹水与石长城两道壁垒，与秦军做长期对抗，不求速胜，唯求上党不失。

旬日之间，十万赵军抵达上党。经此一役，廉颇非但丝毫未见慌乱，反倒是更见笃定了。虽然丢失了西线壁垒与高平要塞，然则也大大平息了赵括在赵军将士中蔓延开来的狂躁轻战心绪。西线之败，与其说败在战力，毋宁说败在轻率求战的轻敌之心。赵军数十年纵横天下无败绩，便是对秦军，也有过阏与之战的皇皇胜功。此次与秦军第一次做大军抗衡，无论老廉颇如何反复申明秦军优势而主张坚守待机，事实上都没有消除赵军将士的轻攻轻敌心绪。如今猛遭一败，赵军将士悚然警觉，顿时对大将军当初的部署苦心有了痛切体察。正因为如此，老廉颇才更是笃定了——有铁心坚守的赵国猛士三十万在手，秦军锐士纵是虎狼之师，也休想再占赵军便宜。

长平升帐，廉颇重新布防：丹水防线向西前出二十里，以六万大军构筑坚实壁垒防守，封堵秦军从高平东攻之路，同时与丹水壁垒互为犄角策应，两线共十三万精兵，决意不使秦军东进一步。与此同时，石长城防线增兵两万,十万大军做百里防卫。长平大营驻扎三万飞骑，由廉颇亲自统率策应各路。一切部署完毕，老廉颇面色肃杀，第一次发出了大将军生杀令：除非秦军突袭猛攻，不奉号令出战者，立杀无赦!

在赵军重新布防之时，武安君白起也从安邑的秘密行辕赶到了上党的秦军大营。

王龁夺取西线壁垒的捷报，在秦国朝野引起了一片欢呼。秦昭王大为振奋，立即飞书白起："原对赵军战力似有高估，武安君可酌情决战，早平上党。"白起接近上党，战况自然是一清二楚，连夜飞骑进入上党。王龁一见便兴冲冲问了一句："夺得西垒，武安君以为如何？"白起不置可否，只教王龁细报伤亡数目。王龁禀报完毕，白起依然是不置可否，一句话不说带着两个司马到军营去了。王龁是白起老部属，深知白起虽则寡言，对战事却从来不含糊其辞，今日不说话，分明是这西垒之战有错失处。可错在哪里？时机不对？伤亡过大？王龁一时揣摩不透，心下大是不安。武安君军令原是明白无误：除了夺取太行山南三陉，其余关隘即或赵军设防疏忽，也不能擅自攻占。自己强攻西垒，分明是违背军令了。然则武安君非但没有处罚，连公然申斥都没有，又分明是强攻没有全错了。对，错就错在违背军令。以武安君之威严，从来都是令行禁止，你违背军令，胜了又能如何？王龁思忖一番，决意上书秦王并向武安君请求：此战不记功，以补违背军令之过。

谁知一连三日，白起都教王龁跟着他翻山越岭查勘赵军阵势。及至三日后回到行辕，王龁已经不说话了。击鼓聚将之后，白起对大将们肃然道：“西垒之战，诚然激励士气。然则在我大军未聚之前，却是打草惊蛇，使赵军增兵坚壁。上党本是易守难攻之险地，三十万雄师坚壁据守，更有老廉颇稳健统兵，秦军纵是同等三十万也无法攻克。诸位须知：秦赵大决，不在小战之胜负，而在大战之胜负；要得大战而胜，便得聚集大军，寻求最佳战机。若无最佳战机，宁可对峙抗衡而不轻易出战。你等但看，如今赵军壁垒之森严，便知廉颇已经窥透上党对峙之精要。”

“王龁轻战，请武安君处罚！”王龁摘下头顶铜盔，心悦诚服地低头一个长躬。

白起一摆手道：“王龁有轻战之过，亦有醒我将士之功，功过相抵，仍领原职率军对峙。”

“武安君明察！万岁！”帐中大将异口同声地欢呼了一声。

白起脸上罕见地掠过了一丝笑容，突然高声问：“谁读过《吴子》？”见众将纷纷摇头，白起肃然背诵道，“《吴子·论将》云：凡人论将，常观于勇。勇之于将，乃数分之一耳。夫勇者必轻合，轻合而不知利，未可也。故将者所慎者五：一曰理，二曰备，三曰果，四曰戒，五曰约……”大帐一片静谧，王龁与将军们的额头都渗出了涔涔汗珠。

当夜，白起立即上书秦昭王，大要禀报了赵军态势变化，请求增兵二十万与赵国对峙。此时秦昭王已经得到了郑安平从邯郸发回的飞骑密报，醒悟到大势并非自己所想，立即回书：“举国兵符在君，兵马调遣唯君以情势定之，无须请命耽延也！”白起接书，当即发出兵符军令到蓝田大营。一月之后，大将蒙骜率二十万大军陆续开出函谷关抵达上党。至此，秦国蓝田大营驻军已经全部开到了战场，秦国在上党总兵力一举达到了三十八万。也就是说，若得再行增兵，便得从各个边地关隘抽调城防守军了。大军云集，针对赵军已经成型的布防与秦军所占地形，白起立即重新部署了上党对峙的壁垒防线：

西部沁水壁垒。沁水中游河谷是秦军在上党西边沿的屯兵要地，也是进军上党的西部根基防线。这段沁水河谷呈西北东南走向，长约八十余里，河谷宽阔，水源充足，堪称天然屯兵之所。河谷中段一片突兀的高地上有一座石砌城堡，叫做端氏城[1]，为春秋时期晋国端氏部族之封邑。这座石头城是沁水秦军的防守枢纽。白起命左庶长王龁率十万大军驻守这道沁水防线，实际上是将这里看做西部大本营。

中部老马岭壁垒。老马岭是秦军新近夺取赵军的西壁垒，西边背后二十里是沁水秦军防线，东边与赵军的丹水防线隔水遥遥相望，实际是秦军最前部阵地。因其居于咽喉冲要，白起派了勇猛刁钻的大将桓龁率领八万精锐步军驻防，大本营设在险峻的高平关。

南三陉壁垒。是以河内山塬为依托的太行山南部三陉口的防线。这道大阵西起轵关陉，东至白陉，东西二百余里，正对北面赵军的丹水防线，既是秦军的南部大本营，也是全部秦军的总根基所在。三陉口分做三道防守线：进入陉口十余里的太行山北麓，每陉口修筑一道东西横宽二十里的山石壁垒，作为陉口北端的第一道防守；三陉口关隘加固壁垒，做第二道防守；陉口南出太行山十里，则筑起一条东西横宽二百里的最后防线，依据地形，石山则筑壁垒，土塬则掘壕沟。太行山北麓防线每段一万步军，共三万精兵防守；陉口关隘每陉五千步军，其中三千人为弓弩手，共一万五千人；太行山南麓防线则是六万步军严密布防，大部重型防守器械都设置在这里。南三陉三道壁垒的十万余大军，白起派了最为稳健缜密的蒙骜统领。

三大壁垒之外，白起还部署了两支策应大军：

第一支，由骑兵大将王陵率领五万铁骑，专一策应各方险情。由于陉口之外是河内丘陵平川，南边更有粮草基地野王与大河舟船水道，一则需要重兵防守，二则有利于骑兵展开，白起便将骑兵主力驻扎在野王以北的开阔地带，确保随时驰援各方。

第二支，驻扎沁水下游河谷的五万步骑混编的精锐大军，由白起亲自统率，做全军总策应。这五万大军的领军主将是王族猛士嬴豹。嬴豹是当年公子虔的孙子，勇猛暴烈大有乃祖之风，在秦军中除了白起谁也不服。嬴豹熟知白起最险难关口定然要亲自冲锋陷阵的战场秉性，将军

[1] 端氏城，战国初期为魏地，中后期为秦国河东郡城邑，在今山西沁水县城东北。

中二百名铁鹰锐士专门编成了一个铁鹰死士队，专司执掌护卫统帅大旗，形影不离地跟定白起。

及至秦赵两军的第二次部署全部完成，已经是严寒的冬天了。进入腊月，中原久旱之后终于有了第一场大雪。呼啸的山风搅着漫天雪花扑进了军营，扑进了壕沟壁垒，扑进了关隘要塞。山峦连绵起伏的上党变成白茫茫一片混沌，雄伟的太行山宛如银色巨龙耸立在天地之间，倾听着苍莽山塬中的萧萧马鸣，倾听着无边无际的隐隐人声。

便是这茫茫飞雪，便是这严冬苦寒，也没有冰封这广阔战场在天下激起的巨大涟漪。往昔雪冬，山东道上商旅鸟兽皆绝迹，如今却是车马如梭行人匆匆。特使的车骑，斥候的快马，满载粮草的牛车，牟取军利的商贾，逃离战火的难民，各色人等今年冬日都神奇地复活了，不窝冬了。一场旷古大战便在眼前，多少邦国的兴亡，多少生民的命运，都将为这场大战的结局所左右，纵是严冬飞雪，天下又如何能得安宁？

秦国大军一进上党，赵国君臣便大为不安。眼见铺排越来越大，分明是国命大决了，孝成王第一次有了一种不可言说的恐惧，夜来卧榻，莫名其妙地总是一阵心惊肉跳。枕不安席，索性召来一班重臣连夜商议。一见大臣们忧心忡忡踌躇不言，柱国将军赵括顿时慷慨激昂道："决国如同决战，狭路相逢勇者胜！战场已经摆开，大军已经对峙，可谓箭在弦上不得不发。当此之际，阵脚松动者必是大溃。诸位身为邦国栋梁，疑惧不定，当真令人汗颜也！"一番话掷地有声，一班大臣顿时面红过耳。孝成王心头一跳笑道："诸位大臣思忖谋划，未必便是疑惧，马服子未免过甚。诸位但说，如何与秦国周旋了？"平原君立即接道："大军成势，马服子所言大是在理，此时稍有退缩，崩溃无疑。老臣之见，秦国兵力已经超过我军八万，我当立即调边军十万南下，一则对等抗衡，二则昭示天下：赵国决意抗击秦国虎狼！""大是！"虞卿重重拍案，"唯有兵力均势，六国合纵方可有成！"蔺相如点头道："山东畏秦，日久成习，我若无大勇之举，也实在难以合纵也。"楼昌叹息一声道："我接赵商义报：魏国又夺了信陵君相权，韩国也将冯亭任了闲职。此中之要，便是两国对我军能否胜秦心存疑虑。"楼昌原是赵国名臣楼缓之子。楼缓年迈，子袭父爵，上党对峙开始后邦交频繁，楼昌被孝成王任为上大夫之职辅助邦交。

“岂有此理！”孝成王显然生气了，“韩魏反复无常，当真可恶！”

“赵王息怒。”蔺相如很是冷静，“秦国近四十万大军压在河内，对魏韩犹如泰山压顶，犹疑观望原是常情。赵军十万南下但能成行，臣等三人立即分头出使。非但韩魏，便是齐楚燕三国，也可稳定。”

“好！”孝成王断然拍案，却又突然犹豫，“边军南下，胡人匈奴卷土重来……”

“我王毋忧。”赵括笑了，“臣举一年轻将军，但有两三万之众，足以镇守北地。”

平原君先惊讶了：“哦？何人？”

“李牧！”

“李牧？”平原君目询，几位大臣都摇了摇头。

赵括笑道：“三年前，臣曾北上为邯郸守军增置战马，识得李牧。其时此人年仅十八岁，已是边军千夫长，今年已是都尉了。李牧兵户子弟，十岁入军，精通兵法韬略不在臣之下，多有疆场实战却在臣之上。但有考察，我王便明。”

孝成王点点头：“既然如此，请王叔立即北上，若边地能妥为安置，立即调遣十万大军南下。”平原君立即慨然领命。孝成王又道：“出使列国，诸卿何时成行？要否等候大军南下之后？”蔺相如道：“但有决策，何须等待？明日我等便可成行！”孝成王一点头，看了看赵括道：“昨接廉颇军报：国尉许历老寒病发作，难以撑持繁重军务。本王之意，马服子谋勇兼备又正在英年，可换回老国尉坐镇邯郸防务。王叔以为如何？”

平原君思忖片刻道：“上党大军云集，粮道之任极是繁重，确需精壮之士担此重任。然则马服子气势太盛，动辄与老将军帐前争执，老臣却是忧虑。”蔺相如素来心思机敏，立即接道：“若得马服子明誓与老将军同心，诚为上佳人选！”孝成王笑道：“马服子如何？”

换回许历，本是赵括昨日得到军前消息后进宫慷慨自请。孝成王当时是答应了，却并未下书。赵括本想议事完毕后留下来再度请命，却不料孝成王这时提出来公议，顿时一喜一忧。喜者，显然是赵王对他信任有加。忧者，平原君大半要阻挠。及至平原君一说出口，赵括大感难堪——西垒之失后，赵军将士已经公认赵括轻战，自己虽则不服，也只得缄口不言。平原君如是说，显然是不赞同他代替许历了。及至蔺相如一说赵王一问，赵括顿时感奋挺身，一拱手高声道："但得军前效力，赵括若不与老将军同心，死在万箭之下！"一言落点，君臣们一阵惊讶，又是一阵大笑。

平原君喟然一声叹息："少将军立此血誓，夫复何言！"

次日午后，邯郸四门车马纷纷。平原君马队北上了，蔺相如、虞卿、楼昌的特使轺车南下了，赵括马队打着"柱国督军使"的大旗西进了。孝成王最后在西门外送走了赵括，望着纷纷扬扬的漫天大雪，望着西部混沌难辨的白色天地，情不自禁地对着上天一阵喃喃祷告，愿天佑赵国，使自己成为战胜强秦的天下之王。

当此情势，秦国朝野也是一片紧张忙碌。

料得冬雪之季两军对峙无战，秦昭王将白起与范雎召回咸阳商议后续应对之策。白起对军势对峙的预料是：赵国必然继续增兵，秦国也得做好增兵筹划；以赵军战力，秦军不可能以少胜多。秦昭王思忖道："增兵但凭武安君调遣便了。只是这新征发之兵，战力可靠么？"白起道："新征士卒，只能修筑壁垒壕沟做辅助战力。只要六国不成合纵，各边地关隘尚可聚集二十余万大军。"范雎笑道："伐交得当，他如何便能合纵？我意：先与楚国结盟，南郡兵力可立即北上。"秦昭王眼睛一亮："应侯有成算？"范雎点头道："王稽已在楚国，春来便有好消息。"

君臣正在议论，忽有郑安平密报到达，说赵国平原君已经北上调兵，三路特使也一齐南下了。秦昭王脸色顿时阴沉。范雎悠然笑道："赵国君臣原以为只要与我大军对峙，合纵便是水到渠成，此时觉察情势有异方才大急，已是迟了。"白起困惑道："如何迟了？"范雎道："尚未及向武安君通报，魏国信陵君相权已免，韩国冯亭亦形同赋闲，此二人一去，三晋盟约便没有根基了。"白起不禁大是惊讶："此两人尽皆栋梁，如何说去便去了？"范雎哈哈大笑："不罢栋梁，大秦府库的金钱岂非白白扔了？”白起叹息一声：“匪夷所思也！”秦昭王笑道：“原是武安君不在意此等事，栋梁不栋梁，本在君王之断，岂有他哉！”白起目光一闪，终是没有说话。范雎一转话题道：“目下急务是粮草。关中郡县府库之粮仓，已经大半输送河内。以武安君之算，大约储得多长时日之粮草方可？”白起思忖片刻，一字一顿道：“以对峙之大势，此战三年不能了结。”

“如何如何？三年？”秦昭王第一次听到白起如此论断，不禁倒吸了一口凉气，“田单一城之兵抗燕国四十余万大军，以弱磨强也才六年。上将军当年东取河内、南下南郡，都是与敌兵力相当，都是无过半年雷霆万钧取胜。如今我军多于赵军，如何要这般遥遥无期？”

白起一说军事便来精神，又是不善笑谈，一脸正色道：“君上之心，老臣倒是没有料到。田单抗燕，如何能与秦赵大决相比？魏国楚国，又如何能与赵国相比？赵国崛起已是三代，大军六十万与我不相上下，邦国实力也与我相差无几，名将名臣济济一堂，目下之赵王亦非平庸之辈。如此两强大决，每一步都牵动天下大局，三年有成，老臣以为已是上天佑秦了。赵若如楚如魏，如此大战老臣便可三月拿下。然则这是赵国，这是赵军，统帅是老而弥辣之廉颇，若无上佳战机，老臣宁可与他对头相持，绝不轻战。”

秦昭王见白起如此认真，说的又实在无法指斥，释然一笑道：“本王原是没有细想，三年便三年，便是再有三年，还不也得撑下去？”范雎见白起嘴角一抽搐又要说话，恍然醒悟般笑道：“上将军方才所说之上佳战机，不知何指？”白起顿时坦然，侃侃道：“战机者，敌军异象也。就实而论，或敌方粮草不济而军兵骚动，或轻躁求战而我可伏击，或突然更换主帅等，不一而足，唯精心捕捉而已。”范雎目光一闪：“譬如燕国罢乐毅而任骑劫，便是田单战机了？”“大是也！”白起赞叹拍案，“这一战机田单等了六年。乐毅若在，岂有火牛阵大胜也！”范雎若有所思，良久沉默。

“应侯想甚？”秦昭王不禁笑了。

范雎浑然无觉，嘴唇兀自喃喃，陡然笑道：“失态失态，容臣揣摩一番再说。”

倏忽已是春日。

各种消息随着特使轺车随着斥候快马随着商旅义报，在天下纵横飞舞起来。赵国十万精锐边军南下了！燕国武成王拒绝赵国合纵，还图谋在赵国背后做黄雀突然啄上一口！新齐王田建没有听蔺相如说辞，也没有听老苏代的“唇亡齿寒”说，硬是悄悄骑墙作壁上观！韩王魏王忒煞出奇，只追着赵国特使虞卿死问一句：赵军如此强大，为何不打一场胜仗长长三晋志气？然而，春天最惊人的消息是来自楚国的故事：老楚王芈横（顷襄王）死了，春申君黄歇迎接在秦国做人质的太子芈完回郢都即位。秦国先不答应，后来却又答应了，还派特使王稽护送芈完回国。芈完一即位，立即与秦国订立了修好盟约，秦国驻守南郡的八万大军立即拔营北上了！这些消息故事中还夹有一个神秘离奇的传闻：秦国特使王稽不知给楚国办了何等好事，楚王竟赏赐了他五千金还有十名吴越美女。

消息纷纭中，春天不知不觉地过去了。随之，秦赵两军各自再度增兵十万。如此赵军五十余万，秦军五十八万，上党大战场云集大军百万有余。也就是说，秦赵两国各自都将全部大军压到了上党，真正成了举国大决。面对这种亘古未见的战场气势，天下三十余个大国小邦都一时屏住了呼吸。邦交使节没有了，口舌流播的传闻没有了。眼看两座雄伟高山要震天撼地地碰撞，无边广袤的华夏大地骤然之间沉默了。

然则，半年过去了，一年过去了，天下恐惧期待的旷古大战硬是没有发生。

被震慑而蛰伏的纷纭传闻，又如潺潺流水般弥漫开来，使节商旅的车马又开始辚辚上路了。议论源头的游学士子们，在各国都城进行着一个永远没有公认答案的论战：举兵百万，对峙两年，空耗财货无以计数，却依然还在僵持，秦赵两强究竟有何图谋？有人说，这是两强示威于列国，待列国折服，秦赵便要瓜分天下。有人说，这是韩国安天下的妙策，抛出一个上党教两虎相争，纵留胜虎也是遍体鳞伤，天下合力灭之，中国便是永久太平了。有人说，狼虎两家怕，秦赵两国谁也不敢当真开战，对峙全然是劳民伤财。

进入第三年秋天，天下惶惶之时，突然一个惊人消息传开：秦国武安君白起身染重病，气息奄奄了！随着这则消息的流播，山东大势竟在一夜之间发生了微妙的变化：楚国立即与赵国订立了修好盟约，却也不废除与秦国的盟约；齐燕魏韩四国，则纷纷派出密使催促赵国开战。各国使节一出邯郸则立即赶赴咸阳，纷纷带着各国的神医秘药争相探视武安君白起。一时间，白起府邸车马如流门庭若市，只是谁也踏不进府门半步。

半月之后，楚齐魏燕四国特使才获得秦昭王特许，在丞相范雎陪同下探视武安君。独留一个韩国特使韩明孤零零守在府外，虽大是尴尬，却又只得守候，毕竟，这个消息太重大了。半个时辰后，四国特使匆匆出来了。韩明眼见范雎远远望了一眼自己，立即叫住了四国使节低声叮嘱了几句，方才一拱手进去了。四国特使个个绷着脸从韩明身边走过，谁也不理会他，各自登车辚辚去了。

当晚，韩明悄悄拜会了楚国特使，送上了沉甸甸的三百金与两套名贵佩玉，楚国特使才压低声音诉说了一番：“噢呀，侬毋晓得，武安君当真不行啦！一脸菜色，头发掉光，眼窝深陷得两个黑洞一般也！我等问话，他只嘴角抽搐，始终没说一句话啦！末了只拉着范雎，流出了两股泪水，侬毋晓得，谁个看得都痛伤啦。英雄一世，毋晓得如何得了这般怪病，天意啦天意啦！”

“范雎在府门对你等说甚了？”

“能说甚，不许对韩赵漏风啦！谁教韩国丢出个上党惹事啦！”

韩明出得楚使驿馆，连夜回了新郑，将情势一说，韩王与几名大臣立即眉头大皱。一番计议，见识惊人的一致：强秦如此冷淡韩国，分明已是记下上党这笔死仇了，无论韩国如何作壁上观，秦国都不会放过韩国。为今之计，韩国只有紧靠赵国了。又一番秘密计议，韩明兼程北上邯郸了。

赵孝成王与平原君立即召见了韩明。韩明向赵王备细禀报了他如何在四国特使之外单独探视白起的经过，将白起奄奄一息的病情说得纤毫毕现，末了道："武安君显见是即将过世之人了。韩王以为，此乃天意也。望赵王当机立断。"平原君微微一笑："韩国献上党而致大战发端，秦国不嫉恨倒也罢了，如何对特使如此青睐？竟能单独探视武安君？"韩明笑道："平原君知其一，不知其二。韩国虽献上党于赵，却也将冯亭赋闲。再说，赵国合纵，秦国便要连横，示好于韩，分明是要瓦解三晋老盟。岂有他哉！"平原君揶揄笑道："河外秦风大，韩国尚记得三晋老盟？"韩明正色相向道："平原君之意，莫非赵国多嫌弱韩不成？"孝成王摆摆手笑道："王叔笑谈，特使何须当真计较也。你只说，若赵国开战，韩国能否助一臂之力？"韩明不假思索道："赵国若战，韩国假道魏国，接济赵军粮草。"平原君拍案笑道："着！唯此堪称老盟也！"

武安君白起沉疴不起的消息一经证实，赵国君臣精神大振。傲视天下的赵军长持守势，与其说基于国力判断，毋宁说惧怕白起这尊赫赫战神。白起领军以来，每战必下十城以上，斩首最少八万，与山东战国大战二十余场，全部是干净彻底获胜，其猛其刁其狠其算其谋其智其稳其冷，堪称炉火纯青，对手从来都是毫无喘息之机。近二十余年以来，凡白起统帅出战，山东六国已经是无人敢于挂帅应敌了。这次上党对峙，秦军由左庶长王龁统兵，赵军稍安。事实上，白起也已年过五旬，好几年不带兵出战了。饶是如此，只要这尊神在，赵军将士与赵国君臣始终是忐忑不安。山东列国之所以皆作骑墙，一大半也是因了白起而将战胜可能倾向于秦。如今这尊令人毛骨悚然的战神终于奄奄待毙，如何不令人骤然轻松。

邯郸国人奔走相庆了。上天开眼，这凶神恶煞终是得报也！没有了白起，赵国五十万大军便是无法撼动的山岳，便是无可阻挡的隆隆战车，终将要碾碎秦军。一时间，邯郸国人求战之声大起，理由只有一个：秦压赵军三年，该到赵军大反之时了。

在这举国请战声浪中，邯郸传出了一个教赵人百般感慨的消息：秦军不惧老廉颇，唯惧马服子赵括。

第十五章 长平大决

一　年轻的大将军豪气勃发

秦军畏惧马服子的传闻，在赵国君臣中激起了非同寻常的反响。

孝成王第一次听到，也只是笑了笑而已。可短短旬日，先后有二十多位大臣向他禀报巷闾市井的这个消息，越说越有本，越说越有证，孝成王也不禁怦然心动了。这日平原君进宫商议上党粮草事宜，孝成王笑着问了一句："人言秦军畏惧马服子，王叔可曾听说？"平原君稍事沉吟道："老臣早已听说，唯恐流言有诈，故未敢报王。""王叔所虑原是不差。"孝成王思忖道，"事出有因，能否派出密使斥候查勘一番？"平原君道："王有此意，老臣自当部署查勘。"

旬日之内，斥候从上党陆续回报，秦军将士中确乎流传着各种马服子父子的故事，兵士们夜间在篝火边闲话，也是高一声低一声地说马服子如何如何，然则却始终没有听到怕马服子的说法。只有一个乔装成河内运粮民夫混入秦军营地的斥候说，他听到秦将王陵高声大骂："鸟！马服子没来撤个甚！廉颇老卒会打仗么？过夏生擒这个老匹夫！"又过旬日，派到咸阳的密使回报：咸阳国人也多议论只当年马服君胜过秦军，目下武安君虽则不行了，但只要廉颇统军，秦军哪位大将都可胜得这老卒，秦国照样灭赵。最重要的，是密使通过楚国大商，与秦国国尉府的几个吏员有几次饮酒聚谈。吏员们都为武安君即将辞世长吁短叹，但说到战局，却都是轻松随便，说王龁可能与马服子不相上下，但对付老廉颇绰绰有余也。

平原君揣摩再三，不知如何决断了。

平心而论，平原君对赵括的种种做派很是不以为然，对赵括的兵家才能也实在是心中无底。然则三年过去，两国大军对峙终须有个结局，长守也不是出路，加之白起将死，莫非当真到了扭转乾坤的时机？若有此千古良机，自己却因一己好恶而埋没良将，岂非赵国罪人了？至少，赵括举荐的李牧，平原君是极为赞赏器重的，一番长夜谈，立即任命李牧做了云中将军。若赵括有李牧那番沉雄气度，夫复何言？若说选将，平原君是本能地喜欢李牧。然则回头想去，李牧也没有赵括那般激情勃发才思喷涌谈兵论战从容如数家珍；再说李牧比赵括还年轻，军中尚无声望，震慑六十万大军谈何容易？相比之下，赵军将士多有当年马服君部将，几乎人人都对少将军赵括钦佩三分，赵括统军，决然不会生出将令不行的尴尬。可是，老将军做何想法？三年前自己与老将军在军前有约，誓言为老廉颇做邯郸根基，自己一退，老将军何以处之？

辗转反侧一夜，仍是莫衷一是。清晨寅时三刻离榻，平原君还是赶着卯时进宫了。孝成王正听蔺相如禀报列国情势，见平原君进得书房，摆摆手教蔺相如稍等，转身对着平原君一笑：“王叔匆匆而来，想是查勘有定？”平原君将各方回报一一说明，末了道：“此事老臣难决真伪，但凭赵王决断。”孝成王听得兴奋，拍案道：“果真如此，天意也！”“我王差矣。”一直安坐静听的蔺相如突然插话，“邯郸传闻，臣亦闻之。姑且不说，此等流言完全可能是秦国用间。但以实情论之，马服子不可为将也。”

“为何？”孝成王有些不悦。

蔺相如神色坦然道：“赵括才名虽大，却只是据书谈兵，不知据实应变之道。用赵括为将，犹胶柱鼓瑟也。”

“胶柱鼓瑟？此话怎讲？”

“调弦之柱被胶粘住，瑟便无以发声。赵括为将，如同胶住了五十万大军变通之道，唯余猛攻死战一途，后果不堪也！”

赵孝成王一时默然，思忖片刻笑道：“上卿对赵括之论，未免偏颇过甚了。”

“老臣论才，但以公心，上天可鉴！”

“也好，本王与王叔思谋一番再说。”孝成王一摆手，显然是要蔺相如不要再说了。蔺相如本已经成为隔代褪色的老臣，与孝成王远非如与惠文王那般君臣笃厚，更兼孝成王已经显然断定他论才不公，再评说赵括则是适得其反。蔺相如毕竟明锐，如此想得明白，一拱手告辞去了。

次日，邯郸又传开了一则消息：蔺相如与廉颇有刎颈之交，诋毁马服子，图谋朋党私利。传闻沸沸扬扬，几日之内朝野皆知。平原君觉得这则传闻实在蹊跷，进宫提醒赵王当机立断，否则上党大军不稳，邯郸民心也不稳。虽未明说，平原君却是显然希望赵王将廉颇蔺相如之传闻看做秦国用间，打消起用赵括之念，抚慰廉颇而平息流言。谁知孝成王已经在传闻流播之时，召见赵括做了一次长夜密谈，此刻已是另一番思谋。平原君一催，孝成王当即断然下书：拜马服子赵括为大将军，统帅上党大军决战秦国！

消息传出，邯郸国人奔走相告，一时满城欢腾，朝野臣民尽皆慷慨请战。孝成王大是振奋，第一次觉得自己做了一个顺天应人的圣明决断，立即又下了一道王书：三日之后，亲自率领举朝大臣为大将军郊亭壮行。

王书颁出，孝成王立即召平原君进宫，要平原君前赴上党坐镇，一则督察大军，二则做赵括大军的粮草辎重总后援。实际上便是赵括代廉颇，平原君代赵括，孝成王坐镇邯郸做最终决策。平原君不假思索，慨然应允。赵王已经即位七年，诸多事体已经流露出独断迹象，自己若执意守在邯郸领政而推辞赴军，实在也是不妥。大计已定，在君臣计议统筹粮草的诸般细节时，老内侍来禀报，说马服君夫人抱病求见。

“快请。”孝成王已经站了起来走向门厅。

赵奢遗孀已经是白发苍苍的老夫人了，拄着一支竹杖欲待行礼，被笑盈盈的孝成王搀扶住了。虽则如此，老夫人还是执意向孝成王微微一躬身，方才坐在了内侍搬来的绣墩上。

“老夫人，大是安康也！”孝成王笑着高声一句祈福辞。

“君上，可是用赵括做了大将？”老夫人突兀一问，神态分外清醒。

孝成王点头笑道：“对。马服君将门有虎子！”

“君上差矣。”老夫人摇摇头，喘息几声平静了下来，“马服君在世时，曾几次对老身说及：若赵括为将，必破军辱国。老身问何以见得？马服君说，赵括三病，无可救药。”

“三病？”平原君不禁笑了，“哪三病啊？”

“读兵书寻章摘句，有才无识。”

“马服君屡次被儿子问倒，气话，不作数也！”孝成王大笑。

“盛气过甚，轻率出谋，易言兵事。这是二。”

“此等断语大而无当，老夫人何须当真！”

老夫人不断摇头，自顾认真地说着：“其父在时，但受君命为将，不问家事而入军；王室赏赐，尽皆分与将士共享；亲友者百数，无携一人入军。而今赵括为将，王室赏赐归藏于家，用以大买田产；在军不亲兵，升帐则将士无敢仰视……此父子原非一道，愿我王收回成命，毋得误国。”

孝成王一阵默然，终是禁不住道：“老夫人，此等细务纵然有差，亦非为将之大节也。人非圣贤，孰能无过？何独对赵括之秉性细行大加苛责？如此说来，廉颇老卒无文，蔺相如曾为乞食门客，都做不得栋梁之材了？”

老夫人默然良久，喘息一声道：“知子莫若父母也。君上执意用赵括为将，请君上准许老身与族人，不连坐其罪。”

“准请！”孝成王慨然拍掌，“马服君有首败秦军之功，老夫人与族人自当免坐。赵括建功之日，老夫人与家人族人却要一体封赏！”

“父母之心，唯天知之也。”平原君叹息一声过来抚慰，“老夫人，言尽于此，此等话不要再说了。成命一出，军心民心不可乱也。”

老夫人不再说话，抹着眼泪点点头，被侍女搀扶去了。孝成王看看若有所思的平原君，转身一声吩咐：“宣赵括进宫。”

上党相持进入第三年时，赵括的军务日见减少，后来简化为一件事：每月在邯郸与上党间来回一次，在邯郸国尉府统筹输送粮草，在上党廉颇大帐交接粮草。虽说再也没有与廉颇横生龃龉，毕竟是话不投机，赵括与廉颇几乎从来没有磋商过战场见识。但赵括也绝不是无所事事，更不是没有了见识，相反却更忙碌了。这忙碌，是本职军务之外的诸般军情揣摩。只要在上党，赵括总是到赵军壁垒逐一踏勘，回到行辕便绘制一幅壁垒图。两年多下来，赵括已经将两大防区的四十六处壁垒全部踏勘完毕，四十六张大图也全数画完。在武安君白起将死的传闻流播之时，赵括又再次对所有壁垒踏勘一遍，回到行辕对照壁垒图，竟发现所有壁垒三年来都没有丝毫变化。赵括顿时愤怒了，立即带着大卷壁垒图兼程赶回邯郸，连夜求见孝成王。这便是赵括与孝成王的那次长夜密谈。赵括的一番话使孝成王大为震撼："老廉颇曾对平原君声言：但有战机，自当攻秦。既然如此，便当逐年做攻敌之备，或设置器械，或前移壁垒，或隐秘挖掘前出地道。然则，全数壁垒三年无变，赵军何有攻敌之心？如此坚壁防守，臣实不解老将军终将如何！"

看着满满摊了几大案的壁垒图，看着已经变得黝黑精瘦的年轻将军，孝成王心下感奋不已，不禁拍案感喟："马服子啊，白起这恶煞终是要到头也！你若为将，却当如何？"赵括一声长叹："惜乎赵括生不逢时也，竟不能与白起并世交锋！"孝成王双眼顿时大亮："马服子期盼与白起对阵，壮哉壮哉！"赵括坦然道："固国不以山河之险，胜敌不以弱将而成。若我国人将战胜之道寄予白起之死，实为侥幸图存之心，不足取也。军势当攻则攻，当守则守，岂能以敌方何人统帅而定策？若此作为，田单以商贾之身，不当抗击乐毅也。白起纵是方今战神，也须得以战场之法打仗，何惧之有也！"

这番夜谈，使孝成王对赵括骤然有了沉甸甸的感觉。决战决胜的气度并非人人都有，对于大将，则更是难能可贵。老廉颇以勇气闻于诸侯，然则也并非没有过畏战守成之心。当年秦军铁骑进犯阏与、武安时，老廉颇畏惧不敢出战，今日又如何能说不是？当年之秦军也是所向披靡，山东六国对秦军无一胜绩。若依寻常之才，赵军自然只能据险防守了。

然则恰恰是父王慧眼决断，不用廉颇，不用赫赫盛名的乐毅两子，却毅然起用了喊出“狭路相逢勇者胜”的赵奢，才有了那场大胜奇迹，才一举使赵国与秦国比肩而立。若无此举，赵国安得大出于天下！而今面对天下畏如尊神的白起，赵括独能以求战之心对之，且战场踏勘如此扎实，能说是轻躁气盛之心？有得赵括此人，未尝不是赵国又一次大出的机遇，你赵丹若无父王慧眼决断之胆识，便将永远失去这再也不会重现的千古良机。

唯其如此，孝成王的心志丝毫没有动摇。

此刻，孝成王要做的，是抚慰赵括，使他毋得受老母之言而乱其心。及至赵括匆匆进宫，听孝成王平原君一说，轻松地笑了起来：“老父终生轻我，尽人皆知。老父此话，非但对老母说过，也对先王说过。赵括若是计较在心，成何体统？”平原君不禁大笑：“马服君父子，天下一奇也！父子相轻，直言相向，连带老母卷入，却谁也不做计较。”转而低声笑道，“少将军若要置买地产，先不要忙，此等事老夫帮你，先打仗再说。”赵括朗声大笑道：“人言诚可畏也！我在武安谷地买了六百亩草场，那是专一为我千骑队驯马之所。传入老母耳中，便成了置买私产，夫复何言？”平原君不禁惊讶了：“大将军千骑护卫，自有军马，何劳自己买地驯马？”赵括笑道：“去岁之时，李牧受我之托，在阴山林胡部族为我买得六百匹未驯野马。我想尽快就近驯出，替换千骑队老马，使千骑队成为一支风暴铁骑。君不闻白起但在军中，必率三百铁鹰锐士么？”孝成王听得大是感奋，立即吩咐身边老内侍：“立传王令：再赐大将军黄金千镒。”赵括毫不谦让，慷慨一躬：“谢过我王！”平原君又是一阵大笑：“壮哉马服子！老夫做你督军使了！”君臣三人同声大笑起来。

三日之后，当初秋的太阳堪堪挂上雄峻的箭楼飞檐时，邯郸西门外已经是车马辚辚行人如潮了。赵孝成王亲率百官从官道西来，邯郸庶民万人空巷，从四面八方拥向那座古朴硕大的迎送石亭，欢呼雀跃地堆在山丘，挂在树梢，矗在任何一个可以遥望石亭与官道的塄坎上，都要一睹以与白起并世对阵为荣的年轻大将军的风采。

日上半山，遥闻鼓声大作号角连天。邯郸西门外军营旌旗飞动，一彪军马如火焰般掠地卷来。片刻之间，一杆红色大纛旗一个斗大的“赵”字满当当涌入眼帘。大纛旗下，一员黝黑高挑的英挺将军端坐在雪白的战马上，大红绣金斗篷猎猎舒卷，头顶帅矛灿灿生光，一身棕色紧身胡服皮甲，直是天神般威武。身后千骑更是一色的红鬃阴山烈马，仅仅是那隆隆如战鼓般整齐的马蹄声，便使人皆骑射的赵人一片喝彩。及至骑队风驰电掣般卷来，又在亭外半箭之地齐刷刷山岳般骤然人立，漫山遍野响彻了“大将军万岁！”“马服子万岁！”的欢呼声。

朝臣夹道，乐声悠扬，孝成王踏着厚厚的红毡迎了上来，对着迎面大步走来的赵括，从身后内侍的托盘中捧起了硕大沉重的青铜酒爵。赵括拱手一声“臣甲胄在身，不能全礼”，双手接过青铜大爵汩汩痛饮而下。一连三爵甘烈赵酒，赵括面颊飞红，慷慨高声道：“我王亲率朝野臣民为臣壮行，臣请歌一曲，以明心志。”

“好！”孝成王转身一摆大袖，“乐工，《赵风》！”

战国谚云：秦赵同宗。赵人乐风与秦人乐风如出一辙，同是慷慨豪迈几如嘶喊，同是肺腑悲声苦绝其心。《赵风》一起，黄钟大吕弦管激扬。赵括锵然拔出弯月胡刀，青光闪烁间一声清越高绝的嗓音破空而出：

兵书千卷　雕弓天狼
九州烽烟　壮士何伤
铁衣胡马　长驱上党
扫灭秦虏　大赵皇皇

随着响遏行云的一声高腔，赵括的弯刀入鞘了。满场人众肃然无声，孝成王泪光盈盈，对着赵括深深一躬。骤然之间，欢呼声震天动地淹没了邯郸郊野。赵括挺身向孝成王一拱手，飞身上马。一阵鼓声，一片飞动的火焰卷着一点雪白绝尘去了。孝成王望着远去的马队，久久伫立着。

二　长平换将　赵军骤然沸腾起来

换将风声传到长平行辕时，老廉颇震怒了。

半年以来，军营流言不断，真真假假虚虚实实，老廉颇大是头疼。他坚信这些流言都是秦国那个鸟黑冰台恶意散布的。甚个山东五国都不理睬赵国了，赵国府库缺粮了，赵国无兵可调了，匈奴要趁机南下大掠赵地了，林胡要东山再起了，等等，兵士日每都有新传言，军营日每都是一惊一乍。对这种来无影去无踪的风传，老廉颇实在找不出破解之法，除了大骂秦人卑劣，只有严厉申饬全军：传播流言者立斩不赦。饶是如此，流言还是鬼魅般游荡在军营。更令人气恼的是，有些传闻竟迅速得到了正统途径的证实，譬如白起将死，譬如合纵未成。老廉颇军令再严，也不能日每杀人。时间一长，老廉颇对这鬼魅般无孔不入的流言也只好睁一只眼闭一只眼了。两三个月前，军营流传出秦军不惧老廉颇而独惧马服子的消息时，老廉颇破天荒地哈哈大笑起来："滑稽滑稽！秦人造谣术太得拙劣也！竟说自己怕一个翩翩书生，当老赵人磁棰愣种么？鬼才信！"于是，老廉颇非但没有禁止这则流言，反倒是走到哪座军营说到那座军营，总是大笑一通，以这则最是荒唐的流言讥讽秦人造谣术的拙劣。在廉颇看来，秦人制造的这则流言荒诞过甚，是搬起石头砸自己的脚，只能使所有流言在赵国朝野变成一阵烟雾飘散。谁知便在他兀自哈哈大笑的时候，一则惊人的消息在军营迅速传开：赵王决意换将，拜赵括做大将军，老将军要去职了。

廉颇脸色铁青，当即升帐聚将，严厉追查流言来源。谁知四十多员大将一片沉默，没有一个人出声。廉颇大怒，雪白的须发骤然戟张，拍案一声大吼："司过将军，立即查核。无论兵将，传谣皆杀！"正在这满帐肃杀之时，突闻行辕外马蹄如雨，中军司马飞步而来，低声在廉颇耳边说了几句。老廉颇脸色骤然一变，对司过将军吩咐一句："你只查核，老夫片刻即回。"转身大步出了行辕。

朦胧月色下，一个熟悉的身影大步走了过来。

“相如，你如何来了？”廉颇惊讶得声音都颤抖了。

“患难刎颈，我不来谁来？”蔺相如淡淡一笑。

“老兄弟后帐稍等，处置完军务你我痛饮。”

“将士何罪之有也！老哥哥，不要再错杀了，听我说。”蔺相如拉起廉颇到了行辕战车的角落处。随着初秋的凉风，蔺相如的喁喁低语不啻一声惊雷，廉颇木桩般呆滞了。蔺相如的声音依然清晰地说着说着，一直将三年来的种种大事说了个巨细无遗，反复拆解条分缕析不休不止地说着，说着。

“明白也！老兄弟不说了。”终于，老廉颇粗重地喘息了一声。

“老哥哥若不愿留赵守边，选个立脚之地，相如送你。”

“老夫之心，凉透也！赵国之外，老兄弟说个地方。”

“楚国。我已与春申君说好了，或隐居或为将，皆由你便。”

“明日交接完毕，老夫即刻便走。”

“也好。邯郸家人，相如一力护送入楚，那时与老哥哥终日盘桓。”

“如何如何？你老兄弟也要挂冠？”

蔺相如泪眼大笑道：“赵国连长城都不要了，蔺相如何足挂齿也！”

“天亡赵也！夫复何言？”廉颇喟然一声叹息，觉得身后有异，猛然回身端详，骤然间老泪纵横——四十多员大将整齐肃立在辕门庭院，无声地围着他，却没有一个人说话。对着朝夕相处的将军们，老廉颇不禁深深一躬，直起腰挥挥手，拉起蔺相如大步去了。

次日傍晚，赵括与平原君的马队开到了长平。廉颇一身老粗布衣平静地迎接了先头入关的平原君，只淡淡一句：“平原君不须说了，老夫今夜便行交接。”平原君原本尚有疑虑，着意做了渐进安排，劝说赵括先在长平关外驻扎一夜，由他先期抚慰老将军并通报众将后，再行定夺军令交接日期。目下廉颇如此行头如此说法，竟教平原君心头猛然一跳。老廉颇坦诚执拗勇冠天下，部下大将更是浴血患难，但有不服便是事端，此话是真心还是示威？

“赵胜食言，万般无奈也。老将军记恨，赵胜请罪了。”平原君深深一躬。

老廉颇笑了："此乃天意，老夫何敢罪人也？平原君不信，随老夫入军便了。"

进得长平幕府，聚将厅灯烛煌煌，众将肃然列座，帅案上赫然明列兵符印信令旗王剑等一应军权公器。老廉颇淡淡一笑："如何？全军大将四十六员，一个不差。"平原君毕竟通得军旅，知道这大将齐聚便是军中无事征兆，顿时放下心来笑道："老将军忠诚与国，赵胜先行谢过。"转身对随身司马一声吩咐，"请大将军入关接防。"

片刻之后，千骑马队隆隆进入长平关。赵括带领着一班军吏与四名护卫武士，气昂昂进了幕府聚将厅。四十多员大将依旧是肃然无声，连平原君也是默默站着只是看。老廉颇对着赵括只是淡淡一笑，朝着赵括一伸手。赵括激情勃发而来，一路上不知想象了多少种交接情形，谋划了多少种应对之策，却偏偏没有料到目下这种毫无生趣的交接。赵括本想将王书慷慨宣读，谁知廉颇一伸手自己竟将王书接了过去。廉颇看也不看，将王书丢在了帅案，然后一挥手，一名中军司马一宗一宗地将兵符印信等诸般将权公器打开陈列，两名司马又抬来了一大案卷扎得整整齐齐的竹简，便肃然退了下去。

"这是将权。这是军务。这是四十六员大将。这是全班司马军吏。"老廉颇伸手一番指点，一转身径自嗵嗵砸了出去。

赵括嘴角一阵抽搐，脸色铁青，待要发作，平原君低声笑道："老将军心下不快，随他去了。大将军，还是接得大军要紧。"赵括长吁一声，脸色顿时舒展，立即下令："随来军吏司马，立即清点将权军务。"转身又对满厅大将下令，"诸将回营，安抚将士毋得喧哗。明晨卯时聚将，本大将军部署大战。"

"遵命！"大将们一声答应，鱼贯出厅去了。赵括原本想留下几个自己熟悉的将军以及父亲的老部将谋划一番，眼见将军们脚步匆匆没有一个人迟滞，终是没有开口。

秋雾蒙蒙，太阳还没有出山，长平关外的几条山道上响起了急骤的马蹄声。各营大将纷纷提前赶到了幕府辕门外等候。寅时末刻，辕门口内第一通聚将鼓隆隆响过，大将们纷纷整肃自己的衣甲，按照职爵高低迅速排成了两行。廉颇在时，原是无人在意如此细行，但踏着鼓点不误点卯便了。然则军中早已传闻：这新大将军马服子最是讲究军容整肃，且处罚部属极为严厉。今日第一次聚将号令，谁敢不小心翼翼？及至第二通鼓声响过，大将们衣甲整肃地鱼贯进了聚将厅，依照各自座次，挺胸在各自将墩前站成了左右两厢六大排。三通鼓响，中军司马一声高呼："大将军升帐——"

一阵清晰有力的脚步声，赵括从那面威风凛凛的猛虎大屏后走了出来，肃然对着帅案正中的印剑令旗一躬，退后一步肃立不动了。中军司马接着一声高呼："卯时点将——"肃立帅案侧后的一个军吏展开手中竹简，高声念着一个个名字点了起来，被点到之将赳赳挺胸响亮的一嗓子"嗨"，此所谓应卯也，须得精神抖擞，高亢洪亮，绝不许有畏缩窝囊之态。此谓"军容"，也就是军中礼仪。

对军营训练最有讲究的《司马法》云："国容不入军，军容不入国。军容入国，则民德废。国容入军，则军弱。在国言文而语温……在军抗而立，行而果，介者不拜，兵车不式，城上不趋，危事不齿。"这番道理被古人说得很透彻，军营的言行风貌与寻常国人是完全不同的。此中根本，是军士的一言一行都要张扬胆气，坚决果敢，而渐渐浸化出慷慨赴死的勇士精神。你看：昂首挺立（抗而立），步伐果敢（行而果），着甲胄不跪拜（介者不拜），兵车甲士不拱手（兵车不式），城头不能恐慌急走（城上不趋），骤然遇险不能张口乱喊（危者不齿）。一宗宗明确具体，长年做去，不由得你不生出一种豪情一种胆气。

片刻间嗨嗨连声，点卯已告完毕，四十六员大将齐刷刷一个不缺。

"大将军发令——"

赵括"刷"的一声，一个大步到了帅案之前，目光扫过众将，激昂痛切地开始了初帅令："诸位将军，上党业已防守三年，可谓兵疲师老。无须猜测，无须揣摩，赵括受命统兵，是要与诸位一道扫灭秦军，共建不世之功业！我大赵自从武灵王胡服骑射而成新军以来，大军西灭中山、楼烦，北却匈奴、林胡，拓地千里，大出天下而与强秦并立。自秦赵并立天下，唯一交手之战，也是赵军大胜。然则，受降上党之后，赵国大军却成了一堆烂泥。倏忽之间，丢三陉，丢西垒，损兵折将，节节龟缩。以致今日被秦军压在丹水之东区区三百里山谷，使赵国大军蒙受六十余年来之最大耻辱！”骤然之间，赵括从帅案锵然拔出那口金鞘镇军王剑，愤然一砍，帅案一角随着一道青光砰然砸到地上。

“何以如此？”举帐肃然之时，赵括喘息了一声，语调略是平缓，“皆在我军一味防守，一味退缩也。当年田单抗燕，孤城艰危尚刻刻筹划反攻，始得有胜。而今两军对峙，我方营垒三年不做攻敌之备，谈何战胜攻取？赵括景仰廉颇老将军既往战功，却不能苟同老将军一味防守。”见将领中有人目光一瞥，赵括冷冷一笑，“诸位若以为是白起之死而使赵括请战，错也。国之良将者，唯以战场之变而变之。今秦军疲惰，粮草道远，营垒松懈，久屯厌战。主将王龁，更是一勇之夫。当此之时，若再一味固守，便是食古不化，便是败军亡国！”

将军们已经渐渐被赵括的激昂雄辩所折服了。若赵括一味攻讦老廉颇，或只是蛮勇主战，这些久经沙场的将军们必然不服。而今，赵括非但没有攻讦老将军，且将改守为攻的道理大体已经说清。更根本处在于，自白起将死的消息传开，对秦军不利的传闻便接踵而来，赵军将士也是精神大振，求战之心日见迫切。说到底，军营将士的主流精神，永远都是迫切求战，古今皆然。如今一经赵括点拨激发，将军们压抑三年的求战之心顿时勃然喷发，举帐一阵高喊：“愿随大将军一战！”“血战秦军！”“大将军万岁！”

“诸位将军有战心，国之大幸也！”赵括大是振奋，待帐中平息下来又道，“为大战之胜，本大将军今日发布两道军令：其一，原幕府司马、军吏，各加爵一级，悉数充任各部伤亡都尉；新幕府之司马军吏，由本大将军之随带吏员充任。”

这种“易置军吏”的做法，本是军中忌讳。忌讳处不是大将军无权，而是易置军吏对战事大大不利。如同换官不换吏一样，换将不换吏也是军中传统。这些司马、军吏事实上都是掌握军务细节的实干吏员，其可贵处不在于智慧才思，而在于对繁杂军务的精熟与长期磨炼的处置经验。除了最重要的军令司马，也就是寻常所说的中军司马，一班军吏与将帅并无生死党附，而都是以军令是从。无论何人为将，司马军吏都是处置军务不可或缺的一套人马。今日赵括初帅便易置军吏，大出众将意料。谁知司马军吏们却没有怨言，齐齐一声遵命，当即站到将军们身后去了。此中要害，是赵括对司马军吏们每人晋爵一级，事实上有所抚慰。按其才具，这些司马军吏原本便是军中士子才做得的，寻常带兵都尉倒未必做得。唯其如此，司马军吏中也不乏期盼战场立功擢升者。既能加爵一级，又能驰骋战场，未必便是不好，谁却去与这个深得赵王信任且讲究甚多的大将军认真理论了？见司马军吏们如此泰然，将军们也会意，自没有一人出来再生异议。

“第二道军令！”赵括语气骤然凌厉，“自今日起，各营立即做攻敌之备。半月之内，散守营垒之军兵，集结成营驻扎。专一防守器械退入辎重营，弓弩火器云梯云车等诸般攻敌器械，作速入营。营垒军炊器具一律退库，军士复我赵军剽悍轻猛之风，人各六斤干肉、两袋马奶子，做一往无前之冲锋陷阵！”

“嗨！”大厅轰然一声，炸雷一般。

正午一过，整个赵军营地沸腾起来了。三年以来，赵军都是营垒坚壁死守，骤然间要转入进攻准备，谈何容易？几度春秋寒暑，营垒几乎变成了兵士们的家室。每道营垒后都挖掘了无数山洞，避风处的山洞睡觉，通风处的山洞造饭，溪流边的山洞沐浴，深涧旁的山洞做茅厕，营垒中段宽大敞亮的山洞，便做了各个都尉的“幕府”。日复一日无仗可打，猛勇的士兵在这种军营“山居”中也实在有些散漫了，有些疲惰了。如今将令雷厉风行，要在半月之内回归大草原血战一般的轻兵大营，有多少事情要做？一时间，长平四面的四十多座大营垒里，人声鼎沸战马嘶鸣车马交错兵队穿梭，入夜遍山火把，白昼旌旗猎猎，半个上党都燃烧起来了。

在这沸腾燃烧的时刻，赵括的中军幕府悄悄迁出了长平关，北上三十里，在丹水上游的一座高地连夜构筑了新的中军行辕。

长平大战之后，后世对这座高地及其余脉有了两个名字：一叫做韩王山，一叫做将军岭。韩王山之名，当是后世得韩人之称而流传，说的是当年冯亭守上党以这座山为中军幕府。将军岭之名，当是后世得赵人之称而流传，说得是赵括在此驻扎幕府与秦军大战。赵括在昔日踏勘中早已熟悉了长平地形，所选这座山头，恰是丹水、小东仓水与永禄水之分水岭，平地拔起二十余丈，底部土坡，山腰以上则是石山，山坡不甚陡峭却也不易攀登，山顶一片平坦高地，可驻扎数万精兵。远眺而去，四方河谷与秦军黑色营垒皆历历在目，确是难得的中军号令之所。

行辕一扎定，赵括立即下令设置云车大纛旗等以做三军总号令。当清晨的太阳爬上万千沟壑时，一团火焰般的“赵”字大纛旗在将军岭猎猎飞动了。

三　秦国朝野皆动　白起秘密入军

赵括替代廉颇的消息一传出，秦国朝野波澜顿生。

诸般传闻原是郑安平人马的受命之作，秦国最高层当然清楚。然则对于不明真相的朝野臣民而言，赵括为将的消息不啻是秦赵大决的一道战书。用老秦人的话说，秦人绷着心与赵国撑了几十年，老是摔个平跤，没逮着个甚便宜。反倒是赵国有了“首胜强秦”之名，赫赫然成了山东守护神。如今这猛子赵国分明要与秦国生决死战，秦人虽则不怕，仍然是浑身一个激灵。此其时也，秦人公战之风早已蔚为传统，消息一传开，立即举国请战，各郡县官署庶民盈门，一口声要上阵斩首立功。咸阳官员大臣们络绎不绝地进宫求见秦王并纷纷上书，几乎是异口同声一个调：不能服软，早定国策，与赵国一决！

与此同时，山东六国也立即紧张起来。赵人尚武好战，秦人虎狼成性，一个生猛，一个凶狠，活生生天下一双死硬对头。如今一旦举国大决，鹿死谁手实在是难以预料。为今之计，只要不连带受灾便是万幸，谁却顾得斡旋调停？于是，骤然之间天下噤声，都睁大眼睛看着这两座高山轰轰然逼近，都屏住呼吸等待着那震天撼地的对撞风暴降临。

秦昭王立即召范雎、白起夤夜密商，君臣三人谁也没有一丝笑容。事关大战，秦昭王教白起先说。白起喘口粗气道：“对策只一个字，打！然则，要一口咥下六十万人马，我军兵力尚嫌不足，粮草尚嫌不便。老臣难处，唯此两点。”范雎坐镇后援，闻言大是困惑：“我军粮草输送从未间断，在野王已经囤积成几座大仓，如何还是不便？”白起摇头道：“不便，并非不足也。我王、应侯有所不知，此番大战旷古未见，一旦发起，两方大军百余万必是犬牙交错。上党山地多有山溪河流，水源不乏。届时随身军粮之多少，便将成为战力命脉。我军纵有军粮，运不上去枉然，运上去无法造饭也是枉然。相比之下，赵军已成胡风，人各随带马奶子干肉，立可保得旬日轻装大战。我军虽也有干肉炊饼之习，然则仓促间无法大量制作，如此军粮便是一难。老臣反复思虑，此事最难。”

“嘘——”范雎倒吸了一口凉气，“居然有此等事，有粮毋得吃？”

“小战无，大战便有。长平大战，更会有。”白起几乎是一字一顿。

秦昭王良久默然，陡地拍案：“本王亲赴河内做大军后援，便是河内三百里家家起炊，也要兵士随身足食。”

“君上！”范雎骤然一惊，“河内新郡险地，不宜轻涉。此乃臣之本职，何劳我王。”

“唯是新郡，才用得本王。”秦昭王斩钉截铁，“关中不能再征兵，否则老秦人根基便空。目下之河内河东，正是吃重之时。”喘息一声又道，“丞相坐镇咸阳，理国署政，统筹后继粮草。”

“君上……”范雎两眼泪光，无话可说了。

秦昭王微微一笑：“要咥得六十万大军，不得气吞山河？”

白起一直没有说话，此刻起身对着秦昭王深深一躬：“老臣代三军将士，谢过我王。”秦昭王扶住白起一阵哈哈大笑：“如此说来，本王也得谢过三军将士了。”对着白起也是深深一躬。范雎不禁道：“臣谢无可谢，免了也罢。”一语落点，君臣三人同声大笑起来。

商议完毕，白起一如既往地没有回府向荆梅辞行，径直带着那个没有任何旗号的百人铁骑队风驰电掣般东去了。黎明出得函谷关，初秋薄雾未散便到了河东安邑。草草用罢几个春面饼一块酱牛肉，在窄小的军榻上呼呼大睡了三个时辰。一觉醒来，恰是暮色降临，两桶冷水一擦身立即上马，借着浓浓的夜色向东北去了。三更时分，马队进入沁水河谷，悄无声息地进了老马岭的秦军幕府。

“武安君？”王龁光着膀子跳起一个激灵，“好快！”

“去，浇一桶冷水来说话。”白起一摆手，“立时便走。”

这是白起的惯常做法，夜半议事，必先要被召大将光身子浇一桶冷水，彻底清醒再说军务。王龁久随白起征战，不说也是清楚，立即去后帐大浇一番冷水，浑身黑红地穿戴好甲胄，赳赳大步来到厅中身子一挺：“左庶长王龁受令。”

白起低声道：“一、立即迁徙幕府到狼山。二、下令万军将以上之大将，明晚初更到狼山幕府听令。”

“狼山？”王龁一怔，“武安君明示。”

白起沉着脸不说话，身后司马连忙低声道：“长平关以西，光狼城外荒芜山岭，当地药农叫做狼山。”王龁恍然大悟，涨红着脸一挺身：“末将粗疏，该当军法。”白起只一摆手道：“立即下令，我与你等同行。”王龁二话不说，“嗨”的一声去了。片刻之后，幕府全班人马并六千步骑整肃集结在行辕之外，跟着白起的百人马队偃旗息鼓地出了老马岭。

长平关西面大约二三十里，有一座古老的城堡叫做光狼城[1]。这座光狼城不大，却恰恰卡在长平、高平与老马岭之间的三条河流交汇处，是上党腹心地带的冲要处，也曾经是赵韩两国争夺上党的拉锯之地。多年前，白起图谋打通上党，曾在攻占河内后率领一军夺下过光狼城，对这里很是熟悉。光狼城东面有一道林木葱茏的山岭，人迹罕至而狼群出没，韩赵山民叫它狼山。狼山岭西北至东南走向，与丹水几乎平行，地势比光狼城与长平关还要高，显然是丹水上游河谷的最高地段。除了林木遮掩与奇石洞穴，狼山岭上大都是平坦宽阔的高地，登临眺望，视野极是开阔。此时的光狼城，早已经与老马岭营垒一起被秦军夺下，只不

---

[1] 光狼城，战国上党要塞之一，地名在战国后湮灭。史家考证，当为今日山西高平西北之康营地带。

过王龁没有在城外的狼山驻扎人马而已。就位置而言，狼山与光狼城恰恰在秦军老马岭营垒的中间段稍微前出，正与长平以北的赵军幕府遥遥相对。

一到狼山岭下，白起下令在山麓扎起一座小营，所有战马都留在营地由一千军士留守，其余将士一律背负物资步行登山。大军对峙三年，狼群也消失得无影无踪，唯脚下处处可见的白色干粪团做了昔日狼群的统治印记。到得山顶，白起的中军司马与王龁一阵低语，王龁指派兵士军吏清理整治一座最大的山洞，同时设置云车纛旗等一应号令器具。天亮之后，白起又下令王龁调来五万精锐步军，在狼山前坡立即开始构筑壕沟壁垒，务求隐蔽于林木之后，使赵军远望不能觉察。

暮色降临，山顶布防山间道路等已经就绪，山洞幕府也已经整治妥当。山洞中灯烛煌煌，整个山岭却是一如既往的一团漆黑。随着阵阵马蹄，军吏们将到达山下的将军们一个个领上了山洞幕府。初更时分，五十六员将军全部整肃坐在了两列六排石礅上，最前排是王龁、蒙骜、王陵、桓龁、嬴豹、胡阳六员大将与国尉司马梗。嶙峋狰狞的山洞壁石下，一方硕大的青石板做了帅案。洞壁上靠着一张足足两人高的木板大图，图题赫然四个大字——上党山川。大板图下是肃然伫立的白起：一身精铁甲胄，一领黑锦金丝斗篷，拄着一口只有铁鹰剑士才能拥有的重型长剑，两鬓斑白如霜，通体黑如铁柱，两道粗大的口纹托着沟壑纵横粗糙黝黑的脸膛，一双秦人特有的三角眼凝着一束亮光动也不动地钉在了大将们脸上。

初更刁斗“当”地一响，王龁从前排霍然站起：“秦王下书！”

将军们“刷”的一声整齐站起，拱手赳赳一声：“接王诏！”

白起身边的中军司马跨前两步，展开一卷竹简高声诵读：“大秦王特书：长平会战，事关兴亡，特命武安君白起秘密出掌大军，左庶长王龁副之。三军将士，但有泄露武安君为将者，立斩无赦。秦王嬴稷四十七年八月。”

“武安君出令！”王龁对着白起一拱，坐回了将墩。

“诸位，长平大决，是秦赵两国的生死大战。”白起拄着长剑两大步到了帅案之前，浑厚威严的声音在山洞中激荡着，“阏与之败后，老夫与诸位期盼这场大战，盼了三十余年。今日，终是教我等盼到了。生为秦军将士，我辈当真大幸也！”

“大秦铁军，百战百胜！”举座大将齐声一吼。

“战胜之心，摧坚之勇，诚然可贵也。”白起语调陡地一转，“然则，老夫今日第一道军令是：但有轻视赵军而玩忽战阵者，军法立斩。”白起目光扫过大将们紧绷绷的脸膛，“人言，赵军善攻不善守。然则，我军与赵军对峙三年，何仅得一道西垒而已？此足可证：赵军善攻亦善守，为天下攻守兼备之精锐大军。诸将谨记，赵军有四长：轻猛剽悍，随身足食，久守求攻，主将气盛。唯其如此，轻敌必败。”

“谨遵将令！”举座将军肃然一呼。

“然则，赵军亦有四短。”白起嘴角一抽搐，笑意未及荡开便淹没在黝黑粗糙的沟壑之中，“其一，攻战心切而弃壁垒。其二，倚仗随身军食，忽视军炊粮道。其三，攻坚器械不足，多赖弓弩长刀。其四，主将轻敌，偏颇一谋。此赵军四短也。”

山洞中静得唯闻喘息之声。将军们都很清楚，每遇大战，武安君都要先行廓清两军大势，往往是所说敌情之翔实连身处前敌的将军们都大是惊讶，而廓清敌情之后，则是大刀阔斧的破敌之策。将军们屏息等候的，正是这最令人心跳的时刻。

“我军破敌，十六个大字。”白起一字一顿，字字夯进山石一般，“以重制轻，以退制进，断道分敌，长围久困。”

王龁一拱手：“武安君明示。”

“十六字方略，以重制轻为根本。”白起回身伸出长剑一圈大板图，“上党虽纵横六百里，然却是山峦重叠水流交错。唯长平三水河谷间，堪堪容得大军战场。而绝非阴山数千里大草原，可任意纵横驰骋。当此战场，轻猛驰突必得受制。我军若以轻锐之师对阵，一则正投其所好，二则大失地利依托。《孙子》云：夫地形者，兵之助也；料敌制胜，计险厄远近，上将之道也。赵括代廉颇，弃壁垒壕沟而轻锐猛攻，如此必然失却地利之便。我军唯反其道而行之，但以重兵重器困其于重地，最终击其疲惰。此谓以重制轻，破敌之道也。”

将军们不约而同地长吁了一声，钦佩之情油然写满脸膛。然则武安君素来刚严不苟言笑，将军们也从来不敢在他的帐下喝彩赞叹，只都兴奋地凝视着这位高山仰止般的赫赫战神，期待着他的详尽部署。

此时，白起的长剑笃笃点地两声：“今日初帐，言尽于此，余皆开战时部署。最后一事：秦王已经亲临河内，做我三军总后援。旬日之内，将有无数炊饼酱肉之随身军食源源入军，各营务必整装足食，坚甲重兵，枕戈待旦以候军令。”

“秦王万岁！”将军们终于敞开喉咙喊了一声。

次日清晨，非但秦军各大营立即紧张起来，整个河内河东两郡都紧张沸腾起来了。此时，秦昭王已经秘密抵达河内野王，紧急下书河内河东两郡：十五岁以上男子，携带铁锹铲耒等农具，悉数开赴长平；除去病弱，能走动之妇幼老者，全数在各个县城外结成军炊大营，日夜舂面舂谷，赶制硬饼、酱肉与饭团；征发全部牛车马车，源源不断地将制好的现成军食装好口袋运往军前。秦昭王又向官民当即颁发《行赏书令》：两郡庶民，人各先行赐爵一级；援军功劳，大战后以秦法之《军功爵法》论功行赏。如此一来，庶民立即欢呼起来，有吃有住有军功，不亦乐乎？旬日之间，太行山以南至大河北岸的广袤原野上，车马人流不断，鸡鸣狗吠相闻，炊烟昼夜袅袅，山川鼎沸一般。

秦军将士的紧张与赵军恰恰相反。第一件大事，加固旧营垒，构筑新营垒。所有开来的民夫大队都迅速编入了各营，除了与兵士们一起掘壕筑壁，便是采集搬运各种适合做滚木礌石的粗大树段与锋利山石。最大的调遣是，河内山塬的南三陉营垒的十余万兵力全部向北推进三十里，重新构筑新营垒。这道营垒与西部老马岭营垒遥遥构成了一个巨大的“L”形，两道营垒间是水流湍急水面宽阔的丹水。

老马岭秦军另有一番忙碌，加固壁垒的同时，在临近丹水河谷的山坳里修筑六座粮仓，通往粮仓的山坳出口构筑最有声势最为坚固的防守壁垒。后世将这道山岭叫做空仓岭，便是因了这六座粮仓。这是后话。除了这最要紧最费时的劳作，再是隐蔽安置源源不断运来的大型防守器械：重型连弩、猛火油车、塞门刀车、抛石磤车、铁轮冲车、望楼云车、铁皮木牛等，都要在旬日之内安置妥当，且要不为远处察觉，当真是颇费工夫。

朦胧夜色之中，白起的百人马队飞向了河内的铁骑大营。王陵、嬴豹两员铁骑大将听完白起对军令的反复申明与叮嘱，又秘密计议得半个时辰，各自带着两万五千最精锐骑士偃旗息鼓地进了太行陉与白陉，插入上党腹地去了。两支铁骑一出发，白起立即下令河内原留做总策应的剩余五万余步骑大军连夜进轵关陉北上，在狼城山背后隐蔽驻扎。白起对统率这支大军的主将桓龁严厉下令："非老夫亲令，不得擅自驰援出击！"

日月交错，倏忽间旬日过去，一场旷古大战终于在满目苍黄的秋日来临了。

四　等而围之　兵法破例

第一次犯难了，赵括在行辕大帐反复转悠着揣摩着，总是不能决断。

赵括之难，在于选定一个妥当的进攻方位。斥候反复密探，证实秦军主力集结在老马岭营垒与丹水南三陉营垒，西部沁水营垒不是重兵；秦军丹水营垒已经北进三十里，与另两道营垒隐隐然形成了三面照应，似乎只给赵军留下了上党东部的回旋地带。从大势看，赵军在长平关外与丹水两岸已经集结了五十余万大军，背后又有十多万大军防守百里石长城营垒，大军退路以及与邯郸粮道的畅通是完全可靠的。说起来，赵括也不是全部放弃了防守，而是在确保背后营垒的前提下，集中南路大军攻秦，态势上是进可攻退可守，不失为完善方略。更重要的是，秦军总兵力也是五十余万，与赵军大体相等。赵括精熟兵法经典，回忆一番，谁也没有对军力对等之时的战法有过论述，能记起的只有《孙子》一句"敌则能战之"。而《孙子》此句，说的恰恰是兵力对等时要设法战而胜之。也就是说，对等之时最能体现"兵无常势，水无常形"，根本就没有拘泥一道之战法，唯有一点明白无误，这便是战胜敌方。赵军之长原是轻锐猛攻，若充分施展大举进攻，当有极大优势。《孙子》又云：十则围之，五则攻之，倍则分之。据此论断：秦军兵力既不能包围赵军，也不能进攻赵军，更不能分割赵军；但要决战，只有三种情形，或对峙互守，或相互进攻，或一方主动进攻。时至今日，两军对峙已经三年，秦军依然没有进攻态势，剩下的只有赵军猛攻了，否则只能永远地在上党对耗下去。赵括对秦军战略意图的判断正在于此：名将不在，攻取上党没有胜算，只有长期对峙，以国力拖垮赵军。敌之所欲，我自不为也。秦军要久拖，我便要速决，否则，赵国陷入泥潭甚事也不能做，第二次变法更是梦想了。

方略既定，剩下的只是进攻时机与进攻方位了。反复思忖，赵括将开战日期定在了八月初。此时白日晴空万里，夜来月黑风高，昼夜皆对攻方有利。然则，这第一拳打向何处才能打得最为响亮结实？赵括却颇费思量。

“禀报大将军：斥候营总领急报！”

中军司马急促的声音使赵括恍然醒悟，只一挥手便坐到了帅案前。斥候营总领匆匆进帐一躬道：“禀报大将军：我营斥候乔装老韩民进入秦军营垒，探得老马岭新建了六座粮仓，隘口处有重兵布防。我斥候在山中带回一个老韩药农，熟知粮仓四周地形。”

“请老人家进来。”赵括平静地吩咐一声，站了起来步下帅台，对着走进来的干瘦的白发老人一拱手，“老人家，请入座。来人，军食一案。”片刻间一案军食抬了进来，老人说声多谢，狼吞虎咽地大吃起来，马奶子干肉黄米饭团一股脑儿扫了进去。末了，老人抹着嘴角一声长叹，秦人虎狼，饿煞老韩人也！赵括问起粮仓之事，老人摆起案上碗筷盘盏做比方，细细地将六座粮仓的山势水流地形说了一遍。赵括才思挥洒，当场用木炭在木板上画了下来，看得老人啧啧称奇。送走老人，赵括一番转悠揣摩，不禁放声大笑起来。

太阳初升。薄雾尚未消散。长平以南的赵军大阵出动了。

这是赵括的第一波试探攻势。中央步军十万，两翼骑兵各五万，总共二十万红色胡服大军，如秋色中的枫林，火红火红。中央方阵是赵括的攻坚主力——分做三个梯次的步军方阵：第一梯次三十列每列千人的牛皮盾牌弯刀兵，第二梯次三十列每列千人的长矛投枪手；第三梯次三十列每列千人的强弩弓箭手。如此九万人方阵之后，是赵括亲自统率的一万最精锐的刀矛两备的步军与那个千人飞骑队。方阵两侧各有一座三丈多高的望楼云车，猎猎飞动着巨大的“赵”字红色纛旗。两翼骑兵尽皆阴山胡马，人各一口长刀一张弯弓，千骑一旗，部伍极是整肃。二十万大军之后，是分驻长平关南北的两大营三十六万主力大军。如何投入这三十余万主力，赵括要视今日第一次攻势战况而定。毕竟初次大战，孤注一掷是没有必要的。

一阵嘹亮劲急的号角，秦军营垒的大军出动了，漫漫黑色如同遍野松林。看阵势，秦军大体也是二十余万，连阵势都与赵军大体相同，两翼骑兵中央步兵。这是实力堪堪抗衡而风格却是迥异的两支大军：秦军是坚甲重兵，步卒是又窄又高的乌铁盾牌；赵军是轻锐灵动，牛皮盾牌又大又圆；秦军是阔身长剑，赵军是弯月战刀。两翼骑兵之不同，在于秦军铁骑之战马有护甲，骑士也是铁甲长剑背负长弓，而赵军骑士却是轻便的紧身胡服牛皮软甲。秦军中央纵深处的云车上一面黑色大纛旗，大书一个斗大的“王”字。王龁立马云车之下，轻蔑地望着赵军只是冷笑。秦军大阵隆隆推进之时，阵后烟尘大起，加上薄雾遮掩，老马岭营垒完全被湮没在烟尘秋雾之中。

赵军阵中一将高声道：“大将军，秦军后阵不清，须提防有诈。”望楼云车下的赵括一摆手冷笑道：“烟尘向我方飘动，秦军增加兵力而已。任何诈术，都挡不得雷霆万钧一击。”说罢举起手中令旗，大喝一声：“起！”令旗断然劈下。

陡然之间，鼓声号角大起，云车大纛旗在空中不断向前掠动，两翼红色骑兵顷刻发动，山呼海啸般向对面松林卷地包抄过去。中央步兵方阵则跨着整齐步伐，山岳城墙一般向前推进，每跨三步必大声喊“杀！”从容不迫地隆隆进逼。

与此同时，王龁手中令旗劈下，凄厉的牛角号声震山谷。秦军的两翼铁骑也山呼海啸般迎击上来，中央重甲步兵同样是无可阻挡地傲慢阔步，仿佛黑色海潮平地卷来。

终于，两大军阵排山倒海般相撞了，若隆隆沉雷响彻山谷，若万顷怒涛扑击群山。阔剑与弯刀铿锵飞舞，长矛与投枪呼啸飞掠，密集箭雨铺天盖地，沉闷的杀声与短促的嘶吼直使山河颤抖。这是战国之世最强大的两支铁军，都曾拥有常胜不败的皇皇战绩，都有着慷慨赴死的猛士胆识。铁汉碰撞，死不旋踵。狰狞的面孔，带血的刀剑，低沉的号叫，弥漫的烟尘，整个山塬都被这种原始搏杀的惨烈气息所笼罩所湮没……

大约半个时辰，望楼云车上的赵括眼睛骤然亮了。遥遥看去，红色赵军显然在缓慢进逼，黑色秦军已经开始向后蠕动。赵括兴奋得声音都颤抖了："大旗将令：中军策应出动，一举破敌！"随着红色大纛旗猛烈摆动，云车四周的一万最精锐步军呼啸呐喊着扑入了战阵。

艰难死战的黑色秦军，渐渐退到烟尘边缘，眼看就要被红色浪潮淹没了。赵括在云车上终于绽出了一丝笑容，兀自喃喃赞叹着："秦锐士真铁军也，竟能与我相持一个时辰。"正在此时，秦军后阵烟尘中杀声大起，冲出两支骑兵，杀入红色黑色交合点，秦军步兵竟从生死搏杀中脱离接触，纷纷隐没在烟尘之中。

赵括脸色骤然一沉，对身旁中军司马一声叮嘱："你来掌旗，立即调遣长平主力参战。"飞身跳出望楼，灵猿般飞步下了云车，飞身上马一声高喊："千骑队掩杀——"那支一色林胡野马做战马的精骑风驰电掣般扑向了无边的烟尘之中。

黑色秦军在烟尘掩护下边战边退，旗帜阵形已经散乱不整。赵军士卒眼见大将军飞骑队一马当先，顿时一片欢呼雷动，遍野呐喊着追了下去。秦军虽在撤退，却是杀一阵退一阵，那"王"字大旗总是时隐时现地飘飞着。眼见又一个时辰过去，赵军虽是步步紧追，却还是无法包抄全歼这支秦军。正在此时，遥闻丹水东岸杀声震天马蹄如沉雷动地，显然是长平的赵军主力杀到了。陡然之间，散乱秦军中一阵凄厉号角，秦军大肆呐喊着："快跑啊！赵人援军来了！"一队队消失在漫天烟尘之中。

烟尘渐渐散去，秋日暮色之下，眼前是连绵横亘的老马岭，沿着山麓是南北一望无边的秦军营垒，苍黄的山腰旌旗招展，营垒后山谷的几座粮仓隐隐可见。赵军漫山遍野地压了过来，四野旗号都在询问大将军号令，是进攻还是后撤？

“原地扎营！明日攻敌！”赵括一声令下，大军在暮色之中忙碌扎营造饭了。

陆续赶来的各路大将正在向赵括禀报战场清点结果，一阵急骤的马蹄声在辕门前陡然停止，几名都尉大步匆匆进帐急报：山口被攻占的一座秦军粮仓是空仓，秦军有诈。赵括思忖一阵冷笑道：“都尉只说，何诈之有？”为首老都尉挺胸高声道：“末将等以为：秦军败退，是有意诱我军入伏！”赵括有些不悦道：“你等都是这般看么？”“是！末将等都以为秦军有诈！”八名都尉异口同声。赵括脸色更见阴沉：“那你等说，该如何对策？”老都尉赳赳高声答道：“立即退回丹水东岸，坚守长平，寻机再战。”

“岂有此理！”赵括终于忍无可忍，“分明是秦军不敌我军战力，如何便成诱敌？王龁好勇斗狠之徒，能抛下三万多具尸体诱敌么？一座空仓，有何诈术？秦军建了六座粮仓，能在旬日之间都装满了？老马岭之下，我军大占优势，兵力倍敌，纵有小诈，能奈我何。”

“大将军差矣！”老都尉扑拜在地，“末将等追随马服君抗秦多年，又追随廉颇老将军与秦军对峙三年，素知秦军战法：不战则已，战则无退。绝不会伤亡三万余，反退回壁垒坚守不出。秦军图谋，显然是要吸引我军聚拢在此，好围而攻之。”

“愿大将军纳谏！”八名都尉齐齐跪拜在地。

“老都尉，你等当真滑稽也！”赵括哈哈大笑，“围而攻之？兵法云，十则围之。你等只说，秦军有多少兵力？五百万么？王龁拿甚来围我？说甚战则无退，那是遇上了廉颇与你等怯懦将军。三万伤亡而不出壁垒，是吸引我军聚拢么？那是怯战，不敢出垒！我军正是要聚拢猛攻老马岭，纵是他要诱我，我不能反客为主？我便不能将计就计？亏了你等追随先父多年，阏与血战之胆识没有留下，倒是跟着老廉颇学了一副软骨头！”

这一番凌厉斥责嬉笑怒骂极尽揶揄嘲讽，八名老都尉不禁面色惨白，默默起身一拱，都悄无声息地出帐去了。赵括也不理会，转身忙着各营巡查去了。将近三更时分赵括刚回到辕门，斥候营总领飞马前来，下马一声急报：营后河谷，八都尉一齐剖腹自杀！

赵括大惊，立即上马随斥候营总领飞驰而去。穿过大军营地一箭之地，一道清波滚滚的河流横在眼前，这是赵军的目下水源。河边已经是火把汪洋了，一片圆滑的白色大石后，八具怒目圆睁的尸体人各直挺挺跪坐在一张草席上，临水列成一排，双手紧握着插进腹中的短剑剑格，鲜血溅得白色鹅卵石点点殷红。一幅大白布横在河滩，赫然八个大血字——老夫八人，绝非软骨！万千士兵们在火把下铁青着脸色，没有丝毫人声，只有秋风吹动着火把的呼呼声，只有小河流水的哗哗声。赵括紧紧咬着牙关跪了下去，抱着老都尉一声嘶喊："老都尉！何至于此啊！"[1]

萧瑟秋风中，赵括骤然起身大喊："将士们，赵括轻言，致使八位老将军蒙羞自戕。大战之后，赵括情愿一死报偿，将士们毋得寒心怯战！我军仍要大破秦军，只有大胜，才能安抚八位老将军在天之灵。"

"大破秦军！大破秦军！"河谷山野震天动地的呐喊呼啸。

次日清晨，当太阳挂上山顶薄雾散去之时，赵军发动了排山倒海般的猛攻。这次赵括兵分两路：第一路二十六万大军，自己亲自统率，向西进攻老马岭；第二路二十五万大军，由副将赵庄统率，向南开进二十里，攻取秦军大将蒙骜镇守的丹水壁垒。之所以如此部署，在于赵括算定，即或秦军两道防线以最密集之兵力计，最多也只是五十万，自己兵力完全可两面大举施展，使秦军不能为援。

先说老马岭。这里原是赵军之西垒，即西部防线，三年前被王龁初战夺得，至今已经固守三年。这道壁垒横亘老马岭将及山顶处，南北八十余里，中段是高平关要塞，两端是连绵山岭与壕沟壁垒。白起的山

---

[1] 后人感念这八位将军义士，这条河叫了八谏水，河边山岭叫了八谏山，附近村落叫了八义村八义乡。八谏水即今上党淘清河支流，八谏山即今上党南五龙山余脉，八义村八义乡，即今山西高平此山此水旁之今日村乡名称。两千多年依旧如斯，何能不令人扼腕一叹也！

洞秘密行辕，正在老马岭南端的光狼城外的狼城山。赵军步卒方阵汹涌冲上山坡，第一道险关便是距离营垒半箭之地的山腰壕沟。秦军在壕沟中早已塞满了树枝干柴，赶赵军先头士卒堪堪铺垫好壕沟车，后续大队即将过沟时，突然战鼓大作，山顶秦军营垒火箭齐发。这火箭箭头缠布，布疙瘩渗满火油，壕沟中事先浇了猛火油的木柴树段一遇火箭，骤然间烈焰冲天黑烟滚滚，山坡林木连带燃烧，赵军士卒顿时陷入满山火海。与此同时，高处营垒的石礮与滚木礌石轰隆隆密集滚砸下来，赵军士卒的冲锋阵形大乱，一时海水退潮般哗地退到了山下。饶是轻灵快捷，士卒也多有死伤。

看得一时，赵括高声下令："全军后撤三里，尽烧山坡剩余林木。大火熄灭后再攻！看秦军有多少猛火油。"片刻之间赵军后撤，上下齐烧，老马岭顿时成了汪洋火海，沿山连绵烧去，整整烧了一日一夜。次日清晨，老马岭已经变成了焦黑丑陋的一道山墚，烟雾漫卷草木灰随风旋舞，遮天蔽日一片混沌。将近正午，烟雾渐渐散去，老马岭山顶营垒一片寂静人影皆无，连秦军的黑色旌旗也没有了。

赵括在云车上瞭望良久，断然下令："再度攻垒！"

红色大军潮水般卷上山坡，山顶营垒依旧一片寂然，秦军似乎当真被山火烧退了烧死了。然则，赵军正要越过壕沟之时，突闻隆隆战鼓惊雷般响起，焦黑的营垒齐刷刷冒出大片黑黝黝松林，一面"王"字大黑旗迎风猎猎，顷刻间是滚木礌石夹巨礮当头砸来。同时一阵响亮急促的梆子声，秦军强弩万箭齐发，箭雨裹挟着尖厉的啸叫倾泻而下。秦军强弩全部是连弩机发，箭杆粗长几如儿臂，箭头粗大几如矛头，任你坚甲厚盾也是锋锐难当。更有奇者，此等粗大长箭，便是收敛捡起，赵军士卒的膂力轻弓也无法使用，这对精于骑射的赵军当真是无可奈何。眼看秦军犹在壁垒且防守战力有增无减，赵军只得又一次退下山来。

正在此时，斥候司马飞马来报："赵庄将军南线受阻，无法攻克秦军壁垒！"

南部丹水防线，是蒙骜大军在十日之内赶修的营垒。这道营垒西与老马岭南部壁垒隔河相接，从丹水东岸向东北伸展数十里，恰恰搭在太行山西麓山岭上。虽然是紧急赶筑，却也是深沟高垒器械齐备，丝毫不亚于西线老营垒。由于有丹水阻隔，老马岭山火并未烧到丹东山地，赵庄大军的猛攻轮番不休。蒙骜原本以稳健缜密见长，将器械兵力之交互配置部署得天衣无缝，任赵庄大军轮番不休地猛攻，十五万大军的营垒岿然不动。

接到南路受阻消息，赵括心下一沉，如此攻法，眼看是无望突破秦军壁垒了，然则不攻又当如何？赵括一时没了主意。思忖一番，赵括心中一亮，下令休战，后撤十里扎营，同时下令赵庄大军也向北后退十里扎营，大军重新聚拢。赵括的谋划是：明日若再不能攻陷老马岭，便原地扎营对峙吸引秦军主力，而后派出五万轻骑东出滏口陉插进河内，突袭秦军背后。

暮色时分，两军刚刚聚拢，炊烟堪堪升起，行辕外马蹄骤响，斥候营总领一马飞到，铁青着脸色急报：秦军一支铁骑插入石长城背后，切断了赵军与邯郸腹地之通道！赵括尚未回过神来，又是一骑飞到急报：秦军王陵率一支铁骑插入长平背后河谷，切断了长平大军与石长城营垒的连接。

突然一阵眩晕，赵括几乎要踉跄倒地，幸被身旁司马一把扶住。回过神来，赵括强自镇静心神，又询问了一遍战报，一阵长长沉默。若不能尽速歼灭插入的两路秦军，赵军便是大险之势：东面与赵国腹地隔绝，没有了后继粮草兵员；石长城营垒是上党赵军的总后援仓廪，一旦与长平大军隔绝，长平大军立成无本之木。良久，赵括突然一跺脚："秦军插入兵力单薄。立即下令：前后夹击，全歼王陵嬴豹两军，打通我军通道！"

一切都来不及了。

此时，赵括大军已经与秦军营垒鏖战四日四夜，两路秦军骑兵已经牢牢地钉在了已经构筑好的营垒上。在赵军猛攻三日后的夜里，白起秘密下令：蒙骜南路军抽调三万步卒兼程北上，归入王陵营垒；王龁西路军抽调一万步卒兼程东北，归入嬴豹营垒。白起严令王陵嬴豹两将：死守要道隘口，若赵军攻克连通，提头来见！与此同时，白起下令做总策应的桓龁部派出一万铁骑，专司护持向两路穿插大军输送粮草。

两路之中，以“遮绝赵军两垒”的王陵军压力最大，要承受南路赵军与北面石长城营垒的两面夹攻。只要南路赵军不能攻克王陵防线，石长城背后的嬴豹大军便只是一面防卫，赵军东去本土腹地的通道，也无法打通。白起做千夫长时，王陵是铁骑百夫长，后来一直是秦军的骑兵大将，非但剽悍勇猛，且又狡黠灵动不拘常法。白起但出奇兵，首选大将便是王陵。赵军第一次猛攻之时，王陵亲率先头五千铁骑秘密插入了长平关背后的山麓河谷[1]，立即连夜构筑壁垒。次日两万铁骑主力抵达，王陵下令战马隐蔽山谷，一半铁骑警戒不测之敌，一半骑士改做步卒构筑壁垒。两日之后的深夜，三万步卒开到，立即全部进入壁垒并继续扩大加固，全部骑兵则隐蔽山谷林木之中待命。

赵庄的八万大军从南路扑来之时，石长城营垒也出动五万步军从北面压来。秦军三万步军据守壕沟营垒，倚仗诸般大型器械两面防守，堪堪一个时辰就险情百出。正当此时，王陵的山谷铁骑从营垒南北同时杀出，猛攻两支赵军侧后。南北赵军同时受到两面夹击，阵形顿时大乱。北路赵军较弱，又没有骑兵掩护，被王陵一万铁骑驰突冲杀得根本无法再攻，丢下万余具尸体仓促退回了。南路赵军却是步骑混编的主力大军，又是人怀死战之志，骑兵迎击王陵铁骑，步军死力猛攻。饶是王陵的北路骑兵加入战阵，也眼看要支撑不住。

这千钧一发之时，蒙骜的主力大军开出营垒，在赵括大军背后发动了猛攻。与此同时，王龁主力大军也出动骑兵五万，飞驰突袭赵庄大军。长平南北四面混战，杀声震天。苦苦撑持两个时辰，赵庄大军终于溃败南撤了。

秋日残阳吻上了山塬，谷地中累累尸体黑红交织，遍野焦木冒着青烟，壁垒中的黑旗大部分变成了破絮，在暮色秋风中缓缓飘动着。兵士们在血迹烟尘中忙着清理壁垒，伤兵满当当倚着壁垒等待军医包扎。王陵头上缠着白布，额前渗着血渍，大步在壁垒间连声大喊发令：“造伙营，要咥饭！快！”

---

[1] 史家考证，这条河流即今日山西高平之小东仓河。

一个辎重营军吏从忙乱的人群中蹿出，灰土满面一头大汗，匆忙回复道："禀报将军：将士随身军食已经咥光，粮道运来的只有整车整车生面团，做熟到口，要等一半个时辰。"

王陵怒声大喝："如何如何？一半个时辰？饿死弟兄们哪！早做甚了！"

军吏拭泪唏嘘着："造伙营五百兄弟，全数加入激战，死了两百多人……"

王陵顿时默然，思忖片刻突然问："大面团都运上来了？"

"面团尽有，干肉也还有一些。"

"鸟！不早说。"王陵大手一挥，"有办法，伤兵每人一块干肉，现咥。全活兵人各一大块面团子，自己动手。"

"自己动手？"军吏大是惶惑，"没有恁多锅啊。"

"鸟！"王陵哈哈大笑，"要锅做甚？急有急法，铁盔架火自己烤。"

军吏恍然大悟，跳脚一声大喊："弟兄们，领面团子了，架火！"

河谷篝火之下，兵士们顿时哗然欢呼，竟比有现成军食还兴奋。一时间面车一辆辆从夹道士兵们中间驶过，一把把短剑在喧闹声中纷纷伸出，人人都抱着一大块生面团子嬉闹着去了。王陵站在土丘上一声大喊："不准出壁垒！架火烤面了——"

八月初旬的瘦月下，兵士们支起了一个又一个火架。火架上倒吊着兵士们的精铁头盔，一堆堆篝火如同一条横贯谷地的火的河流。王陵也在篝火边支起了一个架子，将面团子拍得又厚又圆，"啪"地丢进头盔，高声大笑着："鸟！就这样，还怕咥不上么？"兵士们对这新奇的造饭方式大是刺激，整个营垒一片嗷嗷笑叫。片刻之后，一个兵士用短剑将面团从铁盔中插起一看，竟是一面焦黑，大喊起来："哎！糊了！有香味了！"又一个士兵也笑叫着将面团子从盔中倒出，尖声叫喊着："呀！头盔一样！弟兄们看！"将焦黑似黄的饼盔往头上一扣，却烫得双脚跳起，饼盔顿时飞向空中。旁边一兵士笑着叫着用短剑向落下的饼盔一挥，饼盔顿时成两片分开，冒着腾腾热气落下。两人一人抢着一块，各是一口大咥。

“烫！”

“香！”

营垒中一片哄然大笑。火光中，士兵们纷纷从盔中将分明还是半生的焦黑带黄的面团子倒出，喊着笑着大咥起来。有人一声大喊：“哎，这物事怪也！总该有个名字了！”炊营军吏笑道：“王将军法子，王将军取名字！”“对！将军起名字！”兵士们一片喊声。王陵正捧着一块焦黄面团子边咥边端详，晃悠着手中一个大坑似的焦黄面团子高声笑道：“以盔为锅，似锅似盔，我看哪，就叫锅盔。”

“锅盔！”“妙！”“彩！”“粗面锅盔！”“便是锅盔！”营垒中纷纷叫嚷。

炊营军吏笑喊：“我来唱几句歌。对了，就叫锅盔歌。”

“好——锅盔歌——”几名军尉从怀中摸出陶埙，吹起了悠扬激越的秦风曲调，炊营军吏舞着手中锅盔唱了起来：

锅盔锅盔　麦面锅盔
铁盔硬面　焦黄香脆
烟熏火燎　又厚又黑
千古战饭　大秦锅盔

秋风掠过河谷山塬，篝火伴着萧萧马鸣，“千古战饭，大秦锅盔”的激越和声响彻了整个营垒，弥漫了长平战场。

五　金戈铁马　浴血搏杀

旬日过去，在秋月最亮最圆的时候，长平战场的大势完全明朗了。

赵国五十余万主力大军，被五十余万秦军困在了长平河谷山塬里。消息传开，天下各国始则惊骇莫名，继则啧啧称奇——华夏自有战事以来，何曾有过五十万大军围住五十万大军这等战例？等而围之，分明千古奇迹。想都不敢想的事，竟生生教秦军做成了，如何不令人咋舌变色。一时间天下议论蜂起，纷纷揣测秦军究竟能否吃掉赵军。等而围之难，等而吞之更难。无论如何，秦军毕竟完成了等而围之，难则难矣，已是无须揣测了。然则究竟能否消灭赵军，大大的未可知也！五十余万大军啊，那可是小诸侯一听都要闭气的数字也。纵是赫赫七大战国，除了秦赵两家，谁又开得出五十余万大军了？若是别个还则罢了，偏偏是与秦军同样剽悍善战的赵军，纵然一时陷于困境，充其量赵军也只是落得战败，多折损些许人马而已，秦军断然不能一口吞下这支赫赫雄师。

唯其如此，战国邦交风潮又一次旋风般卷起。

赵国使节奔走求援，秦国使节处处狙击，山东五国则费尽思量地拿捏情势，盘算着在这最微妙的关头将这份最要命的邦国大注押在何方？押在赵国，若秦国灭军战胜，则立时便是灭顶之灾。押在秦国，若赵国奋力脱险，纵不立即复仇，也必是牢牢记住了这笔最危急时刻的落井下石之仇。于是，有了种种奔波周旋，有了连绵不断的虚与委蛇，有了种种穿梭般的刺探，有了谁也看不清楚的云遮雾障，有了邦交历史上闻所未闻的哼哼哈哈王顾左右而言他。

暂且抛开邦交波澜，还是先来看看这亘古未见的大战场。

中军行辕的灯烛彻夜煌煌，赵括第一次不说话了。整整一夜，赵括都伫立在那张两人高的板图前，不吃不喝不挪脚，越看心越凉，越看越没有了狂躁之气。渐渐地，赵括终于明白了目下赵军的处境，嘴角一抽搐，长长地一声叹息，赵括啊赵括，你熟读兵书，自认天下莫之能当，却竟不知“因地而战”之理，实在是愚蠢之极也！

赵军被困的这片山川，在长平关以南，在老马岭以东，在丹水以西，在蒙骜营垒以北，方圆数十里的有山有水有平地的上党腹地。论军力，秦军自是无法围困与自己相等数量的一支善战大军。然则，赵括对长平之地形一番揣摩，竟恍然发现：长平战场虽则广阔，四周出口却是极少，若有几支大军封死隘口出路，除了吃掉敌军战而胜之，纵是大军数十万也插翅难逃。

此中根本，便是上党腹地之特殊地形所致——

首先，有王龁的老马岭营垒，赵军西出河东的通道被堵死。

其次，有蒙骜的南线营垒，赵军沿丹水河谷突围南下的通道也被堵死。

再次，有王陵的北插营垒，赵军与北部后援基地石长城的连通又被掐断。

再次，有嬴豹插入石长城东北的营垒，东出太行山的通道整个被堵死。

最后，东面是连绵高耸的太行山，直通邯郸的滏口陉一旦不通，眼看便是万山屏障无可逾越。

从谋划之道说，也还有一则方略：赵国立发援军入上党，突破滏口陉，与石长城固守赵军会合而攻陷秦军北垒，长平赵军同时向北夹击，纵是不能战胜秦军，至少可撤出主力大军。然则，这第一步便是要赵国有兵可发。就实而论，赵国大军已是全军西进上党，唯余云中两万边军苦撑匈奴林胡，李牧能保得不败已是万分不易，如何能空关南下？若征发新军，仓促无训，如何能有战力与虎狼秦军搏杀？如何能突破秦军防守的滏口陉？这一方略，显然是与自己一般的书卷谈兵，不可行也！

就赵军目下处境而言，最可怕的不是被围，而是粮道被遮绝。五十万大军被围，浴血大战何惧之有？若仅凭血战，秦军根本不可能奈何得赵军猛士。然则，赵国腹地无法向上党运粮，石长城仓廪无法向长平大军运粮，这便立见危机。赵军随身军食至多撑得旬日，石长城营垒纵是通畅，最多也是两个月粮草。如此便很明显，攻不下王陵营垒，旬日之后大军饥荒断粮。攻下王陵营垒，只能得到两月粮草周旋。

“死战血战！也要攻陷王陵营垒！”赵括狠狠一跺脚，望着秋雾蒙蒙的曙光，嘶声喊道：“来人！聚将升帐！”

将军们很快聚齐到行辕聚将厅，疲惫沉重写满了每个人的脸膛。当赵括提着一口长剑从大屏后赳赳大步出来时，看到大将们的沮丧，一时愣怔了。默然片刻，赵括对着将军们慷慨一拱道：“诸位将军想必已经明白，我军两垒已经被秦军分割，长平大军陷入困境。事实如此，无须隐讳。赵括要说的是：我军失利被困，将之罪也。战不算地，拒纳良策，赵括两大错也。”一声沉重叹息，赵括对着众将深深一躬，“八都尉含冤自戕，六万余将士死伤，全军陷入困境，赵括愧对三军将士。大军脱困之日，赵括自当向赵王请罪伏法，绝不推诿。”抬起头时，赵括已经是两眼泪光了，“今日赵括一请：我军主力尚在，但请诸位公推一谋勇之将统率全军破围。赵括自请一军死战开路，以赎罪责！”

偌大的聚将厅一片寂然。大将们眼见傲视天下的赫赫大将军低下了高傲的头颅，坦诚地承担了全部罪责，本来就已经宽宥赵括了。军旅之风，从来崇尚敢作敢当。杀人不过头点地，一个三军统帅如此认罪，还要如何？毕竟，赵括也不是平庸之辈，更不是一无是处，那胆识之过人，见事之机敏，战法之果敢，决断之快捷，连同今日自省之明，确实都是三军诸将无法望其项背的。这些久经战阵的将领们，对一个将军是否大将之才有着天生的直感，几次行令他们就看出了，若假以时日再经几次大战，此人一定是赵军最为杰出的统帅。及至赵括请诸将公推大将而自己领军死战，将军们深深被震撼了。大军主将能有如此大公胸襟，能有舍身赴死而救全军之气概，夫复何言？

副将赵庄扫了一眼大厅，转身拱手高声：“拥戴大将军！统率三军，杀出血路！”

“拥戴大将军！统率三军，杀出血路！”聚将厅齐齐的一声吼喝。

骤然之间，赵括泪水盈眶，心头第一次生出了深深融入大军血脉的坚实感觉，老父当年的话语闪电般掠过心头，“战场唯艰险，轻言者必败也”，而今三军大将这一声真诚拥戴，便是将五十万大军的性命压在自己肩头了！也是第一次，赵括的心头一阵猛烈地颤抖，“将者，三军司命也”这句兵谚轰轰然砸进了心田。也是奇了，如何自己原来丝毫没有如此沉重心绪？假若往昔有今日之三分戒惧，八都尉何得丧命？大军何得如此困境？是了，往昔自己所虑者，唯在施展才智以证实自己天下无敌，而今自己思虑者，却在国家存亡，在五十万将士之生命。霄壤互见，赵括啊，往昔的你何等浅薄，何等无知！思绪纷纭飞动，一种肃穆的深沉的使命感弥漫了赵括全身，他终于冷静了下来。

“诸将以三军生死托于我身，赵括责无旁贷。”对着众将一拱手，赵括坚定而清醒，“我军主力尚在，战力尚在，脱困之路，唯在血战。前次未能攻陷王陵壁垒，在于未能同时阻截南部西部之秦军主力侧击，致使我军中道而退。今次之谋划：我军主力兵分两路出击，第一路，我亲率十五万大军北出，轮番猛攻王陵营垒；第二路，赵庄将军率领三十万大军，同时对秦军西部南部发动猛攻，锁敌主力于营垒之中，使其不能出击，诸将以为如何？”

“谨遵将令！”面对赵括第一次询问，将军们异口同声地赞同领命。

“诸将回营，厉兵秣马，午后立即出战。”

“嗨！”轰然一声，将军们大步流星地去了。

正是秋高气爽的八月中旬，广袤的上党山地晴空万里，苍黄的山峦在碧空下连绵起伏，片片河谷正弥漫着最后的阳春气象。一到正午时分，竟有些热烘烘的气息。这时，长平谷地骤然响起了阵阵凄厉的号角，大片红云般的旌旗向北向南分做两路疾飞，隆隆的马蹄腾腾的脚步如同没有尽头的沉雷，轰轰震撼着连绵群山。赵国主力大军四十余万倾营出动了。

北线王陵营垒立即陷入了空前恶战。

赵括将十五万大军分做三路：主力步军十万分做两阵，半个时辰一换，轮番进攻，不给王陵营垒以任何喘息之机；五万精骑两翼守候，专一截杀王陵隐蔽在山谷的突袭骑兵。此时，赵军上下都已经明白了此战关乎全军生灭，自是人人鼓勇拼死。赵括大旗在山丘一挥，五万步军随着战鼓号角展开阵形呼啸着扑向了秦军营垒：两侧弓箭大队箭雨掩护，先头大队立即拥上将木板与壕沟车压上壕沟，但遇火沟段，立即有无数密集土包砸入；冲过壕沟，云梯与各种木梯蜂拥搭上壁垒，弯刀盾牌长矛勇士便汹涌而上。堪堪半个时辰，前阵稍感力怯，立即有第二阵替换猛攻。如此山呼海啸杀声震天连番血战，四个轮次下来，王陵营垒已经是大大吃紧了。要命处在于，王陵隐蔽在山谷的两万五千铁骑，在赵括五万优势骑兵拦截下，全然失去了突袭赵军侧背的作用。更兼赵军间不容发地轮番猛攻，秦军的机发连弩、猛火油柜、巨石礮等大型器械但有故障已无暇修复。饶是王陵机变，当即放弃了北面防守，又将一万骑兵改做步军投入营垒，全部六万步军都转向了南面壁垒之防守，仍然是险象环生。此时若有北面石长城赵军杀来，王陵壁垒几乎必然陷落。

堪堪暮色将至，遍野火把点燃，赵军攻势仍是一浪高过一浪，其狠勇之势压得剩余三万多秦军眼看是支撑不住了。偏偏在这个节骨眼上，石长城出动三万余步军喊杀攻来，秦军营垒顿时被两边的红色巨浪淹没。王陵披散着长发挥舞着长剑血狮子般跳出壕沟嘶声呐喊："老秦兄弟们！死战了！杀——"瞬息之间，所有秦军将士都放弃了器械跳出了壕沟，挥舞着刀剑长矛开始了最惨烈的直面搏杀。

恰在这万分危急之时，战场形势又一次发生了骤然变化！

还得从南线主战场说起。大军据守要隘而困住赵军主力，秦军将士都是一片欢腾。白起却没有丝毫懈怠，立即向全军颁布了一道训令："困兽之斗，历来兵家所畏，故有围师必阙之古训。今我将士围此五十余万大军，实是圈猛虎于咫尺之内，与虎谋皮，何能轻乎！今晓谕我三军将士：真正血战，自此始也！但有懈怠轻慢忘乎所以，军法从事。"训令一出，大军无不肃然生出戒惧之心，秦军上下又是整肃如故。对斥候连番密报做一番思虑之后，白起昨夜在狼城山洞穴幕府第二次聚将，对即将到来的大战整整部署了一个时辰。部署完毕，白起又一如既往地与几员大将做了单独商讨，四更时分方才散帐。

正午时分，赵庄大军两路出营杀向秦军营垒。谁料前军开出不到两里地，便遇秦军主力大军迎面隆隆开来。西面老马岭前是"王"字大纛旗，南面丹东河谷是"蒙"字大纛旗。秦军开出营垒迎战，分明是不想被赵军堵在营垒之内。赵庄也是百战大将，一见秦军阵势，便知今日必是死战，立即下令："两路大军分头迎击秦军！绝不使秦军主力越过长平关！"一时战鼓大起，两军四路在长平河谷展开了暴风雨般的恶战。

大战一开，白起登上了狼城山望楼。白起的部署是：南路蒙骜大军猛攻赵军，西北王龁大军只需顶住即可；王龁大军须分兵六万突破赵军，北上增援王陵营垒。白起对王龁说得很是清楚：此战之要在王陵营垒，赵军南线主力出动，真实图谋在于封堵秦军主力不能北援；秦军不守营垒而出阵，是摆脱被锁营垒之困境，保持快速增援之可能；唯其如此，秦军之要害不在长平谷地击败赵军主力，而是全力突破赵军阻截，保得王陵营垒不失，从而久困赵军。之所以要王龁分兵，是因了王龁一军以猛勇见长，冲锋陷阵势不可挡。然则眼见一个时辰过去，王龁铁骑竟硬是不能突破赵军的骑兵大阵，白起渐渐便皱起了眉头。王陵营垒所处河谷狭窄，虽利于防守，却无处囤积重兵，巩固这道要害营垒的唯一办法，是随时保持重兵增援。目下看来，显是到了最要紧的时刻，赵括亲率十五万大军轮番猛攻，王陵纵是死撑，只怕也到时候了。

“禀报武安君：王陵营垒告急！”中军老司马一指望楼下急速摆动的一面红旗，锐声急喊，满脸青筋都暴了起来。

看看红日西沉，白起脸色倏地一沉：“下令桓龁部立即出动！”

“嗨！”老司马立即急速转动望楼上的一面大红旗，这是秦军对总策应大军的紧急号令。与此同时，白起已经快步下了望楼飞身上马大喝一声：“铁鹰剑士出动！”一马下山，幕府山岭的三百铁骑已飓风般卷了下来。到得山下大营，桓龁的五万铁骑已经隆隆去了。白起一马当先，带着铁鹰飞骑衔尾急追上去。

赵庄大军正与秦军主力死死纠缠，却见侧后烟尘大起，心知不妙，却根本无力分兵，竟眼睁睁看着黑色铁骑怒潮般掠阵北去了。在赵军一分神间，王龁一声怒吼带领所部铁骑奋力冲杀，瞬间突破赵军防线，秦军漫山遍野冲了出去。赵庄大急，一声断喝，立率一彪骑士硬插过来，又死死堵住了秦军后队。如此这般冲冲堵堵，王龁部铁骑陆续冲过赵军的大约也有三四万之多。赵庄本想分军尾随追击，又被蒙骜部的几万步兵绕道侧后结阵拦截，密集箭雨呼啸而来，正面又是步骑混战，双方谁也不教对方脱身，几十万大军死死混战纠缠在了一起。

桓龁大军风驰电掣般杀到北战场时，恰逢赵军南北会合攻入壁垒之际。桓龁遥望秦军旗号湮没，便知大事不好，一声大吼：“死战号角！”身边三十多支牛角号短促激烈地凄厉响起，这支一直没有参战的生力军排山倒海扑向了营垒。赵括五万铁骑本已在攻垒步军之后布好阵势，却硬是抵挡不住这黑色洪流般的冲击，堪堪从背后卷上掩杀，却恰逢白起的铁鹰飞骑队狂飙般杀到。这三百骑士是秦军中真正的重甲骑士，人各重铠面具，马各铁甲护身，人手一口特铸的十五斤重剑，但在平川冲锋，便是当者披靡。更有奇特处，这支铁骑既无旗帜，又无号角，也不喊杀，只是展开队形山岳般向赵括中军大旗压来，实在令人惊骇莫名。

赵括本在号令骑兵全数从秦军之后向营垒掩杀，以与步军夹击桓龁铁骑，陡然听得山坡千骑将军一声高喊："百人队护持山丘！千骑队随我截杀！"赵括转身一看，一片凶猛的黑色浪潮正无声地向这座小山包压来，一看气势便知这是秦军赫赫大名的铁鹰锐士。骤然之间赵括热血沸腾，举刀大喊："全体上马！截杀铁鹰骑士！送他们去见白起！"飞身上马挥舞战刀率领最后一个百骑队冲下山来。

为将以来，白起但上战场，从来都是铁甲面具无旗号不显露主帅身份。也是每当此时，战场全局已经不需要他来号令，最需要的便是他这支铁鹰锐士队的冲锋陷阵。行伍之时，白起便是军中猛士，十五斤重剑是他为铁鹰剑士特铸的兵器。这支铁骑上阵，从来不需要整体号令，寻常都是单人独骑肆无忌惮地横冲直撞，直到完全杀光身边对手。今日对手却是赵军，白起在路上只大喊了一声："今日战场三骑阵！"便算部署了面临最强对手的战法。

赵括的千人飞骑也全部是赵军一流骑士，其坐下战马更是天下绝无仅有，况且兵力又超过白起两倍有余，便在山下四面包抄与铁鹰骑队硬碰硬搏杀起来。赵军飞骑队以轻猛见长，秦军铁鹰骑队以重甲见长，更兼双方主帅都在阵中，双方将士也都是第一次遇到势均力敌之对手，便是水火不容你死我活的生死大搏杀。赵军飞骑虽多，怎奈铁鹰剑士的三骑阵配合得流畅有如神妙机关，威力有如绞杀机器，饶是赵军飞骑十对三也占不得先机。而在秦军铁鹰骑士看来，赵军飞骑直是天上流云，眼看在你身边，四尺特长剑一伸却没了踪影，收剑回身之际，他却又如影随形般杀到，若无演练精熟的实战配合，还当真难以抵挡这支眼花缭乱威猛凌厉的骑射劲旅。

在这半个时辰的搏杀中，猛将王龁率领的四五万铁骑陆续赶到。一看铁鹰骑队缠住了赵括飞骑，毫不犹豫地全数扑向攻垒赵军。先到的桓龁铁骑虽则是生力军，兵力毕竟只有赵军四成；赵军兵力虽优，却是激战半日且伤亡惨重，如此两军在营垒上下展开了反复纠缠厮杀，一时谁也无法得手。及至王龁大军陆续杀到，情势立时大变，秦军立即反守为攻，两个冲锋便将战场推到了营垒以南。

此时天色已经大黑，虽有中秋明月，战场之上也是朦胧无边。赵括虽在战阵之中，心却在营垒攻防，见王龁大军杀到，飞骑出阵驰向步军边缘大喊："退兵！骑兵冲杀！步军先退！"听得赵括公然号令，铁鹰骑队便有三骑冲杀出战阵飞驰到王龁大旗下。片刻之间，秦军号角大响，步骑大军列阵于营垒之南，不冲杀，不追击，竟眼看着赵军撤回了长平关以南。

秦军点起火把清点战场，营垒守军战死五万余，其余两万步骑人人浴血重伤。当兵士将一具血人抬到王龁大旗下时，白起骤然掀掉面具，大喊一声："王陵！"将血人抱了起来。血人却龇着白牙嘶哑地笑了："武安君，狗日的赵军，果然有种，杀，杀得来劲……"一语未了，昏厥了过去。

见军医紧张救治王陵，白起对王龁低声下令："立即调遣蒙骜八万步军来替换王陵，桓龁铁骑补充蒙骜兵力，桓龁代替王陵守垒，接防妥当后，你部回老马岭。"王龁领命之后，白起立即召来桓龁一阵秘密叮嘱，桓龁所部铁骑立即从营垒河谷偃旗息鼓地北上了。

白起回到狼城山洞穴幕府时，天色堪堪放亮。刚刚咥完一顿军饭，老司马匆匆进来禀报：嬴豹桓龁两部夹击，石长城营垒已经攻陷。

"好！"白起猛力拍案一声长吁，"此战已是六成也。"

六　车城大坚壁　白起说阵法

石长城营垒陷落的消息传到长平，整个赵军大营都沉默了。

赵括立即下令赵庄带领两万步军进入长平关做大搜索，看能否有意外发现。然则三日过去，两万士卒搜遍了民居、仓廪与所有房屋，最后掘地三尺，也只寻刮了十来车仓底土谷与一些早已经风干如铁且爬满了蚂蚁的兽肉。这长平关原本是韩国上党的十七座城堡之一，因处上党腹地冲要，自然有囤积军粮的大仓。但在秦国夺取河外渡口之后，上党的河内后援基地野王成了一座孤城。韩国眼看上党难保，停止了向野王输送粮草。韩国早成贫弱之国，其上党驻军历来只有两三月粮草储备。在冯亭周旋将上党献给赵国的那段时日里，十七座城堡的粮草已经是难以为继了。及至上党交接，韩国的上党民众悉数接受赵王赐爵一级，全部迁徙到了赵国腹地，上党的冲要城堡便没有了士农工商诸般庶民，全部成了大军驻扎的军营。到了秦赵两方百余万大军进入上党对峙的三年期间，更连最是靠山吃山的猎户药农都流奔异乡了。此等城堡，如何有暗藏粮草之奇迹？

这些实在算不得军粮的土谷铁肉，赵括也下令交付辎重营严加保管，只供断粮之重伤士兵日每一餐。此事安顿完毕，赵括下令清点全军随身携带军食。整整查了一天，赵庄与军务司马报来的结果是：目下全军活口三十万人，大约一半将士随身军食可保三日，有七八万人大约可保两日，有五六万人仅余一日军食，还有两三万人已经断粮，全部伤兵三日前已经断粮。

“伤兵食量小，为何断粮反而早？”赵括脸色骤然沉了下来。

“行伍生死交，伤兵军食，都让给能打仗的弟兄们了……”赵庄哽咽了。

“还有，”军务司马嗫嚅着，“方才之数，都是以日每一餐计。”

良久默然，赵括拿开了捂在脸上的双手，咬牙切齿道：“升帐聚将！”

大将聚齐，赵括站在帅案前只凛然一句：“三日连番大战！拼死突围！诸位以为如何？”大将们没有丝毫犹豫同声一喊：“追随大将军！死战突围！”赵括立即做了部署，事实上，突围也只有这一条路可走——北出死战，打通王陵营垒与石长城营垒，再东夺滏口陉出太行山。部署完毕，将领们匆匆回营连夜备战去了。

一连三日，赵括三十万大军全部出动，分成两部背靠背大战：南部赵庄阻截秦军，北部赵括猛攻营垒。然则，不吃不喝不扎营潮水般猛攻三日三夜，仍然不能攻陷秦军壁垒。到了第三日深夜，饥肠辘辘却又灌得满腹河水的赵军士卒遍野瘫卧，再也无力发动攻势了。赵括长叹一声，下令回军。说也奇怪，赵军退兵大锣一响，南部秦军立即收队让道，不做任何追杀，任赵军大队缓慢地蠕动去了。

三日大战，赵军战死十万余，全部活口二十余万，人人带伤。

赵括自己也是身中三剑，头上裹着大布，臂膀吊着夹板，却咬着牙走遍了二十多处营地。所到之处，躺卧在枯黄草地上的士兵们，都只是木然地望着这位形容枯槁的大将军，不期然号啕大哭："大将军，兵娃子不怕打仗，就怕饿死人啊！"赵括总是硬生生挺着自己，嘶声安抚着这些曾几何时还生龙活虎的精壮后生："弟兄们，挺住了！赵王正向列国求援，天下战国不会看着赵国大军覆灭。撑持得些许时日，赵括定然领着弟兄们回到赵国，重振雄风，向秦人复仇！"士兵们都只静静地听着，再也没有了气力慷慨激昂地回应了。

这一日，赵括拖着疲惫已极的身子回到行辕时，已经是三更天了。卫士们要他骑马，他却摇摇头："战马也没了粮草，还要驮着我等冲杀，教它们歇歇。"卫士们要抬着他巡营，他笑了："伤兵都要打仗，有人抬么？"固执地自己走路了。原本贵胄公子，动辄高车驷马，赵括何曾有过如此艰难的徒步生涯？一日半夜走下来，伤口火辣辣疼，身子酸软沉重得直是要瘫倒。当那个少年兵仆为他洗脚时，捧着赵括满是血泡的一双瘦脚，哭得话也说不出来了。赵括蒙胧瘫倒军榻，一个呼噜却又猛然坐起："来人，立即请赵庄将军。"

赵庄匆匆来了，见赵括肃然端坐在帅案之前，惊讶得连参见礼节都忘记了。赵括却只一摆手请赵庄席地坐在了对面，淡淡一笑道："我军粮尽兵疲，秦军却不攻我，将军以为其图谋何在？"赵庄思忖道："秦军虽则困我，却也是伤亡惨重，显是不想逼我军做困兽之斗，只要生生困死我军……除非，我军降秦。"赵括冷冷一笑："王龁好盘算！只可惜还没到山穷水尽处，我还有一法撑持，力争拖到战场外有变。""大将军是说，拖到列国援兵来救？"赵庄兴奋得声音都变调了。"正是。"赵括沉重道，

"举国之兵皆在长平，赵王安得不心急如焚？平原君定然也在列国奔走，我军将计就计，以拖待变。若撑持得到那一日，诚赵国之大幸也！"说着一声粗重喘息，"我军首战大胜后，平原君回邯郸报捷未及归来，此不幸中之万幸也！否则，我军无救了。"

"大将军但说，何法可固守待变？"

"车城圆阵。"

"车城圆阵？"

"正是。"

"闻得这是孙膑阵法，早已失传，大将军如何通晓？"

"人言赵括熟读天下兵书，当真汗颜也。"赵括淡淡一笑，百味俱在，"少时曾得《孙膑兵法》一读，与老父论争车城圆阵之效用，至今言犹在耳……"骤然之间，赵括眼圈红了，"老父言说，此等阵法唯守不攻，绝地之用也；孙膑生平未曾一试，实效如何，谁也不明……如今我军已是绝境，赵括也是尝试，将军多有实战，若以为可行则试之，否则……"赵括骤然打住不说了。

"只要大将军记得此阵摆设演化之法，自当可行。"

赵括顿时精神一振："孙膑有言，此阵山岳难撼，摆成无须演化。至于摆设之法，也是简便易行。你来看。"顺手拖过一张羊皮大纸，提起笔画了起来。赵括原本智慧过人才思敏捷，边画边说条缕分明，不消半个时辰，将这车城圆阵说得个淋漓尽致。

"大哉孙膑也！无愧实战兵家！此阵大是有用！"赵庄啧啧赞叹，不禁一声感喟，"若在寻常时日，当为此阵浮一大白！"

"好！"赵括一拍帅案，"那明日摆阵。"

次日清晨，赵军开始轮番忙碌轮番歇息，将长平城堡内所有老旧战车与可用物事都搬运了出来。整整五日劳作，一座旷古未见的车城圆阵终于巍巍然矗立在了长平大战场。

赵军只要不出营激战，秦军便不做理会。然则车城圆阵一起，立即惊动了秦军。远处秦军拥满了山头营垒观看指点，人人啧啧称奇。白起接报，立即带领众将登上狼城山最高处瞭望。远远看去，这座大阵几乎是方圆十余里的一个巨大的火焰圆圈，旌旗错落，金鼓隐隐，马鸣萧萧，若非赵军杀气已经大减，这座军营城堡当真震慑心神。

细看半个时辰，白起下得望楼一声感喟："秦赵大决，此其时也！若赵括此战不死，必是天下名将，大秦克星。"王龁笑道："武安君高估这小子了，此等物事经得甚折腾？有五万铁骑，两个冲锋踹翻它！"白起却扫视着将军们淡淡冷笑道："诸位都是百战之身，谁能说出此阵来历？所长所短？如何打法？"又目光炯炯地看着王龁，"五万铁骑踹翻？只怕五万铁骑死光了，你还是一片懵懂。身为大将，便是邦国干城，盲人瞎马踹将上去，能打胜仗？今日诸位只说，谁能说得个子丑寅卯，便是我秦国大幸，我秦军大幸也。"

虽然白起并不激烈，甚至从来没有过声色俱厉地指斥将士的个例，但却有一种谁也说不清的威严，高爵如王龁、王陵、蒙骜一班大将也对白起敬畏有加，从来不敢公然谈笑。然则，最重要的却是全军上下对白起的无比信服。发于卒伍的白起，做卒长时便是铁鹰剑士，骑战步战以及各种器械无不精通，但在校军场走得一圈看谁一眼，必是此人技艺有差。寻常大将但有此长，士卒便服。然则白起又远远不止于此，战场算计之精到，战法部署之高明，杀敌勇气之丰沛，决断胆识之果敢，几乎是样样炉火纯青。三十多年来，只要是白起领军，任是大战恶战，秦军都是战无不胜。久而久之，秦军士兵们都将白起说成了上天派来秦国的军神。军营便流传开一则兵谣："但跟白起，唯有老死。若得战死，天命如斯。"说的是跟白起打仗死了也不冤枉。如此之白起，偏偏却从来没有狂躁倨傲之气，永远那般冷静，永远那般清醒，永远那般孜孜不倦地揣摩敌人。除了一个"神"字，当真是解无可解也。

今日白起如此肃然，大将们方才还浮动在心头的那种对败军之将的蔑视，顿时荡然无存了。一时寂然无声，王龁红着脸抓耳挠腮道："嘿嘿，武安君如此考问，肯定是谁也不行，还是请武安君明示了，我等只管打仗。"

"也好，借这里看得清楚，我便说说这阵法。"白起在地上点着那口战时总是拄在手里的长剑，"古战无阵。战而有阵，发于春秋之期。晋平公大将魏舒，于晋阳山地骤遇戎狄突袭，毁弃战车，将甲士与步卒混编为方队大败戎狄骑兵。阵法之战，由此而生。然则，春秋以车战为主，无铁骑，阵法仅为非常之用。故春秋之期，常战无阵。《孙子兵法》亦无战阵之说。进入战国，战车淘汰而铁骑大盛，天下兵争皆成步骑野战。步骑快速多变，是故阵法应时而生。所谓阵法，即以兵士之诸般队形变化，或辅以地形，或辅以器械，而列成整体为战之势。小如我军铁骑之三骑配伍，大如中央步军成方而两翼骑兵突出的常战之法，皆为阵法。阵法之变，以三形为根本：一曰方，二曰圆，三曰长。天下所有阵法，皆以方圆长三形相互组合，再借地形、器械、旗帜、兵器之特性而列成。然则，兵无常形，水无常势。阵战有长处，亦有短处。阵战之长，首在能将全军结为整体，尤其能使兵力单薄之一方，依靠整体之变化配合，而抗击兵力优势之一方。三骑配伍精到，可抗十骑。是故，我军三百铁鹰骑队能抗击赵军一千飞骑也。大阵之短，在于僻处一隅，过分借重地形与已成器械，不能快速转移作战，缺乏对战场全局胜负板荡之影响力。战国之世，大战频仍，却无一次大战为阵法之战，更无一次为阵法制胜。此中根本，便在阵法之短也。唯其如此，非常阵法多为兵处弱势而用以自保，无法改变战场之大势。”

将军们听得入神，无不频频点头。王陵突然问道：“武安君，末将曾听得人说，《孙膑兵法》有十阵之说，不知赵括此阵可在这十阵之内？”

白起看看满身包裹白布犹自血迹斑斑的王陵，目光中流出一片欣慰道：“战国之世，孙膑为实战有成且兵法有著之唯一大家。然孙膑一生，未曾一次用阵战，唯留下十阵之图形，其用如何，未尝明也。所谓孙膑十阵，即方阵、圆阵、一字阵、疏阵、数阵、锥形阵、雁行阵、钩形阵、玄襄之阵、水火阵。此十阵者，前三阵为常战阵法，实是孙膑以实战入书也。最后之水火阵，也是实战中水战火战之法，并非阵形也。其余六阵，当为孙膑所创，然如何使用，却没有定式，因人因地因器械，变化多多也。目下赵括此阵，依据孙膑十阵，以圆阵配以壕沟、战车、步军而成，名曰车城圆阵。”

“车城圆阵，威力大么？”桓龁摩拳擦掌。

车城圆阵图

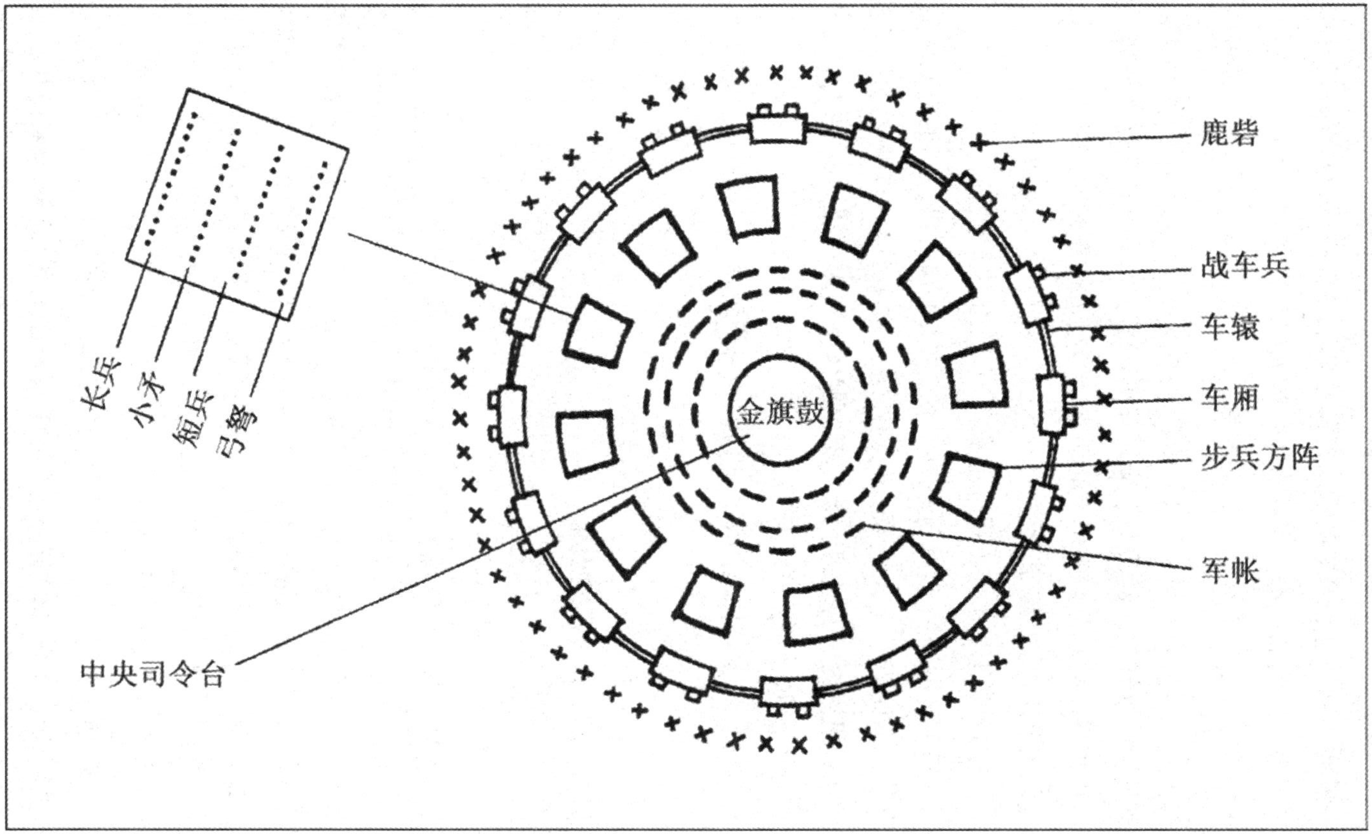

“你等便看。”白起长剑遥遥一指，“这大阵共是五层：最外围一道壕沟鹿砦，第二道是战车固定相连的车城围障，战车后配有刀盾步卒；第三道是有序间隔的步兵阻截方阵；第四道是连绵军帐，驻扎换防士兵与伤残老弱；第五道是中央那座十余丈高，有一面‘赵’字大纛旗的金鼓军令楼，主将居上号令全军。车城圆阵之威力，在于结全军为配伍，全军将士流水转圜之间相互策应。我军若集中兵力攻其一处，则其余卷来攻我侧后；我军若全部包围而攻之，则兵力拉开成数十里一个大圆，顿时分散单薄，何能攻破营垒？”

“如此说来，奈何不得这小子了？”王龁顿时大急。

白起冷冷一笑：“天下兵争，胜负常在战场之外。任他金城汤池，我只不理会他便了。”转身又是长剑拄地，“传我将令：全军营垒坚壁防守，封堵百里之内所有隘口。赵军不出圆阵，我军不战。赵军但出圆阵，我军全力逼回。但有轻敌而疏于防守者，军法从事。”

“嗨！”方略如此简单，大将们顿时胆气大增，齐齐一声虎吼。

七　惶惶大军嗟何及

从此，赵军大营开始了度日如年的煎熬。

进入九月，这番大势谁都看得明白了。秦军是下死心要活活困死赵军了。你有车城圆阵，他却不来攻你。你若攻出突围，那精锐铁骑便如潮水般逼你回阵。这不分明是要你回到阵中挨饿等死么？前心贴后背，整日气息奄奄，当真还不如死了。若来攻，赵军尚可在拼死搏杀中抢得一些战马军食，可他偏是不来，你却奈何？倏忽旬日，赵军的车城圆阵已经完全丧失了开始的些许欢腾，陷入了一种无边的宁静恐慌之中。

赵括几乎瘦成了一支人干，颧骨高耸的刀条脸，两只眼窝陷得黑洞一般可怕，乱蓬蓬的胡须连着乱蓬蓬的长发毫无章法地张扬开来，昔日紧身合体的胡服甲胄，如今空荡荡地架在身上。曾几何时，最是讲究尊严的一个倜傥公子面目全非了。饶是如此，赵括依旧在终日奔忙，查军情、抚伤兵、分配军食，没有片刻歇息。

这夜三更回帐，赵括仍是久久不能平静。

目下最教他刻刻在心又大为头疼的，是两件事：一是处置越来越多的军食纠纷，二是搜集越来越渺茫的援军消息。军食越来越少，纠葛便越来越多。昔日情同手足的战场兄弟，大是生分了。各营各队常常为了一片挖掘出来的草根山药争得你死我活，连将军们都卷了进去，每次都教赵括心惊不已费尽心力，回到行辕犹是唏嘘不已。但最揪心的，还是援军无望。乔装的秘密斥候派出了一拨又一拨，虽然回来的不多，零星消息毕竟还是有的，但每次消息都教赵括心惊一次心凉一次。先是魏国韩国首鼠两端，信陵君强争救赵被罢黜；再便是齐王建不纳蔺相如与老苏代苦谏，拒绝出兵出粮；后来又是楚国冷落平原君，对秦赵大战作壁上观；最可恨的是燕国这个早已经变蔫了的夙敌，竟在此时谋划要偷袭赵国，夺黄雀之利。如此看去，这列国援兵当真是画饼充饥了。人情冷暖，世态炎凉，邦国无恒交，唯利是图耳，如此等等之寻常时日赵括大为蔑视的诸般谚语格言，此刻都翻江倒海般涌上心头，心中鼎沸，百味俱出。

蓦然之间，赵括想起了平原君说给他的一个故事：

老廉颇当年被贬黜，回到邯郸宾朋门客尽去，门可罗雀。后又复职，宾朋门客骤然俱来，又是门庭若市。老廉颇喟然长叹："客如潮水，来去何其速也？令尔等退去，一个不见！"一老门客长吁一声从容笑道："此乃人心世道，君何见之晚也！方今天下以市道而交，君有势，客则从君。君无势，客则去。此固常理也，何怨之有也。"是啊，天下以市道而交。"市道"者何？唯"势、利"二字焉，岂有他哉！势则为利，利可成势，无势无利，所交者何图？

猛然，赵括打了一个冷战。

"大将军，你一整日没吃饭了。"少年军仆站在案前，锃亮的铜盘中只有拳头大一块焦黑的干肉、一块烤得焦黄的芋根、半盏已经发馊的马奶子。

赵括罕见地笑了："小弧子，你还只有十五岁，都皮包骨头了。你吃了它。"

"大将军，这如何使得？"少年军仆哽咽了。

"如何使不得？来，这里坐下吃。"

"大将军……"少年军仆大哭拜倒，"你是三军司命，小弧子纵是粉身碎骨，也不能夺大将军之军食啊！"

"那好，我俩人各一半。否则我也不吃。"赵括拿过案边切肉短剑，将干肉芋根一切两半，"来！吃也！"

少年军仆哭着吃着，突然跳了起来："大将军你听！"

夜风呼啸，刁斗之声隐隐可闻，在死一般的沉寂中沉闷的惨号一声又一声传来，清晰而又恐怖。赵括凝神侧耳，脸上渗出豆大汗珠，面目狞厉地霍然跳起大喊："中军飞骑队出巡！"提起战刀大步冲了出去。

片刻之后，赵括带着一支稍微能大跑一阵的百骑队，终于冲到了一座有微微火光的帐篷前。一阵奇异的腥膻肉香远远随风钻进了每个人的鼻孔，倏忽之间，百夫长的脸刷地白了。赵括飞身下马一声大吼："包围军帐！挑开帐门！"骑士们哗地围住了大帐，当先一排长矛齐出顿时挑开了帐门。赵括挺剑大步抢入，一望之下目瞪口呆。

小小军帐中，两具尸体血淋淋地摆在草席上，四肢已经成了带血的白骨架。小地坑中燃着粗大的干木柴，铁架上吊着的铁盔兀自淌着血水咕嘟嘟冒着蒸腾雾气。十余名兵士正在埋头大啃带着血丝的白骨肉，脸部扭曲变形，狰狞可怖之极。

"他们吃伤兵！"百夫长指着尸体嘶声大吼。

"全部斩决！"赵括尖啸一声，战刀砍翻了一个食肉者。百人队一齐拥入，吼叫连连长矛齐伸，所有食肉兵士顷刻被钉在了地上。

赵括一声大喝："急号！三军集合！"

牛角大号凄厉地响彻了军营，杂乱无力的脚步漫无边际地向中央金鼓将楼下汇聚着。整整磨蹭了半个时辰，二十万大军才聚集起来。昏黄的军灯下，兵士们密密麻麻挤在一起，人人青黑干瘦，全然是望不到边际的排排人干，灯光暗影里闪动着片片幽幽青光。所有的战马都被集中在旁边，它们也是瘦骨嶙峋，微弱的喷鼻声不断起伏着。

赵括站在一辆战车上，手拄长长的弯月战刀，嘶哑的声音骤然炸出一句："将士们，我等是人！"再也说不下去了。良久，赵括抬起头来，"弟兄们，秦人有一首军歌，叫做《无衣》，有人会唱么？"全场死一般的沉寂中，赵括嘶哑的声音在夜空中飘荡起来：

岂曰无衣　与子同袍
王于兴师　修我戈矛　与子同仇
岂曰无衣　与子同泽
王于兴师　修我矛戟　与子偕作
岂曰无衣　与子同裳
王于兴师　修我甲兵　与子偕行
……

说是唱，毋宁说是悲愤激越的嘶喊。万千兵士们先是低声饮泣，接着呜咽着一齐哼唱起来。虽说这是秦人军歌，却也是天下流传的军营血肉之歌。赵人原本多有慷慨豪迈之士，最看重的便是军旅骨肉之情谊，谁堪如此痛彻心脾之惨剧？唱着唱着，喊着喊着，万千将士放声大哭……

"弟兄们，别哭了。"赵括战刀一举，"我军已经撑持四十六天，再不能等死了。今晚，杀掉所有战马，全部煮掉吃光。而后收拾备战两个时辰，我等兄弟开营突围，再做最后一次冲杀！"

虽然没有了山呼海啸般的呼喊怒吼，但那片晶莹闪烁的幽幽青光与那迎风挺直的干瘦身板却告诉赵括：将士们是有死战之心的！赵括向脸上一抹一捽："各营杀马。"跳下战车，向将楼下的战马群走来。这是赵括千人飞骑队仅剩的六百匹战马，每匹都是边军精心挑选的阴山野马驯化而成，对于骑士，那可当真是血肉相托万金不换的生死伴侣。尤其是赵括那匹坐骑阴山雪，身高一丈，通体雪白，大展四蹄如风驰电掣，曾引起不知多少相马师与骑士的啧啧叹羡。当真要杀死这些战马，三军将士们心头颤抖，瞬息之间无边无际地跪了下去，默默地低下了头。

“大将军——不能杀阴山雪！不能啊——”少年军仆小弧子尖声喊着飞也似冲了过来，死死抱住了赵括双腿，“大将军，阴山雪是我喂大的，小弧子愿意替它死啊！大将军……”小弧子从战靴中倏然抽出一口短刀，向自己小腹猛然一捅。赵括手疾眼快，一把抓住短刀一声喝令：“架开他！看好！”待百夫长拖开哭叫连声的小弧子，赵括走向了那匹虽已瘦骨棱棱却依旧不失神骏的雪白战马。

百夫长与几名老兵突然疯狂地冲进马群，扬起马鞭乱抽狂喊：“马啊马！快跑吧！跑啊——”饶是如此，战马群却一动不动，只是无声地低头打着圈子。

阴山雪咴咴喷着鼻息，一双大眼下的旋毛已经被泪水打湿得拧成了一缕，马头却在赵括的头上脸上蹭着摩着，四蹄沓沓地围着赵括游走。赵括紧紧抱住了阴山雪的脖颈，热泪夺眶而出。阴山雪仰头一嘶，萧萧长鸣久久在夜空回荡。赵括退后一步，双手抱着战刀对着阴山雪跪倒在地。良久，他起身猛然后跨一步，回身一刀洞穿马颈，顿时鲜血如注将赵括一身喷溅得血红。

百夫长大号着：“马呀马！升天吧！来生你杀我——”

次日清晨，太阳爬上了山头，广袤的河谷山塬一片血红一片金黄。赵军的车城圆阵中凄厉的牛角号直上云空，隆隆战鼓如沉雷般在河谷轰鸣开来。须臾之间，车城圆阵全部打开，大片各式红色旗帜如潮水般涌出。“赵”字大旗下，赵括冷酷木然地走在最前列，短衣铁甲，长发披散，一口战刀扛在肩上赳赳向前。身后是无边无际全部步战的赵军将士，长矛弯刀一律上肩，视死如归地踏着鼓声轰隆隆向秦军北营垒压来。

白起在狼城山瞭望片刻，断然下令：“打出本帅旗号，列强弩大阵正面拦击。”

山头望楼上黑色大纛旗急速摆动，号角战鼓连绵响起，四面山川顿时沸腾起来。秦军营垒的铁骑步军一队队飞出，顿饭之间在长平关以北列好了横贯谷地的一道大阵。阵前一杆“白”字大纛旗迎风招展，旗下战车上顶盔贯甲黑色金丝斗篷须发灰白一员大将，赫然正是白起。

赵军大阵隆隆压来。堪堪一箭之地，秦军明是万千强弩引弓待发，却是一箭不射任赵军轰轰走来。走着走着，将及半箭之地，赵括一声令下：“停！”端详有顷，突然哈哈大笑：“天意也！天意也！”战刀一指高声喝问：“秦军战车上，可是武安君白起？”

“赵括，老夫正是白起。”

赵括一阵冷笑：“白起，你既名震天下，何须称病隐身，兵外诈战？”

“赵括，兵争非一己之私斗。老夫不称病，赵王如何能任你为将也。”

“白起，长平之战，若是王龁统兵铺排，赵括佩服！”赵括战刀直指，“既是你亲自隐身统兵，如此战法多有疏漏，赵括不服也！”

“愿闻少将军高见。”白起平静淡漠。

“其一，上党对峙三年，不攻不战，空耗国力多少？其二，以先头五千铁骑分割我军，全然是铤而走险，若我早攻，岂有你之战绩？其三，等而围之，又是孤注一掷。若我军粮道不断，抑或列国救援，此等野心岂能得逞？其四，既困我军，却不攻杀，便是贻误战机。若我军有一月之粮，你破得车城圆阵么？”赵括侃侃评点，不假思索。

“少将军经此一役，仍有就兵论兵偏离根基之痕迹，诚为憾事也！”白起浑厚的声音随风飘来，不紧不慢道，“尝闻马服君之言，少将军轻看兵事，今足证也！其一，上党之地易守难攻，老廉颇深沟高垒，堪称善守如山岳，何攻之有？然则若不对峙，则赵国必在天下成势也。这便是不攻又不退之理。其二，五千铁骑虽少，却是轻刃初割不为你看重，待你察觉来攻，我军已经增兵五万，谈何铤而走险？其三，等而围之，亦是借重兵外之地利也。老夫相信，少将军已经揣摩透了这个道理。至于粮道不能断绝，列国能来救援，此乃少将军不察天下也。若我军不围赵军，列国或可来援。而我军既围赵军，列国则必不来援。邦国之道，雪中不送炭。少将军何独天真至此？最后，长平大战，我军也是伤亡惨重，能围能困，何须血战？兵士鲜血，毕竟比战机更重要。只要能最终战胜，白起宁愿保持兵力。”

默然良久，赵括对着战车深深一躬：“赵括谨受教。”

“在我坚兵之下，少将军能绝粮防守四十六天，且大军不生叛乱，已

长平之战示意图

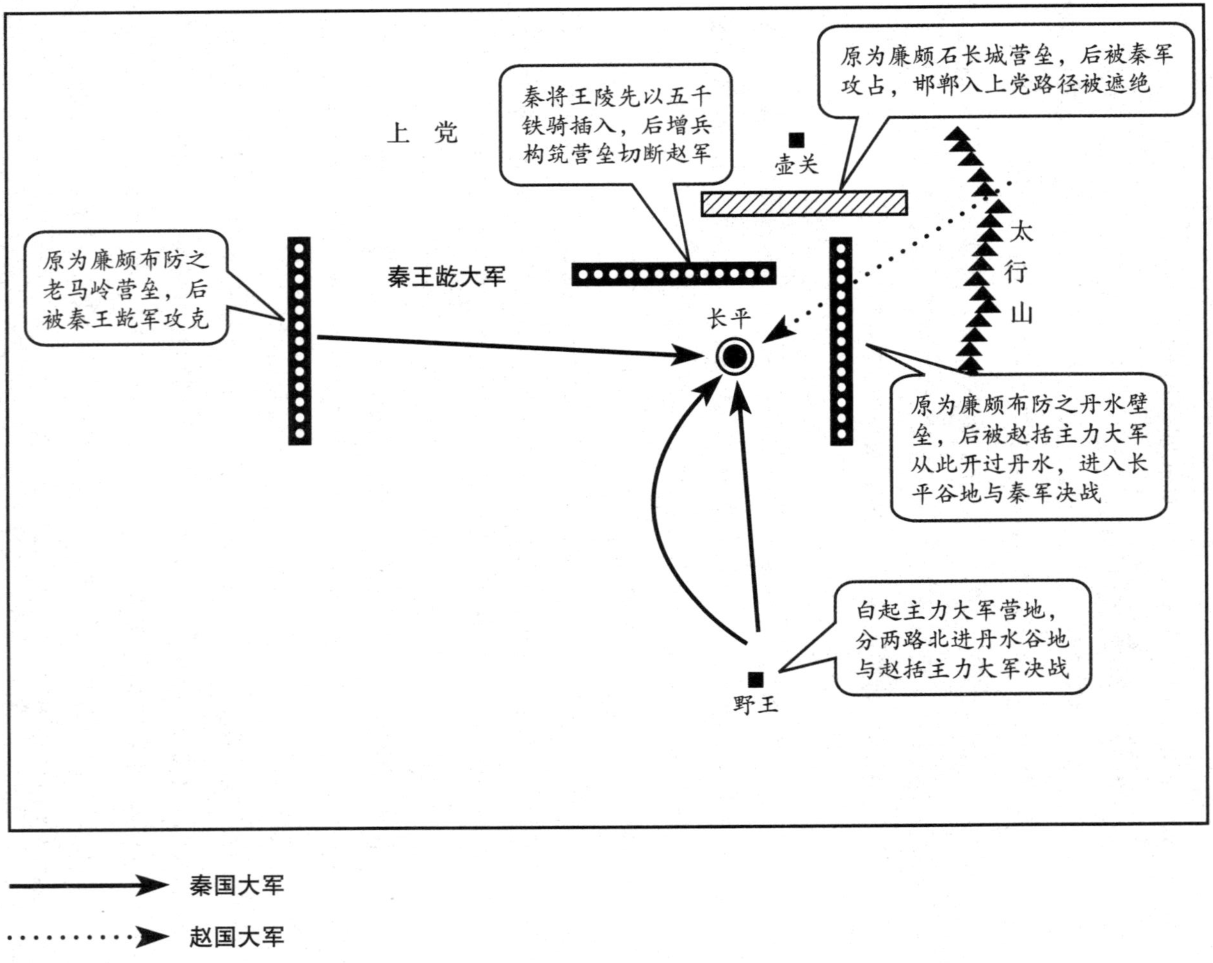
原为廉颇石长城营垒，后被秦军攻占，邯郸入上党路径被遮绝
秦将王陵先以五千铁骑插入，后增兵构筑营垒切断赵军
上 党
壶关
太行山
原为廉颇布防之老马岭营垒，后被秦王龁军攻克
秦王龁大军
长平
原为廉颇布防之丹水壁垒，后被赵括主力大军从此开过丹水，进入长平谷地与秦军决战
白起主力大军营地，分两路北进丹水谷地与赵括主力大军决战
野王
秦国大军
赵国大军

是天下奇迹也！”白起喟然一叹，“老夫今日出阵，是念你有名将才质，教你来去清明了。”

“多谢武安君。”赵括冷冷一笑，“今日赵括若突围而出，三五年后便与你白起再见高下。若赵括死了，来生仍要与你为战！”

白起淡淡一笑：“为大秦计，少将军今日必须死在阵前。至于来生，老夫没兴致再做将军了。”

“好！今日最后一战！”赵括战刀一举，大喝一声，“杀——”赵军红色海潮般呼啸卷来。

王龁令旗一劈大吼一声：“强弩大阵起！”阵前万千强弩齐发，粗大长箭暴风骤雨般迎着赵军倾泻而去，两翼铁骑尚未杀出，赵军浪潮已经哗地卷了回去。中军司马一声惊喜的喊叫：“武安君，赵括中箭！眼看五六箭，必死无疑！”白起冷冷一挥手：“各军仍回营垒坚壁，赵军不出，我军不战。”

赵军又退回了没有彻底拆除的车城圆阵。身中八支大箭的赵括被抬到废墟行辕前时，已经是奄奄一息了。粗大的长箭几乎箭箭穿透了他单薄精瘦的身躯，兵士们不敢将他放上军榻，只有屏住气息将他抬在手里，一圈大将围着赵括，外面红压压层层兵士，人人浑身颤抖全无声息。

赵括终于睁开了眼睛，费力地喘息着挤出了一句话：“弟兄们，赵括，走了，投降……”大睁着一双深陷的眼洞骤然摆过头去，永远地无声无息了。大将们哗地跪倒了。兵士们也层层海浪退潮般跪倒了，软倒了。在这一刻，赵军将士们才骤然发现，这位年轻大将军对于他们是何等重要。若没有他在最后关头的非凡胆识，谁能活到今日？赵军早就在人相食的惨烈吞噬中瓦解崩溃了。

次日清晨，一面写有血红的一个“降”字的大白旗高高挂上了中央将楼。二十余万赵军缓缓拥出了车城圆阵。在原来两军的中间地带，秦军列成了两大方阵，中间是宽阔通道。赵军沉默地流动着，流向了黑色甲士林立的大山深处。

秦军没有欢呼。降兵没有怨声。整个战场一片沉寂。

第十六章 秦风低徊

一　长平杀降　震撼天下

大战结束了，赵军投降了，白起心头却更沉重了。

二十余万赵军将士在战场投降，这可是亘古以来未曾有过的兵家奇迹。然则，有这二十多万降卒，战场善后立即就变得难堪起来。首先是这二十多万人要吃要喝要驻扎，其次是最终如何处置。降卒一开出车城圆阵，白起的眉头便皱了起来。回到狼城山幕府，白起立即教老司马草拟了一份紧急战报，然后又紧急召来稳健缜密的蒙骜秘密商议。一个时辰后，蒙骜带着一名白起的军务司马兼程赶回咸阳去了。回过头来，白起召来几员大将，商议如何在战场先行安置这二十多万人。可说来说去几乎两个时辰，谁也说不出一个人皆认可的办法。也就是说，谁的办法都有显而易见的缺陷。赵军素来强悍不屈，这次迫于饥饿悲于失将而降，原为无奈之举。二十多万活人，显然不能编入秦军，更不能放回赵国，剩下的只有一个思路：在秦国如何安置？

眼见莫衷一是，白起先行确定了三则部署：其一，降卒驻地定在利于从高处看守且有水流可饮的王报谷，由桓龁率领十万秦军驻屯山口及两侧山岭，以防不测；其二，立即从各营分拨三成军粮，只运进谷口，交由降卒自己起炊；其三，将车城圆阵内赵军丢弃的所有衣物帐篷，全数搜集运进王报谷，以做军帐御寒。

此间难处在于，秦军粮草辎重虽可自足，但也只有三月盈余，骤然增加二十万人军食，立即捉襟见肘。秋风渐寒，秦军寒衣尚且没有运来，更顾不上赵军降卒了。虽则如此，秦军既为战胜之师，受降之宗主，理当支撑降卒之衣食，是以虽然心有难堪，大将们还是默认了。

六日之后，蒙骜与秦昭王特使车骑同归。白起长吁一声，立即大会众将接王书。特使宣读了冗长的王书，将士人人受赏晋爵，自是一片欢呼。然则直至王书读完，也没有一个字提及降卒如何处置。白起大是困惑，忍不住在庆功酒宴上将特使拉到隐蔽处询问，特使红着脸哈哈笑道：“武安君身负军国大任，战场之事，秦王何能以王命掣肘也？”白起心下顿时一沉，也不再奉陪这位特使，向蒙骜一招手到后帐去了。

蒙骜备细叙说了在咸阳请命的经过，白起越听越是锁紧了眉头。

秦王拿着白起的请命书，凝神沉思了小半个时辰，最后对着蒙骜笑道：“军旅之事，本王素不过问。大战之前，本王有书：武安君得抗拒王命行事。今日却教本王如何说法？”说罢径自去了。蒙骜心下忐忑，到应侯府找范雎商议。范雎在书房转悠了也是足足小半个时辰，才长长地叹息了一声：“武安君所请，天下第一难题也！战国相争，天下板荡，外战内事处处吃紧，哪里却能安置这二十多万异邦精壮军卒？关中、蜀中为秦国腹地，能安置么？河西、上郡为边地，能安置么？陇西更是秦国后院，原本便得防着戎狄作乱，能再插一支曾经成军的精壮？分散安插么，无法监管，他们定然会悄悄潜逃回赵。送回赵国么，这仗不白打了？将军啊，老夫实在也是无计。”范雎只是无可奈何地苦笑着，再也不说话了。蒙骜思忖一阵，将秦王的话说了一遍，请范雎参详。范雎沉吟片刻笑道：“以老夫之见，秦王此言只在八个字：生杀予夺，悉听君裁。”又是一声叹息道，“将军试想，武安君百战名将，杀伐决断明快犀利，极少以战场之事请示王命。纵是兹事体大，难住了武安君，秦王之说似乎也是顺理成章也。老夫之见，将军不要再滞留咸阳了。”蒙骜惊讶道：“应侯是说，秦王不会再见我，也不会有王命了？”范雎呵呵一笑：“将军以为还有王命？”

蒙骜还是等了两日，两次进宫求见，长史都说秦王不在宫中。此时各种封赏事务早已经办妥，特使也来相催上路，蒙骜无奈，也只有回来了。

“岂有此理！”白起黑着脸啪地一拍帅案，“这是寻常军务么？这是战场决断么？这也不能，那也不能，君王无断，丞相无策，老夫却如何处置！”

“武安君莫急。”蒙骜第一次见白起愤然非议秦王丞相，连忙压低声音道，“一路揣摩，我看秦王与应侯之意，只有一个字。”

“一个字？”

“杀！”

“杀？杀降？”白起眉宇突然一抖。

“正是。否则何须遮遮掩掩，有说无断？”

白起顿时默然，良久，粗重地喘息了一声：“切勿外泄，容老夫想想再说。”

蒙骜去了。白起思忖一阵，漫步到了狼城山顶。时下已是十月初，白日虽有小阳春之暖，夜来秋风却已经是萧瑟凉如水了。天上星斗璀璨，山川军灯闪烁，旬日之前还是杀气腾腾的大战场，目下已经成了平静的河谷营地。若非目下这揪心的难题，白起原本是非常轻松的。他率领着五十多万大军，业已铸就了一场亘古未闻的大功业——一战彻底摧垮赵国六十万余大军，斩首三十余万，受降二十余万。旷古至今，但凡兵家名将，何曾有过如此皇皇战绩？假如不是这突如其来的火炭团，他本当要与三军将士大醉一场，而后再原地筑营休整，来春便直逼邯郸。灭赵之后，他便可解甲归田了。自做秦国上将军以来，他年年有战，一年倒有两百余日住在军营里，以至于荆梅每次见了他都要惊呼：“天也！一回一变老！你白起非老死军营么？”多年以来，他内心只有一个愿望：但灭一国，便是他白起离军之时。这愿望眼看要变成事实了，白起心头常常涌动出一种远道将至的感喟。眼见赵括湮没在箭雨之中时，白起心田的那道大堤轰然决开了。可目下这降卒之难，却又在心头猛然夯下了一锤，他烦躁不能自已了。

王命不干军，将在外君命有所不受，历来为将者所求。秦王在战前也确曾将白起的兵权与战场决断权扩大到了无以复加。也就是说，本当掌握在国君之手的那部分兵权都一并交给了白起，还加了一句“得抗拒王命行事”，当时连范雎都大为惊讶了。即或在长平大战之前，白起事实上也从来没有就兵事与战场难题请命过秦王。那时若秦王对战场事乱命，他也会毫不犹豫地奉行“将在外君命有所不受”之准则行事。然则，所有这一切都是为了打仗，为了战胜敌国。如今战事结束，降卒处置关涉诸方国政，秦王与丞相不置可否，教他全权独断，岂非滑稽？可是，秦王与丞相何等明锐，为何要如此含糊其辞？自己又为何对此等含糊大是烦躁恼怒？

渐渐地，白起完全清楚了，清楚了秦王，清楚了范雎，也清楚了自己。说到底，这二十多万大军一进降营，一个谁也不愿触及的字眼就在隐秘闪烁了。毋宁说，一开始这个字眼就已经在秦国君臣的心头跳动了。战国大势谁都清楚，秦国无法万无一失地融化一支如此巨大的成军精壮人口，是明摆着的事实。自己快马急报请命，是害怕触及那个字眼。秦王不置可否，也是害怕触及那个字眼。范雎虚与委蛇，同样是害怕触及那个字眼。自己一听蒙骜回报便烦躁恼怒，更是害怕触及那个字眼。几员大将莫衷一是，便不是害怕那个字眼么？

那个可怕的字眼，便是杀降。

从古至今，“杀降不祥”都是深深烙印在天下人心头的一则军谚。虽然不是律法，却是比律法更为深入人心的天道人道。自从大地生人，三皇五帝开始，人世便有了杀伐征战。为了土地为了牛羊为了财货为了女人为了权力，人们总能找出各种各样的理由，做你死我活的相互残杀。然则，不管如何征战杀伐，有一点始终都是不变的，这便是不杀已经放弃任何抵抗的战俘。战胜一方教战俘做奴隶做苦役，以种种方式虐待战俘，人们固然也会谴责也会声讨，然则仅此而已。弱肉强食是人间永恒的法则，人们对战胜者总是怀着敬畏之心，也在道义上给予了更多的宽容。然则，人世间的事也总是有极限的。一旦你跨越了这道极限，即便强力不能将你立即摧毁，那骤然齐心的天道人道也会将你永远埋葬。诸多的人间极限之中，战场不杀降，是最为醒目的一条。自春秋以来，兵争无计其数，进入战国，更是大战连绵。然则，也是这春秋战国之世，反战非兵之论也随之大起，天下对杀伐征战的声讨也形成了史无前例的大潮。春秋有“弭兵”大会，要天下息战。战国之世对兵争的声讨更是其势汹汹。儒、墨、道三家显学可谓对杀伐征战深恶痛绝。“春秋无义战”，“善战者服上刑”是老孟子的警世之论。老子则说：“兵者，不祥之器。”“乐杀人者，不可得志于天下。”更有墨家兼爱非攻之说风靡天下，大斥兵争之不义，倡行以“义”为兵战之本。

凡此等等，对征战尚且汹汹咒骂，况乎杀降？

果真杀降，且一举二十余万之众，天下便会祭起天道人道的大旗，将你永远埋葬在可怕的诅咒之中，如此而已，岂有他哉！那时，名将将变做狰狞的屠夫，战神将变做万劫不复的恶魔。千古功业安在？青史声誉安在？然则，不走这一步，君臣失和国家动荡后果不堪设想。白起倒是有了青史盛誉，谁却来管邦国兴亡天下一统？

夜空还是那般碧蓝如洗，星星渐渐少了，山下传来了一阵消失已久的雄鸡长鸣。起雾了，落霜了，遍野军灯隐没在无边霜雾之中，撕扯成了红蒙蒙的河谷纱帐，天地万物都是一片混沌了。太阳渐渐从漫无边际的混沌中拱了出来，山川河谷也渐渐清晰了。

狼城山顶的“白”字大纛旗左右三摆，一阵急促的牛角号响彻了长平山谷。

白起拄着长剑，看着大将们冰冷得石雕一般：“立即，对赵军降卒放开干肉锅盔米酒，教他们尽情吃喝。”

“武安君，赵军断粮四十余天，会撑死的！”蒙骜大是惊讶。

“这是战场。撑死，总比饿死强。”

阔大的山洞中一片寂静，大将们情不自禁地一阵颤抖。谁都明白了，那个令人心悸的时刻正在一步步地迎面逼来。蒙骜张了张嘴，不知道自己要说甚了。

只有白起沙哑的声音在山洞中飘荡着："王龁王陵，率所部军马并全军火器弓弩，秘密开入，包围王报山谷地两侧山岭，不能教降卒觉察，不能发生任何意外。桓龁部封堵山口。蒙骜部外围二十里设防，不许任何人进出山谷。今夜三更开始。"

没有一个人高声应命，大将们的脸色骤然一片苍白。白起一点长剑："此乃军令，尽在老夫一人，毋得戒惧犹疑。"说罢转身便走，却又突然回过身来低声补了一句，"都是勇士，教他们走得痛快些。"转身大步去了。

是夜三更，没有金鼓之声，狭长的王报谷骤然燃起了漫山遍野的熊熊大火，大石滚木酒桶肉块锅盔，随着密集箭雨一齐倾泻进山谷。谷中翻腾着海啸般的惨号呐喊，疯狂奔窜的降卒们混成了汪洋人浪……直到次日大雾消散，山谷终于渐渐平息下来。

十月初寒之时，长平战场的红色营地彻底消失了，只留下随山塬起伏的黑色营帐与战旗。号角悠扬战马萧萧，秦国大军恢复了整肃状态。在第一场大雪即将来临之前，白起下令秦军退出上党山地，进入河内野王驻扎休冬。白起的谋划是：野王乃秦军在河内的总后援要塞，粮草辎重极是便捷，强如驻军上党长途运粮多矣；退入河内休整一冬，来春秦军可分兵两路，北路进上党出滏口陉，南路北上出安阳，如一把大铁钳夹击邯郸，做大举灭赵的最后一战。

然则，这个寒冷多雪的冬天，秦军"坑杀赵军二十万降卒"[1]的消息风暴般席卷天下，各国无不惊恐变色。按照春秋以来的传统，秦国取得了如此旷古大胜，以"市道"为邦交准则的天下大小诸侯当争相派出特使庆贺，洛阳周天子更会"赏赐"天子战车战服与诸般"代天征伐"的斧钺仪仗，咸阳当是车马盈城之大庆气象。但这次却是奇特，咸阳城没有一家特使前往庆贺，邯郸道却是车马络绎不绝，非但原本在长平大

---

[1] 长平杀降之人数，《史记》曰四十万。经诸多军事史家多方考证：赵军参战总兵力不超过六十万，秦军亦是五十余万；秦军尚且有"亡卒过半"之记载，赵军伤亡当更为严重；取二十万之说，当为相对接近。

战之时拒绝援助赵国的楚国、齐国派出特使去了赵国，连从来在赵国身后捣乱的燕国都去了邯郸。

骤然之间，山东列国的脊梁骨都发凉了！

春水化开河冰，白起正要大举北上灭赵之时，却接到了秦昭王的快马特书：大势有变，武安君立即班师。白起愤然将王书摔在了帅案之上，一声长叹："老夫承担一错，何堪君王再错也！"良久思忖，终是下令全军班师。

二　心不当时连铸错

秦昭王大费踌躇，无法权衡范雎与白起谁对谁错了。

处置降卒之事最是棘手，白起却再也没有请命便断然做了，秦昭王自是如释重负。按照本心，对白起一鼓作气连战灭赵的方略，他是毫不犹豫赞同了，事先也征询了范雎谋划，范雎也是赞同了的。可就在二三月之间，范雎却突然上书，历数列国之变，断言"若连续灭赵大战，有逼成山东合纵之险"。反复思虑，秦昭王最后还是下书白起班师了。但白起回到咸阳之后进宫一次晋见，秦昭王却又顿时觉得大军班师太轻率了。白起毕竟是战无败绩威震天下的名将，对战场大势的洞察从来都是没有失误的。那天白起说的话至今都在他耳边轰轰作响："天下惶惶，赵国震恐，征发成军尚且不及，何有战阵之力？列国空言抚慰，却无一国出兵力挺，谈何合纵抗秦？"不能说白起有错，若是连战，秦国实在是胜算极大也。而一举灭赵，那是何等皇皇功业！

秦昭王第一次为自己的决断后悔之时，范雎进宫了。

这次范雎带来了郑安平从列国快马发来的所有急报：赵国任用乐乘、乐闲为将，紧急征发新军防守邯郸；魏国信陵君复出，楚国春申君复出，齐国鲁仲连复出，以赵国平原君为大轴，正在连结合纵；山东战国都在加紧成军，预备抗秦自保。

“应侯之意，当如何？”秦昭王笑了。

范雎侃侃道：“老臣以为，秦国当持重行事，毋得急图灭国之功也。赵国虽遭大败，民气犹在。以赵国之强，一败不致全盘瓦解。更有一则，长平战罢，我粮秣空虚，士卒伤亡过半，兵员不足补充。当此之时，宜于养精蓄锐再待时机。”

“也是一理。”秦昭王点点头却又恍然笑了，“这个郑安平颇有才具也，三五年总领斥候密事，功劳不小。大战已罢，毋得屈了应侯恩公，召他回来，应侯以为何职妥当？”

“郑安平唯知军旅。”

“好！做蓝田将军，与蒙骜王陵等爵。”

“谢过我王。”

之后的整个夏天，秦昭王都在章台琢磨范雎白起的各自主张。七月流火的酷暑时节，他终于忍耐不住，在一个雨后的晚上赶回了咸阳，没有进王宫，径直进了武安君府。想不到的是，白起已经病了，榻边围着一圈大冰，荆梅出出进进地忙碌着，满庭院都是草药气息。秦昭王大吃一惊，一边下令宣召太医，一边将荆梅叫到旁边询问。荆梅说，白起自班师回来常常一个人在后园“小天下”转悠，有一晚在“大河”岸边躺了一夜，此后断断续续发热，这次已经发热三日不退了，医家也断不出甚病，开了一些养息安神之类的药，同时叮嘱以大冰镇暑。

说话之间，白起已经醒来，见秦昭王在厅，散衣乱发地下榻过来参见。秦昭王连忙叮嘱他躺到榻上说话。白起笑道：“不妨事，山洞住长了寒热不均。老卒了，撑得住。”请秦昭王到正厅就座。一时饮得两盏青茶，秦昭王笑道：“武安君，不记恨我么？”白起拱手笑道：“我王何出此言？国事决断，谁保得事事无差，老臣只可惜失去了一次大好战机。如今老臣已经想开，失便失了，不定过几年又来了。”秦昭王突然压低声音道：“武安君，今秋再度发兵如何？”白起愕然，一时回不过神来，好大一阵愣怔才恍然醒悟过来，摇头苦笑道：“我王何其如此骤变？老臣始料不及也。”

“你只说，病体尚能撑持否？”秦昭王认真急迫，显然不是随意说来。

“我王且听老臣一言。”骤然之间，白起脸上大起红潮，额头汗珠涔涔而下，“非关老臣病体也。若果有战机，老臣便是教人抬着走，也是要去。惜乎流水已去，战机已逝，再度发兵，已经是对我不利了。”

“灭国之战，不在一时。大半年而已，如何便失了战机？”

“我王差矣！”白起一抹额头汗水，粗重地喘息着，“时光虽只半年，军势却已大变也。军驻上党之时，赵国朝野震恐，我军士卒则人怀一鼓而下之心，虽只有三十余万大军，却是泰山压顶之势。大军一旦班师，士卒之气大泄，须得休整补充方能恢复。全军士卒五十余万，在上党征战四年未归，将士家小望眼欲穿。方得短暂桑田天伦之乐，今非国难而急骤召回，何有战心？再则，长平大战，我军士卒伤亡三四成，一鼓作气犹可，若班师而后出，便得以寻常战力计。如此我军纵能开出三十万大军，以赵国之力死守邯郸，我军若急切不能下，山东战国便必然来援。其时我军进退维谷，便是大险。万望我王勿存此念也。”

秦昭王听得眉头大皱，脸上却呵呵笑着：“武安君，你也说得太过了。”说着一挥手，厅外一名老内侍捧着一个大木匣走了进来放在案上，“武安君，这是列国斥候密报，还有商人义报，你看看，山东无甚大变。”

“无须看。”白起摇摇头，“老臣对战场兵事，只信心头之眼。”

“心头之眼？”秦昭王苦笑摇头，“武安君莫非当真老了？信鬼神之说？”

“心头之眼非鬼神，乃是老臣毕生征战之心感也。我王明察。”

相对无言，秦昭王默然去了。回到王宫，秦昭王立即急召范雎入宫，说了一番自己的再度起兵谋划，要范雎参商定夺。范雎听得云遮雾障，好容易才弄清了秦昭王谋划的来龙去脉，一时默然了。然则，范雎毕竟急智出色，思忖间拱手笑道：“老臣以为，大战之事最当与武安君共谋，多方权衡而后定。”

“应侯何其无断也？”秦昭王目光闪烁着笑了，“当初应侯独主班师，本王斟酌赞同，其时武安君何在？”

骤然之间，范雎心下一个激灵，脸上却呵呵笑道：“原本也是。老臣不谙军争，平日断事多以列国之变化为据。目下，列国之变虽向赵国而动，然则灭国之战毕竟以军力为本。老臣魏人，对我军战力委实不详，我王若对军力有本，何虑之有。”

“然也！”秦昭王哈哈大笑，“老秦人国谚：‘赳赳老秦，共赴国难！’放眼天下，最是老秦人耐得久战，连打两仗而已，有何难哉！”

进入九月，秦昭王亲自巡视蓝田大营，下书命五大夫将军王陵为大将，统兵二十万攻赵。王陵大是意外，在向各郡县发出紧急召回士卒的军令后，夜入咸阳拜会武安君。谁知白起的热病又骤然转做畏寒，捂着三层丝绵大被犹是嘴唇发青，根本无法说话。王陵本意是来探询武安君不为将统兵的因由，若是秦王生疑或大臣攻讦杀降之事，王陵便要找个由头辞了这统兵大将。如今见白起病势沉重，以为秦王在军中选将事属自然，身为大将，自不能畏难退让。回到蓝田大营将武安君病势一说，众将心急如焚，次日立即进咸阳探视，不想却又逢白起正在发热，守候得一个时辰，只有忐忑不安地告辞了。

进入十月，王陵率领大军东出函谷关重新北进上党。

秦军班师后，赵军虽然无力抢回上党十七座关隘，更无力在上党全面布防，但却也迅速将石长城、壶关、滏口陉这三处通往邯郸的要塞占领了，在修复营垒城防之后驻军三万防守。王陵大军激战三场，在大雪纷飞的冬月攻下了滏口陉，大雪一停立即东进，终于在秦昭王四十九年的正月突破武安，进逼到邯郸城下。不想新成之赵军异常顽强，赵王与平原君亲自上城坐镇，赵国朝野一心死拼，三月之久奈何不得邯郸城。王陵终于大急，入夏后连续猛攻，一连死伤了五校人马。秦军之校，大体千人队以上之单元，每校八千到一万人，折去五校，等于丧失了将近五万人马。

紧急战报传回咸阳，秦昭王大怒，决意拿下邯郸震慑天下，立即到武安君府敦请白起统兵出征。这时白起病体虽然见轻，却依旧是瘦骨棱棱行走艰难。秦昭王虽则于心不忍，终于还是说出了王陵受挫的消息，虽然没有下令，但希望白起带病赴军的心意却是明明白白的。白起一声沉重叹息：“老臣死不足惜也！何我王偏要在此时灭赵？”秦昭王板着脸只不做声，白起深深一躬道：“我王听老臣一言：目下之势，我军远绝河山而争人国都，粮草辎重难以为继，无法长围久困也。况长平杀降，天下诸侯恨秦深也，必对邯郸一力救援，其时我军危矣！老臣愿王权衡，撤回王陵之师，以全秦军实力也。”

秦昭王听白起说到长平杀降，心中老大不悦，冷冷一笑道：“武安君之意，若不杀降，列国便不恨秦国？”说罢拂袖去了。白起木然站在厅中，不知所措了。荆梅过来扶住白起笑道：“你有病便有病，不说病体不行，偏说人家谋划有错，瓜不瓜你？人家亲政多少年了，都成老王了，不兴自己做主，还听你的？”白起一甩大袖生气道：“这是打仗，不是赌气，胡说个甚来！”荆梅还是笑着：“胡说？目下秦王不是昔日宣太后，知道不？走，吃药。”走着走着，白起不禁长叹一声：“有太后在，秦国何至于此也！”荆梅眼圈红了：“一战之败，太后便自裁了……”

回到王宫，秦昭王越想越不是滋味。再度灭赵是本王决断，如今看来，若不攻下邯郸，竟是骑虎难下了。秦昭王也不再召范雎商议，立即车驾奔赴蓝田大营，特下王书任命左庶长王龁代王陵为将，立率步骑大军北上，再攻邯郸。

这年秋天，王龁二十万大军再度包围了邯郸。惊骇之下，山东战国终于出动了。魏国信陵君与楚国春申君各率二十余万大军，合力从河内入赵，猛攻秦军后背。邯郸守军趁势杀出，秦军大败溃退。后撤到上党清点兵马，竟有十余万军士伤亡逃散。消息传到咸阳，秦昭王大急，立即召范雎商议应对之策。范雎思忖一阵，心知此时秦国已无大军可调，提出派郑安平带领蓝田大营最后两万多铁骑驰援接应王龁，能攻赵则攻，不能攻则退回河内野王设防。

“此其人也！”秦昭王当即拍案，“郑安平在赵掌密事斥候四年，熟悉赵国，便是如此。”立刻紧急下书：郑安平率军兼程北上。

郑安平原本是个武士百夫长而已，少年时在大梁市井浸泡游荡，精细机警，领着一班密探斥候在邯郸倒是得其所长，花钱买消息，传播范雎谋划的种种流言，倒实在是为秦国立了不小功劳。然则，郑安平毕竟无甚正干才具，没有一次提大兵统帅战阵的阅历，更不说兵家之才了。一出函谷关，郑安平便晕了，不知道走哪条路驰援。铁骑将军建言：王龁部秦军最有可能沿上党退回，当从野王入上党接应。将军不说还则罢了，将军一说，郑安平顿时有了主张：“上党入赵为弓背，安阳入赵为弓弦，近一半路程。传令三军：从河内安阳直插邯郸！”不想一过安阳，被正在回师的邯郸守军与信陵君大军迎面包抄，围困旬日，郑安平率军投降赵国。

倏忽两年，大势急转直下。

原本赫赫震慑天下的秦国，顷刻之间大见艰难。秦昭王与范雎昼夜周旋，亲自到函谷关坐镇，派出函谷关守军接应王龁十余万大军班师，方才松了一口气。刚刚喘息方定，又有快马急报传来：信陵君春申君统率六国联军攻秦！河内郡与河东郡岌岌可危！

三　旷古名将成国殇

白起的病势时好时坏。然则，最教白起不安的，根本不是病情。

王陵兵败，白起是预料到的。王龁大败，却大大出乎白起预料。出乎意料处，在于魏国楚国同时发兵。更有甚者，那个销声匿迹多年的信陵君魏无忌，竟然盗取兵符，力杀大将晋鄙而夺兵救赵。如此看来，山东六国确实是将秦国看做亡国大敌了。当此之时，秦国便当稳妥收势，先行连横分化六国，而后再图大举，何能急吼吼连番死战？白起实在不明白，素来以沉稳著称的秦王，如何在长平之战后判若两人，一错再错还要一意孤行？正在白起忧心忡忡之时，又传来郑安平率军降赵的消息，白起顿时怒火上冲。他第一次见郑安平，便认定那小子不是正品，所以断然拒绝了教他做实职将军。如何以秦王之明锐，竟看不出此等人物之劣根？如何以范叔之大才，竟连番举荐此等人物担当大任？一己之恩，竟以邦国大任报之，岂有此等名士？

第一次，白起对范雎从心底里产生了一种蔑视。长平班师回来，有人告知白起，这是应侯受齐国鲁仲连游说，畏惧武安君功高而说动秦王所致。白起当时大不以为然："国策之断，歧见在所难免也。如此说法，以小人之心度君子之腹。"在白起看来，范雎纵然睚眦必报恩仇之心过甚，然论国事，还从来都是坦荡光明的，如何会生出如此龌龊手段？然则，此刻他却隐隐看到了范雎的另一面——谋国夹带私情，恩仇之心过甚。与"极心无二虑，尽公不顾私"的商君相比，实在令人万般感慨！如此之人身居大位，再遇秦王老来无断，秦国能有好？

反复思忖，白起深夜走进书房，提笔给秦昭王上书，请求依法追究郑安平降赵罪责。落笔之时，荆梅找了进来："我说你个白起，有病不养，半夜折腾个甚？走，回去歇息。"白起对羊皮纸哈着气道："墨迹干了送走，我便歇息，你去。"荆梅走过来一瞄拿了过去，看完一副苦笑道："老师哥啊，教我如何说你？秦王已经不信你了，还能信那范叔？你这一上书，范叔恩仇心本重，岂不与你记恨？消息传开，便是将相相互攻讦！秦王如何处置？对秦国有甚好？对你有甚好？瓜得却实！"白起思忖一阵点头："师妹此言，确是有理。好，不上了。"顺手将羊皮纸抛进了燎炉，一片火焰立即飘了起来。

不想此日清晨，范雎却登门拜会了。白起虽病体困倦，但一听范雎来访，抱病下榻，依礼在正厅接待了。范雎一脸忧色，良久默然，两盏茶之后方才长吁一声："武安君啊，秦王之意，仍想请你统军出战。六国联军，已经攻陷河内了。"

白起目光一闪："应侯之意，还要守住河内河东两郡了？"

"武安君之意，河内河东不守了？"范雎大是惊讶。

"范叔啊，"白起重重一声叹息，"公乃纵横捭阖之大才，如何也懵懂了？我军新败，目下举国只有二十余万大军，九原五万、陇西两万不能动，东路只有十余万步骑了。河内河东，纵横千里，联军四十余万，我十万大军岂非疲于奔命？巧妇难为无米之炊。纵是白起统军，又能如何？如今之计，只有放弃河内河东，尽速退防函谷关，而后分化六国，待兵势蓄成再相机东出，岂有他哉！"

"武安君，范叔何尝不是此意也！"范雎喟然一叹，骤然打住了。

"果真如此，范叔为何不力争秦王定策？"白起大是困惑，"长平战后，秦王不纳我言，然对丞相还是一如既往也！”

范雎默然片刻，石雕一般突然道：“武安君只说，能否奉君命出战？”

“防守函谷关，何须老夫？”白起冷冷一笑，“但要老夫，便是与六国联军大战了。白起死，不足惜也！然则，若要老夫亲手葬送秦国最后一支大军，不敢奉命。”

“武安君，告辞了。”范雎一躬，扬长去了。

接范雎回报，秦昭王终于忍无可忍了。在他看来，只要白起出战，六国联军便是一群乌合之众，定然一举战胜立威。两次攻赵，你白起拒绝统兵还则罢了，毕竟是长平班师本王也是错了。然则，如今六国合纵来攻，大秦国难当头，你白起祖祖辈辈老秦人，一世为将，此时拒绝王命分明便是于国不忠，是大大悖逆，若不惩治，国何以堪？片刻思忖，秦昭王召来长史，咬牙切齿地迸出了一道紧急王书：“罢黜白起一切职爵，贬为军卒，流徙阴密[1]。”

王书，是宫中最老的内侍总管带着二十名甲士来颁行的。甲士站在那片如同校军场一般的庭院里，不抬头也不说话，全然一片木桩。老内侍只将王书递给抱病出迎的白起，说了声，武安君自个看了，也木然站着不动了。白起看得一眼，淡淡笑着一拱手：“老总管回复秦王，白起领书。”正在这时荆梅赶来，见情势有异，接过了白起手中王书，一看之下脸色苍白，愣怔片刻一咬牙问道：“老总事，秦王可曾限定日期？”老内侍摇摇头。荆梅道：“烦请转报秦王：白起自长平班师回来，寒热无定，来年开春赴刑如何？”老内侍道：“老朽定然如实禀报。武……保重，老朽去了。”转身匆匆去了。甲士们围过来对着白起深深一躬，也悄悄走了。

庭院里顿时静得幽谷一般。

“把官仆使女退回去，给每人带些金钱，你我用不上。”白起平静得出奇，见荆梅咬着嘴唇不说话，又道，“还是早走的好，刚入冬，我撑持得住。”

“不！”荆梅摇头，“我就不信，他还当真不教你过一个冬天？”

---

[1] 阴密，春秋有阴密国，战国为秦荒僻之地，今甘肃灵台西南。

白起淡淡地笑了："看看，事到临头，还是你看不开。"

荆梅大袖在脸上一抹，气恨恨笑了："也好，阴密有河谷，有草地，我保你比在这石板府邸逍遥自在。走，该吃药了。"扶住白起进了寝室。

那一夜，两人都没有合眼。几件该安置的事说完，两人便没有了话说。白起只对着那半人高的铜灯发愣，荆梅只怔怔地看着白起。听着更鼓一点点打去，偌大寝室入定一般。白起素来寡言，遇到大事更是不想透不说。荆梅则是深知白起此时之痛楚，不知道该说甚好。二十多年来，她与白起实际相处的岁月加起来还不到一年，如此长夜对坐，更是绝无仅有。

说起来，荆梅也是文武兼通的墨家弟子，本当游历天下做苦行救世的名士。可她却不能忘怀少年时光与白起共同酿成的一片深情，终是做了白起的妻子。白起经年不在咸阳，荆梅曾经最想要的，是生几个孩子，使这深阔的府邸活泛一些。可偏偏没有，荆梅便沮丧起来。可白起全然不在意，反倒是拍着荆梅难得地呵呵笑着："没儿没女全在我。斩首太多，杀气太重，上天能教你有儿女了？"荆梅顿时生气："自己不沾家，怪上天甚个来由？你只说，这木榻你睡热乎过没有！"也是忒煞怪了，白起素来不苟言笑军中朝堂人人敬畏，偏偏是对荆梅永远没有脾气。荆梅尚在兀自生气，白起却已经呼呼大睡了。看着白起一脸的疲惫，荆梅还能说甚？久而久之，荆梅也习惯了，好在宣太后在世时，总是时不时召她进宫说话消遣。那说话，实则是让荆梅给她讲说天下诸子的学问主张，还跟着她学墨家剑术。那消遣，实则是帮着宣太后看各郡县报来的公文，看完还要评点，宣太后总是听得极为上心，也时不时与她折辩一番。有一次消遣完毕，宣太后笑道："荆梅啊，这太子师叫做太傅，这太后师却是个甚名号了？太后太傅么？"荆梅咯咯笑着摇头："没听说过也。""你只说，做不做？有了就有了，甚事不是做出来的？"宣太后一副认真的模样。荆梅笑道："不做不做。墨家弟子从来不入仕。"从那以后，荆梅便总是找出许多托词，很少到宫中去了。后来，宣太后死了。再后来，魏冄也被罢黜了。咸阳，再没有荆梅可以走动的地方了。有几次白起在战场久久不归，她便到南山深处的秦墨院去了，一住一年多。

后来，但凡白起大战，她便到南山与师兄弟们一起游历天下倡行大义，重新过起了墨家子弟的苦行日月。直到长平大战将近尾声，她才结束了这段连续四年的游历。

虽然相聚时日断断续续，荆梅却深知白起。依着墨家学说，荆梅当不赞同白起如此无休止地征战，更不该在白起长平杀降之后不闻不问。可荆梅却实在是既没有反对过白起打仗，也没有责问他何能杀降？荆梅是在从楚国归来的路上听到杀降消息的，同行的师兄弟们愤激难忍，一片指斥，见她过来又都不说话了。荆梅却明明朗朗笑道：“杀降是秦王国策，白起做替罪羊罢了，瞒得谁个了？”有个弟子依旧愤愤不平：“无论如何，白起难辞其咎。”荆梅笑道：“只这无论如何，便不是墨家说辞，天下事没个大理么？”

虽则如此，荆梅却从杀降之事开始，对秦昭王另眼相看了。一个君王如此不敢担待，其心可知。她曾经再三提醒白起：从此对战事闭口，最上策是托病退隐。谁知白起总是淡淡一笑：“儿戏。邦国兴亡，将士性命，为将者不说谁说？”又是屡屡抗争，不给秦王一个台阶。依着荆梅，最后上函谷关算了，住在行辕也是一样养病，哪个大将还守不住函谷关了？可白起偏硬邦邦一句：“防守函谷关何须老夫。”再加一句，“若要老夫亲手葬送秦国这最后一支大军，不敢奉命。”范雎分明是被秦昭王逼着来的，为撇清自己，定然是绝不少说，如此能有好了？

但是，荆梅确实没有想到秦昭王来得如此之快，直是比任何奔袭偷袭都猝不及防。白起能受得了么？自从十五岁入军旅，白起在战事战场从来都是直言不讳，即或是仅仅以一个千夫长之身面对暴烈的秦武王，白起依然是铮铮硬骨亢声直谏，你要他明知荒谬决策而三缄其口，如何却能做到？范雎可以做到，白起却不行。这便是白起——纵然王命，也敢抗拒，只要他认定了自己没错。

如此抗命，白起果然没有想到自己的下场么？

蓦然之间雄鸡长鸣，白起终于说话了：“荆妹，你也熟知我那些大将，说说，谁能做上将军？”

“噫！你是在想此等事？”荆梅哭笑不得了。

“我还能想甚？”

“也好，想想甚想甚。”荆梅摩挲着白起额头叹息一声，“白起呀，你是有将之能，无官之术啊。都甚时了，你纵建言，他听么？”

“会听的。”白起两眼盯着横贯屋顶的大梁，“他只是恨我抗命而已，却不是要当真毁了秦国。”

“你要想便想，左右我也无法。”荆梅站了起来，“鸡都叫了，我去煎药。”

天渐渐亮了。这座雄阔的府邸依旧是那般平静，仿佛任何事情也没有发生过。老仆在洒扫庭除，使女在擦拭收拾，白起在酣睡，荆梅在煎药。突然，清扫小校场的老仆惊讶地喊了起来：“夫人快来看！这是甚？”荆梅匆匆来到布满各种兵器的大庭院一看，满院大青砖上都刻着种种古怪线画，条纹粗大清晰且纹路新鲜，分明是刀剑利器在昨夜所刻。墨家原本有密行传统，荆梅对各种神秘印记也算谙熟，一砖砖看去，转悠了半个时辰，却是没有一砖看得明白。看看日色上窗，荆梅唤起白起服药，将庭院砖画的事说了。白起一听，撂下药碗便到了兵器庭院，挪着脚步挨砖看去，时而愤激时而喘息时而喃喃时而唏嘘，一个早晨看罢，跌坐在兵器架前一动也不动了。

“甚个名堂？快说说我听。”荆梅是真着急了。

白起喘息一阵回过神来，才缓缓道：“这是秦军密画，我与大将们数十年揣摩出来的。战场之上，各部万一失散，可在所过处留下种种密画，约定聚集去向。千长以上之将，都要精熟这套密画。”

“了不得也！”荆梅不禁一声惊叹。要论密事密行，天下无出墨家之右。当年老墨子归总密事准则，留下了一句话：密号不适军行。也就是说，各种秘密联络之法，只适宜于少数人行动使用，而不适宜大军。自古大军，除旗号金鼓书简口令之密外，没有任何稳定常行的秘密联络方式。根本原因，在于大军人众，将士品格有差，但有降敌泄密，便是后患无穷。白起军中有此等密画三十余年，竟连荆梅这个上将军夫人墨家密行弟子也不知晓，当真天下大奇也！然则，荆梅此刻却顾不得去想这些，只急迫一问：“他们说甚了？要拥你反秦么？”

“甚话！”白起一瞪眼，沉重地一声叹息，“天意也！秦军如此劫难，为将者何堪？”白起从兵器架抽出一支长矛指点着，“你看，东北角那几砖，是说王陵军阵亡五校的经过：中了埋伏，教乐乘在武安截杀了。西北那几砖，是说王龁军溃败经过：赵军突有一支边军铁骑杀出，李字旗号，冲垮了秦军阵形，又遇背后魏楚军夹击。中间与下边这几砖，是说郑安平叛军降敌之经过：郑安平错选路径，从河内安阳入赵，陷入大军围困，先自弃军投降了；两万余铁骑拒不降赵，凭借山谷激战三日，几乎全部战死，只有三千余伤兵做了战俘……”

“那，这几砖？”

“那是几员大将的单画，都是心念昔日军威，说要全军将士上书秦王。”

“为你开脱，请你领军，可是？”

“还能有甚？”

荆梅心头猛然一沉，抓住白起胳膊低声急促道：“不能！上书只能适得其反！”

“怕甚？将士上书，只有好处。”

“瓜实也！有甚好处？”

“将士上书为我开脱，必然赞同我目下避战之主张。三军将士皆不主战，秦王自会大有顾忌，如此可保秦国无亡国之险。”

“这是你说的好处？那你呢？也不为自己想想！”

“荆妹，我已年逾花甲，生平无憾，何须拘泥如何死法？”

荆梅默然了。这便是白起，只要认定自己谋划无错，只想如何实施这种谋划，而从来不去想自己在实施中的安危。战场如斯，庙堂如斯，永远无可更改，任何人无可奈何。夫君若此，为妻者夫复何言？

旬日之间，三军上书到了咸阳宫。这是一幅长达三丈的白布大血书，秦军千夫长以上所有将领的鲜血都赫然凝固在每个名字上，密密麻麻触目惊心。血书本身却只有二十四个大字——白起无罪，白起大功，战不当战，三败溃军，复我大将，固我河山！

当这幅黑紫暗红的大布长卷在正殿拉开时，所有大臣都骤然变色了。司马梗不说话，范雎不说话，秦昭王也不说话。默然良久，秦昭王对长史一招手："下书三军：战不当战，本王之失也。三军将士，忠心可嘉，人各晋爵一级。"转身又对司马梗道："国尉立赴函谷关，撤回大军于关外构筑营垒，全力防守六国联军。"又踱步到范雎面前："丞相坐镇国事，兼领总筹函谷关大军粮草辎重事。丞相以为如何？"

"老臣领命！"没有丝毫犹豫，范雎几乎是应声而答。

没过几日，函谷关传来急报：信陵君春申君四十万大军猛攻，激战三日，函谷关外营垒失陷，司马梗率十万大军撤回函谷关防守。与此同时，又有司马梗密报传来：三军将士依然呼吁武安君复位领军，请秦王三思。秦昭王思谋过日，亲自拟就一道王书，立即派老内侍带五百甲士下书武安君府。

五个百人队隆隆拥进大庭院时，布衣散发的白起罕见地笑了："老总管，你宣了。"老内侍颤巍巍展开竹简，尖锐的声音在风中抖动着："大秦王特书：国运不系于一将之身，大秦国安如泰山。着老卒白起，当即出咸阳赴流刑之地，不得延误。秦王稷五十年十一月。"白起接过王书，对着老内侍一拱："请老总事转禀秦王：目下之策，立即换将。司马梗无战阵之能，只堪粮草军务；蒙骜稳健缜密，可为上将军保得不败。记住了？"老内侍抹着泪水频频点头，白起转身便走，又突然回头，"对了，半个时辰后，老夫出咸阳。"

站在廊下的荆梅已经转身进去收拾了。白起跟进来笑道："甚都不要，只将老师当年赠我的兵书带着便了，不定老夫也能收个传人。"荆梅咬着牙一句话不说，只是出出进进与总管家老忙碌。白起看得一阵，径自去了前厅，对一个老仆叮嘱道："对夫人说，我先出城，在十里杜邮亭等她。"

午后时分，一辆带篷牛车咣当咣当地出了巍峨的咸阳西门，车后跟着一小队步卒甲士。天色阴得越来越重，寒冷的北风将车篷布帘打得啪啪直响，眼看就要下雪了。牛车走得很慢，兵士们也走得很慢，驭手没有一声吆喝，兵士们也没有一个人说话，仿佛一队无声飘悠的梦游者。堪堪半个时辰，看到了那座灰蒙蒙的高大石亭与旁边那座官驿。

这是西出咸阳第一亭。这十里郊亭，原本是天下大城都有的迎送亭。

然而这座郊亭旁边有一村落，叫做杜里，村外有一座传送官府公文的邮驿。亭、里、邮三合一，这里便有了一个名字——杜邮。彤云密布，寒风呼啸，此刻的杜邮分外冷清。牛车将及杜邮亭，一阵隐隐如沉雷般的马蹄声从身后传来。

“停车。”车篷里传来白起平淡浑厚的声音。牛车咣当停下，白起从牛车一步跨下，遥望马队喃喃自语，“一个千人队，用得着么？”片刻之间，马队烟尘卷到，老内侍从当先篷车中被扶下了车，颤巍巍走了过来，手中捧着一口金鞘剑。

“老总事，秦王听我建言了么？”浑厚的嗓音在风中没有任何摇摆。

“禀报武安君，两道王书已经下了，蒙骜为上将军……”

“老夫无憾也！”白起喟然一叹，大手一伸，“拿过来。”

“武安君，你，你也不问问情由？”

“镇秦剑本为杀将之用，问个甚来？”

老内侍抖抖地双手捧上长剑，肃然大拜在地。一千骑士与押送步卒，也一齐在大风中跪倒了。白起抚摩着剑鞘对着老内侍一笑：“老总事啊，老夫原本想死在郿县山塬，魂归故里，咫尺之差，上天不容，诚可谓死生有命也！”老内侍锐声哽咽道：“武安君走好。老朽与军士们，送你回故里郿县。”骑士们一声齐吼：“我等护送武安君回归故里！”

白起哈哈大笑：“赵军降卒，老夫还命来也！”锵然抽出长剑，倒转剑格猛然刺进小腹，一股鲜血飞溅丈余之外。再看白起，两眼圆睁，双手握着剑格挺立在旷野岿然不动。

“白起——”遥遥一声哭喊，荆梅飞马赶来，飞身下马扑过去抱住了白起，“你瓜实了！不等我！”白起似乎笑了，腹中猛然一鼓，金剑带着一道血柱呼啸着飞到了老内侍面前。勉力向着荆梅一笑，白起终于仰面轰然倒地了。

阴霾之中一声惊雷，大雪纷纷扬扬下了起来。

荆梅在牛车上抱着白起，骑士步卒们簇拥着牛车，在漫天大雪中向着郿县去了。

四　君臣两茫然　秦风又低徊

范雎的心事越来越沉重了。

白起之死，犹如一场寒霜骤降，秦国朝野立时一片萧疏。关中老秦人几乎是不可思议了，茫茫大雪之中络绎不绝地拥向杜邮，拥向郿县，凭吊白起，为白起送葬。郿县本是老秦人大本营，更是白氏部族的根基之地。白起尸身回到故里的消息一传开，整个郿县都惊动了。人们卷着芦席扛着木椽拿着麻绳，从四野三乡冒着鹅毛大雪潮水般涌向白氏故里，三日之中，搭起了二十余里的芦席长棚，从白起灵堂直到五丈塬墓地。郿县令飞报秦王的书简说，郿县八乡十万庶民，悉数聚拢白氏故里之外，外加关中老秦人，原野之上人海茫茫麻衣塞路，其势汹汹，不可理喻。秦昭王与范雎商议一番，派出国中十三位世族元老做秦王特使，赶赴郿县“以王侯礼仪”为白起送葬；并当即下令各郡县：凡有为白起送葬者，不许阻拦。如此一番大折腾，白起葬礼风潮才伴着茫茫大雪渐渐终止。开春之后的清明前后，整个关中都在凭吊白起，几乎县县都立了白祠，从杜邮西去，一路每隔三五里便有白起庙或白起祠堂，香火缭绕，贡品如山，比任何一代秦王的葬礼都要声势浩大且连绵持久。

仅仅如此还则罢了，偏是老秦人骂声不绝。且不骂别个，一骂郑安平狗贼降赵，坑我子弟，抹黑秦人。二骂长平班师是受贿撺掇，冤我上将，毁我长城。骂声弥漫朝野，范雎听得心惊肉跳。秦昭王毕竟明白，恐伤及范雎声誉，立即颁布了一道王书：有敢言郑安平事者，以其罪罪之！

虽然骂声渐渐平息，事端却接踵而来。

刚到秋收，掌管农事的大田令急报秦王：南郡赋税少得八县，大是蹊跷，请派特使严查。这南郡是白起当年水陆并进血战一年才夺来的楚国丰饶之地，计有二十三县，目下已经成为与蜀中、关中两地同等的丰厚税源，八县骤然不知去向且不为国府所知，岂非咄咄怪事？秦昭王大怒，立即下令廷尉府彻查严办。三个月查下来真相大白，竟是王稽在七年前，也就是上党对峙之初，受命为特使与楚国修好，接受了楚国的重金美女贿赂，竟擅自将八县之地割给了楚国。虽然王稽竭力申辩，说当年不割八县秦国便不能从南郡回兵，也无法对峙赵军；自己也是为邦国计，收受重金美女不过是弱楚之策而已，非为一己之利也。谁知不说犹可，王稽申辩之下，秦昭王怒不可遏："里通外国，尚有说辞，无耻之尤！"立下王令：王稽绞首，三族连坐。

王稽事败伏法，范雎顿时坐立不安了。秦法有定则：官员大罪，举荐者连坐。王稽与郑安平，恰恰是自己竭力举荐的两个恩人，如今先后出事，自己如何脱得罪责？事后细想起来，范雎也觉大是汗颜。分明是自己对这两个人所知甚少，却凭着恩仇之心一力举荐，算得良臣风范么？若非对自己有恩，这两人自己能看得入眼么？王稽在秦王身边做谒者二十余年，可谓心腹了。可秦王硬是没有大用王稽，能说不是秦王看准了王稽之致命缺失？你范雎与王稽相交不过年余，如何一身力荐？你将王稽看做知己至交，王稽使楚归来如何却对你不透一丝风声？非但当时不透，而是七八年都瞒得你严严实实。

人心若此，诚可畏也。

再说这郑安平也是匪夷所思！当初一介落魄市井子弟，敢于冒险救自己于虎口之下，谁能说他没有胆色？流浪入秦寻觅自己，又舍身与刺客搏杀再救自己，谁能说他不是侠义勇士？纵是在做了秦国五大夫爵的将军之后，也还在与赵国对峙中立下了不小功劳，单是那搅得赵国君臣七荤八素的漫天谣言，便是寻常人做不来的。可偏偏在真正要建功立业的关口上，他竟抛下两万多铁骑投降了赵国。赵国给他高官了么？没有！赵国一个都尉将军如何比得秦国五大夫高爵？那蒙骜王陵都是百战大将了，也才是五大夫爵位啊。他能从赵国得到的一切，加起来也没有在秦国的三成，他图谋何在？怕死么？降了赵国也是一死，且投降不过三个月，赵国便将他斩首军前示众了。怕打么？他本来就是武士出身，皮粗肉厚胆子大，一副赳赳武夫的模样，承受不得些许皮肉之苦？

人心若此，鬼神莫测也。

书房灯烛彻夜通明。天亮时分，丞相府领书将一卷上书飞马呈送章台宫。

整整一个夏天，秦昭王都在章台，眼见将入九月，还是没有回咸阳。白起死后，秦昭王莫名其妙地对咸阳宫腻烦起来，远远看见那巍峨高峻的宫殿楼台，便隐隐有些头疼。章台清净，大臣们也不可能说来便来，整日除了批阅长史与丞相府分头送来的二十来斤公文，便是在山水间尽情徜徉，静下心来细细咀嚼那种青涩滋味儿。

这日清晨阳光和煦，秦昭王正要到南山园囿猎兔，却见丞相府传车辚辚驶进了宫门。按宫中法度，除非紧急密件，文书传车与丞相都是午后才能进入章台的。此时传车前来，显然是范雎有急务了。秦昭王心下一紧，拿着弓箭站在廊下不动了。

“禀报秦王：丞相上书。”一名年轻文吏手中捧着一卷密封的竹简。

随行内侍刚刚开封，秦昭王接过竹简便大步去了书房。这几年大事纷纭，他真怕在这里失态。掩上书房，打开竹简，刚瞥得一眼，“辞官书”三个大字飞入了眼帘，及至看完，秦昭王茫然了。

范雎的言辞很是恳切，痛责王稽与郑安平志节大堕，所犯罪行为人不齿，自己举荐失察，当领罪辞官以谢国人。若当真依照秦法处置，举荐此等两个奸恶之徒，举荐人连坐之罪何止辞官隐退？然则，范雎毕竟是范雎，入秦唯王是忠，剪除四贵权臣，力挺秦王亲政，而后又出远交近攻之长策，一举确立抗衡赵国之方略；进军上党决战长平，若没有范雎的缜密谋划与邦交斡旋，白起大军之胜负也当真难料也。说到底，对于秦昭王而言，范雎的重要远远大于白起。秦昭王可以没有白起，但是不能没有范雎。白起认事不认人，不管是宣太后还是魏冄，抑或秦王，白起都认，又都不认。根本之点，在于白起唯谋国是从，只论事理，不论人际。阏与之战前，白起不从太后、魏冄。灭赵大计，白起屡次抗命秦昭王。纵然最后都对了，可总教人不敢倚重。白起是国家干城，却不是君王可以随心所欲使用的利器。范雎则不然，既有长策大谋，又有认人之长，绝不会如白起那般老牛死顶。一开始，秦昭王便认准了范雎的这个长处，将范雎看成了对抗白起等一班秦国元老的自己人，一举将范雎封侯，爵次几与白起等高，又不遗余力地以秦国威势满足范雎的恩仇之心，要将这个才具名士变成自己真正的心腹股肱。唯其如此，秦昭王不怕范雎有过失，只要这种过失不是背叛秦王自己。秦昭王严令王稽郑安平之罪不得涉及范雎，甚或在元老大臣弹劾范雎的长平班师有“受人游说”之罪时，也断然挡了回去。说到底，秦昭王从来没有想到过罢黜范雎，可范雎为何却要辞官？

“来人，立即宣召应侯。”

暮色时分，范雎轺车进了章台。秦昭王在书房设了小宴与范雎聚饮，灯烛之下，不仅感慨万千：“范叔啊，你说这一国之本，却在何处？”

“在君。”范雎的回答毫不犹豫。

“君之将老，根本何在？”

“在储君。”

秦昭王哈哈大笑：“果然范叔也！在在中的！”突然压低声音一脸正色，“今日请范叔来章台，便是要定下大计，立何人为储君？”

“老臣不明我王之意。”范雎笑了，“我王四十一年便立了太子，四十二年重立太子，至今已经十年，何有再立储君之说？”

“范叔有所不知也！”秦昭王长叹一声，“当年第一个太子嬴倬，乃本王长子，算得文武兼通，不意却在出使魏国时发寒热病死了，委实教人伤痛也。次年重立的太子，乃本王次子嬴柱。可这嬴柱，当真一言难尽也！非但才具平平，且又羸弱多病，更有一样教人放心不下，便是夫人当家。范叔啊，嬴柱果真为君，无才多病，再加一个王后干政，你说还有秦国么？本王已经六旬有七，朝夕将去，如此储君，如何安心也？”说话之间，秦昭王情不自禁地唏嘘了。

范雎默然了。秦王能将如此重大密事和盘托出，只字不提他上书请辞之事，足见秦王根本没有罪他之心。即便一个寻常老人，身后难以为继也是令人伤痛的，况乎一国之君？然则此等事又实在是太过重大，往往是涉密越深越是大险，秦王只是诉说而无定策，如何能轻易出谋？思忖间道：“我王深谋远虑，对储君之事必有所虑，老臣自当以我王之决断谋划行事。”

“范叔，”秦昭王灰白的长眉骤然扬起，一双老眼目光炯炯，“要说本王之断，便是由你来查勘十一位王子，选一立储，而后你便兼领太傅教导太子。你小得本王十三岁，尚可辅佐新君定国。”

“秦王！”范雎听得唏嘘不已，扑拜在地一声哽咽，“我王信得老臣，老臣却是愧不敢当也！”

“岂有此理！”秦昭王佯怒一声笑了，“本王留下遗书：新君定国之后，许你辞官如何？”

范雎实在是不能再执意提辞官之事了，只有唯唯领命去了。

从此，范雎开始了与王子们的频繁来往。待到来年秋天，范雎已经对秦昭王的十一个王子有了大体的评判。这日午后，范雎进了咸阳宫禁苑，在湖边见到了兀自在草地上铺一张草席晒暖和的秦昭王，疲惫慈和之相，全然是一个山间老叟。见范雎来到，秦昭王笑呵呵坐起，吩咐老内侍准备小船下池。片刻之间，一只四桨小舟轻盈地靠上了池边码头，范雎随着秦昭王上船了。说是小船，船舱却甚是宽阔敞亮，除了船头船尾的两名武士，舱中只有那个忠实的老内侍。进得船舱坐定，小舟悠然漂进了湖中。

“范叔，这小舟最是万无一失，你说。”

“启禀我王。”范雎斟酌着字眼缓缓道，“一年多来，老臣对诸位王子多方查勘考校，大体有定。老臣以为：目下不宜动储君之位，仍当观之三五年，方可有定。”

秦昭王眉头一挑：“范叔啊，这便是‘大体有定’？”

“我王容老臣一言。”范雎肃然拱手，“安国君嬴柱为太子，虽非我王大才神明，却也绝非低劣无能。其妻华阳夫人原本楚女，没有生育，人言当家者，全然家事也。太子年近四旬，些许小病原是寻常，也不是常卧病榻之辈。此三者，不当大碍也。其余十位王子，论体魄倒是多有强健者，论才具品格，却似皆在安国君之下。更有根本处，诸王子之子共百三十二人，却无一出类拔萃者。相比之下，安国君二十三子十三女，却有三五人尚算正器之才。老臣思忖：子辈皆平，当看后。安国君后代有风云之相，似不宜轻废。臣言观之三五年，原是多方考察，为安国君妥当立嫡之意。若得如此，大秦稳妥也。此老臣之心，当与不当，我王定夺也。”

“噫——”秦昭王恍然，老眼一亮，“有理也！子平看后。本王如何没有想到此处？范叔好谋划，一席话定我十年之忧也！”

范雎连忙起身深深一躬：“我王如此褒奖，老臣何敢当之？”

秦昭王悠然一笑：“范叔呵，甚时学得如此老儒气象了？当年之范叔何等洒脱快意，视王侯若粪土，看礼仪做敝屣，何有今日老暮之气也？”

范雎心中骤然一沉，惶恐笑道：“老臣当年狂躁桀骜，对我王不敬，老臣想来汗颜不已，何敢当洒脱快意四字？”

“哪里话来？”秦昭王哈哈大笑，“拧了拧了，不消说得。”大袖一摆，“上酒，今日与范叔痛饮一番！”

一时酒菜搬来，是老秦凤酒肥羊炖。秦昭王显然是了却了一桩多年的心事，轻松之情溢于言表，频频与范雎对爵大饮。及至明月初升，君臣两人都是一脸红潮。范雎酒量原是极大，脸潮之后更是善饮，只是得在放浪无拘形迹之时。今日面对老来性情无常的秦昭王，范雎心存戒惧节制为上，秦昭王说饮便饮，秦昭王不饮，自己绝不自饮。

饮着饮着，月亮在蓝得透亮的夜空飘悠到了中天。秦昭王举爵望月，一阵大笑又一阵唏嘘，兀自走到船头对着天中明月一声呼喊：“白起，你若在月宫，嫦娥便是你妻，此乃本王最大赏赐也！”喊罢又将酒爵一翻，一爵酒汩汩银线般落入湖面，口中兀自喃喃：“来，今日你我君臣再饮一爵，再饮一爵……”在船头秋风中伫立良久，秦昭王似乎清醒了过来，一声长叹：“内无良将，外多敌国，本王何其多忧也！”

苍老的声音在湖面随风飘荡，范雎无言以对了。

回到丞相府已经是四更天了，家老却还守在书房外等候。范雎一进书房，跟进来的家老恭敬地呈上了一支密封铜管：“此件是一个叫做唐举的先生送来的。”

“唐举？”范雎大是惊讶，“他来咸阳了么？在何处下榻？”

“唐举先生在燕国游历，此信乃商旅义士带回。”

再不说话，范雎立即打开铜管泥封，抽出一卷羊皮纸展开，寥寥两行，却是意味深长：

范叔如晤：闻兄境遇有不可言说之妙，特告于兄：燕山蔡泽将下咸阳，兄当妥为权衡，毋失时机也。慎之慎之。

骤然之间，范雎哈哈大笑道：“知我者，唐举也！”

［第三部终］